下册

川澜 著

青岛出版集团 | 青岛出版社

第十一章　破　冰

乔御早就探好了地方，径直把车开去距离他们最近的一家五星级酒店，以最快的速度办理入住，特意选了情侣套房。他总觉得，顾总和太太之间有些东西似乎藏不住了。

走廊的地毯很软，走起路来几乎没有声音，许肆月把脸掩在外套的大帽子里，手死死地钩着顾雪沉，不肯松开他的手指。房门的噪声很小，在两个人的身后无声地关闭。凉城的天阴着，像是在酝酿大雨，薄帘挡住的窗外暗得像是傍晚。

这里没有别人了，只有他跟她。房间干净，空气里有清新的香气。许肆月踢掉鞋子，脏兮兮的脚踩在地板上，轻声说："雪沉，我冷。"

她听到顾雪沉的呼吸声在缓慢地加重。他没说话，回身站到她的面前。她怕他走，扑上去抱住他，瑟缩着求救："我还害怕，看见那些尸体，就想到……我差一点活不到今天。"

实际上，许肆月想的人不是自己。她当时满脑子尽是顾雪沉有危险。她只有把自己生死一线时的感受说给他听，才能攻破他最后的壁垒。她抬起头，帽子掉落，露出雪白小巧的脸。素颜的她显得清纯无辜，眼里有恐惧和依赖之意，像被虐待过的小猫，呜咽着乞求主人怜爱。

"雪沉，你答应过我，你现在不是别人，你是我的老公。你哄哄我。"

许肆月的所有感受，顾雪沉也感受了，且只会比她深重千倍万倍。她每一句提醒和强调的话都在消耗他所剩不多的意志。那些生离死别的恐惧情绪、尸体、永远找不回爱人的锥心剧痛，以及眼前求他关注的姑娘，这些纠缠在一起，成为要他命的深潭，他急速地陷落，从昨晚到现在，随时要触底。

顾雪沉垂眸，无力地遮掩眼中狂乱的情绪，把她带到床边，让她躺下，安慰她说："你先休息。我身上太脏了，洗干净再回来哄你。"

他转身去浴室，许肆月没阻拦他。

房间里很暖。那道磨砂玻璃门被关起来，浴室里亮了灯，有模糊的光晕。

许肆月吸了一口气，对着墙边的大穿衣镜，把身上的衣服脱掉，镜中人的身上有些脏污的血痕和伤口，却有种残破的美感。她慢慢地走到浴室门外，看着他模糊的轮廓。

他很疼，手和肩都受伤了，她不该在这个时候做这样的事。但她清楚，唯有在这个时候，将生死分离的重量压在他的身上，他的理智一戳即破，他才能完全失控。他才会把所有压抑的感情释放，换来他的放松，将情绪彻底发泄给她。她要顾雪沉，只有两个人亲密无间才能化解他的隐忍。

许肆月手碰在门上，用柔软无害的声音说："雪沉，我想洗一下手。你先转过去，背对着门好不好？"

她看到那道修长的轮廓真的转了过去。他垂着头，声音沙哑地说："进来。"

许肆月光着脚走进浴室。顾雪沉背对她站着，长裤还没脱，上衣刚被解开了扣子，松松地挂在肩上。她把门轻轻地关上，打开水龙头，指尖沾了热水，把手彻底洗净，而后来到他的身后，直接伸手扯掉他的衬衫，抱住他的腰。

顾雪沉条件反射性地扭头，目光撞上大镜面里的人，心脏仿佛轰然炸裂，去抓她的手。而她已然轻飘飘地把手落下去，拨弄着他腰带的搭扣，唇灼热柔软，触碰他脊背上的累累伤痕。

"现在不是在帐篷里了，你可以随便对待我，不会有人打扰。

"这份劫后余生的甜点，我已经替你拆好了包装。顾雪沉，你要接受吗？"

许肆月如昨夜希望的那样，跟他没有障碍地靠在一起。皮带失去支撑，在地面上撞出“砰”的声响，这道异响似乎激起顾雪沉所剩无几的理智。他用布满伤痕的手掌再次钳制住她，把她细细的手腕掐出红印，制止道：“许肆月！”

他捏疼她了，自己的伤口也在隐隐作痛。他想用疼痛阻止许肆月，更想唤醒脱轨的自己。

“我在呢。”许肆月的声音又娇又轻，“看来我这么抱着你，存在感还是不够强对吗？那就……”

她铁了心，动作没有丝毫停顿，手继续下滑，将他最后的衣物也剥去。

两个人之间再也没有阻隔物。许肆月感觉心跳如擂鼓，头晕，干涩地咽了咽唾沫，侧头看向大镜子。顾雪沉站在她的前面，黑发垂下略微挡住眉眼，薄唇难得呈现血红色，更衬得皮肤像冰冷的白玉。他即使狼狈，依然是美貌高洁的神明。可她像个不知天高地厚的小妖怪，非要勾引他堕入欢愉的地狱，摧毁他那副无欲的神相，跟他缠绵。

许肆月着迷地凝视着镜子，看着自己的手伸过去覆盖他。顾雪沉难忍地抬起头，攥紧拳头。

许肆月被扯开，明知顾雪沉心疼她，他用的力气并不大，但她还是借着机会向后倒，无力地摔到浴缸边，手指好似无意地拨动了开关，热水顿时哗哗地落入浴缸。

顾雪沉从头到脚都没有什么遮挡，皮肤泛起明显的红，他的胸口起伏，目光灼灼地朝她看过来。

许肆月见他还固执，眼眶不禁红了，委屈地抱住自己，慢慢地蹲下身，抽着气呜咽出声，引他过来。

顾雪沉果然两步走到她的面前，抓着她的上臂拉起她，想看看她哪里受伤了。她反应迅速，反手抱住他，仰着满是泪水的脸，描述真实的场景刺激他，说：“顾雪沉，昨晚我恰好出去买奶茶，刚走出大门几步就地震了，客栈塌在我的身后，里面的人都没能出来。如果我晚一点，就一点……你根本见不到我。你哪怕把我挖出来，看见的也是一具残缺的尸体！这些你知不知道？”

“你就真的失去我了。我不可能在这里招惹你，想让你要我。”她唇微白，直视着他布满血丝的双眼，残忍地说，“小月亮就死了，再也不会麻烦你了！”

顾雪沉经受不住这种刺激，哑声低斥道：“够了，别说这个字！”

“小月亮死了，你心疼吗？！”许肆月坚持问道，“如果你心疼，为什么她活着的时候你推三阻四的？！她就那么不好，被你娶回家，结果你碰都不愿意碰她吗？！”

她伸出双手去揽他，一双桃花眼里漾着水，饱含深情地说：“说好当三天真正的老公，老公最该做什么，你明知道的，怎么答应了又不肯做进一步的事情呢？”

“我知道了……你是不是嫌我交过太多男朋友，觉得我以前跟很多人亲密过，心里不舒服？”许肆月清楚他的软肋在哪儿，专挑折磨他意志的话说。

看到顾雪沉因为这句话，猩红的眼里风雨欲来，她几乎窒息，直起身拥抱他，哀伤地抬着头，一字一顿坦荡地说：“反正我在你的面前早不要面子了，今天就和你说清楚。顾雪沉，我以前撩人，都是开玩笑的，从来没动过真格儿。在英国的四年里，我生病受苦都来不及，没交过男朋友。什么七八个男朋友，全是我故意编出来骗你的事情。我为了面子，也是为了让你别惦记我，不让你受更多的伤。”

许肆月搂紧顾雪沉，心跳声和他的心跳声交织，说：“拥抱也好，接吻也好，我只有过你一个人，上床当然也是一样的。”

顾雪沉几乎能听到自己血液流动的声音。曾经日夜折磨他的那些传闻，那些他从别人口中听到的桃色韵事，那些支离破碎的画面，每时每刻都仿佛在切割他。他疼得支撑不下去，疼得想把她用锁链绑起来，而现在肆月告诉他，她根本没别人，她只有过他一个人。

顾雪沉知道自己今天完了。他从来不是能操纵欲望的神。他不过是被许肆月操纵的裙下败将。从爱上她的第一天至今，他再冷漠强硬，也一直卑微地匍匐在她的脚下，祈求她垂怜他，又满心阴郁之情，想占有她，想对她为所欲为。

许肆月钩住他的后颈，亲吻他，嗓音轻颤着问：“雪沉，我们就当三天的夫妻还不行吗？”

顾雪沉的双手撑在浴缸上。他的所有计划，他在她回国前给自己定下的禁忌，那些不能跟她过于亲密的决心，甚至连同死亡的阴影，都无力地崩裂了，再也囚不住他决堤的贪念。他顾不上理智了，那就不顾吧。如果他明天就会死，那今天要拥有她。

“你会后悔……”

许肆月摇着头说：“我长这么大，除了当初伤害你之外，没有一件事是后悔的。今天更不会。”

她以为他还在犹豫，生怕错过这次机会，迫切地扣住他的下巴，强迫他和自己对视，逼问道：“顾雪沉，你到底在挣扎什么？你口口声声说结婚是为了虐我，该不会就是想让我嫁了人一直守活寡吧？你不会后悔吗？”

“我的要求不高！”她狠狠地说，“我只是想要自己的丈夫，想要当你真正的妻子！你不肯，难道是计划着以后哪天不要我了，把我让给别人吗？”

顾雪沉忍无可忍地掐住她的下颌，重重地亲上她的唇。

许肆月不想又被他一个吻骗过去，身体干脆向后倒，拽着他跌入盛了水的宽大的圆形浴缸。摇摇欲坠的世界像在一瞬间塌陷，顾雪沉眼底的最后一抹明亮消失，他用伤痕累累的十指掐住许肆月的腰，把她抱到胸前。她觉得头重脚轻，眼前被灯光晃得一片模糊。

许肆月的脑中一片空白，她不知道在浴室里待了多久，出来时早已意识不清。帘子掩住的窗口透不进光，像是入了夜。房间里昏暗、安静，仿佛与世隔绝，所有细微的声音都被无限地放大，呼吸声、心跳声，还有身体、灵魂交缠的声音。

许肆月分不清昼夜，也不记得时间，虚脱地半睡半醒时，顾雪沉安抚的吻还在接连地落下。他很小心地抱着她，哄她入睡。

在珑江镇经历了一场地震，惊恐和受伤才过去一天不到，许肆月本来已经消耗了大部分精力，刚刚又经历了人生的第一次。她觉得筋疲力尽，眼皮沉得抬不起来，在顾雪沉的怀里睡熟了。

许肆月再醒过来的时候，天早就亮了，虽然窗帘合紧，但日光透进来。她感觉自己还被顾雪沉紧紧地搂着，一直飘浮不定的心平稳地落回去，有了真实感，幸福到忍不住笑，蜜糖般的甜蜜感要通过唇角和眼睛溢出来。她还想趁机引诱“顾大魔王”，避免好不容易有了重大的进展，他又把自己封闭起来。

许肆月试图转身，沉默的吻却已然在她的耳后细细密密地落下来。她不用费心，就被男人的手压到被子里。到了中午，酒店有人送餐过来。

顾雪沉把她抱到腿上。许肆月好不容易找到机会撒娇，绝不放过机会。

“要吃鱼。”

顾雪沉给她挑出鱼刺，将鱼肉喂到她的嘴边。许肆月心满意足地将鱼肉咽下去，又腻在他的颈边要求道：“还要竹笋，你跟我一起吃。”

他垂眸，咬住竹笋的一部分。许肆月自然地仰头，把其余的部分接住，细嚼慢咽，然后双唇相碰。她的心甜到雀跃，明明杯子就在手边，她还坚持耍赖，撒娇道：“喝果汁。”

顾雪沉拿起杯子来喝了一口果汁，吻上去喂她，让她被甜味占满。

许肆月渐渐地意识到，眼前的这个人并不是喝醉后哭着对她表白的“顾小甜甜”。这是她从没见过的、真正意义上的“顾大魔王”。面具被撕开，伪装被踩碎，放下顾忌的顾雪沉像是把这三天当成末日，当成垂死前最后的欢愉。

许肆月没有多少时间是清醒的，心和眼完全被他占据。第二天的深夜，顾雪沉忽然扣住她遍布痕迹的细嫩的脖颈，抬起头盯着她的眼睛，声音嘶哑地问：“许肆月……你知不知道爱一个人是什么感觉？”

许肆月不知怎么了，鼻子一酸，眼眶滚烫，回答：“我知道。”

顾雪沉像被这三个字刺伤。他拧起眉，黑夜里，眼神又痛又哀伤，仿佛眼里有悲戚的火，一字一顿地问：“你爱过谁？”

许肆月能体会到他的心思，不自觉地有了哭音，把他抱住，不管他信不信，哽咽着说实话：“爱你，许肆月只爱顾雪沉。”

顾雪沉僵了一下，随即吻她，哪怕她只是不走心的冲动，她只是愉悦时给了他一句不算数的情话，却也是她第一次说爱他。这句话足够让他万劫不复。三天就要结束了，他即将失去跟肆月亲密的借口，最近他的病况并不好，自己能感觉到，不知道哪一天扛到极限，就要把秘密暴露给她。

等到后半夜，许肆月很意外地没有困意，心里想的都是三天快过完了，雪沉既然沉溺其中，肯定不会再装冷淡。她要是再用心地哄哄他，他应该能把真实的心意告诉她了。

许肆月依偎在顾雪沉的臂弯里，看着他说：“明天我们该回家了。”

“明天”是她的甜蜜未来，而“明天”也像一个令人绝望的判决，通向他的死亡。

第二天清早，顾雪沉的电话先响起来。这三天里他几乎隔绝了与外界的一切联系。乔御很谨慎地筛查、过滤信息，不是重中之重、十万火急的事情，不敢轻易地打电话来。

顾雪沉扯过被子把许肆月裹住，手揽着她的头，在铃声快要停止时按下接通键。

乔御的语气里有掩不住的亢奋，他说："顾总，昨晚零号线上的陪伴型机器人已经完成全部的测试，零失误、零瑕疵，随时可以正式发售。"

顾雪沉低垂着眉眼，半晌后低声回了一个"嗯"。

他说话时，原本摆在一起的另一部手机也振动了，许肆月懒懒地伸手去够手机。顾雪沉比她更快，拿起手机来扫过屏幕上的名字，而后将手机交到她的手里。

韩桃打来的电话，多半是《裁剪人生》节目组那边有了动向。

三天已经结束，他把肆月关在这里再久，她还是要走出去，回到正常的生活里。

许肆月把手机贴在耳朵上，开口刚说了一句话，电话那边的韩桃就惊呼："肆月，你还好吧？是不是地震里受的伤还没恢复？！嗓子怎么哑成这样？！"

这话她要怎么说呢？许肆月犯愁地捏捏眉心，跟伤无关，纯属放纵过度。她笑了一声，说："没，伤不重，可能是睡多了。"

韩桃跟她很熟了，没什么不能说的话，沉默片刻后压低嗓音说："多听你说一句话，就觉得味道不对了！顾太太的这个'睡'字是个动词吧！"

许肆月的耳根一红，她怒拍床垫，催促道："快说正事！"

韩桃很懂地笑了几声，然后柔声说："你知道，沈明野被替换掉。现在完整的预告片被剪完了，成品的效果超出预期，能火。正片第一期也筹备完了，团队还是在海城拍摄。你最迟后天一早就得带着自己的小团队过来。"

许肆月算了算时间，皱眉问道："我刚把绣娘找到，还来不及把样品做出来，直接去行吗？"

"放心，就是拍你从画图到成品的全过程。"韩桃给她宽心，"每位设计师的临时工作室也都由我们负责。你只需要准备用到的材料。如果不好买东西，我也可以帮忙。不过有顾总在，应该轮不到我插手吧？”

许肆月瞄了一眼顾雪沉。他坐在床上，淡金色的阳光把他整个人笼罩起来，一瞬间竟有些若隐若现的不真实感，像要从她的世界消失。她的心跳莫名一空，胸口都跟着痛。

她没心思多说了，回了句“后天见”就赶紧挂掉电话，然后用白生生的指尖戳了一下他的腰。

顾雪沉低下头。小月亮躲在被子里，只把半张脸露在外面，鼻尖还微微地红着，桃花眼清澈，眼尾弯成甜美的弧度。过去那些拖累她的阴沉感彻底散掉了，经过地震这么大的波折，病症也没有发作，她离痊愈很近了。

当初那个强撑着骄傲、“摇摇欲坠”的许肆月已经恢复健康了。现在他的小月亮眸光清明，笑得很甜。她摆脱了阴影，为感兴趣的事业奔忙，被人肯定，有志同道合的新朋友，不会再轻易受到任何人的打击。他死前最想为她做出来的那些陪伴机器人也都完成了，可以将一切交付给她了。

顾雪沉捏住她乱动的手，说：“录节目要用的材料你列个清单给我，我让人去准备。”

许肆月蹭过去，枕在他的腿上，着迷地盯着他。她的老公真好看，每个部位都准确地长在她的审美上，尤其这三天，神明被她拉进了红尘，性感到她想抱住他亲。但想到自己这副即将散架的小身板，她还是没胆子随便撩拨他，于是乖巧地说：“不用了，清单之前就列完给了程熙。她在采办东西，进展很顺利，我也不能什么都依赖你。”

什么都靠老公、一点独立行动的能力也没有的许肆月，配不上她心爱的男人。凡是能自己做到的事情，她都想尝试，想早点站起来，也好站到顾雪沉的身边。

顾雪沉的手却不自觉地收紧，他能为肆月做的事越来越少了，不再被她需要，也就快到了他离开的时间。

许肆月心知时间紧迫，也不好再赖着不起床，撑起身子才觉得浑身酸到坐不稳。她娇滴滴地伸手，说：“老公抱我去洗脸。”

顾雪沉低声提醒她：“三天过完了。”

“那又怎么样，三天过完了，你就不是我老公了？顾总该不会是穿上衣服就准备始乱终弃，把我扔下不管了吧？”许肆月将一双眼弯成桥，当然知道顾雪沉不满足于短短的三天。她等着“大魔王”绷不住，快点跟她表明心意。她也好正大光明地拼命宠他。

顾雪沉没说话，漆黑的长睫挡住眸光，俯身把许肆月抱进浴室里洗漱。她自然而然地搂住他的肩，手指又摸到了他背上的伤痕。这伤不是他这次地震里受的伤，是年头久远的疤，其实不仅背上有伤，他的腰、腿、小腹、肩膀和上臂上都有不同程度的伤痕，虽然现在很浅了，看不太出来，但她能摸到凹凸的疤痕。这些伤在他白净的皮肤上分外刺眼。

许肆月这三天里摸到好多次了，甚至能想象出当时他皮开肉绽的场景。可是他的伤这么多、这么重，她实在想不出他受伤的原因。她一直没机会，也不忍心问顾雪沉，但关于他的一切她都想知晓。

“雪沉，”等到被放在洗手台上，许肆月才下定决心轻声问，“你身上的疤痕是怎么回事，能告诉我吗？”

顾雪沉顿了一下，伤疤就摆在那儿，自己知道瞒不住，也不想说谎话骗她。他神色镇定、动作平稳地帮她漱口刷牙，给她擦脸，许久后才轻描淡写地说：“被人打了，这些伤被留到现在，应该是鞭子、竹条、钢筋之类的东西造成的。”

许肆月被这个答案惊呆，悬着的心猛然一抽，匆忙挺直脊背，拽住他厉声问道：“谁打的？！谁能这么打你？！姑奶奶我要他的命！”

顾雪沉看向她，敛着的淡色唇角略放松，翘起一点不易被人察觉的弧度，眼睑处有小片的灰影，仿佛在谈论与自己不相干的事。他语气平缓地回答：“父母，还有别人，我记不清了。”

许肆月蓦地顿住，凝视着他，不敢相信地说：“父母……”

顾雪沉抬眸，五官在灯下如画，像是从未沾染过人间的污浊。他平静地说：“我爸会用手打我，用脚踢我，累了就用工具。除了我说过的那些东西，花瓶、衣架、剪刀，他抓到什么就用什么打我。我妈身体不好，偶尔会把我锁起来，离我很远用东西砸我。至于别人……你还好奇吗？”

许肆月睁大眼睛，无意识地落下眼泪，没法接受自己听见的这些话。

四年前恋爱的时候，她从没见过顾雪沉的任何家人。四年后结婚，他亲口说过父母双亡。婚后，他一个亲属也没出现过。她以前理所当然地以为人人都有一个不错的家庭。但时至今日她才知道，原来有的人从出生就身在炼狱里，想要走到阳光下，过上普通人正常的生活，就已经要费尽全力。这个人四年前把所有的感情交给她，却换来了一场骗局。

许肆月脱力地向后倒，险些摔下洗手台，被顾雪沉拥住，感觉到他的体温，如梦初醒，把他狠狠地抱紧。

“我不好奇！”她焦急地说，“我不好奇！你别说了，我……”

顾雪沉用手指梳理她的长发，说：“我更不需要你的同情。”

许肆月重重地点头，不是同情，是爱、心疼、后悔和自责，想弄死当初的自己，想更早一点跟他认识，把心掏给他。她憋住无用的眼泪，在他的怀里仰头，不再急于追问他的旧伤，小声地说：“那我给你回答问题的奖励好不好？”

许肆月在他的脸上亲了亲，拨开他微启的唇，含糊地说：“乖，小月亮的热吻需要你张嘴。”

从凉城回明城的飞机中午起飞，夫妻俩过于惹眼，在机场里难免被拍。自从地震中的那张照片掀起波澜后，这还是顾雪沉跟许肆月第一次一起出现在公众面前。即便乔御的防偷拍措施做得再好，也防不胜防。起飞前，乔御一刷微博，当时就觉得这个月的奖金肯定没了，好几张私拍图又成了各个营销号的新宠，愤慨、羡慕、嫉妒的言论要溢出屏幕。

“顾总好像瘦了，呜呜呜，肯定伤得好重，居然在凉城里养了三天才走，可是瘦了也帅到让人崩溃。我想变成许肆月给他生孩子！”

“花心女为什么可以那么美？！又艳又妩媚，活脱脱一个吃人不吐骨头的妖精！”

“开玩笑，不美怎么成为花心女？！你当顾总瞎吗？不过她除了脸还有什么？”

“还有心机呗！我看这次的照片就是她存心曝光的。你们不知道吗？人家顾太太马上要录节目了，搞这些事情就是为了给自己造势，顾总一直是她的工具人好吧！”

许肆月根本不知道网上这些乱七八糟的言论，一路黏着顾雪沉。飞机落地后，他要马上去深蓝科技的基地大楼确认机器人上线的最后流程。而她也要跟程熙和带回来的绣娘沟通，为明天一早出发录节目做准备。

两个人分别前，许肆月又给顾雪沉手心的伤口上了一遍药，仔细地叮嘱道："去公司别乱来，注意伤口，你还没康复呢。要是晚上被我发现伤口严重了，我肯定会生气。"

她说完，饱含深情地望着他，试探地问："你今晚会回来吧？"

毕竟顾雪沉不回家的"前科"实在太多了。

又回到了熟悉的环境，顾雪沉眉心的沟壑很深，他不知道怎么自处，更不知道该怎么对待肆月。他极力地模仿过去凉薄的自己，淡声问："三天还不知足？"

只能在暗处攥住手的他明白，不知足的人是他，慌乱的人是他，恐惧失去许肆月的人更是他。

许肆月歪了歪头，抚摸他绷紧的脊背，心疼到说不出话。他还在嘴硬。她明早就走了，就让他多嘴硬两天，等自己从海城回来，如果他还不肯坦诚，那她也不等了。她直接把心意全告诉他。不管他怎么别扭，她就是要好好地爱惜他。反正今时不同往日，她该做的事情全做了。顾雪沉不可能再穿越回去，她不怕。

许肆月朝他笑，倾身贴近他的耳朵，小声地说："我哪儿敢不知足？顾总今天晚上放过我，让我只抱着你睡觉，不行吗？"

顾雪沉的眼里黯淡下来，他撑着淡漠的神情开门上车。许肆月歪在椅背上勾唇，不跟他计较，随后找到程熙，做好明天出发的准备。

许肆月尽早忙完公事回到瑾园，在自己卧室的床上摆了两个紧靠的枕头，但等顾雪沉晚上回来后，总觉得他的脸色过分苍白，他的精神状态也明显不如两个人分开时好。她理所当然地认为是他的伤口引起的不良反应，于是赶快拽着他进房间休息。

顾雪沉拍拍她的头，说："自己睡。"

"不行！"许肆月心疼得要死，怎么可能让他一个人睡？于是她拿出娇弱无助、作天作地的气势，说："我跟你在一张床上都习惯了，你不让我抱着睡我肯定做噩梦！你能不能不要这么快就始乱终弃？！我明天一早就走，不知道几天才能回来，你就再让我睡个好觉吧！"

等顾雪沉洗漱好了，她把他按到床上，给他脱衣服、盖被子。他转身背对着她。她也不介意，手脚并用地从后面缠上他，很小声地给他哼催眠曲，哼到后来，成功地把自己哄睡着了，却本能地没有放松，仍然紧紧地搂着他。

黑暗里，顾雪沉吃力地睁开眼，抓住枕头。下午在公司里时他就感觉有些不对了，会头晕，轻微地耳鸣，眼前有时候还会发黑，看不见东西。

不只是今天，其实他在东京时就已经有了征兆，药物能够维持的稳定状态在一点点地被蚕食。他的病情变严重得太快，已经到了某个临界点，恐怕他剩下的时间远没有江离预计的那么多。目前病情还不算最严重，他能忍，但疼痛持续的时间正在变长，等到下一次发作严重时，恐怕就很难再站起来了。

许肆月的手环在他的腰上，嘴唇贴在他的后颈上，很软，很热，是他所有的羁绊。她睡得熟，温暖的身体乖乖地依附着他，呼吸均匀，没有做噩梦。

顾雪沉的疼痛感在加剧，他陷进床里，手指把枕套抓破，冷汗一次一次地沁出，头发被沾湿，床单也在变潮。他想蜷缩起来，想弄伤自己，用其他的疼痛感缓解病痛，但身后的人睡得安稳，这是他小心呵护着的全世界。他一动，她会醒，她会被他的惨状吓到。

无声的深夜里，顾雪沉一动不动，咬住手臂，牙齿陷进皮肉的深处，压住喉咙里的痛苦呻吟。

天色隐隐有了亮光时，他终于麻木地松开口，嘴角沾着血。许肆月柔柔地咕哝了两声，翻身平躺，跟他拉开了一点距离。

顾雪沉艰难地转过身，在昏暗中目不转睛地看着许肆月，用带血的唇轻轻地吻她。

“我就快不能陪你了，你还是要习惯……一个人睡。”

许肆月飞往海城的航班在上午九点，顾雪沉知道她设置了早晨六点的闹钟，在她的身边蜷缩到还剩下最后的十分钟时，才撑起身，拿起被自己扯坏的枕头，安安静静地离开卧室。

他起初有些踉跄，走到门外靠着墙稳了片刻，才慢慢地回到自己的房间。他站在镜子前，镜子里的人过分苍白，眼角还残存着些许赤红色，嘴唇上有干涸的血，狼狈又颓唐。他低头看看右臂，几个牙印儿太刺眼，得穿长袖的上衣才能挡住。但如果肆月与他亲近，也可能发现牙印儿。他这副样子，不能去机场送肆月了。

顾雪沉对着镜子笑了一下，难得他的脸和身体能被她喜欢，要是连这一点优势都没了，该怎么办？

许肆月被闹钟吵醒的时候，下意识地往身边摸了摸，扑了空，但床单的触感有些不对。她睁开眼，马上发现枕头没了，掀开被子一看，倒没什么明显的异常之处，可摸上去总觉得床单泛潮，好像被洒上了水似的。这总不能是汗吧，应该是老公一大早洗了澡？他没擦干身体就躺回来了？那为什么他不等她醒来就走，还把枕头也没收了？

许肆月精力充沛地爬起来去找顾雪沉，不放心他的身体，再说两个人即将分开好几天，临行前自己还想使劲儿地腻歪腻歪。但二楼的房间都是空的，她喊了几声也没人应，匆匆地跑下楼。阿姨在做早餐，见她出现，忙上前拉着她的手上下看着她，抹着泪说："伤得不重就好，你们俩可让我担心死了。"

阿姨叹气，说："顾总一大早就去公司了，让我跟你说一声，待会儿乔助理过来送你去机场。"

许肆月搂搂阿姨的肩膀以示安慰，随后泄气地趴在餐桌上。

顾雪沉又走了。他真的这么忙吗？他都不让她多看几眼。虽然她已经做好了告白的准备，两个人刚一起过完了那三天，他们明明恨不得融为一体，可一回到家里，他又若即若离了。她心里还是会难过，越是爱他，越受不了被他冷落。她真想知道他心底那个最严重的症结是什么。

阿姨边端来早餐，边温柔地哄她："别瞎想，我照看顾总饮食这几年，他的性子一直这么冷。他只对你不一样，虽然嘴上不怎么说。但他多疼你啊，有时候你看不出来，我可看得真真的。"

许肆月想起什么，忽然坐直身子，拉住她问："阿姨，雪沉家里的事……你知道吗？"

阿姨摇头，说："我从来没听说过他家里人的事情。他总是孤孤单单的，逢年过节就更可怜了。我也要回家陪丈夫和孩子，这么大的房子里就他一个人。"

许肆月咽下喉中的苦涩感，又问："小时候的事他也从来没提过？"

"顾总本来就是个内敛的人，习惯自己解决问题，什么事都压着不说。"阿姨心疼地说，"涉及隐私的事他更不可能随便跟我讲了。除了你，没有谁能靠近他的心。"

她摸了下许肆月的头发，继续说："依我看，顾总以前肯定过得特别不好。小孩儿独立是因为没人疼、没人照顾，只有受宠的小孩儿才会对人哭闹倾诉。”

许肆月垂下眼睛。雪沉是不是从来没有得到过爱？因为那些劣迹斑斑的“前科”，她现在还不配成为一个让他信任和依赖的人。她很想知道雪沉家里的情况，想知道他从小到大究竟经历过什么。她想把那些伤都治好，但现在逼着雪沉去说他以前的事情，显然伤害多过安抚。

要是换成别的渠道……许肆月拧眉，自己目前只是个小小的设计师，没有可以调查他过去的人脉，能问的人也太有限，只能找私家侦探，可用这种方法去查自己的老公，太猥琐了。她做不出这种事情。她拍拍脸颊，尽量振作精神。还是不做那些复杂的事情了，等从海城回来，她就认认真真地跟雪沉表白，把感情说清楚，等他解开心结时，再问他以前的事也不晚。

乔御七点半来瑾园接许肆月。等她上车，他先给了她一个包装精美的盒子，说：“太太，顾总忙，这是他让我给你的。”

许肆月好奇地接过盒子，拆开一看，竟然是一个只有保温杯那么高的小机器人，外形跟阿十很像，但因为尺寸缩小了，显得更可爱。机器人被她打开开关后，自动扫描虹膜确认主人，一开口，电子音甜到爆炸：“主人，我是小阿十，负责随时随地陪你。你把我装在包里，不需要我的时候我绝对不吵你。”

许肆月笑出声，戳戳它的头，说：“我已经有大阿十了。跟它比，你有什么进步之处？”

小阿十耳朵动了动，诚恳地说：“我嘴甜。”

许肆月爱不释手地把它捧起来，看着它说：“说给我听听，到底多甜，不甜我就不带你走。”

深蓝科技十六楼的办公室里，顾雪沉吃完一次用药允许的最大剂量的药，望着落地窗外的晨光，微合着眼，唇边一点笑意，对着接收终端，缓慢地说：“我的主人全世界最漂亮。初春枝头的花苞、盛夏河里淌过的水、深秋掉到肩膀上的落叶、凛冬落下来的雪，都不如你。”

这是他孤身走过很多年的四季里曾经让他觉得美好的东西，但加在一起也比不上许肆月看过来的目光。

小阿十用电子音说完，许肆月居然有些脸红。她给自己扇扇风，这是怎么了，听顾雪沉的机器人夸她一句就会心跳加速。她一路跟小阿十聊得十分开心。小阿十嘴真甜，句句爱意爆棚，她喜欢听它说话。

登机前，许肆月的手机上收到了一条推送通知，她购买的物品已经发货。她忘了自己还买过东西，一看才想起，是那次跟韩桃在摘星苑聚餐时，自己为了解开心中的疑惑购买的维生素。

许肆月微微失神，如果维生素瓶子里的药真被替换成别的药，这代表什么？难道这表示……雪沉生病了？她失笑。他怎么可能生病？他除了受过伤之外，身体明明很健康，处处为她遮风挡雨。

许肆月把通知关闭，给顾雪沉打电话，拖着甜蜜的尾音说："老公，我要起飞了，你记得想我。"

顾雪沉回答："嗯。"

这就没了，许肆月憋到捶墙。雪沉要是有小阿十百分之一的嘴甜，她一定要跪下来感谢上天。

顾雪沉挂了电话，叫来两个特助。不用他开口问，两人就有条不紊地依次汇报工作。

"顾总，太太的个人工作室已经被安排妥当。将来品牌被做大后太太要用到的工厂、手工技师、材料、供货商还有相关的人事等，方方面面我们都做好了万全的准备。太太接手工作室后，就可以运营了。

"您列出的那些最高额度的会员卡，包括明城和海城的几个高奢商场、餐厅、私人会所、珠宝定制商店等，就算太太常去这些地方，也足够几年花销。"

顾雪沉把这些卡接过来，放在手中摩挲。工作室是他为肆月铺平前路，至于这些卡……以前肆月很喜欢它们。结婚以后她被他管束得节俭了很多，知道自己赚钱要省着用，所以不再办卡。

可明明，他想给她的是随心所欲的生活。他想让小月亮挂在最干净的夜空里，让她不受束缚，让她随便撒野。他死后，留下的财产足够她挥霍，多少卡她都能自己办。但他还是希望能通过他的手，帮她把一切不足填平。

许肆月带着程熙和绣娘抵达海城，下了飞机后，没有耽误时间，拎着三个大皮箱，坐上韩桃的车直奔录制地。

韩桃百忙之中亲自来接机，笑着说："带了不少东西。"

许肆月点点头，说：“主要是皮料太占空间。”

《裁剪人生》首期就迎来大挑战，六位明星嘉宾都是下个月米兰时装周的受邀对象。而第一期的内容，就是嘉宾在前往米兰的当天，穿上各自的搭档设计师的作品去备受媒体关注的机场。

效果好了是他们打响了第一枪，效果不好那就要接受全网群嘲，比任何虚情假意的节目评选都要真实残酷。

搭档出发和到达机场共两场秀，许肆月要做的作品除了两个包，还有互相搭配的同系列衣服和饰品，任务艰巨。好在设计图她已经提前完成，准备工作也算充分，只差动手。“雪月”系列第一次面世，她必须做到最好。

坐在车上，许肆月把沿路的风景拍了两张发给顾雪沉。

无敌小月亮：“沉沉，这是我去录制场地路上看到的树。虽然它平平无奇吧，但是既然被我看过了，就算是我给你的礼物。小月亮就是这么霸道。”

等到了场地，先熟悉环境，准备进入分给自己这组的临时工作室时，许肆月目光不经意地扫过四周，神经突然微微一跳，不远处熙熙攘攘的工作人员中，恍惚有个熟悉的影子。刚跟她有片刻的目光接触，那人冰冷地笑了一下，瞬间消失在人群里，像是为了确定她究竟有没有来。

许肆月眯了眯眼。

是梁嫣，她还没死心？她又来干什么？

许肆月受够了梁嫣没完没了的骚扰和自以为是的指责，更不愿想起梁嫣暗恋顾雪沉。她直接从梁嫣的社交账号里保存了几张清晰的正脸照发给韩桃，说：“这个人也许会来打扰我拍摄。麻烦你把她拦在外头，别让她有机会见到我。”

韩桃一口答应。许肆月再次确认梁嫣不在，才进了工作室，静下心来工作，和程熙把场面铺开后，马上又拍照给顾雪沉。

无敌小月亮：“你的亲亲老婆即将开工，顾总不给一个鼓励的吻吗？”

等了一会儿没回音，许肆月打开前置摄像头自拍一张索吻照，隔空撩他：“没事，你不给，我给。你亲完屏幕记得擦干净。”

顾雪沉安排好陪伴机器人三天后上线发售的流程，回到办公室就冲进洗手间吐了起来，笔直的腿被迫跪到地上。他剧烈地呕吐后，强忍着的不适感总算有所缓解。他用冷水洗了脸，撑在洗手池上急促地呼吸，昨晚撑过来了，以为不会吐了，结果还是不行。

顾雪沉俯着身子，一个人站了许久，睫毛上的水珠顺着苍白的脸颊滴到锁骨上。直到水珠在皮肤上干涸，他才站起来，略微涣散的意识被手机振动拉回来。他解锁屏幕，无敌小月亮发了很多微信消息给他。

当初肆月对他感兴趣的时候也是这样，如果没在一起，她就会不停地撩拨他，分享她看到的花草、路上的猫狗等的照片。而他，只想捕捉每一张照片里她露出的影子。肆月以为他喜欢她眼里的世界，但实际上，这个世界于他而言黑暗狼藉。他心太小，只喜欢她一个人。

顾雪沉的眸光很碎，带着脆弱的温柔。他没什么力气回复，就如她所说，吃力地把手机拿到跟前，把唇贴在她索吻的自拍照上面，喃喃地道："我想你，你想我吗？"

《裁剪人生》节目组分成了几个小队，除了嘉宾们需要一起拍摄的部分之外，其他的部分工作人员分开拍摄，各小队独立负责。开拍后，许肆月一改以往的娇气、精致的习惯，把长发随意地盘起，穿得利落方便，疯狂地赶进度，为了提高效率，也为了快点拍完，早早回家。

跟拍 PD（节目制作导演）每天总会出神几次，被镜头里返璞归真的顾太太惊艳到。难怪能当玩弄顾雪沉的绝世花心女，人家顾太太确实有本钱。

程熙时刻关注各方动向，跟许肆月说："自从节目开录的消息一传出去，微博上那些闲得没事的人就在带你的话题，说要等着看笑话，尤其是那些还喜欢沈明野的人，带头唱衰咱们。"

许肆月不在意地说："我没衰，他们家沈明野先掉进阴沟里了。"

程熙刷着手机气到爆粗口，说："这些人都有毛病！什么叫'利用老公炒话题，名、利、人都想霸占，连地震都不放过炒作机会，到头来是一个绣花枕头，在一群专业的设计师中间自取其辱'？我可烦死这些人了！明明啥也不知道，凭着想象就能随便骂人！怎么就炒作了？！怎么就是绣花枕头了？！有没有能力，爱不爱一个人，用得着他们评价？！"

许肆月无所谓地冷笑，说："不只是网上，这个组里也有人明里暗里地盯着我，估计是等着抓我的错处，偷拍下来好发出去让人嘲笑我。”

“至于我老公，”她垂眸，吸了吸鼻子，傲娇地轻哼，“我爱得要死，用得着他们废话吗？！”

一转眼她出来好几天了。“顾小甜甜”一如既往地内敛沉默，对她发的那么多照片也没什么反应。她不知道他有没有想她。可她心神不宁，恨不得马上回到他的身边。

拍摄的第五天早上，许肆月熬了两晚后，工作总算接近尾声，只剩下其中一只包的提手和包盖没做完。提手是采用几种特殊的皮料扭缠的工艺，包盖用到的皮料更稀有，是这只包的重中之重，被许肆月放到最后来完成。

跟拍 PD 摆好摄像机，韩桃也带人过来观摩。但去取箱子里的皮料时，程熙蓦地骂出一句脏话。现场一乱，韩桃马上叫停拍摄。许肆月的心一沉，她快步地走到程熙的身边，立马眼瞳微缩——那块珍贵的稀有皮料不知道什么时候被利器划破，表面全花，翻着刺眼的蜡白破口。

许肆月立刻转过身，扫视四周，冷静地说：“谁干的？站出来。”

现场一时一片死寂，工作人员的队伍里很多人互相打量。有人嘀咕：“直接这么问不合适吧？我们团队里谁能干这种事啊？”

“就是……”

既然有人起了头，就陆续有交头接耳的声音传出来。

“出事了先怀疑自己人算什么？颐指气使，这么不给大家脸面吗？”

“我看网上的评论也不是没道理，万一是她自己弄的呢？拍摄全程也没什么机会搞爆点，怕被别的组压过风头呗，就临近尾声自导自演了这场戏。”

“炒作女王嘛，自己老公都能利用，这算什么？不过包肯定是做不成了，还能收尾吗？事情这不是要被搞砸？”

这几个一直看不惯许肆月的人好不容易逮到机会，自以为能引起同事共鸣，没想到数道厌恶的目光望过来，其他人竟然维护许肆月。

韩桃神色一凛，没想到许肆月组里居然有这样的人存在，开口要为她撑腰。

“我没空追究你们哪里说错了。”在韩桃说话之前，许肆月开口，掷地有声地说，“我再问一遍，到底是谁干的？！”

录节目这么多天，许肆月忙于工作，一直很少流露出真实的性格。此刻她陡然露出骨子里那种仿佛天生的盛气凌人的气场，以及长时间被爱护出的骄矜之气，让现场无人敢出声。

几个唱反调的人挂不住面子，脸色十分难看，磕磕巴巴地问：“你……你怎么能随便怀疑我们？！”

程熙气愤地说：“随便？！这片区域除了组里的人谁还能进来？！”

“箱子那里可是死角，没监控，你们也没证据，敢这么污蔑我们。我们也能曝光你自导自演、恶意炒作！”

话音刚落下，唱反调的人没有接着造次的机会了。一道温柔的电子音突然响起，温柔地叫了一声“主人”。

全场顿时一静，大家纷纷震惊地望过去，一直老实的小机器人小阿十亮起了灯。

小阿十的黑眼睛看着许肆月，它说：“主人，我不光嘴甜，‘大魔王’还给我预设了程序，以你为中心进行扫描，出现异常情况的时候进行跟踪记录，确保你的安全。有多个关键词可以触发我的这项功能，关键词包括‘监控’和‘证据’。”

随即小阿十双眼闪出白光，光直接投射向对面的白墙，显示出清晰的画面。二十四小时内，它自动判断出许肆月周围的人群密集地和稀有地，当固定的稀有地出现异样感应时，会触发预设程序。它会自动挪过去悄悄地拍摄留档，现在墙上的画面上就赫然列着几排拍摄记录，而箱子所在的地点就在其中。

小阿十说：“主人，如果我应答无误，你念出编号，我来播放。”

程熙万万没想到这个跟来玩儿的小家伙竟然有这样的功能，激动得赶紧拍了拍许肆月，说：“二十六号！”许肆月注视着小阿十，嗓子干涩，说出这个数字，小阿十马上播放视频，画面里很快出现一个穿着组里工作服的身影，这个人用极其阴险的手段破坏了皮料。

证据确凿，偌大的拍摄间里鸦雀无声，几个针对许肆月的女人面色铁青，无数双眼睛惊异地瞪着小阿十。他们第一次切切实实地感受到，许肆月的背后有整个深蓝科技。顾雪沉对她的保护就是一张遮天的密网，万无一失。

许肆月站在小阿十投映出的光影中，眼眶的微红被妥帖地遮住。她用指甲抠了抠掌心，再次扫视所有人，坚定地说："敢做不敢当？是想让我把这份证据直接交给警察？！程熙，报警。"

听到"报警"两个字，一个人终于从人群里挤出来，就是刚才跳得最欢的那个人。她怨恨地盯着许肆月。

半个小时后，拍摄现场才渐渐恢复秩序。韩桃把人处理完，急忙赶来安抚许肆月的情绪，责怪自己失职。

那个女孩子在组里做督导工作，谁也不知道她竟是沈明野的粉丝，还是迷恋到走火入魔的那种人。不受任何实锤新闻的影响，她坚信全世界的人都要害她的沈明野哥哥，她哥哥是被许肆月坑害才出事的。所以她才蓄谋进了许肆月的组。

女孩本想爆许肆月的料，结果几天下来什么也没拍到，眼看着要结束了，只好去破坏她的稀有必需品，再撺掇几个同事煽动大家的情绪，让许肆月既做不成最重要的包，还要落个自导苦情戏炒作的骂名。

许肆月拧紧眉心，说："那种人根本没有正常的是非观，我没有闲工夫为她生气。我现在只担心……包。"

许肆月把手机捏得发烫，雪沉刚用机器人这种方式保护了她，她不想立马去找他求助，再让他担心，但"雪月"系列的点睛之处就在这个包上，再耽误时间去找皮料，不知道还要几天才能结束。

许肆月忍着心痛退步，回头对程熙说："我们换成现有的普通……"

"姐！"一道怯生生的女声随着急促的脚步声快速逼近，"我……我有皮料！你要什么我都有！"

许肆月微怔，瞪着身背巨大登山包出现的许樱。她穿了一身过分少女感的粉色运动装，土气中带着一点可爱，额头上都是汗，双手撑在膝盖上，抬起头粲然一笑，说："姐，你放心！你需要的皮料我全准备了！比程熙姐买的皮料品质更高！不信你看！"

许樱怕许肆月不信，忙不迭地卸下巨大的背包，把仔细包装的一块块珍贵稀有的皮料掏出来给许肆月看。她眼里满是星光，献宝似的展示，说："我知道程熙姐要采购你们需要的材料，就偷偷地关注她，把她买过的皮料都记下了。我采购到更好的皮料，想着你万一用得上它们！这几天我一直在外头晃，刚才听人说你有一块稀有皮料被毁了，这才敢进来！"

许肆月蹙眉凝视着许樱。她那张绝对算不上美人的脸，因为某种小粉丝见到偶像般的欢喜而变得光彩明丽。

程熙见许肆月不动，着急地先将东西接过来，拆开包就忍不住骂了一句脏话，猛推许肆月，说："月总！雪中送炭！真比我选的那块儿皮料好！"

许肆月没说话，一群工作人员都在等她继续录制。她自己也迫不及待地想回家去见雪沉。她攥了攥手，面无表情，走向工作台，说："开工。"

当天中午，许肆月把所有的工作完成，最终呈现出来的包完全契合理想的效果。韩桃爱不释手，亢奋地再三跟许肆月保证，等节目一播，"雪月"系列绝对能火。之前对许肆月持有偏见的那些工作人员也不好意思地来打探价格，想将包收入囊中。

许肆月无暇闲聊，迅速地收拾东西打扫"战场"。她只要想起小阿十，心就无法平静，想立即赶回到顾雪沉的身边，好好地抱一抱他。她因为他无时无刻不在默默地保护她而心口发疼。顾雪沉真是个傻瓜，心心念念的都是她，还非要绷着，不肯对她尽情宣泄自己的感情。不管他怎么想，反正她等不下去了，要赶紧回家跟他告白。

许肆月不经意地偏过头，看到许樱还站在角落里，难过地瞄着小阿十。犹豫了片刻，许肆月还是走到她的面前，不冷不热地说："皮料的钱我会转给你。"

许樱连忙摆手，欲言又止，余光还在瞟小阿十。

许肆月隐隐觉得不对，问："它在休眠，你总看它干什么？"

许樱咬了咬嘴唇，很小声地问："姐，你忙的时候，我听见工作人员议论早上发生的事了。姐夫离你这么远还护着你……姐夫对你真好。你现在肯定也在乎他，是吧？那他……"

许肆月敏感地察觉出异样，问："你到底想说什么？"

许樱抓了抓衣角，挣扎了一下还是轻声说："其实我在外面等你的时候，撞见梁嫣了。节目组不让她进来……我觉得她肯定不怀好意。我上去跟她吵了一架想撵走她，结果她……"

"说。"

"她跟我说，"许樱皱着脸，知道小阿十在休眠，鼓起勇气把许肆月拉得离它远一些，声音压得很低，"你不用防着她，她是好心来特意提醒你的。”

许肆月觉得荒诞，反问道：“她好心？！”

许樱又嗫嚅道：“我也不相信她，但应该把过程原原本本都告诉你。梁嫣说，自从她知道顾雪沉那么可怜，她就认了。她毕竟跟你姐妹一场，既然顾雪沉选择你，她现在只希望你能了解他的过去。你以后乖点，对他好一点……”

“她还说，录节目的第一天她就给你发过一张照片。如果你看到照片，就会明白她没骗你。”许樱觉得奇怪，“姐，你收到照片了吗？可姐夫身价超高，能有什么可怜的身世？她的话是假的吧。”

许肆月没回答，下意识地拿起手机，微信里肯定没有，早拉黑她了，短信……许肆月在手机系统自动拦截的陌生号码的垃圾箱里，果然找到了一条开拍当天的短信，显示有照片附件。

许肆月的指尖在上面悬了片刻，还是点了进去。她看清照片的那一刻，手指蓦地抓紧，照片算不上清晰，看得出来对方是将老照片扫描上传的，但照片里的人的五官轮廓她能够分辨出来。

一个十岁出头的小男孩，相貌干净漂亮，穿一件洗到褪色的小上衣，脸颊、脖颈、露出的手臂上都有不同程度的伤痕，一双眼漆黑，是她熟悉到骨子里的，却少见地溢着甜意。他的右手被什么人紧紧地牵着，照片上有一片裙角，但牵他手的人被裁掉了。

雪沉……

许肆月的眼前出现顾雪沉身上那些让她心碎的疤。她又仔细地看照片中的小男孩。他黑暗的童年，她迫切惦念的他的过往，甚至他一直不肯坦诚爱意的根本原因，似乎全在这张照片的背后。

许肆月的心脏一下一下快速地跳动着。无论梁嫣出于什么目的，既然拿出了这张照片，就证明她手中确实掌握着有价值的东西。

“姐？”

“你是不是觉得自己被梁嫣利用的次数还不够多？！”许肆月闭了闭眼，不想让许樱继续掺和进来，冷声对她说，“现在马上从这儿离开，该回哪儿回哪儿，钱我会如数给你。”

许樱被工作人员带着一步三回头地走了。许肆月往后靠了靠，没有犹豫太久，沉下心，简单地知会程熙一声，就径直走出拍摄场地。

许肆月想，如果这是梁嫣的手段，那恭喜她了，这手段还真有用。

涉及顾雪沉的一切都无法不触动许肆月的神经，至于消息真假与否，她会去考虑。

站在外面的风声中，许肆月拨通那个发照片的陌生号码，直接问道：“你在哪儿？”

梁嫣坐在不远处的车里，透过车窗盯着许肆月的侧脸，嘴角溢出笑来。许肆月果然上钩了。真是假惺惺，顾雪沉对她来说有那么重要吗？他的过去究竟怎么样，许肆月会关心？不过是见她掌握了顾雪沉更多的消息，不甘心、不服气而已。许肆月迫切地想知道雪沉的过往，也是为了更好地套牢他、玩弄他吧？！许肆月是什么样的人，她太清楚了。拿感情当赌注、当游戏的许大小姐会爱一个人？她死都不相信。

梁嫣本来不知道该不该听沈明野的，但今天机器人“破案”的事全节目组皆知。这件事情狠狠地戳到了她的心。凭什么许肆月这样，还能被顾雪沉面面俱到地爱护？她只是舍不得让顾雪沉在生命的最后还是个玩物，这才说个小小的谎而已，比起许肆月来，这算什么错？不过许肆月可不傻，经过之前的事，这次肯定防备心更强。所以她也更慎重，既然不能靠近许肆月，干脆以退为进。

梁嫣先把沈明野挖来的老照片裁掉半张发给许肆月，接着打算利用程熙，却意外地发现了许樱这个上赶着倒贴的人，于是装好心地说了几句话。许樱傻，肯定受了影响。她又买通节目组的人，推波助澜地让沈明野的毒唯粉破坏皮料，许樱就有了绝佳的机会到许肆月的身边去替她传话。

这样一来，是许肆月主动来找她的，那么她说出的故事就必然变得更加可信。

梁嫣放平语气，轻声说：“许肆月，你看到照片了？如果不是为了雪沉，我不可能再联系你。”

“雪沉也是你叫的？你私自调查他的身世，还想装什么无辜？”许肆月毫不留情地说，“你想说实情，我就去见你。你不想说实情，就趁早给我消失，别来这套欲擒故纵的把戏。”

听筒里的梁嫣沉默了几秒，竟笑了一声，说：“算了，我跟你计较什么？我得不到他，其实你也没比我好多少。咱们两个人都挺可怜的。我愿意告诉你真相，见面地址我发到你的手机上。”

许肆月挂断电话，对梁嫣话里遮遮掩掩的意思感到极度不适，拧眉看了一眼地址，是个餐厅。二十分钟后，许肆月赶到餐厅，餐厅里曲折幽深，包间隐秘，梁嫣已经到了。

许肆月提前关了手机铃声，打开录音功能，坐到梁嫣的对面，开门见山地说："不用浪费时间，有话就说。"

梁嫣盯着她淡妆却明艳妩媚的脸，压下心头那些嫉妒与恨意，摩挲着杯子问："肆月，你们最近过得好吗？顾雪沉到底为什么跟你结婚？这么久了，你找到答案没有？"

她没打算让许肆月回答，继续问："他以前受过虐待的事，你是不是多少知道一点？还有……"

梁嫣抬眸，直截了当地说："你应该没少撩他吧，他现在对你热情了吗？"

许肆月微微眯眼，说："当然，他热情、疯狂，爱我爱得要命。你满意吗？梁嫣，我不是来跟你聊家常的。"

梁嫣深知这话绝对不可能，失笑了两声，摇头说："真没想到，有生之年还能看见许大小姐在感情上硬撑面子。想起以前我对你明里暗里地嫉妒，其实挺不值的。你这么美，天之骄女，以为高高在上操纵了别人，结果呢，不就是个替身？"

最后两个字，梁嫣发音很轻，却异常锋利。

许肆月反应了几秒才意识到，梁嫣说的居然是"替身"。她根本没去深究这个词的含义，只觉得无比可笑，话已经到了嘴边，梁嫣却横过手机，把屏幕转向她，悠悠地说："肆月，别急着反驳。你应该一直很疑惑吧？为什么你们重逢后，顾雪沉好像爱你，又好像不爱你，总那么若即若离，就像有个严重的问题横在你们中间？"

几句话刺入心脏，许肆月放在腿上的手骤然握紧，她定定地注视着手机屏幕上那张完整的照片。照片里，不只是有一个童年的雪沉，他身旁还有个侧身站着的小姑娘。小姑娘比他小些，握着他的手。而他眸中那些珍贵的甜蜜，满满当当，全是为这个小姑娘而生。小姑娘露着半张脸，画面模糊，色彩老旧，但很明显，这个小姑娘跟许肆月童年时有五六分相似。

许肆月的咽喉像被无形的手慢慢扼住，她知道自己这个年龄段的样子，家里的照片很多。两个人虽然像，却绝对不是同一个人。况且她丝毫没有印象自己认识过当年的顾雪沉。那么这里面的人百分之百不是她，而是个……和她很像的姑娘。

梁嫣微笑。沈明野找专业团队修过的照片效果确实不错，他们把童年的许肆月改得既像她又不完全像她，连本人都认不出来了。

梁嫣不疾不徐地开口："挺像吧？我调查顾雪沉的过去，起初只是为了找个寄托，没想到能查出这样的真相。照片里的小姑娘叫袁月，跟你的名字恰好有一个字相同。"

梁嫣紧盯着许肆月的表情，把顾雪沉的身世完完整整地给她讲了一遍，挑眉说："是袁月把他从黑暗里救出来的，他所有的努力都是为了袁月。可惜袁月死得早。你又碰巧出现了，就成为一个完美的替身。"

"要不然，为什么当初你追了顾雪沉三个月他才答应？答应之后，他短短时间里对你爱得那么深。几个月的恋爱就让他刻骨铭心，你不觉得太奇怪了吗？"她浅笑，"肆月，他恨你，不是假的啊，恨一个替身也敢这样伤他。每一次你觉得被爱了，被在乎了，其实他根本不是对你，是对死去的袁月呀。"

许肆月的手腕在发抖，她用力地攥住手，掐破皮肤，强迫自己镇定下来。她的耳中轰响，无数把尖刀扎进她的血肉，她的神经被看不见的力量鞭笞，心没有了跳动，变成冰冷的巨石，坠入永远没法触底的深渊。

她知道袁月啊。那个寿宴醉酒的晚上，雪沉哭着对她表白。她没听清别的话，却很清楚地记住了"圆月"。如果这两个字作为一个人完整的姓名，那就是"袁月"了。

每次他不清醒地动情，地震时站在废墟上嘶喊，甚至在床上时，他克制不住自己，低声唤的名字都是"月月"。月月……是她吗？那为什么每一次他叫"肆月"时，语气都那么冰冷，只有叫着"月月"的那些瞬间，才如此深情？

许肆月全身的血液仿佛结了冰，她将目光牢牢地定在那张照片上。所以，她一直在追逐探究的，顾雪沉不表白、不坦诚、不肯吐露爱意、不愿意接受她的感情，只有在彼此不爱、各取所需的情况下才肯亲密的那个原因……是顾雪沉从未爱过她，她只是一个不听话的替身吗？

顾雪沉始终是恨许肆月的。他在婚姻里每给她一些深情爱意，都是透过她，在看另外一个人吗？那她呢？她的爱呢？她在刚才进入包间之前，恨不得马上飞回明城，扑上去抱住他的心呢？

梁嫣凝视着许肆月苍白的脸，从没有像现在这么痛快过。她还想乘胜追击，再添把火刺激许肆月，却没想到，许肆月缓缓地抬起眼帘。她的眸子里溢着红色，唇竟然朝梁嫣翘了起来。

许肆月听到自己机械地说：“我只是想听雪沉的过去，目的已经达到了，你就不必再说这么多废话来讨人嫌。什么袁月不袁月，根本无所谓。我再告诉你一次，顾雪沉现在爱我爱得要命，你就算嫉妒到发疯也没有办法！”

梁嫣听了脸色变了，激动地说：“你！”

“我怎么样？”许肆月压着喉间翻滚的血气，倨傲地微抬下巴，“说到你的痛处了？那真是不好意思，顾雪沉是我的老公。我是他明媒正娶的妻子。他心疼我、照顾我，地震里不要命地救我，就连今天还用小机器人护着我，你嫉妒吗？！”

她残忍地笑，艳丽逼人，说：“我也嫉妒我自己，怎么这么命好？先不说你这照片是真是假，就算袁月确实存在又怎样？我才是顾太太，顾雪沉的一切都是我的！”

梁嫣气到脸颊通红，猛然站起来，推倒杯子，怒吼道：“许肆月你要不要脸？！”

许肆月的手心被指甲抓破，但她依然笑着说：“不要脸的人是你，想尽办法挖那些边角料来恶心人，省省吧，不想听我继续秀恩爱就赶紧滚。这顿饭姑奶奶请你了。”

许肆月的脑袋昏沉，视野也算不上清晰。她隐约听见一句“你可以逞强，背地里多痛苦只有自己知道”。后来梁嫣又说了什么她没听清楚，也记不得过去了多久，只知道梁嫣愤然地走了，满桌的菜都冷掉。

温暖的阳光微微斜照着，许肆月依然坐在原位上，麻木地夹起一点菜放进嘴里，又麻木地咽下去，颤抖着往杯子里倒酒，仰头一饮而尽。酒很辣很涩，刀子一样划着咽喉和胃，烧得五脏翻滚，她感到身体剧痛，哭泣起来。

天色微暗时，服务员来敲门。许肆月才动了动僵冷的身体，抖着手翻出手机，调了静音。她什么都听不到，手机上面已经有十几通未接来电。大多数是程熙和韩桃的来电，还有一通在五分钟前，是顾雪沉打来的电话。他竟然主动给她打电话。

许肆月想起来了，自己这几天加班加点地忙，就是为了早日回家见他，所以不得不跟他减少联系，昨晚因为熬夜，今天一整天也只来得及给他发了一条微信消息而已。

顾雪沉会担心她吗？他也会想到联系她吗？她突然消失的时候，顾雪沉打电话来找的人是她还是他心里的袁月呢？

第十二章　真　相

黑掉的手机屏幕再次亮起，来电人还是顾雪沉。许肆月趴在桌上大笑，笑到嗓子嘶哑。她连续喝水，喝到声音听不出异样才把电话接通。有一段很短暂的沉默，原来她不开口，她跟他之间就是这么冷淡。

片刻之后，顾雪沉低低地出声，音质似乎掺着沙砾："忙完了吗？"

许肆月听到他的声音，眼泪滚落下来。她咬住手背克制，用正常的语气说："还没有。"

她不是幼稚的小孩子了，出问题就立即去找当事人大哭大闹。她现在心情太乱、太伤心，不能说得过多，会失控。何况她也不是随便受人支配的蠢货，一个心思不正的人说她是替身，她就百分之百是替身了？她迫切地需要一点时间和空间冷静下来，才能知道自己接下来该怎么办。撒娇示爱她现在做不到了，但哪怕用装的，也要暂时维持平静，至少她不能也不舍得……那么火急火燎地去刺伤顾雪沉。

许肆月的眼泪无声地流了满脸，胸口疼得弯下腰。

今天用了一整天，顾雪沉忙完了陪伴机器人上线后的所有事宜。他工作时手机不离身，等待肆月的消息，但没有，从清早到现在，手机静得让他心里发虚。其实不只是今天，从前两天开始就是这样了，她的照片和微信问候越来越少，回复也简短匆忙，几乎不打电话，语音也只有短短几秒。五天了，他见不到她的人，连她的声音也快从他的世界里消失了。

顾雪沉捕捉着听筒里她的呼吸声，手指抓住座椅扶手，克制不住用力，让自己不那么冲动地问："什么时候回来？"

许肆月说："最快也要明天。"

顾雪沉的眉心拧出深深的沟壑，长睫垂得很低，在眼睑上盖出一层灰影。为什么她对他这么冷淡？他抿紧唇，想尽可能让自己的语气更好一点，换她和往常一样的热情温柔，就听到她说："我这边还有很多事，晚点再说吧，先挂了。"

周围鲜艳的色彩仿佛骤然被抹去，只剩下耳边轻响的两声忙音和之后彻底的死寂。屏幕黑了，顾雪沉盯着窗外，盯到眼眶泛起微红。

过去的记忆排山倒海一样砸到他的身上。四年前……也是这样，他受不了刺激，答应了跟肆月谈恋爱，但肆月只对他好了一个星期，就得偿所愿，失去了新鲜感。她不再主动打电话，他给她发微信隔很久她才回。火热的烙铁从他的身上拿走，只给他留下血肉模糊的伤口。这一次呢？她把上床当成终点，重新俘获他，这么快又……玩腻了吗？

顾雪沉站起来，双手按着桌沿，手背上之前咬出的伤绷得太狠，又传来刺痛感。他是不是前两天的态度太冷淡，让她失望了，还是今天小阿十解决的那个问题不够好，她觉得被他监视，或者她仅仅只是烦了？

顾雪沉拿起终端，握出微微的碎裂声，最后朝着终端低声说："主人。"

那边没有回音。

他固执地又叫："主人……"

程熙还在录制现场，看到一直休眠的小阿十突然亮起来，反复地叫着主人。明明机器人没什么所谓的语气，但她就是听着心里发酸，于是试探地应了一声："你的主人不在，出去了，等会儿回来我让她哄你啊。"

小阿十检测不到肆月的位置。

顾雪沉哑声问："主人在哪儿？"

程熙说："出去不知道跟谁吃饭了，还没回来呢。"

顾雪沉不再说话，死死地攥着终端，等了十几分钟，小阿十重新感知到肆月在靠近，他手背上的筋络凸起来，刚想喊她，终端的信号就忽然被切断了，一片黑屏，小阿十的开关被关掉了。

敲门声不知道响了多久顾雪沉才听到，他缓缓睁开眼睛。乔御进来，被满室的窒息感吓了一跳，小心地说："顾总，太太五分钟前订了今晚回明城的机票，八点半到机场。"

顾雪沉松开手，已经捏坏的终端从掌心滑落，"砰"的一声掉到桌面上。他的眼睫动了一下，黑不透光的瞳仁里终于有了一抹颜色。肆月回来了，她是故意骗他的，又是她的小套路、小手段，故意惹他不安，再出其不意地给他惊喜。

顾雪沉苍白的唇上渐渐恢复了血色，他不自觉地浅笑了一下。乔御发愣，心里激动雀跃，恨不得在全公司狂喊"'大魔王'笑了"。

"顾总你要去哪儿？"

"回家。"

顾雪沉开车回瑾园，让阿姨下班。他把冰箱里的新鲜食材都找出来，选出几种肆月最爱吃的，洗净手站在厨房里，亲手整理。他把食材切好装盘，等把肆月接回来再下锅。肆月喜欢吃他做的菜。其实他很早就学会了做菜，四年前她不辞而别的那天，原本他也在自己狭小的出租房里准备了很多菜，想生平第一次过一个生日。

还有不久就又到那一天了，他希望……他能活到那个时候。

晚上七点，顾雪沉开车去机场。他不敢暴露，只能留在车里，隔着一段距离，目不转睛地注视着出口。等到肆月出来，他就装作刚好遇上。她一定会……过来吻他。

顾雪沉攥着方向盘。他还想跟她睡在一张床上，今晚他的病一定不会发作。他太想她了，想到溃败，想到无能为力。

晚上八点四十，有一拨下飞机的乘客陆续从出口离开。顾雪沉的手机屏幕停在许肆月的通话页面上，他看到她的身影出现，随即按下拨打键。

顾雪沉的手搭在车门上，准备推开。前方不远处的许肆月低头看着手机，却并没有接起来。

封闭的车厢里，等待接通的铃声没有了。顾雪沉垂下眸，看到被挂断的电话，他的指尖泛起凉意，又打了一次。许肆月依然没接，跟她同行的程熙已经拉开出租车的门，照顾她坐了进去。

顾雪沉僵直地坐在车里，出租车几乎跟他的车交错而过。暗色车窗的后面，许肆月的脸模糊不清。

几秒后，他的手机收到微信消息。

无敌小月亮："在拍摄，很忙。"

顾雪沉的眼瞳里只余无底的黑，他扔开手机，猛踩下油门，跟上那辆出租车。一路上车很多，绚烂的灯光晃在他的脸上，照不出一丝温度。他像一座没有生命的玉雕，机械地追逐那道随时要消失的影子，心在胸腔里被一刀一刀地割开。

半个小时后，出租车停在程熙家的楼下。顾雪沉坐在一片黑暗里，无声地凝望着许肆月，手心里那些残破的疤疼得彻骨。

许肆月跟着程熙上楼，进了家门就无力地靠在墙上，缓缓滑坐下去，抱住膝盖。

程熙急得跳脚，蹲在她的面前不停地问："我的祖宗哎，你到底怎么了？！在海城吃饭回来就这样，到底谁惹你了？！回到明城又不告诉'大魔王'，跑到我家来躲，你究竟是躲什么？！"

许肆月看了她一眼，说："你要是不让我住，我就去住酒店了。"

程熙对上她爬满血丝的眼睛，心里是真的害怕了，忙抱住她的肩膀，安慰道："你有事跟我说啊，别这样，我好心疼。"

许肆月摇摇头，费力地站起来往卧室走，边走边说："收留我一晚就行，一晚上……我一定能想清楚。"

程熙在后面问："能让你这样，是不是跟顾雪沉有关？肆月，我不知道谁跟你说了什么，但顾雪沉是什么样的，你最清楚不是吗？！"

夜里，许肆月蜷在小卧室的飘窗上，把自己缩成一团，紧紧地抱着自己，紧到不能更紧，仍然冷得战栗。

她咬着指节让自己镇静，就算太多她不能理解的问题，都可以指向替身这个答案，但这么长时间她感受到的爱，就能这么轻易被推翻吗？一次一次，顾雪沉拿感情、拿尊严、拿命来不声不响地疼爱她，她才是亲身感受的那个人。再说，她许肆月的爱就那么容易得到吗？

能让她这样死心塌地，恨不得燃烧自己的一切去回报，是顾雪沉用自己的血和灵魂换来的。她因为被他深爱着，才从没有心到长出了心，笨拙地学会了爱一个人。如果这些全是假的，她怎么可能察觉不到呢？

"肆月！"程熙在外面咚咚敲门，"你睡了吗？！要是没睡，你赶紧看看楼下那辆车，是不是‘大魔王’的宾利？！”

许肆月一惊，差点从飘窗上掉下去。她猝然转头，慌乱地掀开百叶窗帘。

楼下路灯照出的模糊的光晕里，一辆黑色的宾利如重伤的野兽般。程熙家在三楼，许肆月能透过车的风挡玻璃看进里面，男人的手苍白清瘦，攥着方向盘，无名指上一枚熟悉的婚戒，在凄冷的夜色里暗淡无光。

许肆月盯着顾雪沉的手，本来就昏沉的脑袋里“嗡”了一声，有好一会儿回不过神儿。他怎么在？！她根本就没瞒住，他早知道她在骗他了是吗？！他会停在楼下，应该是从机场就一路跟来了，那么她刚下飞机拒接那两通电话的时候，他其实是在默默地等着接她？！

顾雪沉是亲眼看着她说谎、敷衍、对他置之不理、扬长而去……不管她是不是替身，这些事都会把他刺伤。

许肆月的牙齿咬得酸痛，她紧贴在窗户上往下看，忽然忍不住啜泣起来。

程熙看得心惊肉跳，急忙上前拍她的背，试图用激将法，说：“有问题就解决，许肆月你不是遇到事情就哭的人！”

“我以前当然不是，我以前……只会让别人哭。”许肆月喃喃地道，“后来病了我才爱哭。他把我的病治好了，又让我爱上他。爱比病可怕多了，把我变得软弱又胆小。”

她失神地望着顾雪沉的手指，那双手搂她、抱她、维护她，扒开嶙峋的废墟找她。

许肆月轻声说：“其实我想过很多次，我这么坏，没良心，也没有美到独一无二，顾雪沉为什么那么爱我，我哪里值得？”

程熙焦急地反驳：“你当然值得！我们肆月是仙女！”

“我不是。”她含着泪笑了一下，“连亲生父亲都不愿意要我，连好多年的姐妹都背叛我。当初回国之前我病得很重，如果不是顾雪沉及时把我拉住，我应该早就没命了。”

许肆月靠在窗棂上，掐着自己克制情绪，不想哭得太惨，说：“我是被他续了命，他怎么可以是假的？”

程熙的眼眶也酸了，她抱住许肆月，说：“我还以为你只是喜欢，现在看来，能让你觉得自卑、没信心，那根本就是爱了。”

程熙也不敢太深问，指着楼下的宾利说：“肆月，你直接去见顾雪沉好不好？无论你们俩之间有什么事，你去和他当面谈谈好吗？”

许肆月把头埋进膝盖间。她的情绪太不稳定了，没见到他尚且这样，真要这时候面对面，还是在封闭的小车厢里，她不知道会失控成什么样。万一她朝顾雪沉歇斯底里地发疯，那么他们之间可能连一个心平气和沟通的机会都没了。

许肆月摸出手机，一句话打错了好多次，许久才发给顾雪沉：“我明天上午就回家了，你今晚早点休息，别熬夜。”

她这么说，雪沉应该就会回去等她了。

许肆月慌忙地把窗帘放下，没勇气再看他的车开走。她推程熙出去，爬上床蒙住被子，片刻后手机一振，屏幕在黑乎乎的被窝里亮得刺眼。

“大魔王”：“我做错什么了吗？”

许肆月被这句话狠狠地剜着，揪住枕头咬在嘴里，给他回：“没有，明天回去我有话跟你说。”

夜里静得近乎恐怖，许肆月把被子裹得紧了一些，依然控制不住地浑身颤抖。她竭尽所能地摒弃那些负面情绪，让自己保持清醒。四年前和四年后那么多的画面，一帧帧在她眼前锋利地划过。顾雪沉那双深沉的眼睛，像是要把她吸进去烧成灰。

不对……她的心理上不健康，比别人敏感得多，雪沉对她如果没有真正的感情，怎么可能把她治愈？！她早就自动排斥了！她不信梁嫣的鬼话。说不定那次醉酒只是她听错了，根本就没有袁月这个人。那张照片上的男孩也不是雪沉！是她关心则乱！她瞎猜什么？等明天回家，她就去问他，让他亲口否认！

如果他不否认……

许肆月茫然地抱着自己，一直混混沌沌到后半夜，快天亮时，通红的双眼凝视着黑暗，不知不觉把嘴角咬出一片破口。他不否认的话，她就只剩下一条路可以走了。

要么这件事是真的，她的确是个悲哀可笑的替身，那她还赖在他的身边干什么？祈求他的怜悯？还是熬着看以后谁先死，不要脸地等着继承他的家产吗？她再爱他，也没那么卑劣下贱。她会主动提离婚，然后滚得远远的，再也不在他的面前出现。

要么这件事不存在，那害得顾雪沉一直苦苦隐藏，不能光明正大地爱她的原因，她也实在无法再等下去了。是她没用，这么久都找不到答案。或许她只有提离婚，用跟他分开来威胁，他才肯吐露真话，把心结打开。

许肆月身上温度尽失，瑟缩着把自己团起来。

最后一次……雪沉，对不起，我走投无路了，最后再逼你一次。

许肆月不知道几点才迷迷糊糊地睡着，睁开眼的时候，天已经大亮。她一下子清醒过来，翻看手机，九点多了！她再昏沉下去，上午都要过完了。

许肆月已经决定了怎么做，就绝不让自己有迟疑退缩的机会。她马上下床收拾，尽量让自己看上去体面一点，推开卧室门时，程熙正在外面来回踱步。一见她出现，程熙立刻崩溃地原地跺脚，焦急地说："他……他还在！"

许肆月一蒙，不敢相信地冲到阳台上。外面日光正烈，照着还停在原位的宾利，男人的手不在方向盘上，早就无力地垂了下去。

一整夜加一个上午，顾雪沉执着地等她，动都没动过。

许肆月的神经暴跳，她转身就想往楼下跑，手按住门把手时又强迫自己停住。她现在这种状态太糟了，两个人的反应都容易出格儿。她极力地清清嗓子，咳得满口辛辣，才把电话拨过去，问："你在哪儿？"

足足过了半分钟，听筒里终于响起喑哑到有些扭曲的声音："你说上午回来，我就在车里等你。"

许肆月的额头抵着冰冷的门板，她说："我现在出发回瑾园，你也回去，我们半小时后见。"

顾雪沉不挂电话，也不出声。一段窒息的沉默之后，他轻声问："瑾园？不是家了吗？"

他死气沉沉地靠在椅背上，腿似乎已经没了知觉，太阳穴里有几十把锥子在不停地刺，翻搅着血肉。肆月说回瑾园，不说回家，他好不容易才拥有的那个家，又要被她收回了是吗？肆月有话要跟他讲，是准备当面告诉他，她对他没兴趣了，腻了，还是要跟他划清界限，以后都不会碰他了？

顾雪沉低下头。他不该问的，会让她更想躲开。他的手指冰冷，很不灵活，迟缓地挂了电话。他把车开到隐蔽的位置，眼睛盯着那个楼门，等许肆月独自出来后，他充血的双瞳就没有眨过。

许肆月上车，顾雪沉不远不近地跟在后面。透过两道车窗玻璃，他注视着她雪白的后颈，那些他留下的吻痕都消失了，像从来就没存在过。

从程熙家到瑾园半个小时的车程。许肆月在门前下车，深吸几口气才解锁进门，以为会看见顾雪沉，家里却空荡荡的。她刚想打电话，外面就隐约传来车声。

许肆月的心跳得快要抽搐，她攥着手回过头。大门打开，男人很慢地走进来，被阳光笼罩着，却整个人都在晦暗的阴影里，表情看不清楚。五六天没见了，许肆月一看到他就想哭，强忍着眼泪。门自动关上，“啪嗒”一声，震碎了凝固的气氛。许肆月一颤，避开视线。

顾雪沉走近，可她丝毫也感觉不到他身上的温度。他没有来亲近她，略显吃力地脱了外衣，把衬衫袖口卷起一点，双手翻动时，掌心粗砺的伤口露出来，有很多结痂的位置竟然又渗出了血。

他低声问：“饿吗？我给你做饭。”

许肆月的嗓子堵着，她不自觉地朝厨房看过去，心头一震，料理台上摆着好几个盘子，里面是切好的食材，整齐地码着，已经干了。昨晚……他不仅想接她回家，甚至还准备给她做菜的。

许肆月的情绪在这一刻突然崩溃，她看着顾雪沉的背影，带着哭腔喊他：“顾雪沉！”

顾雪沉似乎摇晃了一下，急切地侧过脸，哑声打断：“我们先吃饭！”

他勉力站着，头被连绵的疼痛冲击。如果她说那些玩够了、不想再理他的话，他真的承受不了，也许就撑不到生日了。他只想把没有让她尝到的菜做出来，跟她坐下好好地吃一顿饭。

许肆月不知道他在想什么，感觉到的只是他的回避。如果他恨她的话，就应该早点让她解脱，如果他爱她的话，到底是什么原因一定要隐忍？为什么他就不愿意多给她一点安全感，让她在被别人挑拨时多一些自信？

许肆月追上前两步，脱口问道："不想吃饭，我有话跟你说！你告诉我，袁月是谁？！"

顾雪沉缓缓转过身，不可相信地看向许肆月，手中提着的外衣掉在地上。

"你说什么？！"

许肆月愣了，高高悬着的心被他发自本能的反应刺透。不是梁嫣编出来的，真的有袁月这个人……他的眼睛黑得瘆人，只是因为她提了袁月的名字！

许肆月不肯示弱，无望地嘶声追问："你说实话，当初接受我的追求，后来娶我、维护我，这么长时间明里暗里地对我好，甚至跟我上床，最开始的起因，都是袁月，是吗？！你对我的所有感情，开端全部是因为袁月，是吗？！"

顾雪沉的冷静被彻底压垮，他略有踉跄，两步逼到她的面前，几乎语不成句："谁告诉你的？！"

许肆月憋着的泪倾泻而下。他承认了……他的激烈、动容，都不是为了她。之前她预设的那些美好幻想，被他亲手毁灭。她被烧成灰的心底只剩下最后一丝微弱的希望。

她颤抖着，抗拒顾雪沉的靠近，向后退开，迎上他布满血丝的双眼，轻声说："顾雪沉，够了，到此为止，我们离婚吧。"

许肆月说完这句话，偌大的客厅犹如陷入冰窟。她还没来得及分辨顾雪沉的神色，就已经被彻骨的寒意激得忍不住瑟缩。她忽然有种难以言喻的窒息感，仿佛"离婚"两个字不是一句简单的威胁，而是一把致命的武器。

顾雪沉眼里所有激动的情绪因为"离婚"两个字全部消失，只剩下茫然。

"许肆月，"他摇摇欲坠，眼眶已经快盛不下那些红色，定定地凝视着她，"我没听见。"

他没听见，就不存在，不作数，没有发生过。

许肆月却更绝望，袁月是真实存在的，顾雪沉对袁月的在乎赫然在目。许肆月跟他相当于摊了牌，表明她知道了替身的事，可她都提了离婚，他却只想这么轻描淡写地掩盖过去！他不解释？！没有更多的话跟她说？！她的心就不是心吗？！她的感情就可以随便扔到一边不管吗？！

希望渺茫到几乎不存在了，许肆月依然不愿意接受。她不信顾雪沉会这么敷衍她！

许肆月穷途末路了，克制不住地抽泣了一声，情绪也被逼到死线。她无措地摸到左手无名指上，胡乱地扯下那枚婚后从未摘过的戒指扔给顾雪沉，重重地说："那你听清楚！我说的是离婚！顾雪沉，我要跟你离婚！"

钻石闪着光，砸到顾雪沉的肩膀上，很轻，却把他撞得微晃，又"啪"的一声落在地面上。

拴着他的理智的那根头发丝随着这声轻响被彻底扯断。肆月不是对他没兴趣了，是又一次不要他了。她知道圆月，把他感情的根源也弄得一清二楚，知道他从十一岁相遇那年起就在为她而活。他追她的车，追她的背影，像影子一样在她的身后匍匐，十三年过去了，又把她据为己有。

以前他总想，肆月忘了才好，一辈子都不要记起当年的圆月，更不能发现他一直像疯子一样迷恋着她，免得她会有负罪感，为他的死有什么情绪的大波动。可原来肆月知道一切以后，却选择跟他离婚。

顾雪沉的脸上再也没有血色，他的唇角翘了一下，像是在笑，眼眶却无法负担重量，第一次清醒地当着许肆月的面，眼泪滚落下来，透明水迹仿佛掺着血，滑过脸颊，滴到瘦白的锁骨上。他一字一顿，很慢地问："许肆月，抛弃我一次，还不够是吗？"

许肆月呆住，唇陡然地张开，干哑到说不出话。

顾雪沉感觉太阳穴深处被无形的利爪翻搅着，他视野里的光开始被剥夺，眼前一片昏黑，耳中也渐渐听不太清声音。他所剩无几的生命原本就系在她的身上，那些早就耗干的心血之所以还能维持着他不倒下，只是因为贪恋。他想跟她有多一点的时间，想为她多做点事，哪怕明知是假的、短暂的，也偷偷地沉溺在她的热情里，幻想自己真正地被她爱着。到头来，她对他只有厌恶，甚至必须抛弃他不可。

顾雪沉维持这么久的冷静完全崩溃，他上前攥住许肆月的手臂，眼睛有些失焦，又覆着一层凶戾的泪，绝望地说：“我就这么让你恶心？！离婚不可能，你想都不用想！你是我的妻子，一直到我死，你都是！”

许肆月厉声说：“那你就告诉我，你不离婚到底是因为什么？！是为我，还是为……”

客厅里的光线骤然一变，大门被从外面打开，阿姨站在门口，毫无准备地被两个人的样子吓得脸煞白，手里刚买的食材掉落在地上。她不敢太靠近，只能颤声问：“怎么了这是？！小两口有话好好说，别吵啊。”

许肆月没问完的话被堵了回去，她的胸口急促地起伏，睫毛上湿漉漉的，全是泪水。她想问，到底是因为她，还是因为袁月，是舍不得她，还是舍不得一个替代袁月的假货？！

阿姨是按平常的时间出去采买，回来准备打扫整理的。太太出门这些天，顾总就没怎么回来过，一直住办公室，她盘算着今天太太差不多该到家了，才喜滋滋地打算做饭，怎么也没想到会撞上这样的状况。

许肆月紧闭双眼，心脏快要爆开。她的手机似乎在响，响了好一会儿了，她都不予理会。对方却锲而不舍，一遍一遍地打过来。阿姨在场，她问不出来什么了，也不敢看顾雪沉，只能挣开他，装作还撑得住的样子转过身，拿出手机来接通。

许肆月只想有一个暂时喘息的时间，根本没看清打电话的是谁。她的耳中乱糟糟地响着噪声，直到听筒里的女声反复地问：“顾太太，您在听吗？顾太太？如果可以，请您马上过来！”

许肆月茫然地看了一眼屏幕，上面竟然显示是疗养中心。外婆住进去以后，她一开始频繁地去看望外婆，后来外婆跟左邻右舍的老太太们成了姐妹，每天各种小活动玩得根本不得闲，她放了心，也就渐渐专注于自己的生活。上次地震以后，她回明城住了一天后就赶去海城了，加上多少带些伤，怕外婆见着担心，还一直没去看外婆。

对方再一次说：“老人家摔倒了，现在医生正在检查，她非常想见你。”

外婆摔了。许肆月掐着喉咙，只挤出来几个细碎的音节。对方催促她快点，隐约还有外婆的声音传来。她头重脚轻地往外跑，到门口时回过头，顾雪沉仍站在原地，目光空茫，没有看她。

许肆月失了声，费尽力气也说不出几个完整的字。她来不及了，一口气冲出去，叫车赶往疗养中心，根本不知道她刚一走，顾雪沉就摔在了沙发上。

从瑾园去疗养中心不远，加上许肆月的状态实在吓人，司机开得格外快，十几分钟就赶到了。

门口有护士在等她，也被她没擦干的泪水吓了一跳，以为她是因为外婆才如此难过，忙解释说："您别担心，老人家摔得不严重，是踩着椅子找东西时失足掉下来了，不高，没有大碍。"

许肆月一路被带领着，脚步错乱地跑去诊疗室。老太太躺在床上，医生正在给她处理外伤。见许肆月到了，医生主动安慰道："片子刚出来，骨头没事，就是皮肤划破流血了。"

医生护士做完必要的工作，很识趣地退出去了。老太太始终望着许肆月，忧心地问："我是不是给小月亮添麻烦了？"

许肆月用力摇头。

老太太伸出手，神色格外温柔，又问："那我的小月亮是不是受委屈了？"

许肆月咬住唇，想继续摇头，眼泪却先掉下来。她伪装不了了，紧走几步到外婆身边，把脸埋入外婆的臂弯里，放肆地哭出声，委屈得瑟瑟发抖。

外婆把她搂紧，让她一直哭到累了，一句也没催，不停地摸她的头发，轻声说："是因为小顾吗？"

"小顾……"许肆月顾不上外婆能不能听懂，断断续续地呜咽，"小顾爱别人，爱那个，小时候的袁月。他就算现在对我有感情，那个人也存在，永远都存在……"

外婆愣了一下，琢磨片刻搞懂了许肆月的意思，哭笑不得，满肚子的话要说，一时又卡住了，不知道怎么表达才好。老太太急得冒汗，赶紧推她，说："起来起来！你是为这个哭的？！让你死心眼儿！一直不好好听外婆的话！"

许肆月茫然，老太太匆忙地把枕头边摆的一个旧盒子拿过来，拍得啪啪响，说：“我急着让你来，不是因为这点无关紧要的小伤，是我在柜子顶翻你外公的老相册的时候，意外找到一个东西，必须得马上给你看！”

她掀开盒盖，把里面最厚的一本相册掏出来，说：“我怕睹物思人，这么些年了也没看过这个相册，到哪儿都把它藏得高高的。谁知道今天睡午觉梦到你外公，他的脸都模糊了。我怕忘了他的样子，想把相册拿出来看看，结果……”

许肆月的眼神跟着外婆翻动的手，一帧帧地掠过那些泛黄的老照片，直至停在其中一张上，是十岁那年在明水镇里，她跟妈妈和外婆的合影。她身上的那条裙子……好熟悉，不太可能是十来年前的记忆，倒好像最近在哪儿见过同一条。

不等许肆月多想，外婆就把这张照片从塑料膜里抽出来，向背面翻转。

下午的阳光透过窗口照进来，晃得许肆月的眼前花白，她说不清为什么，某一根极度敏感的神经，在无形中被缓缓抽紧。

照片背面，还有另外一张照片，完整地重叠着。外婆彻底翻过来的那一刻，许肆月的血液瞬间凝固，她皱了皱眉，又松开，伸手想去碰，却惊恐得不敢上前。这张照片上，她穿着同样的裙子，黑发轻垂，眉眼含笑，细嫩的手向前伸，紧紧地牵着一个男孩子。男孩子跟她差不多年纪，五官俊秀，浑身带伤，黑瞳专注地凝视着她，又暗又浓，藏不住满溢的甜蜜。

熟悉啊，她怎么能不熟悉？同样的裙子，许肆月刚在梁嫣的手机里看到过。那张跟她十岁时有几分相似却又不同的脸，到了这张照片里，竟然变得跟她十岁时一模一样！

外婆激动地把照片转过去，让她看后面的白板。

许肆月的脑中不断地轰鸣，她的手指轻抖着，触摸上那行她亲笔写下的字：“我是天上的圆月，你是地上的阿十，就算你触碰不到我，我也会一直照亮你。”

许肆月的牙关里溢出一丝不堪承受的气音，她恍惚回到那个寿宴的晚上，酒店里，顾雪沉眼里带泪，哀戚地望着她，断断续续地对她说：“你是天上的圆月，我是地上的阿十，就算我触碰不到你，你也会一直照亮我。”

他说的不是袁月，是圆月。可她那晚……居然只听到了“圆月”这两个字！

怎么可能……许肆月死死地抓着外婆的手，像濒死的溺水者一般念叨着：“阿十，阿十……”

她的机器人阿十，从最开始，顾雪沉要给她的，每天每夜在床边陪她的，就是阿十。

外婆的眼睛也湿了，她说：“我跟你说过那么多次，你都当成是我糊涂了，从来不信。我确实是糊涂了，居然忘了这张照片，没有早点找出来让你看看。

“阿十不喜欢自己的本名，你就给他取了这个昵称，还把自己叫‘圆月’跟他相配。那天你领阿十回来，我跟你妈妈就在院子外面给你们俩拍了这张合照。当时还有隔壁照相馆的老板，说瞧着两个小孩儿真好看，也从侧面拍了一张。

“照片洗出来以后，你在背面写了字，说想送给阿十当纪念。谁知你妈妈突然病重，咱们一家子匆匆忙忙地回了城。没多久你妈妈过世了，你受了很大的打击，连着发了几天高烧，意识都不清醒，后面又昏昏沉沉地重病了好几个月，等好了以后，就对那年夏天的事没什么印象了。

“医生说你是受了刺激或者高烧不断导致的后遗症，算是一种自我保护。那时候我的身体不好一直在住院，你爸忙生意，也没顾得上仔细照看你，就那么不了了之。那个夏天代表着你妈妈最后的时光，好像从你生命里被挖走了……”

许肆月把照片放在心口上，整个人脱力地趴在床上。

老太太长叹了一口气，按住她的肩膀，继续说：“你对那个夏天的记忆只剩下许丞当时告诉你的事情。你跟着妈妈和外婆去过明水镇，妈妈给你画了一幅画像，其他的记忆没了。阿十就被丢在了你的那段空白的过去里。后来我出院想起这件事，再跟你讲，你不感兴趣，也不相信我的话。”

“时间太久，我也记不太清阿十的长相，但自从见了小顾，总觉得阿十像他。直到这张照片今天被我翻出来……”

许肆月咬着手腕，极力地去回忆，却只有一点点模糊的影子。

有个男孩子被一群高年级的男生围攻。那些人拿着从工地捡来的钢管和木棒，合起伙来打他。一群人伤害他一个人，嘴里还骂着很多难听的话。男孩子的身上慢慢有血渗出来，小衣服上全是尘土。他一声不吭，眼睛像死水一样，阴沉又孤苦。她好像穿过人群跟他对上了目光，然后……她挥着刚从超市里买来的玩具木剑，不管不顾地冲了上去，把他挡在身后。没有了，后面还有太多太多的画面，她撕扯开自己也想不起来。

许肆月痛哭起来，自己忘记的不是一个夏天，是那年身在泥沼中的顾雪沉。

短短三个月的恋爱的确支撑不起那么深的感情，那十三年呢，十三年够不够？！许肆月突然抬起头。她刚才对顾雪沉说了什么……离婚。从来没有替身，雪沉不知道替身！他听到对方说“袁月”，自然以为是“圆月”，以为她清楚了过去所有的事。而她不但没有温柔地对待他，还歇斯底里地要跟他离婚！他爱她，从小到大只爱她。她呢？从上学到现在，她到底对他做了什么？

许肆月重重地抽了自己一巴掌，清醒了一些。她站起来，粗鲁地抹去眼里的泪水，低声说：“外婆我要走了。我得马上去找他。我做错事了，做错了太多……太多的事。”

外婆不拦她，安慰道：“去吧。他太苦了。做错事不怕，你要弥补他。人活着，除了生死，凡事都能被补救。”

许肆月跑出疗养中心，不顾一切地往家里赶，进院子时脚软摔了一跤。她一刻不停地爬起来去推门。阿姨正好在门口，抱着一个小箱子，慌忙地扶她。

“雪沉，”她焦急地说，“雪沉呢？”

阿姨的眼圈发红，她说：“太太，您出去后，顾总就摔在沙发上了。我吓得半死，想叫救护车，他不许。过了一会儿，他又勉强地站起来，被司机接走了，好像是去公司……”

他摔在沙发上？！他还去公司？！

许肆月转身就走。阿姨下意识地拉住她，说：“还有这个东西，我刚收到的快递。箱子破了，我就将快递拆开了。”

许肆月管不了什么快递不快递，甩手时误碰到箱子，阿姨没拿住，箱子翻倒在地上。一个瓶子头朝下掉出来，玻璃制的瓶身磕到地砖，顿时碎裂，“哗啦”一声，黄色的椭圆形药片撒出来。

许肆月呆呆地看着它们，为什么……雪沉的药瓶里是完全不同的药片？他到底怎么了？她站在阳光下，浑身却冷透了。既然没有替身，他没有不爱她，那压着顾雪沉的那个问题比十三年的感情更重。逼他不能对她坦诚的原因是什么？！

药片上的反光刺进许肆月的眼睛里，外婆那一句“除了生死，凡事都能补救”猛然回到她的耳边。她笑着摇头，开什么玩笑，自己疯了吧？！她在想什么绝对不可能的原因！但她的双腿比心更不受控制，已经胡乱地迈下台阶。

深蓝科技基地大楼十六层的办公室，房门紧闭，被反锁着，窗帘全部落下，透不进光，整个空间像是一个暗无天日的死牢。

顾雪沉跪在洗手间里，胃拧成一团，再也没什么东西可吐。他摸索着水池的位置，极力站起来，用冷水把自己洗干净。就是今天了吧，他不想再拖了，只要死在今天，肆月就不能再跟他提离婚了。他就没有失去她。她依然是他的妻子，永远都是他的妻子。

顾雪沉的意识开始涣散，脑中仿佛被剜空了，又被锋利的钢针填满，每一秒钟都让他生不如死。他的眼睛已经看不见了，一直在失控地流泪，眼前没什么光，几乎漆黑一片。

他踉跄地走出洗手间，路上被绊了几次，撞到桌角，又站直，执拗地往前走，要去休息室里……休息室里的床上还有肆月留下的味道，枕边有一件她穿过的外衣，外衣被他整整齐齐地叠好。晚上他就将它抱在怀里，熬过她不在家里的五天时间。

顾雪沉被蚀骨的剧痛压弯了脊背。他倒在休息室的门边，无法再站起来，只能拖着身体慢慢地向前移动。他移到床边，攥住被角，用尽力气移到床头，摸到衣服后，将衣服紧紧地搂住，却上不去这张床了。

他蜷缩在地板上，手艰难地伸入领口，解下一个垂在胸前的小绸袋，绸袋里是他攒的肆月的长头发。他本来想不管什么时候撑不住了，就能跟它一起被烧成灰，一直纠缠她。但现在……肆月厌恶他，他连它也不配拥有了。

顾雪沉把套在小指上的女款婚戒握进掌心，睫毛抖动着垂下，遮住空洞的眼睛。他的皮肤霜雪一般白，只有嘴唇上有从口腔里流出的血，暗红色的血。黑暗飞快地蚕食着他的意志，要把他完全吞噬。他极力地回想着被肆月抱在怀里的感受，想象自己还被她爱着。

门外走廊里，乔御要哭出来了。他无论怎么敲门，怎么打电话，办公室里的人就是不回应他。备用钥匙打不开门，门在里面上了锁，只有专属的指纹才行。

十分钟之前，给顾总开车的司机慌慌张张地来找乔御，说他奉命把顾总送到了公司。但顾总状态完全不对，站不稳，视力好像也有问题，进了办公室就把他赶出去，关了门。他想来想去害怕出事，才憋不住来向乔御求助。

乔御感到事情不好，立即冲上楼，却被挡在了门外。他汗流浃背，没办法不想起上次顾总发病时的惨状。他先给江离打电话，紧接着给许肆月打电话。他想，如果太太过来，顾总也许会打开门！

电话只响了一声就被接通，乔御没来得及开口，就听到许肆月的声音："他在哪儿？！是不是在办公室里？"

"是！门被反锁了，我打不开！"

不到三分钟，乔御就见到了跑出电梯的许肆月，印象里的太太向来光鲜逼人，哪怕在地震刚结束的时候她整个人也是光鲜的，从没像现在这样失态过。

十六楼清场了，不相干的人全都撤走，静得仿佛没有一丝活气。许肆月扑到门上捶了几下，叫着："顾雪沉。"

她只是叫了一声他的名字，就控制不了情绪，大声地喊他。

乔御见太太也得不到回应，确定他百分百出事了。乔御吓出哭腔，脱口而出："上次顾总发病就昏倒了，这次会不会也……"

许肆月僵硬地扭过头，死死地盯着他，说："你再说一次，谁发病？"

乔御这才意识到自己失言了，停顿了一下，随即低喊："顾总……顾总病了，病了很久了！上次发作是在你为了三幅画去许家的那天，他病倒昏迷了。江离把他从这儿背出去，送进医院！下午他从医院醒来就去墓园接你了！我怕今天……"

许肆月疯了，重重地踢向门板，厉声地叫着顾雪沉，手指无意中碰到指纹识别处，红灯竟微闪了几下后变成绿色。门微微一动，向外弹开。这间她没来过几次的办公室，门早已被顾雪沉录入了她的指纹。他每一次独自在里面时，都在期待她出现。

许肆月闯进去，里面一片昏暗，借着走廊的光才能隐约看到轮廓，工作台上整齐地堆放着各种文书，没有人在那里。她望向那间休息室，一步一步地走过去，快到门口时，忍不住跑起来。休息室其实很小，但跟地板上蜷起的人相比，又大到空旷冰冷。

许肆月跌倒在地上，扑过去抱住顾雪沉。他的身上很凉，左手紧紧地攥着什么东西。在被她扶起时，他无意识地将攥紧的手松开，一枚女式的婚戒露出来。钻石不再闪耀，蒙了一层血，深深嵌进他裂开的皮肉里。不久前还抓着她说不可能离婚的人，现在安静虚弱地躺在地板上。两个人重逢以后，他一直伪装得淡漠疏离，然而现在，外壳都碎了，他被伤得千疮百孔，只能独自蜷缩在漆黑的房间里。

许肆月张开干涩的嘴，喘不过气来。她埋首在顾雪沉冰凉的脖颈间，对他说："雪沉，你醒醒，你告诉我你哪里疼。"

她想取走那枚戒指，但钻石的边太锋利，它已经完全扎进他的手心里了。她稍微一动戒指，血就往外渗。

乔御腿都软了，扶着门框，惶恐地打开灯，房间里顿时被照亮。

许肆月抚摸着顾雪沉素白的脸，他怀里的女款外衣也掉了出来，是她常穿的一件外衣，外衣上还有淡淡的香水味。他手边的小绸袋也被她打开，里面是一缕长发，长发被红色的丝线绑着，还有一个小牌子，小牌子上是他一笔一画写的很小的字。

"等到下辈子，月月爱我好不好？"

许肆月扣着他的肩膀，身体不停地发抖。她不知道"下辈子"到底代表什么。雪沉只是生病了，只是因为被她气得太厉害才倒下，去医院好好地打针吃药，她寸步不离地照顾他，他就一定会康复。可他为什么要写这种遗言一样的话？！他为什么会昏倒？她怎么叫都叫不醒他！

许肆月不敢想，拼命地把顾雪沉从地上搂起来，声音沙哑地大喊："叫救护车，乔御，马上叫救护车！"

乔御从柜子里翻出毛毯给顾雪沉盖上，忍着泪点头，说："我已经叫江离过来了！别人不行，我只能找他！”

许肆月慌忙用毛毯裹住顾雪沉，脸颊跟他的额头紧贴着，想帮他取暖，滚烫的泪一滴一滴地掉在他的脸上。她极力地回想江离是做什么的。

没过多久，走廊里响起急迫杂乱的脚步声，穿白大褂的男人带头冲进来。许肆月对上他的脸，某根扯到极限的线猛然崩断。她想起来了，寿宴上，雪沉喝酒，江离曾经非常担心，江家是医药世家，他是全国有名的……脑外科医生。

江离只看了顾雪沉一眼，眉心就拧成死结，电梯容不下病床车，只能靠人力转移病人。他不放心别人，自己弯下腰去背顾雪沉。他有经验了，动作非常快，分秒不敢耽误地往外走。

许肆月的手脚虚软，眼看着顾雪沉被带走，她跌跌撞撞地往前追。跟来的人群里忽然有道身影闪出来，对方把她往后挡了一下。

“他怎么会昏倒？！这次为什么发作得这么严重？！我哥说了，以他正常的病情进展，他不至于这么快昏倒第二次！”

许肆月抬起头，看到江宴通红的眼眶，没时间回答，绕过他去找江离的身影。

江宴低吼：“是不是和你有关系？！你刺激他了是吗？！”

江离背着顾雪沉要进电梯了，许肆月隐隐约约地望着顾雪沉苍白的额角，好像他整个人要从她的世界里消失了。心里被恐惧感占满，她凶狠地推开江宴，流着泪厉声说：“滚！别挡我的路！”

许肆月追过去，江离已经乘电梯走了。她慌忙地按下旁边的按钮，等不了就从步梯跑下去追。她从来没有跑得这么快过，到后来磕磕碰碰才追到大部队的尾巴，追到地下车库。救护车的后门马上就要关闭，她拼力地追过去，用手扒开马上要合上的门缝，爬上车，挤到顾雪沉的身边，想揽着他的头抱住他。

江离厉声呵斥：“别碰他！”

许肆月抬眸。

江离迅速地给顾雪沉插上输液针头，目光停在许肆月的脸上，发出警告：“现在离他远一点，除非你真想让他死在今天，那我就不用救他了。”

许肆月僵硬地站在那里，小巧的脸惨白，因为刚才走路跌跌撞撞，身上有不少尘土。

顾雪沉被背起、被抬动，针头扎进他的手背，他都没醒。他没有感觉了，只是安静地躺着，像是没有生命。

许肆月一声不吭地凝视着他，眼泪滑到下巴上后落进裙子里，裙子上出现一大片水迹。救护车的鸣笛声中，她问："雪沉到底怎么了？"

江离膝盖上的双手攥得发白，他说："顾雪沉真是能忍，也会藏，跟你朝夕相处这么长时间，到今天才让你发现他生病了。"

"如果他发病前你见过他，"他低声道，"那很可能是你最后一次面对能够正常行动、看得清东西、听得清声音的顾雪沉。"

时近傍晚，华仁医院的普通门诊医生已经下班。救护车直接驶入院内，直奔贵宾楼的急救室。车门打开前，江离神情复杂地看向许肆月，说："从你还没有回国的时候，他生命的剩余天数就不多了。你作为他唯一的家属，会拿到他详细的身体报告。比起听我说他的病情，你看那个报告更能了解他的情况。"

"还有，"他扶住顾雪沉的病床车，"麻烦你暂时留在医院里，随时准备接收他的病危通知书。"

华仁医院的脑外科很厉害。用贵宾楼的人基本上都是患有脑外疾病的各界知名人士。他们需要高质量的护理服务、医疗环境以及更好的私密性。这栋楼不高，所有检查科室都在一楼。一楼面积大、医护人员多，顾雪沉被一群人推入急救室，随即入口处就被隔离带封锁。

许肆月被挡在外面，立即拨开障碍物就往里追。两个护士把她拽住，说："顾太太，江医生特意交代过了，不能让您靠太近。您可能会情绪失控，影响抢救，请在这里稍等。我们会尽全力，检查结果生成以后会马上交给您。"

许肆月根本听不见护士的话，意识里什么都不剩，只有江离的那些话，和最后一眼看见的顾雪沉。顾雪沉躺在雪白的病床车上，手被生生地从她的手中抽离。

她不顾一切地挣脱，纤薄的肩膀被人从背后一把扣住。江宴坐别的车紧跟过来，见她这副样子，为了他的沉哥，尽力放平语气。

"许肆月，嫂子，"江宴咬牙切齿地说，"我哥去抢救沉哥了。他让我问你，最近一周内，沉哥的精神状况怎么样？饮食、睡眠有没有异常？情绪是不是强烈波动过？受没受到大的刺激？！这些情况我哥是必须要知道的！”

许肆月从头到脚彻骨地冷。她看向急救室，那上面亮着一盏刺眼的红灯。

护士有单独的通道接收里面传送出来的各种报告单，第一张送到许肆月手里的单子就是一张病危通知书。护士表情凝重地说：“顾太太，请您签字。签字后证明您已知晓患者的病情，接受一切结果。”

笔被塞到许肆月的指间，她的手被引导着放在病危通知书上。她盯着顾雪沉的名字以及后面一长串儿的医学术语，在末尾处看到三个字：脑肿瘤。

“目前病情严重。”

“病人随时有心跳、呼吸停止的可能性。”

“请家属理解并积极配合医护人员。”

许肆月声音沙哑地笑了一声，把薄薄的一张通知书攥成团，将笔扔了。她环视周围，说：“我理解不了，也接受不了！我老公怎么可能生这样的病？他身体很好，没有做不到的事。他一直，一直都在照顾我。”

许肆月语无伦次地说话，但没有哭，也没对任何人歇斯底里地叫喊。她很努力地讲道理：“你们江医生弄错了，再确认一次好吗？这张病危通知书不是顾雪沉的。他没有得重病，绝对没有。”

她紧紧地握着纸团，语气近乎恳求，一字一顿地说：“麻烦你们，你们确认清楚了情况再告诉我，行吗？这样的错误，我承受不了。”

话音刚落，新的报告单陆续出来了。一张一张的报告单上有文字、有图片。厚厚的一摞报告单，连同江离专门让人整理的病历复制本，一起被摆到许肆月的眼前，最上面的则是第二张病危通知书。

江宴忍无可忍，抓着许肆月的手臂问道：“我不想对你有什么情绪，免得哪天沉哥知道了怪我，但我真是受不了了。许肆月，你至于这么假惺惺吗？！你要是有良心，为什么当初那么对待他？！你别装了！我没空和你演戏。我再问一遍，你老实告诉我，沉哥这几天究竟怎么样？！”

许肆月用冰块儿一样的手指机械地翻开手中还带着温度的纸张，顾雪沉的生命在这些东西里流逝。她已经流不出眼泪了，双眼疼得睁开都很困难。她握着一张显示肿瘤大小和位置的影像，崩溃地张开口回答江宴，也在往自己的心上捅刀子：

“我不知道！我竟然不知道……我在海城五天，因为自己很痛苦，第六天回来后不想见他，不知道他在机场里，当着他的面上了别的车。”

“他昨晚在车里等了我一夜，等到今天上午十点都没有动过。我中午回家，他说想跟我吃一顿饭，可我和他说……”许肆月几乎站不住，“我说，到此为止，我们离婚吧。”

江宴暴怒，顾不上周围的人，也想不起要保守秘密。自打知道顾雪沉真实的病情，他始终憋着一股火，就怕自己失控乱说话，但现在无论如何也忍不了了。江宴瞪着许肆月，说：“你怎么不直接拿把刀杀了他？！省得让他受折磨！你那么狠地丢下他。可他为了你，拼死拼活地熬，就因为知道许家倒了，知道没人管你了，要托着你！”

“深蓝科技光鲜吗？！高高在上吗？！事实真可笑，那么大的公司，全是顾雪沉为你耗的心血！他怕你哪天回国后掉到泥里，怕你当不成公主，中途连得这么重的病都没有时间治！他就怕自己耽误一天，成不了那把给你遮风挡雨的伞！”

“他快死了。”江宴哽咽道，“在你回国之前，他就知道他剩不了多少时间了！他跟你结婚，是为了把所有家产都名正言顺地留给你，让你随便挥霍，不受人欺负。他表面对你冷漠，是唯恐你对他有什么歉意，怕你会为他的死而难过！”

“难过？！我看你应该开心才对吧！顾雪沉不过是你随便玩弄过的一个前男友。出国四年，你早把他忘干净了。他要是真没了，剩下的钱给你。你无牵无挂，又能得意了吧？！”

许肆月一句话也没有说，缓慢地低下头，缩着肩膀抱紧怀中厚厚的一摞报告单，走到离急救室隔离带最近的角落蹲下去，靠在墙上。她一页一页地翻报告单，把那些晦涩的文字背下来，不懂的地方，就上网搜索。她看到存活率的时候，手停了，许久没有动，然后把脸靠在手臂上，咬住衣袖，不让自己撕心裂肺地哭出声音。

她为什么不多听听外婆讲阿十的话？她哪怕有一次多一点好奇心，知道圆月的由来，也不会拿离婚这件事刺伤顾雪沉。为什么初中、高中的六年里，她没有一次在他的面前停留？大学时追他，她明明第一眼就为他心动，为什么接受不了事实，非要伤害他、冷落他，不声不响地把他丢下？

两个人结婚以后，顾雪沉每天承受着的痛苦真的没有任何蛛丝马迹吗？她太粗心了，只惦念他爱不爱她，而从来没有真正学会到底怎样去爱一个人。她以为自己受病痛煎熬，同样的时间里，顾雪沉也被她伤得体无完肤。他却默默地耗着生命，用清瘦的双手为她搭起遮风挡雨的屋檐。

许肆月缩在墙角里，赖以生存的世界仿佛正在慢慢地坍塌。

急救室内，一众忙碌的医护人员不约而同地松了一口气。新来的小护士甚至直接喜极而泣，着迷地盯着顾雪沉的脸，双手合十。

江离疲惫地让大家各自去忙，把顾雪沉推到旁边的观察室里，坐在他的床边等着。还好没太久，顾雪沉连成几缕的睫毛就颤了一下，江离忙把灯光调暗，等他睁眼，然而他并没有动。他整个人看起来惨白惨白的，没有一丝生气。

“雪沉，我知道你醒过来了。”江离心里着急，但说话时声音很稳，“许肆月现在就在急救室外面，你如果想见她，我马上去喊她。”

顾雪沉的头还在痛，但比起昏迷之前的情况，现在已经好多了。他微微睁开眼，眼前很暗，能看见灯光，却看不太清楚人的脸。这次病情发作大概已经严重到肿瘤压迫视神经了，他就算被抢救了过来，也不能立刻恢复视力，成了一个连行动都不太方便的残废。

顾雪沉插着针头的手动了动，吃力地摸索。

江离忙问：“找什么？”

他艰难地开口：“戒指。”

戒指在救护车上时被取了下来，许肆月就将戒指拿走了。江离没说这些，气他这种完全失去求生欲的状态，恨恨地说：“丢了！”

江离多希望顾雪沉跟他吵，跟他动怒啊！江离希望他像以前那样——只要他被抢救过来，就什么都不怕地下床，继续为许肆月奔忙！

顾雪沉愣了好一会儿，手颓然地垂下去，空空地抓了一下，又松开手。他眯着眼，望着空空的墙壁。戒指没有了，装头发的小绸袋也没有了，他失去了一切和她相关的东西。为什么他没有死？他还变成看不清东西的残废。肆月在医院里一直没有走，是要跟他再一次提离婚吧。

顾雪沉慢慢地说："不知道她会不会接我的电话。你帮我打电话给她，让她听我说几句话。"

江离拧眉，到底还是没劝什么，照着顾雪沉的要求做了。

许肆月紧攥的手机忽然响起，是一个陌生的号码。屏幕上太湿，她滑了好几次才接通，江离的声音传出来："雪沉醒过来了，状态不好，有话跟你说。你最好别打断他的话，他的体力有限。"

许肆月像捧着珍宝般握住手机，耳朵紧紧地贴着手机，想说"好"，想说"我一定听话"，但喉咙已经肿痛得难以发声。

听筒里响起细微的传手机的声音，有一道呼吸声传过来，让许肆月的心脏痛到麻痹。

顾雪沉的嗓音很低，他慢慢地说："我的病和你没有关系，是最近才发现的。你不用多想，我中午不同意离婚也是这个原因。你不用那么麻烦了，再过几天我就不在了。遗嘱我已经提前立好，家里的财产都会留给你，你随便支配它们。如果你实在等不及，我会快一点结束。"

"以后我也不会让你麻烦，我的后事别人会处理。你每年如果有空，去看我一次，不想的话，不去也可以。"

"肆月。"

他跟她分别四年，再拥有她后，忍耐了那么久，初次用最真实、温柔的语气唤她的名字。

"肆月，我们不会再见面了。抱歉，我最后让你记住的是我狰狞狼狈的样子。今天过完，你就忘了吧。"

顾雪沉说完这些话就挂断了电话，没有给许肆月开口的机会。她的任何反应他都不敢知道。或许肆月无论如何也忍受不了跟他这种暗自觊觎她十几年的人当夫妻，坚持离婚，对遗孀的身份也极其厌恶；或许她会说两句软话，跟他道歉、怜悯他，但他不希望她这么做。一切结束在这里吧，以后他不是到处流浪的孤魂野鬼，他还是她的亡夫，有一座能被她偶尔想起的碑。

顾雪沉把手机还给江离，睫毛低垂盖住眼睛。他说："把她的号码拉黑，别让她再打进电话来，也不要让她找到我。如果她坚持，你替我告诉她，她忍过最后这段日子就好了，很快。"

江离还没接过手机，许肆月已经急迫地打电话过来。顾雪沉没有按通话键，执着地递手机给江离。

江离如他所愿，将许肆月拉黑，干脆把手机也关机了。他看着顾雪沉，唇动了动，欲言又止。他觉得许肆月应该是不想离婚的，看许肆月的反应，她也不似江宴平常描述的那样恶劣绝情。但他又有什么立场?他只是在雪沉已经这么决定的时候想表达自己的猜测。

许肆月就算有心有情，应该也不是认真的，真正要面对生死，江离还不知道她会做什么选择。与其让雪沉再担着被她伤害的风险，还不如暂时这样吧。江离不想再让顾雪沉受影响，所以将“许肆月已经知道你在她回国前就生病了”这种话咽了回去。

“不想跟她见面容易，”江离关注着连接顾雪沉身体的各种仪器上所显示的数据，“这栋楼内部的私密性过关，我给你安排好病房以后，医护人员和安保人员会严守。许肆月根本不会知道你在哪一间病房里，更没法靠近你。”

顾雪沉不再说话，沉默地闭上眼睛，唇上干涸的几道裂口呈现暗红色，口中咬出的伤口让嘴里充满了血腥气。

许肆月着了魔般一遍一遍地回拨那个号码，对方关机了，打顾雪沉的号码，顾雪沉也关机。她抢来江宴的手机拨打这两个号码，一样的结果。她贴在墙角冰冷的瓷砖上，弯着腰，手狠狠地顶在胸口上，疼得抽搐，五脏六腑像要被搅乱。

原来人的心能这么疼，有没有雪沉病情发作时的万分之一疼呢?许肆月痛得直不起身，雪沉连说一个字的余地都不给她，他是在跟她决绝地告别。他不想活了，把自己逼到悬崖峭壁上，选择死亡的前一刻，还以为她要跟他分开。他甚至都不知道他在这个世界上被爱着，被一个一点也不好的、从没有心到心里只有他的女人那样幼稚、悔恨、锥心刻骨地爱着。

急救室的红灯已经熄灭了，那扇门却没被打开。为了躲许肆月，连医护人员都走了其他的通道，江离更不例外。大厅里的护士们一无所知，见她状态可怕，都不敢靠近她，更不可能告诉她内情。

许肆月明白，雪沉说的事情是真的。他不会再跟她见面了，但至少她确定，这栋楼只有一扇进出的大门，雪沉绝不可能出去了。他肯定被江离安排在上面某层的某一间病房里。

她身前的光被人遮挡住。乔御找到她，一脸冷汗，蹲下来扶她，哽咽着说："太太，我刚发现公务邮箱里有封被定时发送的邮件。邮件是顾总发给我的，他居然把公司的后续事宜安排好了。我看着害怕，一切怎么像是……"

许肆月拂开他的手，撑着身体自己站起来，红肿的眼盯着他，问道："乔御，你知不知道雪沉在哪间病房里？"

"我不知道！"乔御跟着顾雪沉见过的风浪多了，第一次这样手足无措，"我根本联系不上顾总，江离也像人间蒸发了。除了通知我顾总目前安全外，他一个字也不肯多说！"

"是在防着我，"许肆月喃喃地道，"怕我找到他，就干脆谁也不告诉，想一个人不声不响……"

雪沉万念俱灰，想一个人不声不响地等待死亡。

他根本不打算治疗，也不想活下去。这么大的人世间，他唯一的羁绊是被她斩断的。

天色已经黑了，急救室里没有新的病人。这栋楼安静得过分，虽然灯火通明，却像是冰窟一样。江宴走了。他跑上跑下地找顾雪沉，被安保人员不留情面地挡住。安保人员可不管他是谁家的公子。

距离那通电话被挂断已经过了好几分钟了，雪沉当时应该还在急救室里，现在他……

许肆月怔了一下，突然挺直脊背。她一把拽住乔御的衣袖，说："你速度快，现在马上到这栋楼的外面，十分钟之内，看看上面哪间病房的灯是刚被打开的！拍下来！"

乔御应了一声，快步跑出去。许肆月也迈开虚软的腿，尽力跟上他。

雪沉被从急救室里推出来，等电梯，再上楼，安顿好，需要时间，她还来得及！她从护士的对话里听到了，这栋楼的病房窗户都在同一侧，这代表每一间病房里是否有人住，她都能一目了然！

许肆月的嗓子里像着了火，她赶到大门外，发现所有病房的窗口朝着楼背面的小花园的方向。这个时间点，花园里早没人了，一片死寂。

乔御见到她出来，语速飞快地说："这一小会儿，有两个房间刚亮灯，一个在五楼，一个在三楼。三楼的那个房间有家属在窗口前站了一下，我不认识那个人，所以它不可能是顾总所在的房间！”

那雪沉所在的房间就在五楼！

许肆月仰起头，望着乔御指的那个窗口，原本明亮的灯光在逐渐变暗，那个房间与其他的房间对比鲜明。江离说了，雪沉这次病情发作视力会受影响，所以他看不清东西了是不是？他怕光是不是？

许肆月一动不动地又看了十分钟，确定没有其他房间再亮灯。她向后退，手拢在唇边想大声喊他，又生生地忍住。听到她的声音，雪沉会藏得更彻底。

乔御心思通透，不等许肆月吩咐，直接上楼，装作无头苍蝇乱找的样子靠近五楼，但还没走进走廊就被拦下了。他心急火燎地回来报告，许肆月一点也不觉得意外。

如果她去五楼，疯子一样歇斯底里地大闹，吵得全院皆知，也许会成功见到雪沉，但自己不能这么做。她是顾雪沉的太太，不可以这么不知分寸。她目不转睛地望着那扇窗口，轻声说：“乔御，我知道你对我有很多不满。但我今天求你一件事，拜托你务必帮我做到。”

许肆月指向楼顶，说：“以最快的速度找一套吊绳工具，楼面清洁用的工具也好，施工的工具也好，只要能承担我的体重，让我从八楼顶层降到五楼的那个窗口，在我可能会摔下去的位置准备一个气垫床。我得活着，还不能死。”

乔御震惊了，表情失控，说：“太太你疯了！”

“我是疯了。”许肆月冷静地说，“如果疯就能找回他，我还可以更疯。”

乔御强烈地反对道：“八层楼不是开玩笑的！那些吊绳只适合有经验的人。你一个大小姐怎么会用？！”

夜风吹过来，许肆月微乱的长发散开。她这一天哭得很惨，脸色苍白，唇和眼通红，在月色里凄惨极了，美得瘆人。

“我不是什么大小姐。”她双眼浓黑，“我是顾雪沉的妻子。他在哪儿，我就去哪儿。”

第十三章　触摸他的心

乔御觉得他也彻底不正常了，在天翻地覆的变故后，失去了方向，选择被许肆月支配。

贵宾楼有两个楼梯通向楼顶的天台，一个在楼里，一个在楼外。虽然现在是夜间，医护人员很少，家属也基本离开了，只有为数不多的患者，但她在楼内的楼梯上天台还是会引人注目。

许肆月选择楼外的露天楼梯。她带着乔御和他找来的工人，带上设备踏上露天楼梯。露天楼梯的位置隐蔽，又长时间无人打扫，很脏乱，扶手的金属生了锈，但许肆月不在乎这些。她爬上顶楼，冲到天台边往下看。这里很高，高得让她有些头晕目眩。

她抿住唇，让工人固定好设备，把绳索和安全装备套在身上，乔御走过来说："太太你让开，还是我下去吧！"

许肆月立即抽出一把随身小刀，凶狠地亮出刀刃，威胁他说："你往后退，五米以外，不然我动手了。"

乔御瞪大眼睛，要上去抢刀。许肆月说："我不会有事！让你准备气垫床只是以防万一，我不会有事的！雪沉还在，他需要我，我绝对不能出意外。"

工人来自明城最专业可靠的团队，算是被乔御用重金骗来的，也没想到这样的局面，无奈，只好说："放心，你戴上蓝牙对讲机，如果受不了，马上说，我随时拉你上来。"

许肆月从小娇生惯养，结婚后也被顾雪沉事无巨细地照顾着，没受过多少身体上的苦，也很怕黑、怕高。乌云缓缓地压过来，遮住月亮，顶楼四周黑得可怕。她把碍事的长发扎起，绑好装备，被贴着墙放下去。虽然许肆月事先了解了操作方法和注意事项，但真正下落的那一刻还是满身冷汗。她咬紧牙关，用最快的速度适应，沿着墙慢慢地下滑。

不能被别的房间里的人发现，也不能丢老公的脸，她是顾雪沉的太太，在白天要端庄漂亮，但在黑夜里，也能“飞檐走壁”，去找她弄丢的爱人。

许肆月降到六楼，心脏止不住地颤动，腿是软的。耳机里的声音在问：“能行吗？要不要拉你上来？”

她平静地说：“行，继续放。我快到了。”

许肆月抓着粗糙的绳子，低头望着近在脚下的那扇窗户，摇摇晃晃地悬在空中，喘不过气来。

她可以再坚持一下。雪沉在那儿，她就快见到他了。

许肆月随着绳子降下来，手终于打着战抓到了顾雪沉病房的窗沿儿。她轻轻地踩在空调架上，膝盖弯曲，跪在窗户向楼体外延伸出的窗台上。房间里面的帘子被拉了一半，柔和的灯光透出来。她忍不住发出破碎的气音，迫不及待地贴到玻璃上，没有人……怎么没有人？！她慌得眼睛发酸，急忙拖着绳子转换方向，目光移向墙边的一个小沙发时，整个人愣住了。

顾雪沉没有换病号服，还穿着自己的白衬衣，独自坐在那里，额发略垂下来，挡了少许的眉眼。他正望着窗口，目光空洞。

许肆月的大半个身体还在窗帘后面。她浑身控制不住地轻抖，那种汹涌的情绪让她溃不成军。起初她以为雪沉发现她的影子了，但很快知道不是。他在看天，看那轮被乌云遮住、根本不会出现的月亮。

许肆月的眼泪滴到手上。这个世界上，只有顾雪沉才是月亮，皎洁、不染尘埃，在无数个狂风暴雨的夜晚，无悔地照亮她。

许肆月怕吓到他，手忙脚乱地掏出小刀，去开窗帘挡住的那侧窗户。她没有章法，用蛮力胡来。窗子并未上锁，她几下就将窗子撬开，刚要往侧面拉窗子，顶楼突然响起惊慌的低呼声，下面一道手电筒的光照上来。有人呵斥道：“干什么？！”随即是对方用对讲机叫保安的声音和严厉的警告声。

突发意外情况，绳索忽然颤动，许肆月险些跌下窗台。她一把抓住窗框，向旁边滑开，扯掉身上的几个搭扣，裹着外面潮湿的夜风摔入病房里。

楼下混乱吵闹，天际隐隐响着闷雷声，窗帘被吹得飘起，沙沙作响。

对面沙发上的男人猛地站起来，摇晃了一下。他试探地摸索着向窗口走近。许肆月从地板上撑起身，腿摔得很疼，一时站不起来。她不在意，磨蹭着朝那个人迎上去。

许肆月：雪沉，不要走了，就停在那里。剩下的路，我笨拙也好，跌跌撞撞也好，你等等我，你让我向你奔赴过去。

许肆月的唇齿间发出啜泣声，她坐在地上，伸手用力地抱住顾雪沉的腿。她仰起头，对上他乌黑无神的双眼，轻声说："雪沉，别怕，我来找你了。"

顾雪沉僵在原地，他的双腿被女孩子凉且软的手臂搂着，现在是夏天，她的身体却是冷的。带着窗外的潮气，她拼命地贴紧他。直到许肆月出声，他都以为是自己的幻觉。他的眼睛看不清楚，茫然地盯着天幕上可能存在的月亮。那轮"月亮"就突然从窗口翻进来，软绵绵地凑到了他的脚边。

顾雪沉的手垂下去，控制不住地颤抖，他极力想看清她的脸，但是眼前一片模糊。他严厉地叫她："许肆月。"

许肆月不管不顾地箍住他，胡乱点头，说："是我！对不起，我来得太晚了，我……"

"这里是五楼！"他厉声打断她的话，看着她模糊的轮廓，捏住她的下颌，"你不要命了？！"

楼下的吵闹声已经顺着窗缝传进来，有人喊着"绳子""在楼顶上"，门外的走廊里也传来了脚步声。顾雪沉不用想也清楚。许肆月发现了他的病房，不能用正常的方法进来，就极端地从八楼靠绳子从外墙来到他的房间！

许肆月直勾勾地盯着他的脸，问："命如果真的这么重要，你为什么不在乎？顾雪沉，你都不要命了，我还要它干什么？！"

这句话太伤他，许肆月的脸颊被他冰一样的手指扣着。她有些疼，安心地哭起来。

"你别这么轻，再狠一点，"她贴在他的腿上，"把我的皮肤掐破了，我才有找到你的真实感。”

走廊里混乱的脚步声到了门外，江离的声音响起：“雪沉！你醒着吗？是不是有人从你的窗户闯进去了？你不出声，我们就直接进去了！”

门被推动的时候，许肆月扶着摔疼的腿，努力地站起来。她趴着、赖着顾雪沉都可以，但外人绝对不能看见。她踉跄了一下，顾雪沉一把攥住她的手腕。她慌忙去抓他的手，把他的手握紧。

江离带着人打开门，后面一群医护和保安还有趁乱跑上来的江宴。

一见到顾雪沉身旁的人，不等别人有反应，江宴先血压升高，气急败坏地指着许肆月说：“怎么是你？！你在楼下抱着那些检查单装模作样地哭几场不就够了吗？！不就是为了拿到财产之后不被人指责吗？表演都结束了，为什么还来打扰他？！”

江宴说不受惊吓是假的，许肆月这样玩弄人心、不知人间疾苦的一个人，居然有胆子悬空跳窗户。他是真没想到，但又说不出什么好听的话，一着急，说出来的全是攻击之语。

许肆月手指紧了紧，刚想解释一句，顾雪沉就把她护到身后。即便他看不清，还是顺着声音朝着轮廓逼视过去，眉目冰冷，厉声问：“江宴，你知不知道你在跟谁说话？”

江宴觉得嗓子一哽。在顾雪沉的面前，许肆月就不再是许肆月，而是他永远会拿命去维护和珍爱的顾太太。

许肆月刚才被江宴劈头盖脸地说了那么多，全盘接受，但顾雪沉护着她的那一刻，所有的酸楚感都涌了上来。她站在他的背后，看着他重病下也挺拔的脊背，他的身上明明有数不清的伤痕，可他依旧如屏障般挡在她的前面。

她不在乎有多少人在场，忍不住靠上去，抱住他的腰，说：“你别管，江宴想怎么说就怎么说吧。你等我一下好不好？我现在有事要跟江离谈。”

她语气很软地说：“很快，就一小会儿！回来我再和你说。”

江离也对眼前的状况感到十分意外。他看了一眼打开的窗口，再回想夜间巡逻人员的话，摇了一下头。他想错了许肆月，不该封锁得这么严，幸好她没出什么事，否则雪沉哪里还能有命在呢？江离没说什么，拽住江宴，将他往外推，让其他人也统统出去。

见人群散去，顾雪沉扯住许肆月的手，皮肤相贴。他攥了一下她的手又缓缓地松开，说："你也走，我们之间该说的话，我在电话里已经说完了。"

"那是你单方面说的话！"许肆月反驳道，"我都没有一个开口的机会！"

顾雪沉望着半空，眼底渐渐出现一抹红色。他拒绝道："我不想听！"

许肆月急忙澄清："不是离婚！我不跟你离婚！"

眼看着江离的背影快消失了，许肆月怕晚了又找不到江离，不得不放开顾雪沉，先去把窗户关紧上锁，防止他着凉感冒，才不太灵活地跑出病房。

江离没走远，站在拐角处等许肆月，见她来了，转身进了值班室，主动把顾雪沉的影像报告放在背光板上。许肆月的双手握在一起，她站得笔直，拧眉去看报告。

江离手指点了点关键的位置，低声说："两年前，他在连续超负荷工作后昏倒，被江宴送来我这里，当时肿瘤比较小，如果马上手术，成功率极高，后续休养半年就可以痊愈。"

江离注视着许肆月，继续说："但雪沉说他没有时间。我希望他能爱自己一点，所以不断地带他去见同类患者，想激起他的求生欲。最后他告诉我，他没家，也不留恋这个世界，唯有一个心爱的人，但对于这个人来说，或许他死了更好。"

许肆月将指甲刺进皮肉里，肩膀绷得酸疼。

江离移开目光，说："我没有任何指责你的意思。我相信你也不愿意这样，但事实已经这样。他的病程进展很快，尤其在他跟你结婚后的这段时间里。我推测应该跟他频繁剧烈的情绪波动有关。现在他很不好。"

"肿瘤的大小并不是关键，主要是位置非常糟，稍微长大一点就能危及他的生命。你看，肿瘤跟主血管紧贴着。他这次病情发作后，视神经也受到影响，治疗方面……"

许肆月声音嘶哑地抢着说："手术！"

江离蹙着眉说："他刚跟你结婚的时候，我还劝他手术，虽然只剩百分之二十的成功率。我宁愿去冒险也不想让他等死。但是现在肿瘤的情况，做手术的话稍有不慎就会伤到主血管。一旦事情发生，人肯定下不了手术台。以我的能力，我恐怕做不到。"

许肆月定定地看着江离，问道："你是什么意思，要告诉我，治不了了是吗？”

她的语气并不重，江离却心里一惊。他重新审视许肆月，问：“你是真心希望他好起来吗？你对他有感情吗？”

许肆月失控地说：“他是我的老公！我从始至终，心里只有他一个人！他要是走了，我……”

她急得鼻尖通红，绝望地问：“我怎么活？！”

江离叹气，说：“我明白了。顾雪沉跌跌撞撞地拼了这么多年，还是等来了他最想要的一切。”

他苦笑了一下，又说：“至少四位权威的脑外科专家正在连夜飞来明城，我爷爷也在往这里赶，今晚我们会连夜制定出一个手术方案，看看到底有没有可能治好雪沉。”

“你不要抱太大的希望。脑外科手术时，医生是靠显微设备操作。雪沉的病情，对执刀医生的精准度要求极高。像我这样私人感情过重的医生，还有我爷爷那样年纪大的医生，都没办法给他做手术。”他给许肆月打好预防针，“也就是说，哪怕我们制定出一个完美的方案，也不一定能找到一位可以操刀的医生。”

许肆月不点头也不说话，唇抿着，有一点血渗出来。

江离说：“而且更重要的问题是，雪沉究竟肯不肯接受手术？他不想活，目前的状态，比死都不如。”

“他想！”许肆月斩钉截铁地说，“我会让他想活着！”

江离舒了一口气，摘掉眼镜，捏捏眉心，说：“那就全靠你了，这件事也只有你能做到。”

许肆月回到病房外，靠在门上好一会儿没动。她尽力去听病房里的声音，但病房里没有声音。顾雪沉总是沉默着，忍着苦和疼。

许肆月知道她爱顾雪沉，以前没有哪一刻像现在这样清醒。经历悲痛和悔恨之后，她仅仅是贴在他的门上，心就要软成烂泥，想把从小到大的岁月和情感都粘起来，将一切捧给他，让他去挥霍、放纵，让他习惯幸福而不是痛苦。她迫切地想被他温柔地爱着，更想让自己成为保护他的铠甲，代替他去承受未来的所有风雨，哪怕前面就是死亡，也义无反顾。

许肆月轻轻地推门进去。顾雪沉坐在床上，微垂着头，没有看她。

房间里很冷，许肆月摸到门口墙上的空调旋钮，把温度调高，小声地说："雪沉，我跳窗的时候脚扭了，越来越疼，刚才出去了一会儿，现在都走不了了。"

她见顾雪沉不动，他竟然置若罔闻。她就往旁边歪了一下，跌在沙发的扶手上，实打实地痛呼了一声，不自觉地带了点哭腔。

顾雪沉蓦地站起来，向她的方向大步走过来，拉住她的手臂让她站稳，俯身去碰她的脚踝。

许肆月的心疼得皱缩起来。雪沉肯定以为她很坏，她跟他说离婚，可他还是要管她。

她扶着顾雪沉，转身把他小心地推到沙发上。他刚坐稳，她马上手脚并用地挤进他的怀里。她抱住他，与他面对面，请求道："雪沉，你让我说一句话。"

外面浓云密布，隐约的雷声响起。雨很快落下，拍打着玻璃。

顾雪沉闭着眼，不去碰腿上那个柔若无骨的身体。

许肆月环着他的脖颈，抽噎着说："我爬上顶楼，钻进你的窗户，只想亲口跟你说这句话，请你听清楚。"

顾雪沉的手在身侧攥紧，手背上的针孔殷红，血管隆起。她要说什么？她恨他还是谢他？她可怜他还是讽刺他？！

许肆月揪着他的衣襟，唇落下，吻在他跳动的心脏处，一字一顿地咬得无比清晰，说："顾雪沉，我爱你，不是今天才爱你的，在更早的时候，我就爱你。"

顾雪沉全身僵冷，耳中的噪声因为她说的这些话瞬间消失，雷声和雨声，以及疼痛带来的嗡鸣声，全部消失。

许久后，顾雪沉突然推开许肆月，握着她的手臂，狠狠地说："许肆月，耍我、逗弄我，是不是很有成就感？！你现在来说这种话，是新的游戏吗？！知道了我这些年怎么过的，所以你要给一个垂死的病人施舍感情，是吗？！我被你掌控，能让你有多少乐趣？！"

许肆月不走。他推她，她就继续往他的怀里钻。他拒绝她，她就更要贴在他的身上。十三年了，她遗忘他、忽略他、戏弄他和敷衍他，最后那段爱着他的时光也被套上了"各取所需""只要身体不动感情"的外壳。她从未给过他任何安全感。他那么干净，让人仰望，可在她的身边，他永远卑微。

许肆月死死地搂着他，在他的质问声里颤声说：“结婚以后，我每一次对你说喜欢你和爱你都是真的。故意说那些伤你的话，我只是为了逼你吻我、要我，想让你坦诚地爱我。我缠着你，跟你亲近，任何一句情话全是出于真心。”

“别说了！”顾雪沉阻止她继续说下去，“你怎么可能对我有感情？！”

他的眼里隐隐有水光闪动。肆月可以恨他、厌恶他，可以说再多难听的话，但怎么可以爱他？！她骗他。她只是来戏耍他而已！但他又害怕，万一其中有一丝真情。

顾雪沉放弃了自己，选择对她让步：“这是你让我同意离婚的方式吗？你来逼我是不是？好……许肆月，我认输了，我答应离婚。今晚就签离婚协议，我净身出户。在我还活着的时候跟你结束夫妻关系，家里的一切还是你的，我……”

他无望地低喘。他宁愿成为没有归属的孤魂野鬼，也不要肆月真的爱他，等他死了，剩下她一个人孤苦地活着。

许肆月愣愣地盯着他，忽然明白过来他的意思，本以为可以忍住的眼泪却在他最后一次退让时流出。

“阿十，阿十！

“你听我说，我没有骗你。当年我不是故意丢下你的！那个夏天，我妈妈过世了。我得了一场重病，忘了很多事，也忘了你。对不起。外婆跟我提过你很多次，我都以为是她记错了。我没想到不记得的人是我自己。”

顾雪沉被她说的几句话钉在沙发上，眼眶迅速变红。

许肆月抚摸着他坚硬的背，撕心裂肺地说：“中学的时候你来找过我是不是？对不起，我那个时候性格变得很坏，肯定伤了你。高中时，我更不知道天高地厚，老是跑出去玩儿，一大堆狐朋狗友。你总因为我难过，对吗？”

“大学的时候，程熙提出那个赌约。我去青大找你，看到你的第一眼，就为你心动了。”

“对不起，我什么都不懂，连心动、喜欢、想靠近你这些感情都分辨不清楚。我每天摆着可笑的骄傲架子，不肯承认自己对你的感情，还反复伤害你，让你疼。”

“可是雪沉，”许肆月抬起头，哭着看向他眼睛的深处，“那是你的初恋，也是我的初恋。你的每一个第一次也是我的第一次。”

“结婚后，我爱上你了，在你以为你对我很冷、很凶的时候。可是你明明那么在乎我，就是不肯承认。我只好骗你说不爱你，才能让你接近我。”她觉得冷，身体绵软地依偎在他的身上，头紧贴着顾雪沉的颈窝，“我本来想从海城回来就跟你表白，但是梁嫣告诉我……”

许肆月委屈地说：“她说你爱的人是袁月，我只是一个跟袁月很像的替身。我哭了好久，痛苦得要没命了，才会躲着你，跟你提离婚，其实想逼你告诉我，你没有别人，你只有我一个人。”

“对不起，我一直让你受苦。但是你能不能……试着接受我的感情？我会学着好好爱你。”

许肆月的头发湿了。连续的热泪从上方滴下来，在空气中变冷。

顾雪沉缓缓地抬起手，威胁地压住她脆弱的脖颈，把骨子里的戾气肆意外放，问：“爱我？你知道我是什么样的人吗？你就敢说爱我？”

他不再矜持优雅，眉目间带着某种狠绝之色，眼中赤红，激动地说：“我爸总是家暴。我妈精神有问题，拿刀杀了他。我的身上有这两种血液。你以为我是什么好人？！你第一次在明水镇见到我，看到我被他们打，来保护我。但你知不知道，如果你再晚出现一点，我手里藏的小刀就会扎进那个胖子的喉咙里？”

“我差一点杀人。”他低声笑着，声音低沉沙哑，“许肆月，如果你不来，我那天就破了底线，我会走上别人口中的那种路！我会做尽恶事，手上沾满鲜血，不知道哪天就死在没人在意的角落里，理所当然被人唾弃！”

许肆月的胸口痛得要炸开。顾雪沉的手移到她的后颈处，把她扣向自己，他说：“你以为我真的无欲无求？我从爱上你的第一天就想把你困在我的身边，限制你的自由，不许你再交那些朋友，不许你离开我半步！我自私、阴暗、心理扭曲，就连你刚才追着江离出去，我都会介意！”

“你想不到吧？！”他冷厉地勾着干涩的唇角，“我每天都在忍，忍占有欲、忍性欲。你说你爱我，我就会有足够的理由限制你的自由。我会把你锁在我的身边，你明白吗？！”

许肆月坐在他的腿上，哭得发抖。顾雪沉用尽全力想要看清她此刻的表情。她退缩了吗？她不玩了吧？知道他的真面目，她该放弃了。

顾雪沉冷冷地给她最后一击，说："许肆月，我没有几天可活了。我现在什么都看不见了，是一个一无是处的废物，你还不走吗？！"

下一秒，许肆月扑上来，吻住他的嘴唇，与他厮磨。喘息间，他听到她温柔的声音："我都知道了。许肆月让我告诉你，她爱这样的顾雪沉，请你锁住她。这一辈子不管生死，你都不许与她分离。"

许肆月年少时把自由看得最重，唯恐有什么东西会绊住她的心。她总在提醒自己，玩玩而已，不能当真。所以即使她对顾雪沉再有兴趣，在大学里，两个人恋爱以后，他开始管着她、约束她时，她只想逃跑。连她自己都不知道，她究竟是否抗拒那种被一个人套牢的感觉。

在连活着都奢侈的万丈悬崖边，许肆月终于真正地明白了爱一个人的滋味。锁链也好，囚牢也好，只要是顾雪沉给的，她就觉得心甘情愿。她想跟他融为一体，恨不能将生命与他共享，把一切都交付给他。

许肆月亲得霸道，主动撬开顾雪沉略微闭合的牙关，去碰他的舌尖。气息交缠的那一刻，顾雪沉难以忍受地握住她的肩膀向后推。他声音暗哑地喃喃地道："许肆月，你疯了……"

"这算什么疯，你看你……为了一个坏女人当了这么多年的亡命徒。雪沉，你叫我的名好不好？我想听小月亮。"她挣开他的手，又吻上去，小声地央求他，"你叫我小月亮。"

许肆月占领了顾雪沉，不知满足地索取他的温度，混乱的心跳声是她还拥有他的证明。她小心翼翼地捧着他的脸，又去亲他的睫毛和鼻尖，一根一根地掰开他死死攥着的手指，把他紧绷的骨节抚平。

她还想再说话时，病房门忽然被人从外面推开，一个年轻的小护士探身，用清甜的嗓音试探地说："顾总，该休息了。我之前听江医生说您没有家属照顾，所以我来……"

小护士不知道许肆月爬楼跳窗的事，一开始也没看见顾雪沉在哪儿，等目光下移撞到沙发上两个人亲密的身影时，话硬生生地停住，脸颊顿时变红。

许肆月把顾雪沉搂住，挡住他的脸，不想让他情绪激烈的样子被别人看到。可是，她才一会儿没在老公的身边，就有人惦记上他了？！

小护士快哭了，连忙往后退，边退边说："对不起，打扰了……"

许肆月从顾雪沉的腿上下来，扯过旁边的薄毯子盖在他的身上，理了理鬓发，转过头镇定地说：“我是他的太太，会把他照顾好，不需要别人挂心了。”

小护士的少女心破碎了，她不舍地多看了顾雪沉一眼，道歉后跑出去。

许肆月心疼他，想到那句“没有家属照顾”，又忍不住酸气上涌。她轻柔地抹了抹顾雪沉的唇，闷声说：“我如果不爬窗，今晚是不是就有别人来照顾你了？”

顾雪沉垂眸，倔强地说：“我不需要任何人照顾。”

“我呢？”她蹲在他的腿边，乖巧地把脸枕在他的膝盖上，“你也不要我吗？”

顾雪沉的心要被她扯成两半了。

许肆月收起所有的刺和攻击性，紧紧地靠着他，隔着裤子的布料轻轻地吻他的膝盖，柔声说：“要我好不好？我知道我做了太多坏事，不逼你马上接受我。我愿意被你欺负。你这次不用忍着，也不用顾忌什么，怎么对我都好。”

顾雪沉的眼睫震颤着。被他压抑太久的情感冲破一切，把他的全世界淹没。

许肆月把他的手放在自己的脸上，问道：“阿十，月月在这里，你要不要她？”

顾雪沉垂眸看她，“要”字带着刺卡在喉咙间，还是没有说出来。肆月这么说，是为了让他求生吗？她是听了江离的话，想让他心存希望，尽力地活下去，不愿意一辈子亏欠他吗？可就算是怜悯的爱，对他而言也是奢求，他想要，想知道被肆月爱着的感觉。如果死后还有灵魂，他就不用全靠幻想。

顾雪沉用力地钳制住她，说：“如果你还要抛弃我第三次，就等到我死后，现在别告诉我。”

许肆月难受得想抽那个提离婚的自己。她恼怒地拍他两下，说：“胡说什么？！快点起来，跟我去洗脸漱口。我老公该休息了，不能太晚睡。”

许肆月没怎么照顾过人，初学也像模像样。即便顾雪沉可以走动，她还是把他按到床上。她让他坐好，跑进洗手间用小盆接了水，坐在他的身边，仔细地给他擦脸，顺便在电动牙刷上挤上一点牙膏，将牙刷放进他的口中。许肆月眼看着顾雪沉的脸颊因牙刷而鼓起一块，满身的沉郁感才缓解。她变得唠叨起来，心里又苦又涩，边擦他的脸边念叨。

“你是不是很久没好好地睡过了？我在海城里那几天，你根本就没回家吧？你一直在公司里。

“我后来给你发微信发得少，不是不想你，是因为着急赶进度，想早点结束，回来跟你表白。

“我每天都在想你，录节目的时候想你，做包的时候更想……”

她擦完了脸，很细心地帮顾雪沉把牙刷换边儿，又去换了水和毛巾，照顾他漱了口，然后伸手解他的扣子，想帮他擦身。

顾雪沉抓住她的手，想要阻止她。许肆月低头在他的眉心上亲了一下，哄着他说：“你今天出了好多汗，肯定不舒服。江离说你明天才能洗澡，今晚我就先帮你擦擦。”

“许肆月，你就想过这种生活？”他还是没有对她温柔，“放着轻松的日子不要，非要来照顾一个生活不能自理的人？！”

许肆月把他的上衣脱掉，用热水将毛巾浸湿，又将毛巾拧到半干，体贴地给他擦拭，经过那些新旧伤疤时，她的手停住了。

“老公，别凶我了。”她有点鼻音，语调很软，“这个套路你从结婚用到今天，我都免疫了。现在你推我就是想抱我，训我就是爱我，说狠话就是心疼我、想亲我。我懂，绝对不让你费心。”

说完，她凑过去，在他抿着的薄唇上重重一吻，笑眯眯地抬起头，说：“是这个意思吧？我解读得没错，对不对？”

顾雪沉竟一时说不出话来。

许肆月怕他着凉，尽快擦完，扶他躺下，自己冲到洗手间里洗漱。从洗手间出来后，她用最快的速度踢掉鞋子，爬上不算宽的病床，钻进他的被子里，身子挤到他的臂弯里。

江离敲门进来，对被子隆起的那一块儿视而不见，把监测仪器重新连接到顾雪沉的身上。他低声叮嘱道：“今晚还是要监测一下。你安心睡，有任何异动我会马上过来，还有……你忍着点，暂时别做过于激烈的运动。”

江离说完转身出去，还不忘贴心地熄灯关门。

许肆月在昏暗的夜里红着脸。她蹭到顾雪沉的肩上枕着，听那些仪器有规律地轻响，说：“雪沉，江离他们在连夜商量方案，等定下来，我们做手术吧。”

许久后，顾雪沉才说：“没有希望。”

“谁说没有？！”许肆月激动地反驳，“手术一定能成功！”

顾雪沉没再回答她。许肆月以为他累了，自己不吭声地抹了半天的眼泪。他唯一的羁绊被她斩断了，于是他悲观地对生没了念想。那她就让他重拾希望。她要跟他谈恋爱，让雪沉感受到虽然她不怎么好，但被她爱着是一件值得他长命百岁的事。

许肆月昏昏沉沉地在他的怀里睡去。

等她呼吸平稳，顾雪沉睁开双眼，吃力地侧过身，把她牢牢地搂住，用身体紧紧地贴着她。心率估计加快了，不知道还有没有别的监测数值在变动，他无暇去关心，像处在末日一般，不顾一切地禁锢着他的爱人。

第二天许肆月醒得特别早，先起来跟江离询问顾雪沉整晚的情况。江离盯着一段异常的波动，意味深长地说：“还好吧。你在那儿，他不会太正常。”

许肆月迫不及待地问：“那手术方案呢？！”

江离的脸色也不大好，他说：“目前不太理想。我们还需要一点时间，今天晚上之前会最终确定。你要有思想准备。我们一旦决定了，最迟十天之内必须手术，再拖下去，怕是彻底无力回天了。”

“十天？！”许肆月紧接着问，“不能更快吗？越早越好是不是？”

江离神色凝重地看着她，说：“这么大的一台手术，他要先把身体调整到最佳状态，至少保证可以全程撑下来。我们还要做很多术前准备，包括找到能够执行的主刀医生，另外……”

他顿了顿，沉声说：“所谓的完美方案只是当前没有选择的选择，就算一切都按照预想进行，成功率也很低。这十天很可能是顾雪沉最后的十天。”

许肆月的脸上好不容易恢复的一点血色顷刻褪尽，她呆站着，想跟江离争辩些什么，又抿住唇，怔怔地望着地面。

江离说出这些话的时候也不好受，朝她点头示意了一下，要去继续开会，临走前安慰道：“别这样回病房，你平复好心情再去见他吧。”

顾雪沉的五〇六号病房一改昨晚的严防死守，今天一早门就开了。

乔御站在病房里哭了快五分钟，其余的几个深蓝科技的高管战战兢兢，无法消化“大魔王”重病的晴天霹雳。

“顾总，你怎么能……”乔御一个大男人崩溃地抽噎，“给我发那种交代后事一样的邮件？我真的……”

顾雪沉床边的机器人有条不紊地移动着机械臂，一边把厚重的资料匀速地翻页，一边把页面上的文字和数据扫描后转换成语音。等“全部阅读完毕”的电子音响起，顾雪沉摘下耳机。他淡淡地抬眸，说：“乔御，我还没死。”

乔御一下子闭了嘴。

顾雪沉用手指捏着耳机，那小东西来回翻滚了两下，小东西的边角就在他的指间碎了。

乔御看得心一跳，总觉得顾总经过昨晚变得不太像从前的他了。他好似打破了某种外壳，露出更真实的自己，有攻击性，决绝，就如同每一次他亲手毁掉那些机器人时一样。

顾雪沉平静地说：“还有十分钟。等到他们签合约的前一刻，把存了这么久的东西都放出去，安排人及时进签约现场，把消息当面告知梁先生。”

乔御一凛，郑重地点头，说：“好，我这就去办。”

“你告诉他，”顾雪沉用手抚摸着耳机的碎片，“他想借女儿之力进深蓝科技，借合作的机会安插耳目，我可以不在意。他做过很多违法违德的事，原本这也和我无关，但他女儿三番五次地伤害我太太，他就必须承担后果。”

乔御屏息，上次顾总让沈明野身败名裂的同时，梁家这些年明里暗里的罪证也被搜集起来。他以为顾总不会动用这些罪证了，没想到这次梁家真正触到了顾总的逆鳞。乔御甚至心颤地想，顾总是认定自己时日无多，要在活着的时候把伤害过太太、至今还对她存在威胁的梁嫣除去。

顾雪沉的侧影上仿佛有一层霜，他垂眸，说：“许丞的时间也该到了。”

“是。”乔御应道，“您当初给他那笔钱，就是为了让他把全部的身家都砸进那个能让他东山再起的大项目里。”

事实上，这个所谓的大项目，深蓝科技才是幕后的操控者。许丞深陷诱惑之中，一次一次地拿出钱投进去。上个星期，许丞卖掉了现居的那套别墅，带着妻子搬去了小房子里，把钱全部扔进了项目。如今许丞一无所有，全部的希望都在这个项目上，自然也就到了可以一击致命的时候。

耳机的碎片扎进顾雪沉的指腹，他不觉得疼。他从未忘记过许丞对肆月的伤害，在死前，许丞必须倒下。顾雪沉燃起了许丞全部的希望，再断绝他的一切后路。

许肆月在江离的办公室里把自己的脸掐红，终于挤出如常的笑容，对着镜子又练习了很多遍。即便知道雪沉看不清，她也不能把任何负面情绪带给他。

快到病房时，她看到门虚掩着，急忙几步走过去，正想推开门，门缝里传出乔御的声音："顾总，梁嫣的电话打到了我这里。"

"接。"

许肆月推门的手不由自主地停住。电话里人说什么她听不到，但很快，乔御低声道："梁嫣极力要求和您直接说几句话。她的声音太尖，别伤到您的耳朵，我还是开免提。"

随即，梁嫣歇斯底里的哭声响起。许肆月拧紧眉心。

"雪沉！我爸十几个亿的项目打了水漂！刚才有警察找上门，来了几辆车，把他直接从公司带走了！你毁了我们家，对你有什么好处？！"

"好处？"顾雪沉语气极淡，一丝情绪也没有，"肆月会开心。"

梁嫣的咽喉仿佛被他这一句话掐断，声调也完全扭曲，她怒吼道："你为了她能做到这种地步？！她小时候就忘了你，这些年还把你伤成这样，你连命都快为她搭进去了！你还对她这么死心塌地？！她回明城以后难道没跟你提离婚吗？她没再一次离开你吗？！"

顾雪沉语气毫无波澜地说："她什么都知道了，说她爱我。"

梁嫣突然溃败地哭出来，失声喊道："这种谎话你还信？！她骗你！你们结婚之后，就在深蓝科技一楼的大厅里，她亲口对我说，顾雪沉死了才好！如果不是她咒你，你就不可能病得这么重！她根本就是要你的命！许肆月这样的人，你还爱她？！"

许肆月靠在门外，下意识地弯了弯腰，忍着心脏骤然传来的抽痛感。她想起来了……自己确实口不择言地说过顾雪沉死了才好。

许肆月抓住门把手，想要推开门去跟顾雪沉解释，然而顾雪沉开口道："她说那句话的时候，我就在她的背后。"

梁嫣一下子没了声音。

许肆月的眼前发黑，她赶紧咬住手背。她完全不敢去想，从那天到现在，包括每一次病痛发作的时候，雪沉竟然都活在她这句话的梦魇里。

病房里外都是一片死寂，顾雪沉平静地说："我的命一文不值，肆月想要它，这是它的运气。"

梁嫣绝望地哭喊了一声，电话被挂断。

许肆月缓缓地蹲下身，把脸埋入臂弯里，隐约听到乔御要出来了，才缓缓地站起来，走向另一个方向，从步梯间深一脚浅一脚地下了楼。

雪沉对手术那么消极，不抱任何希望，是不是受了她这句话的影响？他午夜梦回，是不是曾经多次听到她说"你死了才好"？也许……也许真的是被她这么说，他才会病重的。

许肆月跑出医院，直接打车去了城郊山上那座远近闻名的寺庙。工作日人很少，从山脚到寺庙门口有缆车，她没坐。看到有人正在虔诚地靠双脚走去寺庙，五步一磕头，她跟着他们学，跪到布满尘土的石级上，每俯身拜一下，就在心里说，她犯了错，她说的那句话不算数，雪沉要好起来，要跟她长长久久到白头。

许肆月到达寺庙时，阔腿裤的膝盖处已经被磨薄，身上都是尘土。檀香袅袅里，和尚问她求什么。她说她要消业障，要把自己所有能拿出来的东西给一个人，换这个人平安。

和尚点点头，说："在佛前跪吧，把你的头发给我一缕。"

许肆月规规矩矩地跪在佛像前，足足跪了三个小时。被临时叫走的和尚回到佛像前，大惊失色地说："对不起，做好的平安符我忘了给你。可你怎么还跪着？！"

许肆月的腿早就麻木了，她双手接过黄绸小袋装的平安符，那里面有她的头发。她笑出来，紧紧地将它抓在手里，艰难地起身，缓了许久才下山，忍着疼痛回到华仁医院，进去前，还特意买了套新衣服换上。

顾雪沉没待在病房里。他站在一楼大厅的电梯边，努力地分辨着每个经过的轮廓。

肆月上午让江离转达了一句"有事出去，很快回来"就没了影子，到现在晚霞漫天，还没出现。她后悔了吗……终于意识到她有多傻，及时回头了吗？

顾雪沉低着头，嘴唇苍白，黑漆漆的眼睛里没有一丝光，直到玻璃大门映进来的夕阳的光被纤瘦的身影遮挡了一块儿。他敏感地察觉到有人，蓦地抬头。那个人起初还有些迟疑，很快略显踉跄地跑起来，软绵绵地撞到他的身上。

“雪沉，”许肆月贴在他的胸口上磨蹭，“你是在等我吗？”

顾雪沉控制不住自己，抬起手，攥住她细细的手臂，不让自己太失态，说：“你还知道回来。”

许肆月甜声笑着说：“你想我了是不是？”

顾雪沉要带她进电梯。她一动，差点摔倒，赶紧扶住墙，特别自然地说：“没事没事，脚滑了一下。”

他站住，冷声逼问她：“你到底怎么了？”

许肆月小声说：“那个……不小心磕了一下膝盖，不疼。”

许肆月看周围没人，护士们也不敢往这边乱瞟，她把平安符拿出来。她踮起脚，把平安符戴在顾雪沉的颈上，小袋子垂在他的心口上。

顾雪沉伸手去碰平安符。许肆月拉住他，说：“这是一个很小的护身符，我买来的。你戴着它，不许摘。”

护身符上、许肆月的手指上、许肆月头发间的浓重的檀香味侵入他的鼻子。她满不在乎地笑着，像是真的随便出门逛街，顺手买了一个东西回来送他而已。

顾雪沉的下颌绷得酸痛，他太熟悉这味道了。跟肆月分隔两地的时候，他得知她病了，也曾去过城郊的那座寺庙。想给别人求平安的人要从山下一直拜到山上，拿自己的头发去当引子。他跪了，也拿出了自己的头发。只是他从没有机会将那个小小的护身符送到肆月的身边。

许肆月亲昵地贴过去，用脸颊蹭了蹭他，她裙子下的双腿颤得厉害，膝盖又疼又肿。

顾雪沉抓住她单薄的肩膀，俯下身，尽力把她抱起来。她太轻了，又瘦了很多。

许肆月吓坏了，忙拍拍他，说：“你病了，你不知道吗？！快点把我放下！”

顾雪沉把她抱紧，垂着的眼睛里有不为人知的红色。他轻轻地说：

“过来。”

许肆月乖乖听话，把自己的脸朝他凑近。他略低头，冰凉的唇覆在她湿润的眼睛上，说：“就算病得再重，我也抱得起一个说谎的小月亮。”

“小月亮”这个称呼很多人叫过，却是第一次从顾雪沉的口中听到。他的声音充满磁性，又离她近，钻入她的耳朵。“小月亮”像爱人间最亲密的昵称。

许肆月被顾雪沉亲眼睛已经开心到屏息，又听见他这么叫自己，鼻尖发起酸来。她环住他的脖颈，温顺地倚在他的肩上。虽然昨晚喊着要他叫自己“小月亮”，但实际上她没指望那么快听到这个称呼。雪沉的心上有太多的血口子，她的爱对他而言很突然、很不值得信任，她哪儿能一夜之间就把他的伤治好？他冷落她、不理她，她都做好准备了。可她没想到雪沉还是舍不得她。

许肆月在他的怀里，不满足地央求道：“你再叫我一声。”

顾雪沉敛眸，不肯配合了。许肆月并不气馁，满心欢喜地贴着他，想放纵本性撒个娇，又害怕乱动会伤到他的身体。她想起顾雪沉话中的另一个重点，心虚地问：“雪沉，你怎么知道我说谎？其实我……”

许肆月猜测她的行动太迟缓，伤不像被撞出来的，所以才让雪沉发现端倪，正打算编一个更靠谱的借口，手机突然振动。她小心地摸出手机看了一眼，不禁拧眉，是许樱。啊，她录节目的时候欠许樱的皮料钱还没给，许樱可能是来要钱的，那她就不能不接电话了。

眼见电梯还没有到达一楼，许肆月对顾雪沉软声解释了一句，转头接起许樱的电话，把语气自然而然地切换到冷艳镇定的女总裁模式：“忘记给你钱是我的问题，这就转账。”

“不是钱！”手机里，许樱急着否认，而后停了片刻，纠结地说，“姐，爸突发心脏病，刚醒过来，现在在华仁医院的二病区里。医生说尽力而为，不知道他能不能恢复。他闹着要见你一面，你……愿意过来吗？”

许樱唯恐许肆月不悦，赶忙解释：“我只是转达爸爸的话。姐，你完全可以不来，全凭你的心情！”

许肆月语气生硬地说：“谁让他犯病他就去找谁，我和他没什么关系。”

许樱迟疑地解释：“他犯病是因为他把家里所有的财产全部扔进那个让他着魔的项目里去了，还天天做着东山再起的梦。结果今天，项目彻底赔空了，一分不剩，他所有的身家只剩下一套不到一百平方米的房子。我妈……我妈哭闹了一天，要跟他离婚。”

许肆月很想冷笑一声，就听到许樱继续说：“然后真相也跟着公开了，那个项目的幕后是……深蓝科技，让他犯病的人其实就是姐夫。姐夫从一开始给他钱，就为了等到今天，让他把许家的财产都掏出来，全还到姐姐你的手里！”

许丞不是“卖”女儿吗？那顾雪沉就宁愿花时间，给许丞极大的希望，再让希望彻底破灭，让这个被“卖”的女儿名正言顺地得到他的一切，用最狠的方式报复许丞。

许肆月蓦地抬起眼，不敢相信地望向顾雪沉。顾雪沉还是安静地垂着眸，长睫漆黑，刚吻过她的薄唇抿着，整个人如霜如月，像是没有一点手段和计谋的人。

许肆月心里的酸楚和感动混合着，她有一会儿没出声。许樱怯怯地问：“姐，爸又在喊了，你来吗？我开车去接你。”

“不用了，”许肆月深深地吸了一口气，“我也在华仁医院里，我自己过去。”

挂断电话，她忍着泛滥的心潮，揉了揉顾雪沉的手臂，说：“老公，你把我放下吧。我先送你回病房，然后去一趟前面的二病区。你等我，我很快就回来陪你。”

顾雪沉把她放下，说：“今天上午你要江离转达的也是这句话，结果你天快黑才回来，我还能信你吗？”

信任危机又出现了，但许肆月明白，雪沉真正想说的不是这句话。他听到许樱的话了。他是想要陪她去。

许肆月的眼窝发热，她倾身挽住顾雪沉的手臂，依赖地贴过去，努力保持着平缓的声音：“既然小月亮这么不可靠，那拜托‘大魔王’陪我一起去好不好？你不要抱我，我们就拉着手慢慢地走，免得我迷路。”

顾雪沉没什么表情，等许肆月又拖着尾音娇滴滴地唤他，他的唇终于浅浅地翘起，露出一点笑意。他生怕这些甜蜜的时光被夺走，匆匆地将笑意收了回去。

许肆月让乔御送下来一件连帽的长外套，将外套披在顾雪沉的身上，帮他把帽子戴好，扣紧他的五指往二病区走去。她因为膝盖疼，走不快。顾雪沉怕她疼，走得更慢。他们这样牵手走在月光下，是他从前不敢想象的场景。

贵宾楼到二病区的距离不算远，但他们前后用了将近半个小时。二病区里面人多吵闹，正在上演真实的生离死别的场面。许肆月把顾雪沉的帽子拽低一些，不让人随便看他。

许樱早就在病房门外等候，看到顾雪沉时吓了一跳，目光向下，两只相牵的手其中一只手的手腕上戴着一个手环。手环是比许丞手上的手环颜色还要深的……危重病人的手环。许樱哽住，睁大眼睛，一个字也说不出来。许肆月没管她，抚着顾雪沉的背让他稍等，一个人走进去。

病房里有三个床位，两个床位旁边围满了人，有说笑聊天的人，还有家属聚在一起打牌，唯有许丞的床边格外冷清。许丞混浊的目光对上许肆月，他激动得想坐起来，脸上还有怒色，等到记起自己已经一无所有，往后可能全要靠这个女儿过活，才又瘫软下去，流着泪叫："月月。"

许肆月笑，说："别这么叫我。"

许丞的脸色灰白，不管旁边的人是否在看热闹，他有气无力地道歉、恳求，说尽各种理由，希望许肆月原谅他，也希望她到头来还顾念父女之情。

"人活在世上，什么也抵不过亲情。"许丞瞪着她说，"肆月，爸是疼你的，当初只是被骗了，一时鬼迷心窍！你要相信，谁都不可能比我更在乎你！"

许肆月任他痛哭流涕，站在一米外，蹙眉看着他，说："都到这个时候了，还是没有一句真心话，许丞，你话里话外挑拨我跟雪沉，是不是真的把我当傻子看？！"

"如果只有这些废话，"她往后退，"那活着的时候就不用见我了。等你过世，我给你上香。"

许丞伸手抓她，嗓子里发出凄厉的声音，最后跌回到枕头上，无力地说道："肆月，人都是会变的。"

许肆月停下来看他。

许丞跟她对视，眼角流出泪，说："我有钱的时候，当然可以让你胡作非为。把你养得娇，我在外头也有面子。我虽然心疼樱樱，但她确实不像你让我那么骄傲。问题是形势会变，人更会变。眼看着家里一落千丈，我能怎么办？！"

"你知道痛苦的滋味儿吗？"他问，"知道孤立无援是什么感觉吗？你一个被我宠坏的大小姐，疼都没疼过！在英国享了四年清福，你还有什么不满的？为家付出一些又怎么了？"

许肆月觉得很奇怪。这个人明明养了她，理应是她最亲的人，却一次比一次让她觉得陌生。或许是见过了爱的样子，她才格外无法忍受这种让人反胃又苦涩的虚情假意。许肆月笑了笑，说："我的事不值一提。但有一个人经受了别人忍受不了的痛苦，熬过了许多孤立无援的时光，孤单地尝遍了所有要命的疼和苦，从来不抱怨，也没有改变过。"

"我已经见过这世上最好的爱，"许肆月直视许丞，"所以，你骗不了我了。许丞，你把我推到雪沉的身边，这件事我感谢你，所以那套房子我就给你留着了。你以后别再找我，要是还敢闹，我就让医生把药停了。"

她恶狠狠地勾唇，吓唬他："我忘了告诉你，这家医院是江家的，雪沉也能插上手。"

说完，许肆月没再看许丞一眼，转身出了病房，顾雪沉却不在之前的位置了。她一急，赶忙去找他。许樱拉住她说："姐，你别慌，姐夫说去前面的拐角处等你，可能是因为……我总盯着他。"

许肆月审视着她。

许樱摆摆手，说："我不是贪图美色！是……那个手环，姐夫他……"

"病了，"许肆月坦坦荡荡地说，"但是很快就会进行手术，一定能好，用不了多久，他就能跟我出院回家了。"

许樱盯着许肆月，发现她的眼圈红了，连忙安慰道："姐……你别哭。"

许肆月嗤笑一声，说："我哭什么？我才没有。"

她飞快地抹了一下眼尾，刚想离开，许樱又拽住她说："还有一件事，我总觉得上次在录制片场里好像又被梁嫣利用了。我气不过，最近就总去盯她。今天上午她爸被警察带走，她追出来的时候在打电话。”

“给谁？”

许樱认真地说：“她当时离我有点远，我听不太清。她说的话应该是‘这件事是你挑起来的，别以为顾雪沉什么都不知道。你们沈家不可能全身而退，只是早晚的问题’这样……”

许樱用有限的脑子分析道：“我想来想去，跟你和姐夫有关的、姓沈的人是那个……被迫退出娱乐圈的沈明野吗？”

许肆月眯了眯眼，脑中很多错乱的拼图突然被拼起来了。雪沉特意抹去了自己的童年经历和明水镇的往事，梁嫣虽然可以来骗她，但那些确凿的证据和真实的过往却不是她凭一人之力就能查得到的。沈明野被封杀、被逐出娱乐圈后，恨上了雪沉，是吗？

许肆月无暇多想，准备等晚上再跟雪沉细谈这件事，关键时期，不得不防备一切可能的麻烦。她赶去顾雪沉的身边，见他站在墙边，还很乖地戴着她亲手扣上的帽子，她的心顷刻间就变得柔软。

许肆月拍拍脸，让自己的脸色看起来红润一些，欢快地飞扑过去，跟他十指相扣，说：“雪沉，许丞被你虐得可惨了。我受过的委屈你全都给我讨回来了。走，我们回病房。”

来时的路两个人走到一半，周围就不再有人，通向贵宾楼的路上十分静谧。顾雪沉停下来，再次俯身把许肆月抱起来。

“你……”

“之前人多，你不让我抱你，”他低声说，“现在行了吗？”

许肆月怔住，借着路灯和月色着迷地看他的脸。她很乖，没有挣扎，把脸埋进他的颈窝里，撒娇说：“我不怕人多，谁看我都愿意。我是担心我老公会累、腿会酸，担心你抱着我辛苦。”

从前那么多需要掩饰的爱，现在都被直白地表达出来。她亲了一下顾雪沉的耳垂，说：“雪沉，我不在意别人，我只在意你。”

顾雪沉继续向前走，手臂却在不受控制地收紧，下巴绷着，眸子里有柔光。许久后，都到了楼外的台阶上，他才缓缓地“嗯”了一声。

许肆月搂着他笑了。她明明看见雪沉的耳朵红了。

进了贵宾楼，顾雪沉也没放她下来，一直到走出五楼的电梯。守在附近的江宴看过来，一肚子要说的话全卡在喉咙里，被眼前的画面吓得心脏要停止跳动了。

江宴愣了一下，急匆匆地走过来，情急之下什么都忘了，张口说道："许肆月，你盼着沉哥死是不是？！他都病得这么重了，你还让他抱你？！你是有多金贵？我求你别作了行吗？！你行行好放过他！你把他弄成这样还不满意？！"

"江宴！"顾雪沉声音冰冷，这两个字咬得算不上多重。但江宴浑身一抖，从骨头里往外冒寒气。

许肆月抚着顾雪沉微凉的后颈，说道："雪沉，他怪我是对的，你先让我下来。"

顾雪沉的双手扣得更用力，他抬眼，对着江宴说："许肆月没有任何错，你听懂了吗？"

"听得懂，"江宴干涩地说，"听得懂，听得懂！那个沉哥，我……"

他慌慌张张地找话题，想把这件事遮掩过去，一下子瞄到了顾雪沉衣襟里若隐若现的一个小东西，觉得那个小东西很熟悉，立马来了精神，亢奋地说："沉哥，你怎么把这护身符找出来了？！两年前我陪你上山，你一个头一个头地磕到寺庙门口，把膝盖都磨破了，就为了给嫂子求平安，结果也没将护身符送出去！"

许肆月的神经骤然被扯紧，她缓慢地转头，震惊地看向江宴。

顾雪沉语气冷冰冰地斥责他："闭嘴。"

江宴嘴快，想闭嘴的时候把该说的话已经说完了："就这个样式和味道我不可能记错，今天你怎么把它戴上了？给嫂子求的护身符，你自己戴……能管用吗？"

许肆月攥住顾雪沉的手腕，硬是从他的臂弯里挣脱落地。随后她拽过江宴的衣领，激动地说："你再说一遍！"

江宴的冷汗立马就下来了，他又说错话了是不是？！他瞄着顾雪沉的脸色，嘴唇颤抖，扔下一句"我哥让我告诉你们手术方案确定了，尽快去跟他沟通"就落荒而逃。

许肆月喘得很急，膝盖上的疼痛感加重了几分。

顾雪沉低下头，牵着她要回病房。许肆月扭头，哑声说："我要去找江宴！"

“不行，”顾雪沉坚持地握住她的手，“晚点再说，先上药。”

许肆月没有立刻懂得上药的意思，被迫回到病房里。顾雪沉跟护士要来药膏，压着她坐下，摸索着撩起她的裙摆，把她的膝弯垫在自己的腿上，她才明白他的意思。

顾雪沉的手指很凉，他尽力把手焐热，挤出药膏，仔细地点在她剧痛的膝盖上。他碰一下，她的心就像被剜一下，她疼得死死地咬住唇。

两年前……她在英国生命垂危，侥幸被邻居救了，雪沉在国内得知消息了是吗？他跪着上过同样的山，为了给她求一个根本送不出去的平安符。可那时候于雪沉，她还是个始乱终弃、在国外换了好多男朋友的花心女。

许肆月勉强让自己不哽咽，哑声说：“你别跟江宴生气，他怪我是应该的。我做错了那么多事，让你背着那么重的负担，连你生病都没能早点发觉，都是我……”

“许肆月。”

许肆月咬唇，忍住泪，对上他乌黑的眼睛。顾雪沉放下药膏把她拉近，让她坐到他的腿上。他们的身体紧密相贴，彼此偏低的体温在一瞬间交融，体温升高，足以融化冰雪。

“你没有做错任何事。”

许肆月的唇角忍不住向下，她的双眼凝视着他。

顾雪沉揽过她的头，说：“忘了我不是你的错，不爱我也不是你的错。我有今天的结果，从始至终都是我心甘情愿的。你对一切不知情，凭什么要被他指责，负这个责任？”

许肆月摇头。顾雪沉深呼吸，说：“我不委屈，最委屈的人是一夜之间被迫接受这么多沉重事实的许肆月。”

别人埋怨她，诋毁她，她都接受。她已经认定自己是错最多的人，有太多太多不可弥补的过往。但这一刻，她像被一对伤痕累累的翅膀爱护着，被抱进了温暖柔软的巢。

许肆月抬头跟他拥吻，咬着他湿热的唇，断断续续地问：“为什么全世界都变了，别人都变了，只有你还不变？”

顾雪沉喃喃地道：“别人一辈子要遇见很多人，追求太多的事……”

“那你呢？”

“许肆月就是我的一辈子。”

他的尾音有些不清，睫毛垂下，遮住收缩的眼瞳。几分钟之前，他的太阳穴里隐隐跳着的疼痛感毫无预兆地出现，比过去他经历的疼痛来得更快，痛感正在快速加重。疼痛感又来了是吗？他不想……在她的面前病情发作。

许肆月抱着他，急促地说：“你也是我的一辈子。雪沉，我们接受手术好不好？你信我，肯定会成功！我还想和你……”

顾雪沉努力地睁着眼，忽然向外推她，说：“手术方案还没看，你怎么能说这种话？去……找江离，你不是……要找他吗？”

许肆月被动地站起身，确实迫切地想去江离的办公室，但总感觉顾雪沉不对劲。她不肯走，想扶着他，让他躺下。

顾雪沉向后躲，拧眉抗拒道：“现在就去……问清楚了再回来！我累了，先休息，你帮我关上门。你晚一点……”

后面的几个字他已然说得艰难，筋络隆起的手抬起，死死地按在太阳穴上。在最后能保持冷静的几秒里，他用尽力气抬起头，看着许肆月，说：“月月……出去，听话，马上从病房里出去，别……看。”

他不希望……她看到他这么狼狈的模样。

许肆月从未见过他病情发作，前一秒还鲜活跳动的心脏，在这一秒仿佛被蹂躏成尘。

她僵硬冰冷的手重重地拍响护士铃，一把抱住顾雪沉，触到的皮肤已经是湿的，短短的时间里，连他贴身的衣服都湿了一大片。

许肆月止不住地颤抖，大喊：“江离！护士！”

众人疾奔进病房，许肆月被几双手向后扯。她明白她现在没有用处，不能抓着雪沉影响医生，但双手完全不受她控制，像攥着最后求生的稻草，就算死也不能松开他。

顾雪沉没有了意识，蜷缩在病床上。他那么高，病床那么小。可他痛苦地蜷缩起来，只占了病床窄窄的一边。各种仪器连接着他的身体，针头刺入他的手背，瓶子里的药不断地进入他的血液。白大褂晃得人眼花，此起彼伏的响声混合，去压制那些把他折磨得不成样子的痛苦。

许肆月站在床边。

顾雪沉就是这么一次一次地在无人知晓的黑暗房间里，独自熬过来的。

江离叫了她好几声，见她终于转过目光，才沉声说：“这种病情发作不可避免，这次我们都在，雪沉没有生命危险。只是药物对他的作用很小，他必须要承受住以后的疼。”

许肆月没说话，直接爬上床，把仿佛被从水里捞出来的顾雪沉抱进怀里。

“雪沉……

“雪沉，我在，你不是一个人。”

医护人员陆续出去了。许肆月泪如泉涌，把昏迷的顾雪沉搂到胸前，护着他的头，让他的头紧紧地贴在自己的心口上。

“别怕，很快……很快就过去了。等你不疼了，我骑着那次的大机车陪你去江边兜风。我四年前就答应过你。我记得……

“那个江边有很好吃的烤红薯。其实我第一次尝到它时心里就在想，要跟雪沉一起来……可是我那个时候好坏啊，明明那么想靠近你，还别扭地假装不在乎你。

“我们都补回来好不好？雪沉，我还想去看电影。你都没有跟我好好地约会过。我们要买最甜的爆米花，坐在最后一排，看电影看到一半，我就跟你接吻……

“看完电影出来，再去找一家小店吃东西。我把好吃的都挑进你的碗里。你不爱吃的胡萝卜你把它们都夹给我……

“我好久没回瑾园住了，想跟你一起睡回那张床上，病床好硬啊。你早点……早点跟我回家。”

“还有生日。”许肆月不断地吻他湿透的额角，去帮他抵御疼痛，“你的生日快到了，是不是以为我又忘了？我记得你的生日。我要给你做蛋糕，亲手做蛋糕，陪你吃饭、看夕阳。你想要我吗？上次我们三天没有出房间，这次更久……更久好不好？”

“雪沉，你别害怕，我在……”

病房里的灯已经被调暗，只剩下床边还有暖色的光，照着床上几乎合成一体的两道人影。

顾雪沉脱力的手在昏暗中迟缓艰难地抬起，搂住许肆月的腰。她愣了一下，突然发出哭声，用几倍的力气回抱他，胡乱地亲他冰霜似的脸。

“醒了吗？感觉到我了，是不是？”她含混不清地问，“还疼吗？疼就咬我、掐我。”

不知道过了多久，许肆月才听到他虚弱的声音：“不疼，我没有……这么幸福过。”

顾雪沉在仿佛没有尽头的孤独和黑暗里被许肆月紧紧地抱着，就像那一年初遇她，他身在肮脏的泥沼里，毫无希望地沉沦，她挥舞着一把小木剑冲破重围，英勇地站到了他的身旁。

深夜的病房里，许肆月用双手禁锢着她的爱人，嗓子像被沙子磨过，说：“雪沉，我们做手术。你别放弃自己，更别放弃我。”

他沉浸在最贪恋的怀抱里，灵魂跪在血上，求神佛让时间停止。

“好。”

他说好。他想跟心爱的小月亮有真正的一辈子。

给完许肆月肯定的回答，顾雪沉就陷入半昏迷状态，没有余力再多说话，甚至维持不住拥抱她的姿势，只是身体还本能地依偎着她，执拗地让她贴在自己仍然跳动的心脏上。

一个“好”字就让许肆月破涕为笑了。她给他盖好被子，边边角角都掖得严严实实的，用衣袖擦他额上的汗，很快袖口湿了。她低头去吻他，轻吮他的唇，缓解他嘴唇的干涩。

顾雪沉喃喃地道：“脏……”

“不脏，”许肆月用手指梳理他湿漉漉的短发，更温柔地去亲他，“我老公最干净。”

她哄他：“雪沉，我们重新恋爱吧，你愿不愿意？”

他微弱地点了一下头。

许肆月弯着唇，闪着泪光的桃花眼格外美，说：“那你快睡，从明早你醒过来开始，我就要认真跟你谈恋爱了。和我恋爱很辛苦，你不养好体力，肯定受不了我。”

她知道，如果雪沉还清醒，他一定会掐着她的脸说受得了。但此刻他已经没有了声音，在微弱的灯光下只留下一道剪影。

许肆月等他睡熟后才轻手轻脚地掀开被子，刚一动，顾雪沉就拧眉。他唇间发出微弱的气音，低哑地重复着“月月”。

她走不了，只能紧紧地依偎着他，直到天快亮，见他安定了很多，终于小心翼翼地下床，赶去江离的办公室。手术方案具体怎么样她还不知道。

自从顾雪沉入院，江离几乎全天二十四小时紧跟他的病情，吃睡都在医院的办公室里。许肆月以为这个时间点能顺利地找到他，没想到办公室里空无一人。路过的值班护士问："找江医生吗？他跟几位专家在楼上的会议室里。"

许肆月的心一坠，她有不安的预感，按理说方案昨晚已定，他们应该不会在清早又忽然开会，该不会突然有了变故……是因为雪沉这次病情发作吗？！她来不及等电梯，也忘了膝盖疼，从步梯间快步地跑上去，直奔亮着灯的会议室。门虚掩着，她还没到跟前，就听到江离在里面情绪激动地拍桌子。

"如果再不行就让我来！我绝对不能让雪沉这么耗下去！他每次病情发作都会增加危险性，你们不是很清楚吗？！趁着这次他刚病情发作结束，争取在下次发作之前就把手术做完！"

另一道苍老的声音严肃地说："如果你能做到，我们还需要到处找人吗？我们做手术是为了病人，不是为了完成任务！"

这声音来自江离的爷爷。

许肆月的心脏仿佛在喉咙口处乱跳，她直接推开门，环视围坐的脑外科专家们，问道："出什么事了，方案有变化了？是吗？！我是顾雪沉唯一的家属，有权知情！"

众人脸色各异，都难以开口，最后还是江离哑声道："方案没变，是当前最优的选择，但我们选定的主刀医生……今天凌晨出事了。"

第十四章　想和你白头到老

这个会议室里集结的专家已经是脑外科的顶尖人物。但顾雪沉的病情特殊且复杂，对医生的要求就会更加严格。除了江离祖孙俩外，其他专家要么临床方向不是这种特异性肿瘤，没有十足的把握不敢尝试，要么手曾经受过伤，做常规的手术虽然能做到快、稳、准，但顾雪沉的手术操作要求高，他们不能胜任。

之前专家们百般挑选，已经决定由陈医生主刀。他在国际上享有盛名，经验丰富，年龄合适，算得上是当前国内做这个手术唯一的人选。

“陈医生离得远，跟我们视频会议时沟通过几次，确定方案无误，定了今早的航班赶过来，”江离眼里有血丝，“但在去机场的路上，他意外发生了车祸，右腿骨折，现在还在医院里紧急救治，不可能主刀了。”

“意外？！”许肆月觉得自己要窒息了，失控地低吼，“怎么可能有这么巧的意外？！”

刚定下给雪沉主刀，陈医生就在去机场的路上出了车祸？！

江离看着她，显然也跟她抱有同样的想法，说：“是我之前思虑不周。如果早知道，我会找专人去接他！可现在我们真的没时间追究背后的真相了。当务之急是必须有一个替代陈医生的人，尽快进入术前准备！”

“除了他，还有谁可以？！”

几双眼睛都朝许肆月看过来。她背后的门突然被大力地推开。江宴喘着粗气冲进来，说："我能去，今天上午就有航班……"

"去哪儿？找谁？"她厉声问，"都告诉我！"

江离冷静地说："针对雪沉的病情，除陈医生之外只有一个合适的人选，对方是目前身在伦敦的一位英国医生威廉。他有能力执行手术。但目前他的状况并不乐观，威廉几个月前丧子，因为当时他正在手术中不知情，没见到儿子最后一面。他太过悲痛，从那天起就不再执刀。很多人去找过他，他都不为所动。"

"半个小时之前，爷爷通过私人关系跟他取得了联系。"江离眉头打成死结，"他态度很坚决，不肯执刀做任何手术。我要负责雪沉的安危，不能随便离开，所以才让江宴带几个人马上飞过去，拿厚礼当面求情，看能不能有一点机会。"

许肆月艰涩地问："如果求不来呢？"

"那就只能在我们当中选一个人，这个方案的成功率微乎其微。"

江宴急得就要跑，说："我现在就准备，到了伦敦以后……"

许肆月回眸盯着他，问："你之前去过伦敦吗？"

"没……没去过，怎么了？！"江宴对她仍有敌意，没好气地说，"你什么意思？！"

许肆月重重地深吸一口气，回头直视江离，坚定地说："我在伦敦生活过四年，不敢说哪里都熟悉，但总比江宴好一些。我跟他一起去，哪怕多一个人做事只能节省一两分钟！需要人给医生送东西，我来送，需要人求他，我来求。我是顾雪沉的妻子，这些事江宴做，算什么？我去才显得有诚意！"

江宴愣住了，整个会议室里一片寂静。片刻后，江离问："你确定吗？去求人的滋味儿可不好受，也很难有结果。"

许肆月不再和他多说，利落地往外走，说："我没空和你聊这些。把相关资料给我，现在订机票。我随时可以出发，还有……"

她走到门口处，回过头，说："别告诉雪沉我去做什么。如果他知道了，一定会伤心。"

趁着顾雪沉不在，江宴习惯性地想挤对两句，但终究没将话说出来。他闷声说："飞机在早上八点半，来回路上就需要两天，所有的时间加在一起三四天。半个小时以后，我们在一楼集合出发。你要是不来，我就走了。”

许肆月还剩下半个小时。她争分夺秒地跑下楼，心神不定。雪沉昨晚消耗了那么多精力，肯定还没醒。她想再见他就要等到几天后了。

江离上次那句“这十天很可能是顾雪沉最后的十天”像针一样扎在她的心口上。每迈出去一步，她都承受着难以忍耐的疼痛感。她刚答应他从今天开始和他谈恋爱呢，结果又要食言了。

许肆月小跑着奔向病房，在走廊里撞上两个小护士。两人手里拿着几个毛绒玩偶，正边走边小声聊天：“我试过了，录音的音质还挺好的，难怪这玩偶这么贵……”

许肆月不小心撞到一个小护士，一个奶黄色的月亮形状的玩偶掉在地上。她看呆了，下意识地捡起玩偶，问：“这个能录音吗？”

“能，”小护士热情地解释，“四楼一个十岁的小患者，家里人为了哄他准备的玩偶。因为患者家属买了太多玩偶，这些就送给我们了。”

许肆月把小月亮玩偶抓在手里，拆开包装，说：“这个卖给我。”

顾雪沉恍惚间感觉有温柔的吻落在他的唇上。他极力想清醒，花了很长时间，忍着疼痛，挣扎着睁开眼。他第一时间往身旁摸去，身旁的被子是空的、凉的。他的手指弯曲了一下，满腔的孤冷感还来不及上涌，指尖就触碰到一个毛茸茸的东西，还带着被子里的温度。

顾雪沉缓缓地摸上去，那是个……柔软的小月亮玩偶。小月亮玩偶被他碰到感应位置，忽然娇滴滴地发出声音：“一大早晨就摸我，好过分。”

他怔住，本来还略嫌弃这个玩偶，现在立即把有肆月声音的毛绒玩具拽过来揽到怀里。

小月亮玩偶继续声音甜美地说：“我猜，‘大魔王’已经抱住了我的腰，接下来——‘大魔王’是不是要躲起来偷偷亲我？”

顾雪沉的脸半掩在被子里，快要落在毛绒玩具上的嘴唇停也不是亲也不是。小月亮玩偶笑眯眯地说：“只能轻轻地亲一下它，那些狠的、重的吻，你都攒着，等我回来后一起给我。”

她回来的时候……

她走了。

顾雪沉的指骨泛白，他用力地攥着月亮玩偶。手机在他伸手可及的位置发出声响，眼睛已经接近失明，他只能笨拙地去摸手机。对方极其有耐心，一直不挂断电话等着他。

电话接通的第一秒，他就沙哑地问："你在糊弄我吧？今天开始的恋爱，你让我跟它谈吗？"

许肆月站在机场的候机厅里，在落地窗前望着医院的方向，几个字说得无比甜软："什么糊弄？这叫哄，我明明是在哄我家的宝贝。"

很短的一声"宝贝"让顾雪沉的睫毛轻颤，他咬着牙关，生气地问："用小孩子玩儿的东西敷衍我？许肆月，你知不知道你多大？"

登机时间已经在倒数，许肆月用甜蜜的语气给她老公一个成年人的回答："当然知道，34C 呢。你不是亲自摸过它们，还爱不释手吗？"

许肆月故作轻松的调戏成功地让顾雪沉的气压缓和了少许。她能想象到，他现在还在病床上，脸颊压在枕头上，苍白的耳朵被撩拨出血色。她按捺着不舍，拿节目组当成蹩脚的借口，说："是韩桃找我了，上次我在节目上做的包有问题。你住院的事外界不知道，所以我没理由推掉，只能马上去解决……"

明知做不到，她还拿那句说了好几次的话软声地安抚他："我很快就回来。"

顾雪沉没说话，许肆月的耳中只有他轻到几乎消失的呼吸声。她鼻子一酸，用手给自己的眼睛扇风，把话说得很慢："雪沉，我保证，这次之后，不会再让你醒过来的时候一个人孤孤单单。"

挂断电话，许肆月跟江宴一起登上飞往伦敦的飞机。十几个小时的航程中，许肆月一直没法入睡。她把手术方案和威廉医生的相关资料看了无数遍，又去翻手机相册中顾雪沉的照片和视频，看着他的脸，来抵挡意识深处那些关于英国的痛苦记忆。

那四年原本就是噩梦，现在又添上了雪沉的痛苦，英国之行和他的安危有关，更让伦敦成为她的噩梦之地。她有段时间没吃药了，但在降落前，还是忍不住从包里摸出药盒，将药攥在手里，如同攥着雪沉生的希望。

下飞机的时候，伦敦是午后。江宴跟许肆月同行感到很别扭，于是故意针对她说："大小姐，你该不会还要找个地方休息、调时差吧？你要想去我也不反对，不过我肯定……"

“闭嘴，”许肆月径直往外走，上了来接他们的车，“直接去目的地。”

许肆月知道，求威廉医生做手术的人不计其数，能站在他门前的人就算不是什么重要的人物，也绝对不缺重金厚礼。

威廉医生在国际脑外科领域里一直威望很高，但为人固执，丧子后就将自己关在儿子住过的一套小庄园中，对外界不闻不问，唯有妻子陪在他的身边。但这位太太性格更怪异，对来求医的人视若无睹，极难被打动。

连江宴也明白，这次最可能的结果是他们无功而返，来这儿一趟，更像是为了不留遗憾。

许肆月的十指暗暗地合在一起。车快到威廉医生的住所时，她轻声说：“江宴，你先带着东西去敲门，说明来意。如果行不通，后面我做什么你就别管了。”

她靠在车里，目光追着江宴一行人的背影，指甲往掌心深处按。

陈医生出了车祸，但他们来英国很顺利。虽然江家做了严密的防范措施，确实无人来干扰，但那就证明……连盼着雪沉死的那个人也笃定了他们请不到威廉医生。

没过多久，江宴就脸红脖子粗地回到车边，一拳砸在车门上，爆了一句粗口：“还求医？！面都不给见！他就在小楼里。明明我都看到楼上有人影晃了，他就是不开门！我这就去找个锤子，把门砸了闯进去！”

“闯进去能怎么样？！”许肆月问，“你想被警方逮捕吗？如果这种方法可行，我现在就把他打晕了，将他绑回国内！”

她下车，把长发扎起来，露出小巧干净的脸，说：“你先带人走吧，我留下来。如果有消息，我给你打电话，如果没消息，两天后这个时间你来接我，我们回国。我不能让雪沉一个人等太久。”

江宴没想到许肆月来真的，眼睁睁地看着她走进庄园的大门。她也没离得太近，就站在那栋住人的小楼底下，用流利的英文说了自己的身份，以及赶来求医的来龙去脉，把顾雪沉的病情描述得准确简要，堪比专业医生。

楼里依然毫无声息。

江宴烦躁地抱怨道：“说这些有什么用？！人家不见面、不沟通、不收礼，也不接受任何人情，根本就是铁桶一个！”

但接下来的几个小时，本以为许肆月会歇斯底里地求情的江宴，逐渐心态崩溃。他印象中那么嚣张高傲的许肆月，居然在一声不吭地清理庄园。这片庄园虽然不大，但也绝不算小，种了不少草木作物。作物因为长时间没人打理已经干枯，要赤手收拾它们等于自虐。

江宴忍无可忍地去拽她，问：“你干什么？！”

许肆月抬眸，说：“我说了你别管，没到时间你就不用过来！”

楼不是铁桶吗？威廉医生不是不露面吗？既然不能砸门、砸窗或者做违法的事情，她也没时间等下去，那就逼威廉医生主动出现。既然这套房子他儿子住过，这些草木肯定跟死去的主人有关，她索性就将它们全都拔了，看这些草木能否扯动对方的神经！

江宴觉得她是被逼疯了，怒吼道：“我让人去买工具，跟你一起行了吧？！”

许肆月坚决地摇摇头，看了看被划出伤口的手，说：“谁都别帮我。我不流点血怎么能吸引一个医生的注意力呢？否则他只会觉得我仗势欺人。”

她撵走江宴，埋头用双手整理干枯的枝叶，将它们一根一根拔下来，边拔边念念有词，让楼上的人听见。他们到这里时已经是下午，她没做过这样的农活儿，速度很慢，直到深夜楼里熄灯，庄园内外一片漆黑，她还没将它们拔光。

江宴要拉许肆月去酒店。她早没了力气，坐在石砖上抱着膝盖，哑声说：“万一半夜人偷偷出来呢？我不走，你去吧。”

许肆月的双手止不住地颤抖。她也不敢给顾雪沉打电话，生怕会泄露自己的秘密。她就这么蜷着睡过去，天还没亮就起来了。接近中午时，她麻木的手拽住一大簇花叶，伸手就要拔，楼上窗户里蓦地传出怒斥声。

许肆月愣了一下，随即笑出来。她不但没停，反而变本加厉，作势要一把扯掉它。

窗后的人果然震怒，暴跳如雷地吼着。有个烟斗飞出来，砸向她的头。她迟缓地挡了一下，还是被烟斗上凸起的金属装饰刮到，雪白的手臂瞬间被划出一条血口子。她二话不说捡起烟斗，朝着窗口狠狠地丢回去，“砰”的一声，烟斗撞到玻璃上。

这一举动成功地激怒了对方，没过多久，楼里传出急促的脚步声，来人气急败坏地拉开门，现在的威廉医生和照片上的人一点也不一样。他蓄满胡子，手里抓着武器，瞪大眼睛要让她偿命。

许肆月唯恐他又躲起来，拖着疲惫的身体上前，一把扯住他的领口，将人拽出来，盯着他，问：“那些花没被折断，我是凭借视觉错位骗你！我等着你救命！你到底要什么？！我去办！”

威廉医生的衣袖被许肆月的血染湿了一块儿。她哑声说：“我没传染病，不会害你，只想求你救我的丈夫。之前无礼是我的错，要补上礼节吗？我给你下跪行不行？！”

许肆月累得站不住了，双膝打着战。威廉医生的后面忽然传出一道中年女声，女人发着标准的英音：“Arya？”

听到这个名字，许肆月浑身一僵，这是她在伦敦的四年用的英文名，已经太久没人叫过这个名字了。

她诧异地抬头。一个微胖的女人绕过威廉医生，不敢相信地上下打量她，最后目光停在她汗津津的脸上，艰难地用中文问：“肆……月？”

“你应该不认识我，但我对你的脸印象太深刻了，还有那个特别英俊的男人。”女人换回英文，连说带比画，情绪格外激动，“你说的丈夫就是他吗？是你两年前的那个男朋友吗？！”

许肆月感到喉咙酸涩，说：“两年前……我没有男朋友，你认错人了。”

“不可能！”女人握着她的手臂，仔细地看她，“两年前你生命垂危，被你男朋友送到医院里抢救，我就是当时接诊的医生！你男朋友也是中国人，非常好看，很白，眼睛这里……”

女人点了点眼尾，说：“有一颗痣，哭的时候让人心碎。”

许肆月呆住，如同被冰锥刺入心脏。女人以为她不信，语速飞快，描述道：“他抱着你冲进来。你当时很危险，但他好像比你更痛苦。你总是挣扎。他就从你的背后抱着你，哭着叫你肆月，让你咬他。你被抢救过来以后，他一直在床边，直到你快醒了才走。”

“可惜他要求我们保密。后来我有其他的事，把你交给了别的医生。”女人说，“我从没遇到过他那样的人，两年过去了，始终忘不掉当时的情景，很想再见你们一面。之前离得远，我没看清你的样子才不理你。生病的人难道就是他吗？！”

许肆月的眼前发黑。她松开威廉医生，看着眼前并肩站在一起的两个人，嘴角抖了抖，泪流下来。

“是他啊。”许肆月声音颤抖。

“他到现在还没有告诉我这件事。我不知道他究竟为我做过多少事……究竟从什么时候开始，他一声不吭地把我保护起来……”她怔怔地说，“那次我以为是巧合，是我幸运，是别人好心帮忙……”

原来是他。原来他跪着去求那道平安符，是因为他亲身经历了她差点死掉的事情。

从始至终根本没有别人，她的人生里，无论她身处光明还是黑暗，用羽翼保护着她的人永远只有顾雪沉。她哪里寂寞？她也根本算不上孤独，在每一个她自以为孤立无援的绝境里，他都沉默地保护着她，站在阴影中消耗自己，为她垒起高墙。

这些年顾雪沉对她，根本就是在一命换一命。

许肆月的手机不停地响起，她颤抖着手腕翻出手机。国内已经是傍晚，江离在给她发照片。

四张不同时间顾雪沉的侧影，他安静地坐在后院小花园的木椅上，侧脸上有光，一动不动地凝视着某个方向。

江离发来消息，说：“他的眼睛只能看见一点光，分辨不清人影了，但从昨天你走了开始，他就坐在那儿看。”

他看什么？许肆月忽然明白，顾雪沉在看她。他总是一个人，不爱说话，不爱给人添麻烦，自己默默地摸索到那里，执拗地等着她，以为自己在望的方向就是她回来的方向。

许肆月的手机没有避人，威廉夫人也看到了照片上的顾雪沉。她反应强烈，捂着嘴点头确认，追问许肆月他现在的情况。

“他不知道我来求人，”许肆月忍着泪说，“还很固执地在外面等我。我想回到他的身边。医生说了，这很可能是我们的最后几天。”

威廉夫人对待陌生求医者的态度是一概不参与、不干涉，任由威廉医生做主，但换成能够牵动她神经的人，态度就截然不同了。她顾不上优雅端庄了，泼辣地要求威廉医生必须跟着去救人。

威廉医生冲出去看了看他亲手为儿子种的那几株花，发现真的没有被拔掉，脾气就缓和了不少，但仍旧不肯同意。威廉夫人把他拽进楼里，回头跟许肆月说：“你可以准备了，我们尽快出发。我会劝服他。我一直想找一个合适的机会，让他重回手术台。如果能通过你英俊的丈夫来实现这个愿望，那真是再好不过了。”

她眨了一下眼，又继续安慰许肆月道：“别害怕，漂亮的人会被上帝眷顾的。”

许肆月的腿一软，差点跌倒，她抓住门框站稳，重重地点头，转身去通知江宴。江宴不敢相信地盯了她半天，才终于如梦初醒，说：“你真做到了？！”

他像刚认识许肆月一般，来回把她看了几遍，眼里的那些敌视和不认可的情绪彻底没了，低下头嗫嚅道：“嫂子，我服你了。”

“别说废话，”许肆月觉得唇瓣干裂，“我没做什么，能成功都是因为雪沉自己……”

“如果不是你这么不吃不睡地忙碌，”江宴看着她布满伤痕的双手，摇头道，“根本连见面的机会都不会有。这次我的确不如你。”

许肆月蜷起手，闭了闭眼睛，冷静地说：“江宴你听好，给陈医生制造意外的人在得知我们请到威廉医生后也许还会对他下手。”

江宴明白，说：“你放心，我会安排足够多的人手，确保这次行程安全。”

她却还是蹙着眉，轻声问：“这是必须的，但如果……我们干脆不让威廉医生露面，是不是更稳妥一些？”

半个小时后，一场大戏拉开。威廉夫人非常配合他们，带着老公没走正门，而是从庄园地窖的另一个出口乔装离开。江宴则挑选两个身形与威廉夫妇相近的人留下。他们扮成威廉夫妇继续留在楼里，不时在窗口附近活动。

车接上威廉夫妇直奔机场，许肆月才知道这对夫妇证件上的姓名与平常用的名字不同，这就更省了很多麻烦。

许肆月跟江宴坐领头的那辆车。在赶往机场的路上，她失神地靠着车窗，满脑子都是自己生死一线那天的画面，以及她患病期间有关雪沉曾出现过的蛛丝马迹。

她突然想到些什么，迫切地点开联系人，找到她在伦敦时的那位心理医生的号码，打电话过去。对方很快接听，准确地叫出她的名字。

许肆月很慢地咬着字，问："你认识顾雪沉，对吗？"

对方沉默片刻，低叹道："你知道了？从我们第一次见面起，就是他请我在英国照顾你、治疗你。"

挂电话后好一会儿，许肆月都无法回过神儿。

江宴坐在副驾驶座上，听出她在追问什么，憋不住了，开口道："你问别人还不如问我。我之前为什么那么讨厌你？你在英国那四年，沉哥日子过得连死都不如。我就不说别的事了，他偷来英国看你，次次回去都像被抽筋剥骨了似的。结果你呢？你传回国内的全是你换男友的消息。我那时候就想，你不如一刀捅死他。"

"他最近两三年往医院跑得特勤，不是为自己，全为了你的心理疾病，"江宴咕哝，"研究得透透的，给你做了十来版的治疗方案，比他的手术搞得还隆重，就连前些天深蓝科技新上线的陪伴型机器人，也是他给你做的。"

许肆月把车座抠得皱起，屏着呼吸，听江宴将话一股脑地往外说："说给你做的也不准确，应该是给你留的。你之前的那个阿十只是半成品，现在的机器人才厉害。他怕他死了以后，你的病又会反复，就趁着身体还行的时候疯狂熬，熬到机器人大批量上市，确保无论哪一台机器人以后都能帮上你，自己才甘愿赴死。"

江宴抹了一把眼睛，继续激动地说："说出来谁信？顾雪沉连死，都得先给你铺好了后路，才觉得有资格。"

回程的飞机上，许肆月始终望着窗外，云海翻涌，明暗相交。她戴上一顶帽子，把帽檐压低挡住脸，无声地缩起肩膀，衣摆被不断落下的眼泪浸出阴影。

她身在火海里，顾雪沉来当隐形的铠甲；她踩上刀山，顾雪沉就把自己垫在她的脚下。她感觉到的疼痛已经提前透过了顾雪沉的血肉之躯，他给她的只不过是他实在承受不了后剩下的那些残渣。

许肆月哭哭笑笑，把包里的药盒捏成一团，毫不犹豫地将它塞进垃圾袋。

顾雪沉像道影子，从头至尾都跟她在同一条时间线上。她不曾孤独过，凭什么还要有阴影，轻易就被病痛折磨？顾雪沉把所有的光都给了她，她明明是这个世界上最幸运、最幸福的人。

许肆月持续地连轴转，精神早就有些撑不住，但想到马上能见到雪沉，又平静不了，准备了百八十种哄他的方式。

飞机在明城机场落地，一行人前后护着威廉夫妇正要出机舱，江宴就因为一通电话变了脸色，震惊地问："你说什么？！"

许肆月的心一颤，她生怕是雪沉出了什么事，手忙脚乱地打开手机，连上网的那一刻，先跳出一条信息，是一张截图，截图后头附着链接。她的手指收紧，截图的内容是三个小时前的新闻——深蓝科技最新上线的陪伴型机器人存在重大缺陷，甚至有诱导病人自杀的可能，已造成一个花季少女心理疾病加重后跳楼寻死，目前少女正在紧急抢救中。

许肆月的表情凝重，她点开链接，是微博上一个拥有千万粉丝的新闻账号发布的消息，评论区完全沦陷。她迅速打开微博客户端，热门话题和热搜都已经被深蓝科技的相关话题占领，连顾雪沉的照片也成为众矢之的。之前对着他狂热地喊老公的人，现在正用最难听的话辱骂他。

"有人爆料了，顾雪沉最近这些天都没在深蓝科技里出现过。我怀疑他是早就知道机器人有安全隐患，提前躲起来或者出国避风头了吧？！"

"还怀疑？根本就是确定！真是人不可貌相！我还以为他是什么清流，没想到他的心最脏。那是人命啊！他就不怕遭报应吗？！"

"而且有人目睹许肆月前两天在机场乘坐国际航班！肯定也是跑路了！又上节目又炒作，看顾雪沉出事倒台，她先溜了吗？！"

"不溜等什么？她那种人能有感情？！本来她就是为了当顾太太享受人家的资源才虚情假意地嫁给顾雪沉，现在撇清关系太正常了吧！"

"说不定已经找好了接盘的人！"

许肆月关了页面，深吸几口气平复暴怒的情绪。

江宴挂了电话，焦急地跟她说："公司出事了，有个抑郁症患者……"

"我知道了，"许肆月用力地清了清嗓子，打断他的话，飞快地说，"这件事不可能像新闻里说的那样，雪沉研发的机器人不可能有问题。现在事发突然，雪沉还在医院里，我估计无论是江离还是深蓝科技的人都不敢让他知情。”

江宴怒吼道：“现在有一大堆记者已经去堵深蓝科技的门口了，非要让雪沉出来解释不可！所有人都在骂他不懂心理疾病，骂他只知道赶潮流赚黑心钱！”

许肆月咬了一下手背让自己镇定下来，直视江宴，说：“我们自己不能乱。当务之急是你把威廉医生送到华仁医院，必须亲自送他到江离的身边。然后麻烦你动用你们江家的能力，介入这件事，不管用什么办法，赶快找到跳楼女孩的家属，确定事情背后的真相。”

“那你呢？！”

许肆月揉揉鼻尖，说：“你给我留一辆车，我去深蓝科技。”

深蓝科技被围堵了。公司有些高层知道顾雪沉的病情，不敢打扰他，多半也是焦头烂额。而现在被质疑的对象除了顾雪沉，还有“跑路去国外”的她，她并不是这个事件里无关紧要的人，正好相反，她很有用。

因为……除了是顾雪沉的妻子之外，她还是陪伴型机器人真正的使用者。她出面，才能延缓这件事对雪沉影响的发展，现在就算天塌下来，都不能耽误他的手术。

许肆月走进机场贵宾通道的洗手间，看着镜中的自己，回忆起当初刚回国那天，自己也站在同样的位置化妆，沿着无辜的双眼特意勾出上挑的眼线。她再次拉开化妆包，认认真真地给自己化了适合的淡妆，遮住几天来的倦容，但这次眼线很柔和，是雪沉喜欢的娇俏可爱风格。

许肆月挺直脊背，边往外走边拨通一个号码，开门见山地问：“沈明野，梁嫣说我是替身，陈医生的车祸，还有今天的新闻都是你做的吗？”

许樱提醒她后，她甚至来不及防对方，就被沈明野得逞。

听筒里静了片刻，而后传出悦耳的低笑声。沈明野说：“姐姐，要吸引你的注意力真不容易。过了这么久，你总算把我想起来了。我明明那么喜欢你，姐夫却觉得我威胁你。他断了我的路还不知足，搞垮梁家，又要在死前搞垮我们沈家的家业，让我变成丧家之犬。你说他把我逼得这么狠，我还能怎么办？”

许肆月厉声斥责他："有什么事你可以冲我来，但撞伤一个排着无数台救命手术的医生，害一个患病女孩跳楼，沈明野，你还是人吗？！"

沈明野懒洋洋地拖着调子，说："我哪儿有？姐姐你又凶我。从小我们就无法无天，只要开心，做什么都可以。现在你怎么变成这样，死板又教条？你这次无功而返，还不及时止损吗？顾雪沉请不到执刀医生，必死无疑了。趁早来我的身边吧，你也别试图诱导我说什么话录下来当证据，我没那么蠢。"

许肆月命令自己保持理智。沈明野被她和江宴在英国的计划骗过去了，以为她请医生失败，雪沉彻底失去生存的希望，他才没有继续追踪，放开了手脚，趁她在飞机上时搞这种事，就是要让雪沉死得更惨，让雪沉背上人命和骂名。

许肆月记不清沈明野是怎样一步一步地走到现在的。早就无关喜欢与执念，他单纯是不甘心，想要报复雪沉。环环相扣的事情已经成了随时要喷发的火山，他再也没有回头路了。

她冷笑道："你想多了，雪沉的病会好，今天的事我也会解决。你想毁了他，做梦！你今天没事多刷刷微博，睁开眼睛看清楚，你肆月姐姐到底是什么样子！"

许肆月孤身赶到深蓝科技的基地大楼，刚到门口，就看到黑压压的人群，保安拦着记者，台阶上有两个眼熟的副总在不断地解释着什么，但很多人仍叫嚣着要见顾雪沉。

真记者，假记者，谁又能分清楚？

许肆月指挥着车从隐蔽的地下车库入口进去。她下车、上楼、走进大堂，里面还不算乱，但人心惶惶。乔御从电梯里疾奔出来，迎面撞上她，顿时失色，问："太太？！您怎么会在这儿？！"

"雪沉知道出事了吗？"

"谁敢告诉他？！"乔御擦汗，"我们能解决问题，死也不能影响顾总手术！"

许肆月点点头，跟乔御了解清楚情况，果断地走向正门，说："我去说。"

乔御来不及拦一拦许肆月，她已然迈出去。她刚露面就被镜头捕捉到，立即在人群之中引起惊呼。她穿一条很简单的长裙，长发被绾起，一张脸明艳夺目。她镇定地面对众多的镜头和人们的质问，冷静地开口。

她可以做到，让自己也保护雪沉一次。

许肆月扫视下方，果断地说："我没有出逃，只是去了一趟以前生过病的地方。从我抑郁症发作到现在治愈，三年多的时间里，我所有的病历、看诊记录、生命垂危时抢救的过程，包括知情的医生和护士，全部是真凭实据，稍后我将公布，接受任何人以及任何方式查证。"

过去，抑郁症是她的禁区，那一段几乎要命的黑暗经历，她藏着掖着，像是什么不可启齿的秘密。但现在，她觉得无比坦然。

许肆月的目光坚定，她说："我说这些话不是博取同情，只是想证明，我的爱人顾雪沉之所以不眠不休地研发陪伴型机器人、反复修改、完善机器人直至上线，他的初衷和目的都是我而已。他要治疗的人是我，要陪伴的人也是我。大家买到并且使用的机器人是他几年来为我耗费的心血。

"质疑他不懂心理疾病的人们，我告诉你们，他因为我的病，对抑郁症的专业性几乎可以和权威的医生相比。我从绝望、封闭自己、和人交流困难，到今天，能一个人站在这里面对你们，就是被他治好的铁证。

"你们不是一直可惜他对我的深情吗？这份感情总该让你们相信，即便他没有普度众生，也在拼尽全力地救我，每一个推向市场的机器人都和我相关。你们不要恶意揣测，只要给我们一点时间，让真相出来！"

许肆月说到最后，尾音不禁有些颤。她可以把这些话讲得更动听，可谁会相信她，谁会听她的话呢？下面乱成一团，各种镜头被撞得摇晃，有人还在高声质问许肆月、冲撞保安，但这些刺耳的声音却在某一瞬间突然停止，全部的目光死死地集中在许肆月的背后。

许肆月的心跳猛地加速，眼睫动了几下，她对自己的直觉感到荒唐。直到看见某个人的口型——顾雪沉，她才试着挪了一下僵硬的身体，迅速回眸。

下午的阳光有些强烈，笼罩在那个人的身上。他像以前一样，穿着一丝不苟的正装，衬衫的纽扣被扣到最顶端，一张脸冷淡、白皙、俊丽，短发微微地被抓向脑后，露出俊秀的眉眼，瞳孔仿佛重新有了光，隔着一小段距离，静静地看着她。

许肆月被钉在原地，时光像在这一瞬倒流。她仿佛回到他们初见时、恋爱时、重逢时、结婚时，回到曾经每一次他们在一起的时光。

顾雪沉没有让人搀扶，而是一步一步稳稳地迈下熟悉的台阶，几乎没有异样。许肆月面对着他，眼泪夺眶而出。还剩下几级台阶时，他低声说："月月，我看不清你在哪儿。"

许肆月失控地跑上去，紧紧地攥住他发凉的手，捏着他的手不够，与他十指相扣也不够。她把他的手包在掌心里反复地摩挲。

"你怎么能离开医院""你怎么知道了""你为什么要过来"这些话都挤在她的嗓子里。顾雪沉不用她来问，将手抬起，用指腹摸了摸她的眼，说："我不能被我老婆连续骗两次。"

许肆月有千言万语吐不出来，最终哽咽地说："月月回来了。"

顾雪沉安慰她，说："我在，别哭。"

他牵着她，又向下走了两步，眼前是频繁闪起的闪光灯。

顾雪沉的眼睛漆黑，他迎着一切喧嚣之声，冷静地说："除了我太太刚才说完的话，我还有几句话补充。她这次去英国是为我求医。"

"求医"两个字让现场又一次陷入寂静。

顾雪沉的眉目上罩着一层光，他说："我的脑部有肿瘤，已经到了很难挽救的地步。她为了让我有生的希望，赶去英国请来了能为我主刀的医生。我也没有刻意消失，只是身在医院里，不想给外界造成麻烦，但也不怕让人知道。"

不只下面扛着镜头的记者们，连旁边深蓝科技的副总们也震惊于顾雪沉如此无所顾忌。

"我很清楚自己的时间不多了，所以制造出了陪伴型机器人，想让它代替我，在未来保护和安慰我太太。我不确定她会用到哪一台机器人，所以每一台机器人都无一例外地经过我反复、多次的试验和检测。机器人被确定安全、稳定、有效，才会被投放到市场中。

"我确实做不到普度众生，但我为市场做的一切，仅仅是希望给我太太多积一点福泽，护着她，让她一生安稳。"

顾雪沉字字有力，声音也不高，却让周围鸦雀无声。他抚着许肆月轻抖的指尖，继续说道："不只是这次造成事故的陪伴型机器人，深蓝科技投放到市场的任何一款机器人，无论用途、年份、批次，接受国内、国际任何机构复检。深蓝科技从今天起设立专项部门进行工作对接，欢迎各方提供真实有效的结果。"

"另外，我太太让你们等的真相现在已经有了。"他不带丝毫个人的情绪，"轻生的抑郁症患者是受到了额外的恶意刺激才发生了意外。她的父母被收买，将问题的矛头指向机器人，相关的证据稍后会由深蓝科技公布。患者目前已经脱离生命危险，后续治疗，深蓝科技即便是为了积德也不会坐视不管。"

底下的人们脸色变得更难看，有人直接刷起了手机，果然看到新消息已经飞速占据页面。

顾雪沉揽住许肆月，眼睫微垂，说："最后一件事，无论过去还是以后，我都不需要被可怜。我太太对我有感情，我们十分相爱。"

很简单的一句话，犹如坚不可摧的屏障，只是和许肆月相爱，就足够为他抵御一切伤害和风雨。

保安们组成长队拦住人潮，许肆月护着顾雪沉转身上台阶。到这一刻才有越来越多的人发现，顾雪沉的眼睛竟然看不见了。

有个女孩子情绪崩溃，小声地哭出来，说："对不起，我是被雇来的……"

她的声音被淹没在人群的吵闹声里，不知道有没有人听见她的话。

台阶并不多，但许肆月扶着顾雪沉走得格外慢。他们经过公司大堂，被数道热切的目光注视。许肆月带着顾雪沉去车库，把他扶进车里，对驾驶座上的乔御说："你先出去等五分钟。"

乔御忙不迭地要走。顾雪沉伸手一拽，把许肆月拉到腿上，让她面朝着自己坐着。他把人抱住，手指从她的后颈处重重地抚摸到腰窝，失控地搂紧她，贪婪地沉溺在她的脖颈间，索取他赖以生存的温度，哑声吩咐乔御："五分钟不够，至少一个小时。"

乔御决定在太太打电话催他之前，自己绝不回来。

车门被关上，四周寂静无声，地下车库的这一小块儿区域仿佛与世隔绝。两个人分别了几天，许肆月觉得已经过去了几年。她回抱住顾雪沉，心跳声隔着骨骼、血肉纠缠在一起，节奏相同。心跳太快了，胸腔被撞击着，很疼，他们又在这种疼痛里沉沦。

许肆月闷闷地说："一个小时太久了，我得快点把你送回医院。江离怎么可能放你出来？"

"不想听你说别人。"顾雪沉说，呼吸很热，扑在她的耳郭上，"别提别人。"

他的手还停留在她的腰间，比刚才箍得更用力。许肆月喘不上气来，也不反抗，就这么让他发泄思念之情。

照片里的他执拗地坐在花园里等她的模样和此刻他的模样重合。许肆月心酸地吻了吻他的颈侧，小声地答应："好，我只说你。雪沉，你当众承认我们相爱，是不是真的相信我爱你了？"

顾雪沉闭着眼。许肆月枕在他的肩上，问："还是说，你只是为了在人前维护我，不让他们骂我？"

她想让雪沉相信她。至少他孤零零地躺在手术台上时，心里并不是空的。最危险的关头，她要成为他的铠甲。

顾雪沉抵着她的额角，半晌后低声说："我信。"

他没有不信肆月。他不信的人是他自己。从小到大，他习惯了不被爱、不被看重，像一道不出声的影子，永远得不到心里所求。他苦过，但苦多了，就好像本该如此。

肆月对他表白，为他跳窗，还跪着上山给他求平安符，这是他一生没尝过的被在乎的感觉。可直到今天上午，他还等不到肆月回来，心底有道阴郁的声音在跟他说："你这个没有未来的人，被她发现的感情越多，就让她的负担越重。她好不容易说爱你，你还硬扛着不肯回应。她再一次抛弃你也是应该的。"他不要被抛弃，于是摸索着给肆月打电话，但她关机了。

他怕了。他现在什么都不在乎。肆月是被感动了也好，想要弥补他也好，只要她别走，愿意陪他过完最后这些天。他挣扎着想去求她，可找不到她，也联系不上她。

在江离强迫他回病房时，他问："肆月是不是不回来了？"

"我还正常的时候，她都不会爱我。"他在跟自己说话，"现在我快死了，眼睛也看不见，瘦了很多。她喜欢的外表我可能都维持不住了，我凭什么让她爱我？”

江离一时没吭声，片刻后叹气，对他说：“隐瞒事实根本起不到什么正面作用，能让人有希望的应该是情感，我武断了。我现在就跟你说实话。”

江离的那些话犹在耳畔，顾雪沉凭着感觉去触碰许肆月的脸，唇压下，细细密密地亲她。

“我的信誉值太低，你还不是很信我也没关系。我每天都会让你更坚定一点。”许肆月弯起眼睛，出神地看着他，“英国发生过的事我全知道了。你拯救了我，就得对我负责到底。我的抑郁症能好，但名为‘顾雪沉’的病一辈子都好不了，你不准半途而废。”

说完，她轻扣着他的下巴，闭上眼，咬他的嘴唇，逼他答应，听见顾雪沉肯定的回答，才略微移开唇。他的唇覆上来，疾风骤雨般地索求。

许肆月记着时间，等确定外面围堵的记者已经散了，叫回乔御，三个人抓紧朝华仁医院赶。威廉医生已经顺利抵达医院并被保护了起来，她和雪沉也要尽快到医院。

回去的路上，顾雪沉问她：“几天没睡了？”

许肆月绷着的肩膀一松懈，她软软地倒在他的手臂上，说：“从你的病房出去开始好像就没睡过。”

顾雪沉让许肆月枕着自己的腿。她像坠入最贪恋的床，赶忙贴他更紧些，仰着头说：“我怎么也没想到你会来，本来还准备作为顾太太撑起场子，帮你分忧。”

“场子撑起来了。你回来，我就没有忧。”顾雪沉垂眸，“我还活着，不会让你一个人面对那种窘境。既然有人迫不及待地把我当成死人看，那我也应该让他知道，垂死前的反击才毫无保留。”

肆月身边的隐患只剩下一个沈明野还没有清理。顾雪沉本来在进手术室前就会有动作，也预料到了沈明野不会坐以待毙。这次深蓝科技的事件不算出乎意料，顾雪沉身在病房里，不代表他对外面的事情一无所知。只不过肆月出现前，他还在等着事态发酵到更严重的地步再扳回局面，让沈明野跌得更彻底。但肆月到了现场，他就不能等下去。

许肆月不安地问：“可你直接公开了病情，还说得那么严重，肯定会有负面影响。”

顾雪沉翘了一下唇角，说：“没有故意将病情说严重，只是说了实话，住院的事瞒不住，我不说，就会有人替我传出去，与其等着别人编派、利用我，还不如自己来。至于影响——”

他握住许肆月的手，说：“如果手术成功，影响等于不存在。如果失败了，那深蓝科技早晚都要承受后果，想躲也躲不掉。”

“什么失败？”许肆月翻身搂住他的腰，气不过，隔着衣服掐他，“再敢说一遍试试！”

顾雪沉想说些什么，蓦地感觉到身上的衬衫湿了。他愣住，手指抚过去，摸到她睫毛上湿热的泪水。他的掌心难得地有了热度，很暖，盖住她的眼睛，他低声保证：“好，不失败，不让月月哭。”

公众以为跳楼女孩自杀的真相反转就让这次事件接近尾声了，然而深蓝科技声势浩大的反击才刚刚开始。顾雪沉铲除沈明野，本来没打算闹得太大，但经过这么尽人皆知的一场网络闹剧，再想低调也不可能。

夫妻两个人在深蓝科技门前的受访视频和照片铺天盖地，闹了大半天，仍有人带节奏唱反调，坚称这是顾雪沉的洗白手段。到了晚上的黄金时段，更多的关于幕后真相的证据才被有节奏地放出来。

顾雪沉的手里早已掌控了铲除沈明野的筹码。既然沈明野不当演员后还不肯安分，那也不要继续当沈总了。花园泳池别墅他不想待，就干脆去吃牢饭。昔日红极一时的演员沦为犯人，才算彻底被毁。

江家也是全力以赴，拿到了沈明野雇人诱导女孩自杀、给女孩父母巨额钱财让其诬陷深蓝科技的实证。那对父母被女儿的心理疾病日夜折磨，早前就心存放弃的念头，才会轻易被收买，如今念头被戳穿，竟然在镜头前大哭。他们哭的时候，深蓝科技的陪伴型机器人还在一旁尽力安抚他们，不厌其烦地解释着抑郁症可以被治愈，声音温柔，更显得讽刺。

深蓝科技和顾雪沉身上的脏水被洗清，紧接着沈明野作为始作俑者就露出了水面。

后来的事许肆月没时间关注了。她拒绝一切打来关心的电话，只匆匆地扫了几眼深蓝科技置顶的微博下面的评论。评论里，一群人跑过来排队道歉，刷起了各种歉意和祈福的话题，盼望顾总康复。她的微博的私信和评论爆满，来骂她的人倒不多，都在恳求她经常更新一下动态，让大家知道顾总的情况。

许肆月笑了笑，又有点忧愁地皱眉，望向正在跟威廉医生沟通的顾雪沉。

她遇到了新的问题。

威廉医生到了以后，知道拒绝不掉手术，就沉下心来准备。他对手术方案提了一些修改意见，最终手术时间定在三天后，也就是周六的上午。

“头发要提前被剃掉，”威廉医生说，“最迟是术前的晚上，方便我们事先确定位置。”

剃头这件事得到江离他们一致认同后，顾雪沉的情绪就明显不对了。等医护人员都散了，病房里只剩下两个人，许肆月挨到他的身边，攥住他的手指，问：“紧张吗？”

顾雪沉没回答，过了一会儿抬起头，看她，说：“术前的晚上，你不要在病房里了。”

许肆月一怔，对上他微微变红的眼眶。她怎么做才能给雪沉足够的安全感？只是剃掉头发而已，他就不敢让她看见了，唯恐这个喜欢他外表的女人会因为光头就对他失望。

许肆月想了很多话跟他说，最终都咽了回去，只俯身亲亲他的嘴角，说：“好。”

顾雪沉这才放松少许，微垂着头，把她抱住，躺下，吐息很重，手掌按着她的背，不知足地将她往胸中揉。

第二天一早，许肆月就跟江离借了一个空的储物间，还花钱请到一位靠谱的理发师，让他悄悄地到医院里传授自己剪发的技巧。

“剃头发跟平常剪发不一样，容易把人弄伤。你想要两三天就熟练，光用这种假人模特不太行，”理发师说，“最好能找到真人练习，你才能有手感。”

许肆月学得认真，能将模特的头发剃得很不错了，但要找真人练习还是略有困难，这种事谁愿意呢？她刚准备说出钱招募志愿者，储物间的门就被推开了。乔御站在外面，说：“太太，你拿我练吧。”

乔御坐在镜子前，说：“太太你真好，知道顾总心里在意，就用这种方法安慰他。如果你亲手给他剪发，他肯定不会难受了。”

许肆月晃了晃剪子和推发器，问：“你确定？”

乔御凛然地点点头。许肆月也不客气，花了十五分钟，磕磕绊绊地给乔御剃了个光头。乔御摸着刮出来的一条小口子，给她竖大拇指。

她还是不行啊，真的把人弄伤了。

许肆月准备第二天就雇人来，没想到天刚亮，她的储物间门前就安安静静地排起了长队。她吃惊地跑过去，看到这些人身上统一的制服和身份牌，这些都是深蓝科技的高级工程师。

她愣住了，说：“你们……”

排在前头的年轻男人说：“我们看见乔特助的发型了，觉得很帅，听说是太太亲自剃的，大家都很羡慕，特意来求太太帮忙。”

后面的男孩子笑眯眯地说：“‘大魔王’永远是‘大魔王’，我们之所以在深蓝科技，都是为了跟着他。他剃头发，我们陪着。等他手术完了重新长头发，我们再陪着他长头发。公司还有好多人等着过来排队。”

许肆月的眼眶发烫，她用手在眼睛上抹了一下，朝病房的方向露出笑容。

许肆月：雪沉你看，这个世上有这么多的人牵挂着你，把你放在心上。

手术前一天的傍晚，许肆月亲手做了菜，一样一样地喂到顾雪沉的唇边。她柔声念叨：“术前十二个小时不能吃东西，所以这顿要吃好一点。”

顾雪沉咽得很慢，今晚肆月就不陪他了。他也跟江离说好了，明早进手术室前别让肆月看到他。他能够抓住的幸福只剩下一点点了。

一顿饭吃得再久也会结束，许肆月利落地站起来，说：“那我先走啦，等会儿理发师就过来了。”

顾雪沉的手攥着床边，他很低地“嗯”了一声。听到她离开的脚步声，他忍着不动。等关门声响起，病房里只剩下自己，他才摸出枕头下的一张卡片反复地摩挲。

过了不久，敲门声响起，护士说：“顾总，理发师到了。”

顾雪沉紧了紧手指，让人进来。这人不出声，动作也很轻，手上戴着手套，引他到椅子上坐下，然后有条不紊地铺开工具，开始剃他的头发。

顾雪沉低垂眼帘，抿着唇，把手机握得滚烫。他想再抱抱肆月……但话还未说出口，剪刀已然落下，头发断裂的声音清晰地响在耳畔。他只能放下手机，眼神空洞地看着前方。他的样子一定很可笑，肆月要是见到了心里会别扭，他给她最后的印象不能是这样的。

理发师动作轻缓，手法熟练，没有伤到顾雪沉分毫，很快就放下了工具，围在他身前的布也被撤掉。但他依然失神地坐在那里，不说话也不动。

病房里安静了两秒，顾雪沉突然听见一声刻骨熟悉的轻叹。理发师的那双手摘去了手套，温柔地按在他的肩上，而后那人从他的背后俯下身，环抱住他，在他的耳上轻轻地亲了一下，说："雪沉，你怎么就不信呢？美人长头发是祸国殃民，短头发是丰神如玉，剃掉头发就是神话故事里让妖精都动心的……"

他愣住了，没等许肆月说完，就拽过她的手攥紧。

许肆月转到正面，眼睛发光地盯着他。这个男人到底是什么极品？他清冷又诱人。她虔诚地贴上他的唇，说："不好意思，你别想甩开我，今晚我们还是要一起睡。我只是一个低等的小妖精，实在扛不住诱惑。"

顾雪沉的情绪大起大落，他被激得眼眶发红，把她扯到怀里，问："你说谁低等？"

她掌握着他全部的喜乐，怎么会低等？从最初到现在她都站在天上，垂怜着深渊里的他。

许肆月捧起他的脸，说："那你肯不肯为了小月亮破个戒，与我一起堕入红尘？"

顾雪沉知道她离得很近，而且她就在目不转睛地看着他。

第一次，他朝她笑了，双眼微弯，唇挑起弧度，没有任何隐忍或伪装，说："好。"

夜里，许肆月跟他十指紧扣。她假装睡着，听了一夜他的心跳声。天亮得太快，晨曦透过窗户时，她控制不住自己，手脚并用地把他死死抱住。

医生和护士相继进来，威廉医生已经到手术室准备。江离作为副手，不放心别人，自己来推顾雪沉去手术室。

许肆月追着他到了手术室外的走廊里，顾雪沉对她说："不许跟了。"

许肆月趴在他的病床上，说："到门口还有好几步呢。"

顾雪沉从枕头下拿出一张卡片。他准备了很多卡片。眼睛看不到，他亲手写了一张又一张的字，直到写出端正的字，才将卡片留下来，在此时交给她。

"月月乖，"顾雪沉低声说，"手术的时间长。等着无聊，你去卡片上的地址，我有礼物给你。你拆完礼物回来就能见到我了。"

许肆月突然撑不下去了，眼泪落在他的胸口上，说："我不去，你让我陪你。"

"我们再见面的时候，你要告诉我那个地方有什么，"他耐心地威胁她，"你说不出来，我就不醒。"

许肆月不想发出抽泣声，咬着唇不肯说话，顾雪沉像是能看到她的样子。

"别咬自己，"他抬起手，说，"过来。"

许肆月俯身，颤抖着贴在他的锁窝里。

顾雪沉侧头吻她，声音轻不可闻："月月，如果我们不能再见，你别忘了我。"

他的声音很低，像是怕许肆月听见。但许肆月偏偏就听见了，心要碎了。她突然冒出一个念头。

许肆月的鼻尖通红，她把唇靠在他的耳边，用只有两个人能听到的音量狠狠地说道："有件事我一直没机会告诉你。地震之后，在凉城酒店的第二天晚上，我趁你睡着，把床头剩余的安全套都扎了小洞……"

她描述得绘声绘色："第三天你还记得自己有多疯吧？你用过的那些安全套都是我加工过的。当时我的想法很简单，如果我怀了孩子，你应该就会承认爱我了。现在也差不多到了能验出是否怀孕的时候，等下我就去找医生开单抽血。"

"许肆月！"

许肆月笑得很甜，说："顾雪沉，要是不能再见你，我就一个人辛苦地怀孕，一个人生孩子，没人照顾，没人心疼。最后只剩下我们孤儿寡母活在世上，你说好吗？"

顾雪沉恨不能把她拆吞入腹。

许肆月可怜地问他："不好，是不是？那就不准这样，我求你。"

她不能再耽误时间了，从床边直起身，最后在他的唇上深情地吻了一下，含泪说："别说话了，也别怪我，留着力气，出来跟我一起过一辈子。"

手术室的大门被打开，江离推动病床。许肆月听话地留在原地，没有再往前追。虽然看不见，顾雪沉的眼睛一直望着她，目光碰撞、纠缠，拧成无法分割的绳索。

手术中的指示灯亮起，几个护士按照顾雪沉的交代及时来劝她："这台手术难度大，过程复杂，预计时间很长，您别这么干等着了。"

手术开始，外面也解了禁，之前被拦住的乔御第一个跑过来，说："太太，顾总安排好了车，您要去哪儿的话我随时待命。"

没过半分钟，程熙也风风火火地出现，抱住许肆月的手臂，说："今天我什么都不做，全程陪你。许樱也早就来了，在楼下不敢上来，怕你烦她。"

许肆月还在看着那扇紧闭的大门。雪沉提前通知了这么多人，让人来照顾她。可他该知道这一切是没用的。他在，她就是那个长大了、无坚不摧的许肆月；他不在，谁都救不了她。她按住自己的小腹，其实刚才的话是骗他。她后悔那时候没有这个念头，如果真怀了他的孩子该多好。

许肆月放开程熙的手，说："你不用陪我，我挺好的。雪沉有礼物给我，我得去拿礼物。"

她转身往外走，腿软了一下。程熙和乔御争相来扶她，她摇摇头："我真没事，谁都别管我。我拿到礼物就回来等他。"

许肆月打开顾雪沉给她的卡片，里面的字一如从前的娟秀工整，不知道他写了多少遍才挑出这一张来。

卡片上有一个地址，地址的后面还有一个保险柜的牌号和密码。

许肆月走出医院，坐车赶往卡片上的地址。快到的时候，窗外的风景越发眼熟，她才突然意识到，原来雪沉留下的地址竟然在明城一中的北门外。

明城一中，初中部和高中部在全市都成绩瞩目。她当年在明城一中读初中和高中，顾雪沉也是如此。他就是在这里守望着她，一年一年地远远地看着她长大。

许肆月的心脏被揪紧，她急忙下车，小跑着冲进寄存站。寄存站里的人不多，几个学生穿着跟她当年一样的校服。她跟着工作人员找到牌号所在的位置，手抖得厉害，密码输到第三次才成功，柜门弹开，里面摆着一个箱子。

工作人员贴心地提醒道："那边有桌椅，您要看什么的话可以坐过去。"

许肆月抱着箱子，小心地掀开盖子，映入眼帘的是几册破旧的笔记本，笔记本的外表很有年代感。她翻开封面写着"一"字的笔记本，扉页上的钢笔字已经晕开，是几个稚嫩的字："顾雪沉，五年级（3）班。"

她下意识地把箱子搂紧，来不及去找座位，直接在柜子的侧面蹲坐下去。

这一册笔记本的下面还有更多的本子，从旧到新，每一册他都为她标了编号。最底下的本子的封面上，他亲笔写上了"十三"。一本就是一年，这个箱子装的是他的整整十三年。

许肆月靠着柜子喘了几下，才抬起冰凉的手指，抚摸了几遍他的名字，从第一册笔记本开始，触碰他那么长的时光。

"外婆把我的碗砸了，说我不配吃饭也不配活着。妈妈当年不应该生我，就算生下我，也应该在杀那个人的时候把我一起杀掉。我的身体里流着恶心的血，早晚会变成魔鬼，做恶事。这些话她说过很多次了，但是今天她说得特别狠，碗的碎片弄伤了她，她就捡起来割我。"

"我今天没有东西吃，很饿，胃很疼。"

"在学校里，我期末考试考了第一，拿着试卷出来的时候又被那些上初中的人堵住了。他们偷了工地的钢筋来打我，问我凭什么活着，问我凭什么考第一名，我这种人应该去死。"

"我躺在地上咯血了。他们笑得很开心，没有人知道我怀里藏着捡来的小刀。只要一下我就能杀掉那个带头的。我拔了刀，可是……"

许肆月捂着嘴，眼前一片模糊，用力地眨了几下眼，让碍事的泪水流出来，连忙去看下一行字。这几个字明明在同一页上，跟上面的语气却截然不同，他一笔一画地在泛黄的纸上写道："天还没黑，月亮降临了。”

“她很傻，又矮又瘦，就敢挡在我的前面，拿玩具就想当英雄。路上经过的人变多了，他们怕麻烦跑了，我还抓着刀。她蹲下来，用很小的手摸我的脸。”

“没有人这样摸过我，我只被打过。”

“她说，你长得真好看，我家也住在这里，以后谁再敢欺负你，我负责。”

许肆月的嗓子堵得生疼，闷声咳嗽。

“我讨厌顾雪沉这个名字。妈妈亲口和我说，她生下我的那年冬天，想把我沉进覆雪的池塘里溺死。月月就不再叫我的名字了。她说她救我的那天是十号，所以我应该叫阿十，十全十美。为了跟我相配，她改名叫圆月，这个名字里有圆满的意思。”

“月月不怕我、不躲我，她给我的伤口擦药。”

“我很脏，衣服上沾过很多次血，洗不干净，月月也不嫌弃我，她还愿意碰我。”

“她带我去山上，我以前不知道明水镇的山里还有花。”

“晚上我被外婆关在大门外。月月把我带回家，让我睡在她的旁边。”

“我不敢睡，怕会醒。”

“月月很香，抱住我，眼睛好亮，手是软的。她跟我说，阿十睡吧，明天早上我还在。”

“她说夏天的圆月很像柚子，我就攒钱给她买柚子糖。她说阴天太黑了，云把月亮挡住了。我就想，我要给她深蓝的晚空，让月亮永远挂在上面。”

“她送我小机器人的模型，说它要是能动、会说话就好了，我拼命地点头。她要什么，我就会去做什么。”

许肆月捏着本子，蹲在无人的柜子边泣不成声。她被抑郁症折磨的时候，每次吃药以后都离不开柚子糖，明明没有印象，身体却始终依赖着他给的味道。原来他的深蓝科技、他制造那么多的机器人，从开始，他就是为了实现关于月亮的愿望。

“月月走了，把我留在这里。我在车的后面追她，摔倒又爬起来的时候，已经找不到车了。”

“我考上了明城一中，第一名，不给月月丢脸。我明天就能见到她了。”

许肆月不敢再往下看，仰头汲取着稀薄的氧气，再低下头，注视着那一行字：“月月把我忘了。”

“我终于知道，我跟她的世界是云泥之别。她在天上，我在土里。她不需要记得随意怜悯过的人。仅仅是站在她的身边，我都没有资格。”

“我的班级离她的班级很远。今天上课前，我又去看她了。她在跟同桌的男生讲笑话，拍了他的肩。我回到教室里，胃很疼，一天没有吃饭。”

“今天放学的时候，她跟一群人从我的旁边经过，有人喊她看我。我的手心里都是汗，血液也凝固了。可她只是说‘有什么好看的’。”

“两个班级的学生一起上公开课。我坐在她的后面，帮她捡笔。她没回头，但是指尖碰到了我。我不洗手，想买创可贴，把那里包起来。”

“开家长会了，全校只有我是一个人。我坐在花坛边看天。她调皮地爬上树，摘了果子丢向我，分别后第一次和我说话。她问我是谁。”

许肆月记得那一天，她为非作歹的次数太多，怕被许丞念叨，就溜出去瞎逛。她看见一道清瘦的身影背对着她坐在那里，衣服和帽子很大，帽子扣在他的头上，显得他孤独又安静。

她用果子招惹他，问：“你是谁？”

他把又青又丑的果子攥在手里，很爱惜地往怀里藏，对她说：“我叫顾雪沉。”

“她身边的男生换了又换，没有一个人像我。如果有，我可能连最起码的体面都留不住。我会去求她看我一眼。”

“她碰别人什么地方，我就想把那里切下来。但想到月月害怕血，我就忍住了。”

“我可以被保送，但我放弃了。月月去哪儿，我就去哪儿，我想拥有多一点追她的机会。”

“今天她逃课去校外唱歌，回来的时候翻墙，掉进了我的怀里，那一刻她让我死都行。可我还想活着，多看她几眼。”

“我不喜欢大学，她太受欢迎了。她今天穿了很短的裙子，头发散下来，对别人笑。我想把她抢过来，把她关进我的房间里。”

“六号，星期五，她出现在我的面前，说她对我一见钟情。我知道她是在骗我，只有不接受她，才能拥有她。”

许肆月的手压在纸页上，心像跌进了滚油里。她以为雪沉会怨她，会恨她，但她出国后，他还写道：“十一岁夏天的三个月，十九岁的半年，时间加在一起，我幸福了整整九个月。”

他们分别四年里的本子太薄了。

“有人告诉我，她刚到英国就交了男朋友。”

“月月，那我算什么？”

许肆月没有勇气看了，僵硬发疼的手指勉强翻着本子。到她回国的那一天，他写道：“月月，忍一忍，我很快就不在了。”

关于他们婚后的内容，每一个她印象深刻的日子里，他不管她是讨厌他、躲避他、撩拨他，留下的只有最简单的两个字：“爱你。”

五月，他爱她。六月，他爱她。每一个他嘲讽她或是冷淡她的日子里，其实他在发疯地爱她。

许肆月合上笔记本，发现笔记本下面有一个很小的播放器，播放器连着耳机。她戴上耳机，仰头望着窗外的天空，按下播放键。

沙沙的轻响声过后，顾雪沉温柔的声音响起，犹如贴在她的耳边，他亲口告白：“月月，对不起，让你看了我这么多难堪的心事。以前我总觉得不让你知道这一切才是好的，可真到了结尾，还是想告诉你这一切。”

“告诉你许肆月有多好、多重要。这个世界不太光明，给了你很多磨难，但还有一个人，从跟你认识的那天起就在追逐你，明白爱是什么的时候，就把爱都给了你。”

“不管我在人世上，还是名字被刻在碑上，许肆月永远被爱着，也应该永远骄傲地活着。”

第十五章　重获新生

阳光很暖，透过玻璃照进来，仿佛细腻的纱盖在许肆月的身上。

她艰难地站起来，抱紧箱子，走出寄存站，一路赶回华仁医院。手术室的灯依旧亮着，乔御和程熙歪在椅子上睡着了。

走廊里静谧无声。许肆月站到门前，缓缓地靠在上面，手臂悬空地勾勒出顾雪沉的腰，仿佛在抱他。

她记不清又过了多久，远处走廊里的光线已经变弱了，紧闭的门内突然传来隐约的响声。

许肆月惊跳起来，脸色煞白，按着门板。片刻后，门上方的指示灯熄灭。门微微地动，向两侧打开。门后的灯光雪亮，照着江离暗绿色的手术服，他站在离许肆月一步远的位置，口罩还没来得及摘，直勾勾地盯着她。

气温不低，许肆月却冷得颤抖，想问的话在嘴边徘徊了许久也没说出口。江离自顾自地说："肿瘤比片子上的还要大，一部分还藏在主血管的下面，以前没被发现，导致手术更麻烦。如果那部分被保留，后续由化疗控制，会增加疾病复发的风险，可他很难承受第二次手术了。"

许肆月听到这些话，仿佛自己命悬一线，而这根线正在被江离扯着。

江离隔着口罩，声音格外沙哑，继续说："选择不切那部分肿瘤，安全性高一点，也许能让他的生命延长一段时间。但他早晚还是会出事，到那时候就等于直接被判死刑。选择切那部分肿瘤，他有可能下不了手术台。但如果手术成功，他就彻底好了。所以我们……”

许肆月签了字的手术同意书上有一条要求很清楚：术中如遇突发意外，主刀医生有权利应变处理，无须也无暇征求家属的意见。

选择已经做完了，江离只是在通知她结果。

许肆月的指甲弄破了手上的皮肤，她感觉不到疼，注视着江离问：“他怎么样？”

她的脊背绷得笔直，仿佛轻轻一碰就能断。

江离机械地说：“我们选了切除那部分肿瘤，中途血管轻微损伤，威廉处理得非常及时，没有造成大规模出血……”

“我不听这些！”许肆月被逼到崩溃的绝境，揪住江离的手术服，“你告诉我雪沉怎么样了？！”

江离向来严谨镇定，此刻居然红了眼。他扯掉口罩，含着泪朝许肆月露出一个笑容，说：“肿瘤被全部切除，没有残留。雪沉坚持住了。他还在。”

他还在。普普通通的三个字让许肆月虚脱地弯下腰。她只缓了几秒，心窝里那种窒息感稍稍过去，马上起身追问道：“他在哪儿？！现在醒过来了吗？让我去看看他！我不靠近他，远远地看一眼就行！”

江离的神色轻松了一瞬，但随之又凝重了，他说：“看他可以，你先冷静，听我说完后面的话。

“现在不能算手术成功，他距离清醒还有一段路要走。虽然人在，但是呼吸和心跳都很微弱。我出来之前，他在观察室里，随时可能有危险，还好他熬过来了，已经被送进重症监护室了。

“肿瘤是良性的，之前他病痛发作得厉害是因为肿瘤长得过快、体积大、形状特殊，肿瘤威胁到血管和神经，完全被切除的情况下不需要化疗。这个情况你先了解一下，不过我要跟你讲清楚——”

许肆月淡白的唇抿成线，目光要让江离的脸烧出洞来。

江离不得不说：“肿瘤全被切掉了不意味着他没事了。这么长时间的手术，谁也不能确保他颅内没受任何影响。肿瘤被切掉后，他有可能昏迷不醒，醒来也可能有各种后遗症，失明、失聪、失语，甚至记忆力受损，更严重的话还会失去行动能力。”

许肆月一声不吭地听着，在医院走廊的光下，只剩下一道细瘦的人影。

江离于心不忍，加快语速讲完话："另外，即便疾病复发的可能性降低，也不是不存在。半年是疾病复发的高峰期，他挺过半年，疾病复发的概率就会小很多。如果三年内疾病没有复发，他才算真正康复了。"

许肆月点点头，说："我明白，这些我很早就了解过了。现在能让我去看他了吗？"

手术之前，她已经把一切风险和后果都弄清楚了。他的疾病复发没关系，她陪他继续治疗；他有后遗症更没关系，她能承担。只要雪沉活着，别离开她。

江离凝神看了她一会儿，一时说不上是欣慰的情绪多，还是难受的情绪多。他回头扫了一眼墙上的钟表，说："现在不行，他还没稳定下来。你先吃点东西，两个小时以后我安排你进去。"

许肆月只听见最后一句话。乔御和程熙早醒了，在她的后面围着她，要带她去吃饭。她固执地拒绝了两个人，小跑到ICU病区的外面，很乖地盯着时间等。各种吃食被送到她的手边，她还是摇头，将东西推回去，说："我真吃不下。"

江离说话算数。两个小时一到，他就带许肆月去消毒，换隔离防护服。许肆月准备好后才进入重症监护室。

重症监护室被层层隔断，许肆月的心几乎不跳了，直到江离拉开玻璃门，她看到年轻的男人躺在病床上，身上连接着呼吸机和数不清的她不认识的仪器。他太安静了，成缕的睫毛盖着眼睑，只有屏幕上波动的数据和呼吸罩里淡淡的水汽证明他还活在世上。

"过去吧，控制住情绪。"

许肆月的脚步声很轻，她生怕吵到他。她在床边俯下身，想摸摸他的脸，又害怕自己的手脏，不敢乱碰他。她蹲下，把脸贴在被子上，靠着他的手臂，有那么多话想说，然而最后说给他的是很短的一句话："雪沉，我好想你啊。"

重症监护室的规定严格，家属探望的时间每天不能超过半个小时，江离也不能为她破例。他以为劝走许肆月要费点力气，没想到她很配合。她出去前仔仔细细地给顾雪沉掖了被角，然后二话不说去外面找人搬了一张小折叠床，将它摆在离重症监护室最近的墙角处。这个墙角不影响病人通行，不耽误医护人员进出病房，床也不占太多地方，谁过来撵她走都没有足够的理由。

许肆月每天进去半个小时，出来就窝在这儿，沉下心来学习护理知识，根本不在乎别人怎么打量她。

程熙要急死了，苦口婆心地说："你太瘦了，知不知道？快成一把骨头了！胸要没了！"

"没就没了吧，"许肆月无所谓地说，"反正他爱我。"

程熙快被气晕了，说："胸没了可以，命总得在吧？你再这么不好好吃饭，等'大魔王'醒了，你就挂了，谁照顾他？他努力地活下来又为了谁？"

许肆月抿了抿唇，才勉为其难地往嘴里放了一个小蛋糕，嚼了两下又停了，眼眶一酸，说："这是甜的吗？我吃着怎么觉得这么苦？"

五天后，顾雪沉的生命体征稳定，离开重症监护室，回到之前住的五〇六病房。得知消息的时候，许肆月开心到站不稳，跑回五〇六把里里外外收拾干净，不许别人插手。上午九点，顾雪沉被从重症监护室推出来。她八点不到就在等了，终于不受阻隔地抓到了他的手，摸起来他的手很凉，但他的手有温度。皮肤跟皮肤紧密相贴的触感让她重新活了过来。

江离特意给五〇六病房安排了几个利落懂事的男护士，然而他们上岗第一天就集体失业了。看起来娇气金贵的顾太太对顾总全权负责，事事亲力亲为，和专业的护理人员比也不差。

"我再跟你重申一遍——"

"他的体征平稳了，但意识不知道要多久才能恢复。"许肆月自动接着江离的话说，"醒过来有可能看不见、听不到、不会说话、变傻了、不能动，说不定还失忆把我忘了，对吧？"

江离被她堵得哑口无言。她一笑，说："那又怎么了？我老公活着就行。"

许肆月现在过得与世隔绝，基本不理会外界的消息。她隐约知道沈明野诱导跳楼女孩自杀的罪证落实，牵一发而动全身，连带出了沈家生意上更深的内幕，怕是连大厦也要被他连累倾倒。他提早得到消息逃了，现在在被警方通缉。

《裁剪人生》的首期节目也播了，节目效果超出预期，十分火爆。她的主打作品“雪月”系列目前只有几个成品包，被女明星和网红瓜分，带起了很高的热度。微博上隔三岔五就有新的热门话题上榜，粉丝求她更新动态，让大家知道顾总的情况。很多知名的画手在画顾雪沉——芝兰玉树、清冷，但画中的顾雪沉还是不及他本人半分。

没有什么能影响到许肆月。她守在病房里二十天，给床上昏迷的人讲了无数的故事，每晚窝在他的身边，戳他的脸问他打算什么时候醒。

“顾雪沉！零点一过就到你的生日了！”深夜，许肆月坐在床边，一根一根地抚摸着他的手指，在苍白的指尖上轻吻，“你要是再不醒，想让我陪你过生日就要等明年了。

“我的头发都长长了，手上的伤口也好了，我做的包被抢空。我还学会了照顾你。

“贵宾楼外面的楼梯被拆掉了，医院防止有人再学我跳窗。楼下有个小护士怀了宝宝，我好羡慕，连外面花园里的那棵古树都开花了……

“你怎么还不醒？”

许肆月低下头，用脸颊磨蹭他的手背，说：“我把你给我的礼物快背下来了，你怎么还不醒？”

墙上挂着时钟，指针无声地转动，许肆月静静地望着，等指针重叠，转到“12”的那一刻，她轻声说：“老公，生日快乐。”

说完她抹掉眼泪，转过头，对上了顾雪沉的眼睛。

太晚了，病房里只开了一盏壁灯，灯光暖黄，照不清晰。外面的月色过于温柔，实在起不到照明的作用。四处静得过分，仿佛呼吸声和心跳声全部消失了，到处变成黑白剪影，天地空荡，只剩下一双半睁的黑色眼睛。

许肆月呆呆地凝视着他，声音卡在喉间。顾雪沉也没动，就那么跟她对视着。

她觉得身上忽冷忽热，唇动了几下，忽然失控地哭出来，说：“雪沉，你醒了吗？你是不是看不见我？能不能听见我说话？你怎么不出声，也不叫我，是说不出来吗？”

许肆月扑过去，忍了将近一个月的眼泪夺眶而出，说：“你想说什么，眨眼睛也行，我能懂的！不能动没事，反应慢也没事！我在呢，你别怕！”

最后一种可能跳出来，刺得许肆月愣住了，她趴在床上，抽噎着问：“雪沉，你是不记得我了吗？我是你明媒正娶的老婆。你忘了没关系，我重新追你，这次肯定……”

一只手吃力地从床上抬起，又虚弱地落下，他不肯放弃，再次尝试，将手艰难地放在许肆月的头上，用嘶哑的声音问：“我老婆这么傻吗？”

头被他的手掌抚摸着，许肆月目不转睛地盯着他，肩膀不停地颤抖。

他说得很慢：“知道我要瞎了、傻了、失忆、不能说话、不能自理，还不快跑，等什么？”

许肆月坚守了一个月，华仁医院人人知道顾太太有多可靠。但此时此刻，所有她撑起的屏障碎成粉末。她恢复了柔软、娇气、无助，望着顾雪沉，鼻尖通红，哭出声来，说：“你让我去哪儿？顾雪沉，你刚醒就不要我了吗？！”

“瞎了我就当你的眼睛！哑了我会去学手语！失忆怎么了？我追了你两次，也能追第三次！

“傻了我就照顾你，你要什么我给什么，你想怎么样我就让你怎么样。谁敢欺负你，我第一个打过去！

“不能自理又有什么关系？我能一辈子陪着你。”

许肆月抓着他的手，仍然不敢相信他醒过来了，焦急地问：“你怎么又不说话了？你别吓唬我。我现在的胆子太小了，真的不经吓。”

泪水从顾雪沉的眼尾滑出，顺着苍白的皮肤落到枕头上，他低声乞求她：“离我近一点。”

像是在做梦，幻想了那么多次，他想过自己将去地狱，却从未想过梦会变成现实。

“我想看清楚……爱我的月月的样子。”

许肆月听他这么说才意识到，雪沉已经太久没见过她了。他从住院起眼睛就不好，最后一次看她还是在家里的客厅，她跟他决绝地提离婚。

她迫切地扑过去，跟他四目相对，他的瞳中有小小的人影。这人很瘦，长头发也不太顺滑，显得有点凌乱，跟以前那个光鲜的许肆月简直不像一个人。

许肆月在医院里这么长时间，面对别人时，早已无所谓，没空想自己好看不好看，可在顾雪沉的面前是不一样的。她把脸枕在他的肩膀上，哽咽着说："雪沉，我们好久不见，你还是先别看我了。我的脸色不好，也没化妆。"

顾雪沉的手仍抚在她的后脑勺上，他哄她，也是求她，说："你别躲……我的视力还没恢复，你一乱动我就看不到你了。"

许肆月一顿，顾不上别的事情了，急忙起身用手去感受他额头的温度，问道："没恢复？还有哪里不舒服？！头疼不疼？！我去找江离，现在就去！"

她傻了，雪沉醒过来，她居然没有第一时间喊医生！

许肆月帮他把被子盖好，站起来就想往外跑，迈出一小步又忍不住回头，着魔似的盯着顾雪沉那只从她头上滑下来后无力地落在床边的手。

她不能离开他……万一这些场景是她想象出来的，她再回到病房时，雪沉又闭眼了怎么办？

许肆月的鼻子发酸，她握住顾雪沉的手，紧紧地攥着。她拍响床头的呼叫铃，哑声喊："通知江离，雪沉醒了！"

这一晚，五〇六病房里灯火通明，以威廉医生为首的专家团连夜赶过来会诊。顾雪沉的眼睛暂时蒙上了遮光罩，小小的仪器的连接线在他的身边像一张网。

许肆月在包围圈外干着急，通过缝隙看到雪沉的指尖在动，他好像想抓什么。于是她逮住机会挤进里面，缩成一团，蹲在床旁，悄悄地把手伸过去，摸了摸顾雪沉的手背，又包住他的手，希望让他觉得温暖。

嘈杂的讨论声里，许肆月听到他轻声唤她："月月。"

"月月在，"她马上回应，"没走。"

他绷着的手指终于松弛了，在她的掌心摩擦。

后半夜，烦琐的检查暂时结束，专家团汇总出了一份临时报告，由江离代为转达，他说："总算醒了，第一个难关也迈过去了。"

许肆月站在病房门外，听江离说一句话，再回头隔着门上的玻璃看顾雪沉一眼。

江离摇头失笑，随即道："目前看来结果让人很惊喜，他的智力正常，读写和理解能力正常，反应速度正常，记忆没受影响。他能听声音，能说话，至于眼睛，是视神经之前被压迫的时间有点长，需要慢慢地恢复，以现在的情况，应该用不了太久就能恢复到以前的视力。"

"不过还有一点最重要，"江离拧眉，"暂时看不出他行动力怎么样，你也要有心理准备。不少病人刚醒过来时状况不错，但下床的时候……"

"别说了！"许肆月严肃地瞪着江离，"他会听到。"

江离推了推眼镜，叹气道："好，你知道就行。另外他刚苏醒，术后颅内压偏高，疼痛也得持续一段时间，可能会头晕、恶心、嗜睡，这些都算正常状况，你多照顾他。"

许肆月没工夫跟江离多说话，转身进了病房关上门，把门上玻璃的小帘子拉严，边跑边踢掉鞋，不由分说地爬上病床，掀开顾雪沉外侧的被子，钻进去躺在他的身边，贴紧他。

顾雪沉低声说："如果我不能下床，你……"

"我什么？"她心急地打断他的话，说，"我从早到晚照顾你，喂你吃饭、喝水，把你擦得干干净净，别说日常没问题，就算是夫妻生活我也能自己动！你别想撵我走！"

激动地讲完这些话，她才觉得不好意思，没敢看顾雪沉的神色。等了片刻，她的耳边响起他低沉的声音："如果我不能下床，你别丢下我。"

"我的身体是有知觉的，手可以动，腿……也不像江离想的那么严重，就算暂时不能正常行动，等过一段时间应该……"

许肆月怔住，翻身抱紧他，语无伦次地说："你不用解释了。我不会丢下你，再也不会了。我家雪沉一定能好，不好也别怕，我保护你。"

"不准想了。"她把手盖在他的眼睛上，"医生说了你要多睡才恢复得快。我就在你的身边，哪儿都不去。"

顾雪沉再次醒来的时候，天已经大亮。他睁开眼以后，发现能看到病房中物品的基本轮廓，比前一晚对光的感知更敏锐了一些。

肆月不在，但离他不远处放着一个小桌子，桌面上堆满了礼盒。礼盒太多了，他甚至数不清礼盒的数量。有道歌声跟随着他睁眼的动作恰好从桌子底下传出来，声音有点颤抖。她柔声地唱着“祝你生日快乐”。

顾雪沉想撑起身。许肆月吓得赶紧爬出来把他按回去，当着他的面把一首生日歌从头到尾唱完。

许肆月坐在床上，把小桌子拉近，拿起手边的第一个盒子展示给他，说：“你看不清，没事，别着急，我给你描述。这里面是个平安锁，黄金镶玉的，我在百八十个平安锁里挑出来的，圆滚滚的，特别可爱。这是我给我们家雪沉的出生礼物，保佑他一辈子平安健康。”

顾雪沉看向她，眼前一片模糊，无力的手控制不住地抓着被子。没有人为他的出生高兴过。在拥有肆月以前，他从不期待自己的生日，这个日子在开始就被钉上了痛苦，痛苦又一层一层地叠加，肆月不告而别，以及他住院前那一顿没有吃到的饭。

许肆月把他的手拉起来，与他十指相扣，单手去拆第二个礼盒，说：“我们家沉沉满一岁了，是个特别乖的小孩儿。我亲手做了一套小衣服，小衣服超软，他穿着肯定觉得舒服。”

“肆月……”

“二十多岁的顾雪沉先别说话，打扰小朋友收礼物。”许肆月笑眯眯地说，“两岁的沉沉会跑了，肯定爱摔跤。我给你准备了小鞋子，防滑还能亮灯，跑起来最拉风了，别的小屁孩儿绝对羡慕……”

顾雪沉的手指把她的手都握疼了。

他对一两岁时的记忆感到模糊，破碎的印象里都是大人在争吵和打架。

三四岁时懂事了，会保护妈妈了，他就开始被打得跌在地上，滚进土里，被不同的工具伤害，熟知每一种疼痛，很多个晚上不能睡床，要钻到只能蜷缩身体的小角落里。

五六岁时在幼儿园里，他性格孤僻，不讨人喜欢，别的小朋友害怕他。他爸当着老师和同学的面把他撞到墙上，他的血弄脏了漂亮的墙纸。

七八岁时，他遍体鳞伤地去安慰妈妈。但妈妈早已崩溃，歇斯底里地把他当成发泄的对象。谁让他的身体里流着那个男人的血呢？

十岁那年，妈妈在家里，当着他的面报了仇，把刀塞进他的手里。他扔掉刀，一滴眼泪也掉不出来。没人要他了。他一个人流浪了很多天后才被外婆带走，去了明水镇。

十一岁，他有月月了。

“十一岁，你遇见我了。”许肆月红了眼圈，拿出一把精致的小木剑给他，“我那时候能守护你，以后也能。”

礼物一件一件被拆完，许肆月在温暖的阳光里俯下身，说：“雪沉，你今年的生日没有礼物。我想给你做东西吃，但你现在只能吃流食。我想买礼物，没有一件礼物合适，我把我自己给你好不好？”

“我想感激你，”她将唇靠近他，“感激你的出生，感激你辛苦地走到现在，醒过来见我。我以前做了很多错事，但是以后再也不能没有你。”

许肆月轻轻地亲他，说：“其实这件礼物不怎么好，你要吗？”

她说话时，双唇稍稍分开，他吻上去，唇与唇相磨。他压抑着哽咽声，说：“要。”

一周后，顾雪沉的视力恢复了很多，头晕、头疼的症状也在减轻，各项检查的结果不断地趋于合格值。又过了几天，顾雪沉没出现不良症状，江离才慎重地表示：“可以试着下床了。”

顾雪沉一个多月没走动过，就算不是重症的病人，躺了这么久行动也会迟缓。

许肆月紧张到不行，想亲自扶着顾雪沉，被江离拒绝，他说：“你的力气小，一旦雪沉站不住，两个人都容易摔倒受伤。”

顾雪沉撑着身子坐起来，手臂上淡青色的血管绷得明显。他抿着唇，抬眸看她，说：“月月，你站到窗边。”

窗离病床有四五米的距离，许肆月不愿意，可也舍不得拒绝他。一群医护人员在旁边随时待命，轮椅也提前准备好了。江离和威廉医生一起把顾雪沉搀扶起来。

顾雪沉的双脚落地，眉心的沟壑很深，半掩的眸露出痛苦的情绪，但情绪很快被掩饰了。他的额上沁出汗来，润湿了发根。

“把轮椅推过来——”

“不用，”他说，“我能站起来。”

许肆月急得等不下去了，要跑过来帮他。顾雪沉盯着她的脸，说：“别动，等着。”

他坚持迈开腿，往前走了一步，无力感让他觉得“如踩针毡”，第二步，肌肉传来密密麻麻的痛感，扭着神经，想把他绊倒。

顾雪沉笑了一下。他不怕疼，从小到大，疼的感觉最熟悉、最习惯。他抬起头望向窗口。日光从外面透进来，勾勒着许肆月的身形，给她涂上神明般的金边。

他能从深渊里爬出来，也能用自己的腿走去她的面前。

满腔劝他休息和停止的话，在撞上他的目光时，许肆月全咽了回去。她喘了一下，压住哭声，双眼弯成桥，笑着跟他说：“别心急，慢慢走。我在这儿等你，你还有几步就到了。”

顾雪沉也扬起唇。他以前很少笑。许肆月看得失神，心里翻江倒海，挺着背，把手臂张开迎接他。

病房里格外安静，只有呼吸声和鞋子在地面上摩擦出的声响。走到最后两步，威廉和江离不约而同地松开了手。顾雪沉趺撞了一下，往前走去。许肆月抢先一步迎上来，搂住他。

“月月，我能走。”他在她的耳边低喘，说，“我还能照顾你。”

许肆月泪如泉涌，说：“谁要你照顾，你就不能让我多做点事情吗？你都走了这么多步了，让我多走几步又能怎么样？”

顾雪沉垂下眼帘。他没有被人爱过，不知道怎样才是爱人的方式。他的感情沉重压抑、扭曲汹涌，只要她不嫌弃他，他愿意为她做任何事。

“你是想跟我平等吗？”顾雪沉吻着她，“可我不想平等。我只想让你被爱。”

真正被脑外科手术影响到行动的患者连简单的站立都难以实现，更别说走动了。顾雪沉能够在人的搀扶下站稳，成功地迈开双腿，无论他走到窗边的过程有多吃力，已经证明了最后让人忧心的可能性不存在了。手术没有造成后遗症，他的身体可以恢复，像从前一样健康。

江离总算长出了一口气。威廉的反应更直接，他搂过江离重重地拥抱了一下。这段时间里熟悉五〇六病房的医护人员也忍不住鼓起了掌。

一群人拍了几下手才想起来顾总不爱热闹，又笑着憋回去。

还有很多后续事项，江离要一件件地叮嘱。但他很知趣地示意大家先退出去，自己最后一个走，把轮椅推到离两个人近点的位置固定好，对许肆月示意了一下。

许肆月面朝着江离点头。雪沉虽然没有大碍，但刚能下床，不适合长时间地站立或者走动，还要坐一段时间轮椅调养，慢慢地，等力量恢复。

江离走后，顾雪沉有些力不从心。他搂着许肆月向前一步，双手撑在窗台上，把她困在怀中，让她不能动，低下头，埋在她的颈侧，说："我不用轮椅。"

他坐在轮椅上……显得太没用了。

许肆月猜到他在想什么，抚摸着他微僵的脊背，轻声地诱惑道："真的不用吗？你如果走路，我一个人扶不稳你，肯定要找乔御或者江宴来帮忙。如果你用轮椅的话，我就可以推着你了。不管你想去哪儿，我都寸步不离地在你的身后陪着，只有我跟你两个人……"

"我坐。"不等她描述完那个画面，顾雪沉果断地改口，把她压得更紧些，声音沙哑地拆穿她，"你引诱我。"

许肆月扬起嘴角，揽住他的脖颈，踮着脚，跟他心脏的位置相贴。

顾雪沉的眸中黯淡下来，他说："我禁不起你的诱惑。"

在她说这些话之前，他想快点好起来，变回从前那个能够事事亲力亲为的正常人，竭尽所能地对她好，让她不反悔，让她不再离开他。

但此刻他被另一种可能性蛊惑，如果坐轮椅，月月就会陪着他，如果慢一些康复，月月会和现在一样随时随地在他的眼前。她在乎他、心疼他。

顾雪沉心底的念头横冲直撞，他忍不住闭眼，咬住她颈上柔软的皮肤，不想让肆月那么快放心。她一旦放心，注意力就会被分走，不再全部属于他。她那些因为他的重病而激发的情感，是不是也将消散？他不怕肆月是基于哪种原因爱他。他怕……等这些原因都消失后，又会失去她。他不让她计较谁付出得多，抗拒平等，也是怕她偿还。

顾雪沉有些失控，踉跄着把许肆月箍紧。等他的病好了，她还愿意继续爱他吗？

许肆月听见他答应了，尝试着把他扶到轮椅上，顾雪沉配合着坐下去。许肆月蹲下来研究扶手上的各种按钮，惊奇地说："功能好先进，能独立控制，前进后退按一下按钮就行了。雪沉，我们试试。"

"不试，"顾雪沉伸手盖住那些按钮，阻止她的好奇心，"你推我。"

"好，"许肆月笑着站起来，"带我老公去病房外面逛逛。"

轮椅有助力装置，许肆月推起来很轻松。时隔这么久出门，许肆月不敢走太远，只陪他慢悠悠地来到五楼中央的圆形大厅。隔壁病房里那个需要玩偶的小孩子恰好被人抱着经过，也是术后不久，头上戴了一顶柔软的特制帽子，显得娇憨可爱，仿佛没有动过开颅手术。

许肆月刚想指那个孩子让顾雪沉看，就见他的眼神已然落到了那顶帽子上。他的目光很淡。他看了一下就将目光收回来，但许肆月还是敏锐地捕捉到他的目光中一闪而过的在意。

雪沉在意帽子是纯手工做的，在意帽子的尺寸，还是在意小朋友被细心地爱着？他在羡慕那个小朋友吗？

许肆月没戳破他的心思，回到病房以后，找个正当的借口出去，给程熙打电话。

"月总，'大魔王'还没出院，你就有时间重拾事业了？！"程熙震惊地说，"着急买那么贵的布料，想做什么？"

许肆月不肯透露实情，说："反正今天之内，务必悄悄地将东西送来。"

程熙办事靠谱，没花太多时间就帮许肆月把东西准备全了。许肆月贼似的提着小包袱藏进那个当初她学剃头的小储物间里。马不停蹄地赶回病房，她一眼就看到顾雪沉坐在病床上，他的手抚摸着生日时她送他的某件礼物。

礼物是她给两岁的沉沉亲手做的一套小衣服。

他翻来覆去地看那套小衣服，明明极爱惜它，又有那么点说不上来的别扭感。许肆月忽然反应过来，不禁啼笑皆非。"大魔王"不会是在吃两岁沉沉的醋吧？！

她故意弄出一点响声。顾雪沉立刻收起小衣服，状似寻常地拉过她，对此只字不提。她假装没发现他的秘密，照样抱着他说笑，却心疼他了。他想要那样的帽子，想要她亲手做的贴身物件，想被她更细心地偏爱。

半夜，许肆月耐心地等到顾雪沉呼吸变得平缓。他还在恢复期里，只要入睡了就不容易醒过来。确定他睡安稳了，她才蹑手蹑脚地爬起来，钻进储物间挑灯夜战，要赶在天亮前把帽子做好。

天际泛起一抹微白时，许肆月收紧最后一个线头，用剪刀修整齐，还来不及将东西拿到手里欣赏成果，门外的走廊里就蓦地响起轮椅轮子的滚动声。声音清晰而急促，直朝她这扇门过来。

许肆月慌了，起身要去开门。顾雪沉比她想的更迫切，没等她过去门就被推开了。男人坐在轮椅上，压迫感丝毫没有减弱，黑色的眼睛逼视着她。

许肆月被当场抓包，抿了抿唇，计划的一堆浪漫场景用不上了，直接把做好的帽子给他，说："试试看。"

黑色的帽子形状简单，泛着柔和的光泽。

顾雪沉盯着她眼里的血丝，下意识地把帽子握紧，说："为了它不睡？谁让你做这个帽子的？我就算真的需要，什么样的帽子买不到？！"

许肆月知道他心疼了，乖巧地俯下身，蹲在他的腿边，把脸枕在他的膝盖上，说："月月亲手做的，你买不到。其他小朋友拥有的东西我家沉沉也要有，不能被别人比下去。"

她仰头，笑得甜美，说："老公，你戴上嘛，我的手艺不会差。"

顾雪沉把帽子捏皱了。许肆月戳戳他的手，贴心地提醒道："帽子皱了，你可就不能戴了。"

他被这句话惊到，马上松开手，反复地摩挲着帽子，生怕它不能恢复原样。许肆月的眼眶酸了，她接过帽子戴在他的头上，大小刚好合适，冲淡了他身上超过年龄的沉稳感，衬得他格外英俊、有少年气。

"谁家的老公这么好看？"

"你家的，"顾雪沉垂下眼，摸了摸帽子，把许肆月揽到臂弯里，"最后一次，以后不准这样。"

许肆月钩着他的后颈，将他的后颈往下压："那你喜欢什么，想要什么，以后也不许忍着，全告诉我，阿十的愿望我都能满足。"

顾雪沉对这个帽子爱不释手，舍不得离身，睡觉时将帽子摆在枕边，出门时就仔仔细细地将帽子戴好。许肆月觉得内心又酸又甜，满腔热血地等了三天，也没等来雪沉开口对她提别的要求。三天后，雪沉因为状态良好，被江离允许出楼逛逛。

夏季天晴无风，他基本不会着凉。许肆月还是如临大敌，给顾雪沉全副武装好，趴在窗口确认楼后的小花园里没人，适合两个人外出约会，才放心地推他下楼。

她万万没想到乘电梯的这一小会儿，最适合两个人卿卿我我的紫藤花架下就被一对来探病的小情侣占领了。女生踮着脚喂男生吃葡萄，满眼甜蜜之意。男生注意到动静，无意地扫过来一眼，居然还带着炫耀的神情。

许肆月莫名觉得被挑衅了，小脾气噌噌地往上涨。顾雪沉坐在轮椅上被迫看了片刻，抬起头，帽子下的一双眼眼神幽深。他表现出运筹帷幄的冷静模样，眼神里有直白的三个字——我也要。

许肆月愣了一下，心口迅速被热意填满。那么多要求可以提，结果他想了三天，只小心翼翼地跟她要葡萄吃。

她光是用手喂他吃葡萄怎么够？许肆月给乔御打电话，让他火速送来水果。乔御也争气，五分钟不到就捧着一个小篮子赶过来了。

她捡起最上面的一颗葡萄放在自己的唇间，咬出一点酸甜的汁水，而后弯下腰抬起顾雪沉的脸，二话不说，唇碾在他薄薄的唇上。

紫藤花架下有人发出震惊的吸气声。

许肆月边亲他边腹诽，这种行为可真是幼稚死了。但她乐意。

“放心，”她含笑轻声说，“其他人拥有的，我家沉沉更要有。”

小情侣被他俩杀伤力过强的公然秀恩爱的场面逼走了。许肆月成功地占领约会场地，往后每天同一时间下来，倒没人再抢这个位置。反而楼上的窗户边多了不少的脑袋，偷瞄顾总和太太的亲密现场。

许肆月惦念着出院，医院的环境再好也不适宜人久住。如果可以，她想快点陪雪沉回家，哪怕需要经常往返来进行后续治疗，也是好的。

又一次全面检查后，江离总算给了准话：“结果持续平稳没有异常的话，月底就可以出院。针我上门去打，你们每个月来医院一次，监测病情。”

确定了出院的日子，许肆月更有了盼头。韩桃多少得到一点消息，得知顾总情况稳定、出院在即，才敢来找许肆月谈公事。

“肆月，资料我给你发过去了，你有空再看。”韩桃在电话里柔声说，“全网都知道你的情况，节目第二期已经推迟录制了，不着急。这次我找你是因为另一件事，对你很有好处。我不甘心放弃，才来问问你的意思。”

韩桃说出某位一线女演员的名字：“她看了节目，意愿非常强烈，想找你约个手包，下个月在重要的场合用，还要配一套天价的珠宝。你先别急着拒绝，看一看资料再决定，机会难得。”

许肆月正窝在顾雪沉的身边，顺手就点开了韩桃发的图。图片加载出来的瞬间，她很给面子地震惊了一下。这的确是天价珠宝，光一枚十几克拉的粉钻就已经价格不菲，难怪对方要大张旗鼓。她太久没在意过打扮，觉得离这些东西很遥远了。

她还没想好要不要接这份时间上不算赶的工作，顾雪沉已经在病房里大量地处理公务了。

顾雪沉病情稳定后，受之前跳楼事件真相的影响，深蓝科技的市值不降反升。关于陪伴机器人的高额订单和合作也让公司高层顶不住压力，他们不得不把搞不定的难题捧到顾总的面前。

乔御趁着顾雪沉审阅文件，捂着嘴小声说：“您上次交代的东西我做好了。我背着太太偷偷将东西放到您的枕头下面了。”

许肆月理解深蓝科技的工作量，但私心对顾雪沉病中还工作的状态万分不满。她尽量懂事，忍着不去打扰他。但直到她端了晚饭进来，见他靠着床头，他居然还在拧眉看文件。

她忍无可忍，“砰”的一声放下托盘，快步过去，伸手蒙住他的眼睛，说：“你的视力刚恢复多久，不要眼睛了，是不是？！”

顾雪沉直接揽过她，问：“我看了这么久了，你怎么才来管我？”

许肆月蒙了，问：“你……故意的？！”

“嗯，”他声音低沉，“勾引你过来，不想让你懂事，只想让你管我。”

许肆月觉得又生气又心疼，惩罚地捏着他的下巴，说：“现在我过来了。说实话，你还有什么目的？”

顾雪沉的喉间发出闷闷的气声，手指扣着她的脸颊，他说：“想和你接吻。”

许肆月笑了，回答道："给你亲。"

她太乖、太聪慧了。顾雪沉着迷地翻身把她压到病床上。头挨在枕边，她感觉到枕头下有一个棱角分明的东西。

顾雪沉护着她的头，将她压在床头深吻，一边伸手把枕头下的两个方形绸缎盒拿出来，放在她的手边。

"什么？"

许肆月招架不住他这几天越发热情的吻，发问时，盒盖被他随手掀开，一个坠子掉入她的掌中。她勉强睁眼去看，片刻后手忙脚乱地推开顾雪沉，说："你这是……"

两个二十几厘米见方的盒子里是两套熠熠生辉、闪到令人怀疑人生的珠宝，要是那位著名女演员的珠宝需要专门做包来搭配，她这两套首饰要连鞋跟都独家定制才对得起它们的价值。

顾雪沉黑漆漆的眼睛凝视着她，深处跳着滚烫的火，他说："其他人拥有的，我想给老婆双倍。"

许肆月抱着两盒奢侈的首饰，唇被他不厌其烦地亲吻着。她的心跳严重超速，空气里消毒水的味道也让她闻出了一丝甜。

以前顾雪沉跟她保持距离的时候，经常叫她"顾太太"，刻意地带着嘲讽和疏离，后来两个人亲密无间时，也只喊她月月，最近他才开始零星地叫她"老婆"。她喜欢到不行。刚才这一句话他说得自然又宠溺，直直地戳到了她的心口上。她曾经还嫌弃过"老婆"这种称呼，觉得俗气、肉麻，可等到这种称呼真的被爱人叫出口，她才知道有多欢喜。

许肆月抚着顾雪沉脊背上清瘦的骨节，清清嗓子，试图矜持一点，说："你老婆又不羡慕别人，首饰有没有都一样。你老婆绝对不是贪图珠宝的人……"

她特意地重复"老婆"这个词，暗示他多叫几声让她听听。

"这么说是不想要吗？"顾雪沉用指腹揉着她的脸颊，又调皮地揉到她的耳垂上，"那麻烦老婆还给我。"

他动作并不过分，碰的也是寻常的位置，却有种令人战栗的能力。许肆月被他揉得手脚发软，仿佛有电流顺着皮肤往骨血深处钻。她脸颊涌出胭脂色，强装镇定，一把搂紧盒子，瞪着他，说："就不能让人客气一下吗？你想要回去，我可不还。给我的东西你不可能拿回去！"

顾雪沉终于露出一点笑意，问："那就是喜欢？"

许肆月醒悟过来，不管什么时候，跟她老公就不能来矜持腼腆那一套，有什么就说什么，有多少感情就表达出来。他的心里太不安了，每一道伤都需要她用坚定的爱治愈。

她探身上前，跟他亲昵地抵着额头，认真地说："喜欢你喊我老婆，喜欢你纵容我、溺爱我，现在我不那么在乎珠宝首饰了。但是你给我的东西，我都特别爱。"

"不过也太贵了吧。"她念叨，"你赚钱多辛苦，不能乱花。"

顾雪沉得到确定的回应，唇边的笑不由自主地加深，说："贵吗？我最近没办法去挑新首饰，这两套的主石是乔御从瑾园的衣帽间拿出来的。首饰是被临时应急制作成的。"

"衣帽间？！"许肆月不解地问，"我怎么没看到过它们？"

顾雪沉低垂着眼睫，把她搂在臂弯里，向她吐露自己的秘密："衣帽间里有扇被挡住的小门，里面是这几年我给你攒的礼物。你从前想要的包、衣服、钻石……我买了很多，以为死后才能让你知道，没想到……"

他没想到还能活着，没想到还有机会跟她一起回家。

许肆月怔了许久，手足无措地抱他，抱得再紧也不能疏解那些甜蜜和苦涩混合的爱意和后怕。

"我现在只想要你，"她闭上眼，说，"想和你回家。"

出院这件事对许肆月来说变得更紧迫。阿姨已经提前到位了，把瑾园打理得一尘不染，大小阿十频繁地给许肆月发送思念、催促的信息，其他准备工作也就绪，只等主人回家。

许肆月好不容易熬到了月底。顾雪沉新的检查结果出来，一切正常，恢复良好，他术后为期两个月的住院生活总算到了尾声。

许肆月第一时间去找江离。江离笑道："我说话算话，可以出院了。后续我会随时跟进。雪沉还需要更长的时间进行复健，不能松懈。"

他说完，许肆月却并没放松。她拧眉问："既然各项结果都很好，为什么雪沉到现在还得坐轮椅？"

从第一次下床至今，也有一段时间了，雪沉还不能正常行走，她放心不下。

江离顿了一下，别开头调整了表情才说：“没什么大事，慢慢养。”

“你多关心他，”他略显别扭地说道，“他也许能好得快点。”

江离之前也没料到，顾雪沉这么内敛的人会为了不失去老婆百分百的关注，在病情明明好转的情况下还坐轮椅装虚弱。要换别人他肯定不同意，但顾雪沉……他只觉得心酸。

许肆月神情凝重地点头，转身想走，到了门口又停住，故作冷静地说：“还有个问题……”

回家以后肯定和在病房里不一样了，他现在亲她都这么动情，到时候难保不会失控，何况她也渴望能跟他更亲密。

江离福至心灵，居然秒懂，主动说：“等他的腿能走了就可以有正常的夫妻生活了。喏，注意强度，不能过激啊。”

许肆月红着耳根走出江离的办公室，回病房的途中接到程熙的电话。程熙问道：“‘大魔王’哪天出院？我过去帮忙！”

“今天，”许肆月美滋滋地说，“有乔御他们就够啦，你可以过来鼓掌。”

程熙感慨，实在太久没听过肆月这么轻松喜悦的声音了。她问：“他住院这段时间，你闷坏了吧？”

“可不是嘛。”许肆月脚步轻快，边笑边说，“终于能出院了。病房虽然环境不错，但我是真的住够了，想飞去日本、斐济、马尔代夫，出去吹海风……”

她走得快，说这话的时候已经到了病房门口。房门虚掩着，她抬手去推，门缓缓打开。病房里站着的顾雪沉唇色微白，他慢慢地后退了一步，垂眸看向身旁的轮椅。

今天出院，他不忍心让肆月继续为他担心，想自己站起来从这个房间走出去，心里默默地盼望着她会继续担心他，像他病重的时候一样在乎他。可原来……她早就受够了每天跟他待在医院里不自由的日子了。

等回到家里，他能走能动，生活正常。她是不是就要忙自己的事，去她想去的地方，没空再管他了？他应该让她自由，让她放松、开心，但他对她充满了占有欲，早已经病入膏肓，无药可解。

门被推开的一瞬间，顾雪沉攥着轮椅的扶手，沉默地坐了回去。

许肆月进门前挂了电话，一见顾雪沉在门口等她，俯身吻了吻他的眉心，说："我们出院。腿还不能走，你也别担心。你很快会好的。"

等雪沉好了，不光日本、斐济、马尔代夫，山川江海她都要缠着他一起去看。

出院手续根本用不着许肆月操心，也没太多东西要收拾，她跟顾雪沉坐上车直奔瑾园。车驶出医院时，经过某辆毫不起眼儿的灰色越野车，一双阴冷的眼透过漆黑的车窗望过来，但他们没有察觉这双眼睛，下一秒车身之间就拉开了很大的距离。

许肆月坐在车上，感到恍如隔世，扭头去看旁边紧抓着她手的顾雪沉，他却眸光黯沉。

到了瑾园，难免兵荒马乱一阵。乔御他们安置好一切，离开时已经是傍晚了。阿姨笑得合不拢嘴，做好了晚饭，反复确定夜里这里不需要她照顾，才知趣地回家了，给小夫妻留下私人空间。

许肆月考虑到顾雪沉的腿行走不便，特意在一楼准备了一间大卧室，把顾雪沉推进去，柔声叮嘱道："你等我一下，我去楼上拿换洗的衣服。"

她飞奔上楼，按捺不住想要进衣帽间的冲动，按雪沉之前说的，找到了那扇门，输入密码。门应声弹开时，她忍不住吸气。这里比她想象中大了太多，开放式的衣橱占了一整面墙，另一面墙前是透明的箱包柜，中央两个半人高的珠宝柜，她目之所及都是满的。那些层叠的衣裙，她喜欢过的品牌箱包，大小的丝绒盒，是他连生命也不能保证的时光里无处宣泄的爱。

他曾经被人嘲笑"配不上大小姐""大小姐一条小裙子你四年的奖学金加在一起也买不起"。那些沉重又璀璨的物质，他早就全数给她补齐。

许肆月的眼眶通红，她去顾雪沉独居的房间，把他常穿的睡衣抱出来，又回自己的卧室，刚进门就被大小阿十围住，两个机器人用此起彼伏的电子音撒娇。

许肆月低下头，莫名产生些许违和感，总觉得……大小阿十跟她对话的内容好像跟从前不太一样，语气也变了。从前的大小阿十实在太会哄她了，现在就只有正常机器人的电子感。

她心里起疑，不禁蹲下身，有意地问大阿十："喜欢是什么？"

她上一次问的时候，阿十给过她一个戳心的回答。但这次，阿十说尽了浪漫可爱的话，也没有那句特别的话。

许肆月隐约有个离谱的猜测。她连忙跑到一楼，一口气赶到顾雪沉的房门前，一把推开门，到了嘴边的话却在目睹里面的情景时猛地收住。

顾雪沉站在地板上，轮椅被扔在一旁。由于她的意外出现，他的脸色略显苍白。她下来得太突然，他来不及坐回轮椅了。

许肆月看着他，目光移到他的腿上。顾雪沉闭了一下眼睛，僵直地站在原地。

肆月发现他骗了她，他没有理由缠着她不放了。

顾雪沉微微动了动干涩的唇，承认自己的恶行："我……早就能走了，只是想骗你照顾我。"

他眼里溢出某种偏执之意，说："我和你说过我是什么样的人了。我只要活下去就不可能让你自由。我很贪心，为了让你关注我，可能不择手段。你如果怕被束缚就不应该救我！"

许肆月着急地摇头，抹了一把眼睛，加快脚步跑过去，勒住顾雪沉的腰，把喜极而泣的泪蹭到他的肩上。她总算知道，他的身体没有问题，也弄懂了江离的话。

顾雪沉在恐惧，怕身体恢复了她就会忽略他。可自由……她什么时候要自由了？

许肆月记起出院之前跟程熙那通电话的内容，全懂了。她想象当时雪沉在门的另一侧听到她的话的样子，心里酸涩、疼痛。

"是我给你的感情不够，我让你这么不安。"许肆月抱着他微凉的身体，"我跟你在病房里的这段时间，是我最幸福的日子。我希望你出院，是因为想给你一个真正的家。"

她仰着脸看他，说："雪沉，你怎么能连这点自信都没有？我想去那么多地方，任何一个地方我都不会抛下你自己去。我是想和你一起去那些地方，你在哪儿我就在哪儿，你去那些地方我才愿意去那些地方。"

"你的病好了，能走了，我一样会全心全意地对你。"她温柔地保证道，"我不是为了照顾你，而是爱你。"

顾雪沉的睫毛颤动，他掐着她的手腕，说："别骗我，我会当真。"

他忍不住用力，低声说："说了就不能反悔。"

她想解释。顾雪沉唯恐她改变，不肯让她继续说下去，生硬地转移话题，问道："刚才……为什么急着下楼？"

许肆月盯着他的眼睛，问："阿十变了。它答不出我的问题，你能不能告诉我原因？"

卧室里很静，空气中弥漫着温馨的淡香，诱着他在爱人的体温里沦陷。

顾雪沉用骨节分明的手揽住许肆月的后颈，把她拉近，说："真正的阿十被你救活了。许肆月已经成为他一个人的主人，就算是机器人也不能分享。"

许肆月的心跳得剧烈，她听见顾雪沉缓声说："活着的阿十就在这里，任何情话他都能当面说给主人听。"

"主人"两个字一出，许肆月的腿就软了。她本以为"老婆"的魔力已经够大，没想到"主人"才是大杀器。他说得不卑微、不脆弱。这么放低自己的称呼，对他而言却坦然得理所应当。

许肆月再想到过去阿十那么多甜言蜜语其实都是顾雪沉的原话。每一句表白和哄慰她的话都是他对着她说的，她实在抵挡不住这种刺激。

她当年很渣的时候，最擅长不动声色地撩拨别人。对方面红耳赤，气都喘不匀，她还心如止水。结果现在站到自己老公的面前，她半点不经撩，对他毫无抵抗力。他说几句话，或是给她一个眼神，她就当场缴械。

在当初恋爱的那个阶段，顾雪沉就已经是她唯一的例外了。到如今，他退去青涩，彻底露出本心，成了实打实的"大魔王"，她只能投降。

她爱他，无关疾病，也不是因为亏欠和感动。早在知道一切之前，她就在单纯地爱着顾雪沉，可雪沉不相信。她懂，比起他不信她，他更不相信自己会真的被爱。

许肆月满心的感情没办法用语言表达，她问他："情话你得说够一辈子，少一天都不行。主人如果还有其他的要求，你也答应吗？"

顾雪沉低声回应："阿十终生为主人效劳。"

许肆月觉得鼻酸，拥抱他、亲吻他都不能平复涌上来的情绪。她想让他得到更多安慰，想和他更亲密，做尽缠绵的事。她说："你别太惯着我，将我宠坏了怎么办？你最多答应我三个愿望。"

顾雪沉摸了摸她潮湿的睫毛，唇上扬了一点，说："好，三个愿望，没有期限，你觉得不够随时可以增加数量。"

许肆月马上说："第一个愿望现在就要实现，你让我帮你洗澡。"

顾雪沉顿了顿，眼神黯淡，说：“我自己能洗。”

他在昏迷和醒来后不能动的时候，一直是肆月给他擦身。他能动了，就没让她伸过手。他瘦了太多，不好看。而且他会有正常的欲求，忍太久了，要控制自己很困难。

许肆月捂住眼，带着哭腔说：“第一个愿望你就拒绝我，刚答应的那些话是骗我吗？”

顾雪沉移开她的手，没见到眼泪，倒对上一双灵动美丽的桃花眼。他拿耍赖的小月亮没办法，只能低声威胁道：“洗澡就好好洗，不准乱动，否则就要被赶出去。”

腿能走了，他也就不必住在一楼。许肆月把他扶到二楼的主卧室，将他拉进浴室里，一件一件地帮他脱衣服，嘴里还一本正经地说：“本来就是要好好洗澡啊，不然呢？”

许肆月发誓，她最开始的目的真是单纯的，没时间考虑那么多，只想迫切地给雪沉证明，自己爱他这副身体。无论瘦了多少他都不用介意，尤其回到家里了，任何事她都能帮他做。但脱到后来，她的手指沿着顾雪沉冷色的皮肤滑至他的下腹，气氛就明显不对了。

她抚着他的腰，耳边是他克制的沉重呼吸声。她后知后觉地意识到，完蛋了。

刚才她就想好了第二个愿望，跟雪沉求婚。她和他当了这么久的夫妻，可雪沉还没有得到过真心实意的婚礼和许诺，她要给他。正好庆祝他出院，再来个仪式感十足的洞房花烛夜，两个人第一次没有隔阂地身心交融，她想留到那一天，彻底取代当初那个背对背失眠的新婚夜。

许肆月计划得很好。她想给老公一个惊喜，打算用自己赚的钱买套新的婚房，然后精心地布置，再把雪沉拽过去结婚、上床。如果现在就擦枪走火，到时候他的惊喜值是不是会降低？那就不像洞房了。

她后悔自己草率，被烫到似的挪开手。顾雪沉的胸口剧烈地起伏，他攥住她的小臂，低头吻上来。她匆忙地说出一个理由：“出院前我问过江离了。他说暂时不行，再等几天，你的身体稳定稳定……”

顾雪沉停下来，定定地望着她。

许肆月以为奏效了，暗自下定决心，她的结婚计划三天内必须搞定，不能让他多等。

她还想多安抚他两句。顾雪沉忽然扯过旁边的浴巾，惩罚般地将浴巾盖在她的头上，揉乱她的头发，将浴巾边缘往下拉，把她的眼睛挡住，只露出她的嘴唇。他再次低下头，有些狠重地咬上去，深入辗转。

出院前顾雪沉也问过江离。江离失笑，说：“小夫妻俩还挺急，都来问我。我的答案是一样的——可以，你们只要适度就行。”

肆月明知道答案，可她拿医嘱当借口来推托，是把他的衣服脱光才发现他不好看了吗？她觉得他的身体不行还是她不想？他可以等，但不能从她的眼里看到拒绝的情绪。

许肆月被他亲得浑身无力，迷迷糊糊地想，自己就算是个神仙也顶不住了，不然……惊喜少就少吧。她放弃抵抗，抬手要主动解他的扣子，唇上的热度却没了。她突然被顾雪沉推出浴室，听到他低声说：“我们之前讲好了，你乱动就出去等。”

许肆月红着脸站在浴室外头，听到他拧锁的声音，他一个人在浴室里把水流放得很大。她忙拍门，说：“雪沉，我不动了，你让我进去。”

他没回应她。许肆月纠结地挠着门上的玻璃，提醒道：“你小心，头上不要被弄湿了，把花洒拿下来再洗澡。”

他还是没发出声音。

许肆月欲哭无泪，这可真是自作孽不可活。

半个小时之后，顾雪沉才出来，浴袍的腰带系得很整齐。许肆月换了一条月白色的睡裙，长发垂落，一张脸小巧姣美。她去搀扶他。他摇摇头，长睫掩着眸光，没多看她，很安静地在一旁躺下，睡袍也没脱。

许肆月以为他累了，赶紧关灯，摸黑想钻入他的怀里时，才发现他竟然背对着她。她在被子里贴过去，抱住他的腰。他有点僵，手也没什么温度。

许肆月将他搂得更紧了，话都说了，气氛也影响了，还不如撑过三天来个惊喜，反正医嘱是正当理由，雪沉应该不会多想。她轻声保证道：“你刚出院嘛，再等几天，很快的。”

许肆月盘算着自己卡里剩的钱，漫画火了以后的各种版权费、上节目的酬劳和最近卖成品包的钱。她应该勉强能买一套小面积的精装公寓，但再布置婚房钱就不一定够了，还需要更多的钱。

她犯愁地摸出手机，将屏幕的亮度调到最低，想拿计算器仔细算算，才看到通知栏有几条微信消息，是韩桃发的。韩桃问她有没有考虑好那位女演员约包的事，对方很诚恳，也不急，而且先付定金。

许肆月很没出息地被对方先付定金的行为打动了，回复："好，这单我接。你让她直接跟我联系谈具体的要求。"

韩桃说："这不就巧了嘛，大后天晚上郑家喜宴，受邀出席的都是大佬。顾总出院的消息一传出来，你们夫妇俩的名字立马被列在宴请名单的前排，你们应该会去吧？这位女演员是其中某位大佬的女伴，你们要是出席的话正好能见到她。"

许肆月知道这事，前两天听乔御说了。郑家做船舶生意，称得上"船王"了，新一批的客船全部智能化，用的就是深蓝科技的智能系统和管家机器人。

她正斟酌着给韩桃回消息。貌似睡着的顾雪沉却突然转身把她的手机关掉，放到床头的桌上，微凉的手蒙在她的眼前，说："睡觉。"

许肆月见他还醒着，当时就手脚并用地缠上去，问："郑家喜宴你去吗？"

黑暗里，他问："你想去？"

不等许肆月回答，他低声答应道："好。"

出院了，就得回到那个名利场，他该露面了，要继续赚钱给她。身体被她拒绝，感情害怕失去，自己至少得有一样东西对她是有用处、有吸引力的。

第二天一早，许肆月顺利收到来自那位女演员的定金。她趁着乔御领着一群高管来家里找雪沉开会时，直奔早已在网上选好的楼盘，果断地把看中的那一套精装现房签合同、交款，直接领钥匙。她又以最快的速度联系好婚房设计团队，立即动工。

交代好房子的事情，许肆月拿着自己赶出来的设计图，马不停蹄地订婚戒、订婚服，一口气搞定所有事，回到家里，老公的会议还没散。

许肆月窃喜，以为雪沉没发现她的计划，结果正撞上从书房出来的乔御。乔御出了一脑袋汗，见到她仿佛见到了救星，说："太太快去哄哄他，'大魔王'气压好低，几个副总快吓死了。"

许肆月"啊"了一声，问："怎么了，之前他不是好好的吗？"

乔御说："一个多小时了！我也不知道'大魔王'因为什么气压低。"

一个多小时，差不多就是她溜出去的时长，许肆月的心一紧，她去厨房煮了一杯热牛奶端上去，推开书房的门。顾雪沉冰冷的黑色眼睛直直地看过来，凝视了她片刻又垂下去，像是绷紧的弦骤然松弛。

她的心这一刻疼得厉害，雪沉太患得患失了。他把重病当成了某种保障。这种保障没了，他随时都在担心她会走，担心她不要他。

许肆月走进书房，示意副总们先离开，放下牛奶，转动顾雪沉的椅子，坐到他的腿上，亲昵地靠在他的颈边，说："雪沉，我在呢。"

她默默地加钱催单，迫不及待地想向他求婚。

郑家喜宴的当天下午，许肆月陆续收到完工的消息，并通过视频验收成果。她终于松了一口气，想到即将可以跟雪沉"负距离"接触，心里默默地激动，总算是熬到了。能把老公哄笑，这就是她的目标。

喜宴在明城城郊的高尔夫花园里举行。顾雪沉还需要戴帽子，没穿太正式的西装。许肆月配合他，也换上了偏日常的长裙，戴上定制的那套粉钻，气场绝不输旁人。

顾雪沉久未露面，为了避免别人过多的寒暄和打扰，特意来得稍晚，抵达时婚礼要开场了。前排的位置为他们小夫妻俩留着，身份显赫的一群人纷纷起身迎接他们。他们落座后，婚礼开始。许肆月的手一直被顾雪沉紧紧地握着。新婚夫妻拥吻时，他眼里的光又沉又亮。他结婚的时候，都没能亲吻他的新娘。

许肆月看懂了，用指尖蹭他的手心，想说：顾雪沉，你不要羡慕别人，老婆今天就给你更好的。

仪式结束后，顾雪沉被身边的人簇拥着聊天。许肆月知道他不喜欢这样，于是一边让出空间，一边在太太和大小姐们的包围圈里，满脸纯良地给顾雪沉发微信消息。

顾雪沉扣着手机，手机隔几秒振动一下，每看一眼，他的神色就更严肃几分，唇角也绷着，周围的人都以为顾总有什么要紧的公事，然而——

"无敌小月亮"："老公认真的样子帅到人窒息！看你一眼，太平洋也装不下我化成的水！"

"无敌小月亮"："别人在花园里种花，我只想在你的身上种草莓。"

"无敌小月亮"："想要老公多送我口红，我每天分期还你，还到嘴唇、锁骨、胸口、小腹……"

许肆月的心里正波涛汹涌。她憋着笑，停不下来，发送更过分的话时，手腕被人抓住。

顾雪沉拽着她往前走，说：“跟我过来。”

许肆月的心跳如擂鼓，她追着他的脚步。

现场的面积很大，又是仪式后的酒会其间，走动的人很多，也就没多少人盯着他们夫妻俩了。顾雪沉等不及走太远，把许肆月带到一扇装饰屏风的后面。

“雪沉……”

许肆月还没喊完他的名字，就被顾雪沉原地托起来放到窗台上。他俯身把她抵在窗边，低声问：“许肆月，你发那些话给我，很好玩儿吗？”

他的眼里有不易被察觉的血色。

许肆月摇头，说：“不是为了好玩儿，我是认真的。”

顾雪沉把手机抬起来，将屏幕对着她，紧紧地盯着她的眼睛，说：“认真的？那最后一句话是什么？我的视力不好，看不清楚，你念出来让我听。”

许肆月环住他的脖颈，唇压到他的耳边，轻声讲那段不纯洁的英文：“想要你深入，为我发疯，从深夜到黎明。”

她的气息温热，好像在温柔地舔舐他的耳朵。顾雪沉咬着牙，说：“你不是对我没有兴趣吗？宁愿拿医嘱来骗我也要拒绝我。”

许肆月愣了，脑中“嗡”的一声。他知道医嘱是假的了？！所以从出院那晚开始，他就以为她是故意找借口不要他？！

她脸色白了，一把搂住他，也顾不上场合，急切地说：“我骗你是为了求婚！”

“求婚”两个字让顾雪沉瞬间静止。大厅里圣洁的管风琴乐响着，人们的说笑声高高低低。屏风后的阴影中，许肆月抱着他，嗓音低柔：

“求你，你再娶我一次。许肆月虽然一无所有，可也想给顾雪沉一个甜蜜的洞房之夜，还有一个全心全意地爱他、只属于他的新娘。”

第十六章　结发为夫妻

许肆月之前设想的求婚场景不是这样的。她想等喜宴结束后去江边，或者挑个安静不受打扰的餐厅，至少也得在车里那种私密的空间里。没想到筹备了好几天，要说的话反反复复地琢磨了几百回，最后竟然是在一个普通的屏风后面，她匆匆忙忙地告白了，丝毫没有仪式感。

许肆月不想让顾雪沉觉得她突发奇想地哄骗他，连忙补充道："真不是说说而已，我提前准备了很多，而且看过皇历了，今天就是最好的日子，宜嫁娶。"

"就今天！"顾雪沉说，手上的力气收敛不住，把她箍在怀里，阻止她解释，"不用多准备，日子一定是好的，在哪儿都行，只要……"

他胸口起伏着，后面的话说不下去，根本不用她求他，也不用她为他费心，更不用她宠他。如果她喜欢更隆重的婚礼，他立刻去做。

许肆月听出了他的意思，更加心疼他在这三天里所受的委屈，把他的帽檐掀起一点，亲了亲他的眼睛，说："是我的错，我又让你受委屈了。咱们现在就走，我带你去婚礼现场。"

反正喜宴的重头戏都看完了，以顾雪沉的身价来说，也不需要顾虑谁，他们随时可以离开。

许肆月跳下窗台，一手提起裙摆，一手钩住顾雪沉的臂弯，疾步往外走，到大厅边时，一个凹凸有致的身影迎面过来，对方像是目标明确地直奔她而来。

许肆月茫然了一下，等人近了才认出来，对方是跟她约包的那位演员林鹿。她拍拍额角，差点忘了，今天过来还有一个重要的任务，得跟客户当面沟通。

她对娱乐圈儿不太感兴趣，对林鹿的了解也是在接到邀请后特意上网查的。林鹿履历光鲜，粉丝众多，还有一点让她留意，林鹿在那部成名作里搭档的男主角是沈明野。剧照上的两个人非常般配，当年一个人获得了最佳男主角奖，一个人获得了最佳女主角奖，红遍大江南北，但之后再无合作，也从未有任何绯闻，只是圈子里最常见的短暂关系的同事。

许肆月厌恶沈明野，他已经成了通缉犯，而且根据目前的消息，警方掌握了线索，应该要不了多久就能将他捉拿归案。即将了结的事情，她不会迁怒到不相关的人身上，所以该接单就接单。

许肆月跟顾雪沉说："等我五分钟。"

他微微拧眉，垂眸看她。

许肆月知道逃不过老公的法眼，再不好意思也得说实话："我筹备婚礼时钱不太够，就接了她的订单，定金都收了，不能不见……"

她还没说完林鹿就到了跟前。林鹿一脸欣喜之色，热情地主动握她的手。许肆月礼貌地回应，非常亲和，但有顾雪沉的目光压着，林鹿还是紧张。

毕竟林鹿是重要的客户。许肆月抓了一下顾雪沉的手，短暂地安抚他，接着把林鹿叫到一旁，效率果然高了不少。

林鹿慎重地说："我要出席的那个场合实在太重要了，对包的要求也会高一点，请顾太太别嫌麻烦。礼服下周就能做好了，我收到礼服后还需要你过来一趟，你要看看衣服和首饰的搭配效果。"

许肆月点点头，这个要求合情合理。林鹿一笑，露出小虎牙，如释重负地说："具体的时间我再跟你联系。"

许肆月态度柔和地答应下来。自从她老公出院，她看谁都觉得顺眼，感觉全世界都是粉红色的。她过去骄纵、没耐心、脾气差，现在有了顾雪沉，所有不好的东西全部变好了。

许肆月看了看时间，刚好五分钟，赶紧提着裙子回到顾雪沉的身边，双眼闪着光，说："报告老公，小月亮没有迟到。"

夫妻两个人在大厅里才站了这么一小会儿，就吸引了不少关注的目光。众目睽睽之下，顾雪沉揽过许肆月的肩，俯身吻在她的红唇上，低声催促道："我急着结婚，你要是再不回来，我就过去找你了。"

许肆月和他一样急，跟他十指紧扣，争分夺秒地走出大厅。路过林鹿时，她客气地点头示意。林鹿也杏眼弯弯地望着她，直到她的背影消失了很久也没有收回目光。

郑家的喜宴是傍晚开始的，夫妻两个人出来时天已经彻底黑了。许肆月上车就跟乔御报了婚房的地址。乔御蒙了，问："太太，去那里干什么？"

那里是片临江的公寓，楼盘算不上太高端，他想不出那里能跟顾总和太太扯上什么关系。

许肆月很尴尬，自己穷啊，买不起更贵的地方行吗？！

她的话还没出口，顾雪沉就果断地说："去结婚。"

许肆月有人撑腰，立马理直气壮，片刻后又忐忑了，人家的婚礼是在高尔夫花园里，她筹备的婚礼却是在一间小房子里。她一路上心都提到了嗓子眼儿，不知道雪沉会不会喜欢这场婚礼。

出电梯之前，许肆月摸出了事先准备好的绸带，绷着嗓子说："下面，你听我的好不好？"

"好。"

许肆月说："闭眼睛。"

她踮起脚，吻了吻顾雪沉垂下的乌黑睫毛，用那条绸带蒙住他的眼睛，防止他偷看。

许肆月握住他的手，慢慢地走到一扇门前，用钥匙打开门，里面的场景很有冲击力。她屏息，在门口处站了两秒，心跳声越来越大，随后牵着顾雪沉的手进门，解开他的衣领。

顾雪沉按住她不安分的手。她咽了咽口水，轻声说："雪沉，我帮你换衣服。"

许肆月拾起门厅柜子上备好的礼服，从里到外，一件一件耐心地给顾雪沉穿好，系上最后的衣带，退开两步，看得愣住了。

顾雪沉站在明亮的灯光下，眼上束着绸带，眉骨英气，鼻梁挺直，淡色的唇微抿，线条锋利，修长的脖颈被领口束缚着，穿着一身红色垂地的古典礼服。她动作匆忙，礼服给他穿得有些不整齐，反而让他多了一些放浪感。

许肆月激动得手都不稳了，说："该我换了，很快。"

她手忙脚乱地抓过新娘的衣裙，越着急越出错，有条腰带一时找不到该系的位置。一只手忽然伸过来，她抬起头，顾雪沉当着她的面缓缓地扯掉了眼前的遮挡物。

公寓的面积不大，满眼尽是热烈喜庆的红色。从地面到屋顶，每一处古风装饰的细节都很精致，绣金线的大红喜绸从门口装点到客厅，龙凤喜烛摆在寓意美好的果盘和交杯酒后面，她还没来得及点燃。

他的身上是刺绣的衣袍。他的新娘赤着脚站在地上，长发披散，礼服只穿好了一半，衣襟敞开，露着雪白细腻的腰和腿，手里还抓着盖头。

许肆月急得脸颊通红，欲哭无泪，说："你太早了！我还没弄好……"

话还没说完，她眼前突然一暗，盖头蒙在了头上，紧接着就被顾雪沉拦腰抱了起来。

许肆月赶忙说："我知道你一点也不喜欢那些大张旗鼓、很多人围观的婚礼。你只想跟我在一起，两个人不受任何打扰。所以我买了房子，将婚礼选在这儿。"

"我想给你一个传统、踏实的婚礼。我们拜天地、掀盖头、喝交杯酒，许诺一生，过真正的洞房花烛夜，"许肆月忍不住哽咽了一下，"可惜时间太紧了，这儿有些简陋，而且我还没学会穿礼服。"

说完这些话，她刚好被放在客厅里的大红色喜垫上。

下一秒，许肆月听到火柴划动的声音，喜烛被他点燃。

顾雪沉跪在她的面前，给她整理衣裙，戴正盖头，手攥紧她的手，说："一拜天地。"

许肆月愣了一下，随后泪如泉涌，匆匆地跪好，随着他一起俯下身，额头碰地。

"二拜高堂。"

可惜他没有能为他的婚姻送上祝福的父母。

许肆月的眼泪掉到裙摆上，她说："雪沉，我们还有外婆，我的外婆也就是你的外婆。"

第三声是她说的："夫妻对拜。"

烛光闪烁，两道身影面对着彼此俯下。顾雪沉声音有些不稳，说："礼成。"

许肆月的盖头被掀开，她还没睁眼看清，他深重的吻就压了下来。她从怀里摸出一个手工缝制的小包，将它放进顾雪沉的手心里，稍稍退开，盯着他湿润泛红的眼睛，说："定情信物。"

"什么？"

许肆月泪眼蒙眬地笑，说："你自己看。"

顾雪沉打开封口，手腕颤了一下，里面是被牢牢地扎在一起的两束头发，长短分明。

"手术前我给你剪掉的头发，我都保存起来了。我们的头发被绑在一起，从今以后——"

顾雪沉抬头看她。她弯着桃花眼，一字一顿地对他说："从今以后，结发为夫妻，死生不相离。"

跟她领证结婚的那天，他渴望过一点点喜庆的红色，倒在办公室的床边等死的时候，把装着她头发的绸袋摘下来，灵魂也不敢纠缠她，但现在她把一切都给了他。

许肆月的衣服没有系紧，随着动作散下来，她懒得管了，端起酒杯，说："雪沉，喝完交杯酒，就该洞房花烛了。"

烛火下，她的脸颊红润，眸光闪动。

许肆月的杯子里装的是酒，她仰头一饮而尽。顾雪沉的杯子里是水，却远比酒更刺激感官。

满地红色，许肆月探身吹熄蜡烛，伸手钩住顾雪沉的领口，一把将衣服拉到锁骨以下。她凝视着他大片白色的皮肤，状似苦恼地问："医生虽然说可以，但是你不能过激……"

"什么算过激？"她有了一点醉意，无辜地控诉，"你只要一动，就很过激。"

烛火灭了，屋里随之转暗。顾雪沉靠在桌子旁，大红的衣衫被她扯得散乱。他拽过许肆月的腰带，问："担心我？想帮我？"

许肆月纯良地点点头，主动去吻他的下巴和喉结。他在低喘，难以自抑地微仰起头，用沙哑的嗓音蛊惑她道："月月乖，上来。"

许肆月喝下去的酒只是让她微醺，但顾雪沉的这句话堪比滚烫的油，那点醉意彻底被点燃。她努力保持冷静却失败了，想要放慢节奏、让他逐渐适应的念头被统统烧光。

她呼吸加重，拉开少许距离，觉得口干舌燥，盯着顾雪沉。他身上大红的喜服被她弄得一团糟，衣服松散开，玉质般的胸口起伏着，身上每一寸皮肤都像在无声地招惹她。

她中了蛊，失去理智，全凭他的要求行动。

许肆月不知道夜里几点了，自己从红绸堆叠的客厅挪到了卧室里，床也古色古香，床上铺着厚且软的喜被。她陷进去，虚弱地撑住顾雪沉压下来的胸膛，艰难地说："你的身体还没恢复，说好了不能过激。"

他低声答应着："就一次。"

许肆月无力地怒视他，刚才在客厅里他好像也是这么说的！那等这次完了他是不是马上还有下次？！她信他才有鬼……

她下定决心不能继续纵容他了，坚决地推开了顾雪沉。他的手臂上有汗，浑身滚烫，凝视她的那双眼漆黑深沉。她咽了一下口水，干脆蒙住眼睛不看他，酝酿出哭腔，说："你是在向我证明什么吗？不需要！我是你的老婆，只要你的身体好了，你随时可以为所欲为。你急什么，是不是不想快点康复了？我每天提心吊胆，你不知道吗？"

她越说越可怜，扭头把脸挡住。

顾雪沉将她的手指攥到掌心里。她没什么可挡了，就往被子里藏。他呼吸急促，抚着她的脸转过来，发现她抿着唇正在忍笑。

许肆月睁开眼望着他，抬手把他的脖颈搂住，说："果然示弱、扮可怜对你最有用了。我一哭，你就都听我的。"

顾雪沉惩罚地捏她的下巴，垂头埋入她暖热的身体，说："不哭也有用，你说什么我都听。"

许肆月趁着他不注意，单手掀开床头桌上的小木匣，从里面摸出一个首饰盒。暖黄的灯光下，一对戒指闪着光，戒指上的装饰很特别，女款的是一片钻石拼成的雪花，男款的是一弯含蓄的小月亮。

她在顾雪沉的耳边说："老公这么好，我有礼物奖励你。"

许肆月牵住他的手，把他无名指上的旧戒指摘掉，虔诚地戴上新的戒指，那弯小月亮就躺在他的指根上了。她又贴上去吻了吻戒指，让戒指带上她的气息，才心满意足地笑着说："这才是顾雪沉该戴的婚戒。"

顾雪沉注视了婚戒半晌，用右手用力地捂住它。月亮形状的钻石把他硌疼了，他却翘起唇角，笑出了甜意。

许肆月觉得内心酸涩，把那枚雪花戒指递上去，说：“你给我戴上。”

当初在明水镇的婚礼上，她不情不愿地戴上婚戒。后来她将它摘下，残忍地将婚戒丢到顾雪沉的身上。这些苦的、伤害他的记忆，她都要用甜蜜的记忆去取代。

顾雪沉跪在床上，把雪花固定在她的无名指上，俯身吻她的无名指。她喘不过气来，下意识地乱动。他扣紧她的两只手压过头顶，咬着她微肿的唇，问：“给我戒指，还不许我碰，许肆月，你欺负人。”

许肆月回吻他：“那你让不让我欺负？”

他闷声重重地“嗯”了一声。

许肆月抚着他的脊背，说：“一枚戒指就让你开心了。这怎么行？我家沉沉不能这么容易满足，以后我会给你更多的东西。你得跟我多提要求，看我现在是不是进步了。我还能自己赚钱给你买……”

“是你还没弄清楚。”

她微怔。

他沉声道：“你在就够了，不用为我付出。家里的一切都是你的，我也是你的。我活着，你就不需要独立，你想要的东西我都给得起。你以后不准为了钱去接那些不喜欢的工作。”

许肆月听懂了顾雪沉话里的深意。他将死的时候，希望她坚强勇敢。他活下来拥有她了，反而怕她事事独立、不再需要他。他从骨子里就不觉得自己有多好，所以终日惶惶不安，唯恐她会离开。他认定了，自己必须得有什么价值或者理由才能让她继续爱着他。

许肆月心疼地抚摸着他紧绷的肌肉，鼻音浓重地说：“好，现在我的钱都用光了，一点也没剩。我特别想吃江边的烤红薯，你给我买。”

第二天许肆月醒得很晚，中午才被微信的语音通话提示音吵醒。起初她不想接，但耐不住对方锲而不舍地拨打，将手机拿过来一看，林鹿。

许肆月睡得迷糊了，隔了几秒才反应过来林鹿是谁，刚想爬远一点去接电话，免得吵到雪沉，腰就被他一把箍住，跌回他的怀里，索性懒洋洋地靠上去，清清嗓子接通了语音电话。

林鹿的声音很甜，她试探地问：“是不是打扰到你了？抱歉。我发微信你一直没有回复，不得已才打了语音电话。”

许肆月翻看了一下微信消息，确实有好几条文字消息，内容差不多，林鹿跟她约见面的时间。

“你的礼服已经到了？”

“对，礼服今天上午到了，我马上就发消息找你了，”林鹿语气中带着一点央求的意味，“尽快可以吗？早点定下来我也早点安心，免得到时候来不及。”

“行，”许肆月迟疑了几秒，还是应允下来，“就在明城市内见吧。”

林鹿抱歉地说：“我昨晚已经赶回凤山剧组了，估计半个多月没法走，所以还要麻烦你来找我一趟。你往返的费用我全包，一定给你安排妥当，你放心。”

许肆月回头瞄了瞄顾雪沉的神色，心想她这也太急了，接单之前她还说不赶，现在她又催得这么急，而且人又在凤山那么远的地方。

顾雪沉想让许肆月反悔，将定金加倍退回去，话到嘴边又忍住了。他清楚不单是钱的问题。肆月一旦违约，在设计圈儿里会落下话柄，以后难免对她有负面影响。他虽然自私，但不能让她受伤害。

许肆月挂了语音，钩住顾雪沉的手指，说：“最慢两天就回来，我保证！”

她的心里难受。雪沉才刚出院，即便用不着人特殊照顾，她也舍不得，何况他的忧虑还那么重，婚礼好不容易让他安心一些，结果她转头就得走。可她要有职业道德，雪沉的病好了，参加郑家的喜宴宣告了他回到大众的视野，无数的目光集中在他和她的身上，这时候她要是闹出违约的丑闻，对雪沉不利。好在凤山的交通还算方便，她会加快速度，往返很快。

许肆月躺倒撒娇，脚尖钩着顾雪沉的腿，垂着眼尾放软声音，说：“雪沉，我饿了，你带我去吃烤红薯。”

顾雪沉把许肆月拎起来，在浴室里又折腾了一个多小时，等她化好妆，被老公用大外衣裹着来到江边的时候，天际已经出现橙红的落日，被光照着的江面仿佛是红艳的果汁。

烤红薯很烫，许肆月拿不住它，又嘴馋地着急想吃。顾雪沉将红薯接过来给她剥开外皮，把热气腾腾的金黄色的红薯瓤递到她的唇边。她起初以为他手上垫了什么，吃了好几口才发现，他手上的皮肤竟然被烫成了深红色。但他脸上神色毫无波澜，平静地哄着她吃。

许肆月急忙将红薯抢过来，把他的手按到自己被风吹凉的耳朵上，难过得想哭。她拽着他的领口把人拉下来，狠狠地咬了一口红薯，将红薯喂到他的嘴里。

他不是不觉得红薯烫，不是不疼，只是为了满足她，习惯性地什么都能忍。

红薯被烤得很软，流着色泽诱人的糖汁，在彼此的唇间香甜软糯。许肆月还揪着顾雪沉的衣领，直到他的口中被甜味儿占满，才稍稍放开他，出神地看着他。

江面波光粼粼，夕阳把江面照出一片碎钻。水光映上顾雪沉无瑕的额角，像给他镀上了一层金。许肆月心酸地想：雪沉这么好的人，明明从小就该是天之骄子，被人簇拥，一直骄傲洒脱才对。

她见过那么多所谓的青年才俊、二世祖，没有一个人能比得上雪沉的一点边角。可他们自信得耀武扬威，雪沉却总是活在阴影里。

从出生开始他就没被爱过，平常人都有的家和亲情对他来说全是噩梦和血腥的记忆。别人被宠爱的童年，他挨打挨骂、被全世界抛弃，只能遍体鳞伤地握着一把捡来的肮脏小刀，挣扎着站在生死线上，稍有不慎就会一脚踩进没有退路的深渊。

童年受过的小委屈，许肆月到现在都记得很清楚。从睁眼看人间起，就被伤害和恶意包围的顾雪沉，要花多大的力气才能踉跄着干干净净地走到今天呢？对他来说，承受痛苦甚至比吃饭、睡觉更熟悉。他竭力地挖空自己内心的黑暗，把一切光明和美好都给了她。

许肆月回想这些年，她认识雪沉很久了，他却没怎么开心过。他总是在孤苦地独行，拥有她以后，也陷在不敢太幸福的敏感、小心翼翼之中，偶尔流露出真实的渴望和需求又匆匆地将它们压制住，生怕自己得意忘形，就会失去幸福。

许肆月轻轻地抹掉顾雪沉唇边残留的一点红薯，问：“甜吗？”

他点头。

“烫吗？”

他摇头。

光把顾雪沉笼罩住，他清瘦的身影在江边的风中更显挺拔。

看他这么习惯地报喜不报忧，许肆月想搂住他大哭一场。她深吸一口气将泪憋回去，两三下把红薯吃完，给顾雪沉戴好帽子，跟他十指紧扣，说：“走，咱们今晚去约会。”

许肆月就近挑了一家江边温馨安静的小饭店，点了一份热卖的情侣套餐。套餐被端上来的那一刻，顾雪沉就自动拾起筷子，把她不爱吃的青椒和茄子丁挑到自己的碗里。许肆月则挑出胡萝卜，得意地说：“我也能吃老公讨厌的东西。”

她咬了一半胡萝卜，用筷子夹着胡萝卜剩下的部分。

顾雪沉盯着那上面秀气的一排小牙印，眸光动了动，说：“也不是很讨厌。”

许肆月一时没明白他的意思。顾雪沉就拉过她的手腕，把另一半胡萝卜送进自己的口中，然后眉心舒展，看着她说：“这一块胡萝卜就好吃。”

许肆月被他简单的一句话撩得气血上涌，果断地坐到顾雪沉旁边的位置，换勺子来舀着吃。她吃一小口，再将剩下的部分喂给他。他眼里的光渐渐亮起来，唇角不由自主地翘起。

饭后许肆月买了电影票，选了最后一排角落的座位。顾雪沉捏着两张票看她，问：“是去看电影吗？”

“当然不是啊，”许肆月理直气壮地说，“我是去跟你谈恋爱的。”

黑漆漆的电影院里，大屏幕上正在放着惊悚片，许肆月后悔得厉害。她那会儿急着买票，也没看清片子到底是什么类型，选了时间最近的场次。结果，她坐下才发现气氛不对，音响正播放满场环绕立体声的恐怖音效。

阴森的鬼哭狼号声里，她的耳边响起一道低笑声，紧接着整个人被一只手臂揽过去。他温热的身体贴近，微凉的嘴唇蹭过来，从她的眼睛吻到唇角，然后吻到她的耳边。他说：“我在，你别怕。”

许肆月抓着他，像树袋熊一样缠上去。反正旁边没人，她挪到顾雪沉的腿上，没骨头似的挤进他的怀里，也无所谓有没有人看见。

一场电影看完，许肆月顾念着他的身体，不敢太放纵，于是拉他回家。车上林鹿又发来消息，跟她敲定准确的时间，说后天中午自己能跟剧组请假几个小时，问两个人可不可以见面。

许肆月没拒绝，既然早晚都得做，那还不如早一点搞定，这样一来自己当天可以早点赶去凤山，如果过程顺利的话，晚上就能回来了，雪沉连自己过夜都不用。

“好，我坐后天一早的航班。”

林鹿积极地回复她，文字后面跟着很可爱的表情符号，说：“我开车去机场接你，咱们速战速决，绝对不耽误你太多时间。我也很怕顾总生气。”

许肆月放下手机，跟顾雪沉汇报行程，拍着胸脯保证她当天就回来。顾雪沉没说话，手在她的头顶上揉了一下。正好车驶到瑾园附近，他叫司机停车，牵着许肆月的手走到路边，膝盖弯曲，蹲下去，回眸看她，说：“月月，剩下的路不长，我背你。”

许肆月蠢蠢欲动，说：“我很重。”

“九十斤，太轻了。”他在月光下跟她对视，眉目生辉，“上来。”

许肆月趴在他的背上，下巴压着他的肩膀，随着他往前走的动作微微颠簸，不时亲他的耳郭、脸颊，说：“雪沉，等你再好一点，我们出去度蜜月吧，去海边租一小片沙滩，没有其他人，只有我跟你。你就把我关在那儿，哪儿都不让我去，好不好？”

顾雪沉钩着她膝弯的手一紧。

她拉长了声音，说：“就当罚我这次为了赚钱擅自接单，你一个人被扔在家里嘛——”

顾雪沉忍了忍，没顶住诱惑，问道：“真的可以？”

许肆月弯着眼，小声地说：“不光可以关起来，还可以随便欺负我，好补偿我家沉沉这些年吃过的苦。”

当天晚上顾雪沉就敲定了几个蜜月目标，连海滩都选好了，要直接去付定金。许肆月知道这回她是戳中老公的兴奋点了，憋着笑强迫他快睡，安慰道：“太急了，你现在又没恢复好，日子还长呢。”

关于凤山一行，顾雪沉从一开始就没打算让许肆月一个人去。听说那边的风景不错，他想陪她在那多住几天。只是术后这段时间他还不能坐飞机，容易头疼，所以想瞒着她开车追过去。

他仍是不放心肆月自己去，所以让程熙与她同行。程熙正想发展设计事业，一听肆月能用到她立马赶到，陪着许肆月上了飞机，终于逮到机会给许肆月描述“雪月”系列现在究竟有多受欢迎。“雪月”系列自打在《裁剪人生》节目上火起来，又经过几个带货能力强的明星、网红推荐，需求量猛增。

“不过我没想到林鹿这种身价的演员会这么执着地找你。”飞行途中，程熙给许肆月比心，“等她这个定制包火了，咱们的前路肯定更好，不愧是我的月总。”

许肆月笑了笑，说：“我也觉得挺奇怪的。她喜欢我的风格是一个原因，更重要的原因应该是看中了我的舆论热度吧。毕竟网上骂我的人多，关注度高，再加上雪沉的影响，她才坚持找我。除了这些我想不出别的理由了。”

不是许肆月自谦，是她清醒地知道自己的能力还没有达到让人狂热的地步，不过管林鹿什么理由呢，只要两个人合作成功就是双赢。雪沉的身体渐渐好了，她也想成为被大众认可的人，以后站在他的身边，不让他再因为老婆遭人议论。

从明城飞到凤山的航程不算长，一个多小时。飞机落地的第一时间，许肆月就开手机给顾雪沉发微信消息。她刚收到回复，就听到身边的程熙声音突然变了调。

许肆月立刻转头，看见脸色煞白的程熙抓着手机。片刻后，程熙将手机放下来，哆嗦着跟她说：“肆月，我妈不小心从楼梯上摔下来了，现在在医院里，虽然没有生命危险，可我……”

“你马上就回去！”许肆月当机立断地说，“我自己可以解决问题，你不用担心。”

她迅速地给程熙买了一张时间最近的返程机票，安慰道：“你别慌。我今晚就能结束，等回到明城，我跟雪沉去医院找你，你有什么需要随时联系我。”

把快哭出来的程熙推走，许肆月才舒了一口气，没跟顾雪沉说，免得他挂心。她独自提着轻便的行李箱走到机场的地下车库里，按林鹿发来的车位编号和车牌号找到了一辆黑色的路虎。

车门从里面被打开，林鹿摘下大墨镜朝她笑，小虎牙很漂亮。

“肆月姐，”她这样叫肆月，让两人亲近了不少，“你好准时。”

许肆月点头示意，上了车，坐在她的旁边，说：“出发吧，我订了晚上七点的返程机票。”

林鹿听到这个时间，目光往窗外飘远了些许，轻声说：“应该来得及。”

路虎驶出机场，上了环线高速，在岔路口错开了影视城的指示牌方向，而是驶向另一边。许肆月拧了一下眉心，扭头看向林鹿，问道：

“不去影视城吗？”

林鹿解释道：“我常在这边拍戏，去年就干脆在这儿买了一套小别墅，怕粉丝骚扰，所以选的位置离影视城稍远一点。礼服和首饰都比较贵重，不敢将它们随便拿到片场，东西都被放在别墅里，咱们大概二十分钟就能到。”

似乎怕许肆月不信，林鹿在手机里找出别墅的照片和视频让许肆月翻看，别墅里都是她的生活痕迹。

车窗外的风景飞逝，不久后路虎就驶到了一片依山傍水的新建别墅区。只是这一带刚被开发不久，售价又高，住的人不多，远处还有些地方堆放着装修用的建筑材料。

许肆月站在别墅前，确定别墅跟照片和视频里的别墅是同一个。林鹿自然地挽了她的手臂，很亲昵地带她去开门。

她低头给顾雪沉发了一条信息报平安，随即就被开门声和林鹿的话分散了注意力，以致没有马上发现这条信息发送失败，别墅的信号被屏蔽了。

林鹿把门推开了十几厘米的缝隙，略显谨慎地朝里面望了一眼，接着牵住许肆月的手，说：“肆月姐，我让助理把东西都放在客厅里了，你一进别墅就能看到。”

说着，她把许肆月往别墅里拉。

许肆月通过这道门缝看见别墅里的情况。接近中午，客厅里的窗帘都合着，自然光透不进去，只有沙发旁的一盏地灯亮着，照着一条平铺的奢华礼服裙，装粉钻首饰的大盒子被摆在茶几上，印证了林鹿说的话。

“我怕粉丝和偷拍的记者，不敢拉开房子里的窗帘，万一被拍到私生活就惨了。你别介意啊，我这就去开灯。”

许肆月不习惯跟刚认识的人太亲密，下意识地想把手抽出来。林鹿感觉到她要抽回手，握得更紧了。这么一来一往，许肆月的一只脚已经迈进了客厅。

外面亮，别墅里面暗。许肆月条件反射地回过头，看了一眼太阳，竟恍惚间捕捉到一道身影。那道身影离得远，细细瘦瘦的，轮廓有些熟悉。对方像在张望，又像是碰巧路过。她顿了一下，来不及细看对方，在发愣的一瞬间，就被林鹿带进了别墅。

厚重的门板飞快地合上，隔绝了日光，明明环境看起来很安全，林鹿也热情讨喜，但许肆月莫名地就涌出某种不自在的感觉。她伸手挡住门，想让门开着。

眨眼的瞬间，许肆月又想起外面的那个人。对方该不会是林鹿的粉丝或者记者吧？

她以前以自我为中心，遇到什么事很难在第一时间考虑到别人。可近来她学会了为别人着想，尽可能地对身边的人都好些，用一切小细节给雪沉积福积德。

许肆月顾虑着，怕林鹿被拍到，就下意识地把手松开了。门紧接着“砰”的一声关紧，隔绝了外面的噪声。别墅里一时间极静，只能听到两个人的呼吸声。

也就是在这一刻，许肆月跳动的心脏仿佛被一只手用力地掐住，两个……人？！

许肆月看着站在她前面的林鹿，双眼蓦地睁大，神经陡然之间绷紧。为什么……会有呼吸声从她的斜后方传来，而且在快速地逼近？她甚至来不及转身，呼吸声几乎贴到她的耳边！

林鹿没去开灯，扭过头看她，笑容没了，抱歉地说：“对不起啊肆月姐，我让你来这儿不光是为了包，还有件事要麻烦你。你别担心，没有危险，我不会让你错过晚上的航班。”

她瞟向许肆月的旁边，说：“哥，你让我做的事，我做到了。你也要说话算话。”

一个“哥”字出来，许肆月顿时觉得毛骨悚然，犹如掉进极寒的冰窖，条件反射性地按亮手机，拨通讯录里最上面的一个号码，同时扭过头，一眼看见门边的昏暗阴影里立着一个人，对方跟她只隔着半臂的距离。

这人很高，也很瘦，头发有些长，挡住了眉眼，脸颊微微向里凹陷，即便这么狼狈，也能让人看出他长着一副绝好的相貌。

许肆月想叫出来，但声音硬生生地卡在嗓子里，只能惊恐地跟他对视。

沈明野？！

她只愣了一下，立刻被滔天的危险感淹没。

沈明野不是被通缉了吗？！警察不是说快抓到他了吗？！他故意把

她骗来这儿，怕是怨恨她到骨头里，抱着鱼死网破的心！

许肆月往后退了几步，猛地冲到门口去拧把手。沈明野抓起垂落的头发，转动布满血丝的茶色眼睛，盯着许肆月，说：“姐姐，别试了。我刚才开了安全锁，没有钥匙打不开。”

“你跑什么啊？”他问她，声音不像从前那么清亮，“这么长时间没见我，你就一点也不想我吗？完全不关心我的死活？是不是每天在等着我被抓的消息？”

许肆月突然回眸，厉声喊林鹿：“给我开门！你敢这么做想没想过后果？！我是谁的妻子你很清楚。沈家这么深的根基都能倒，你一个小明星算什么？！”

林鹿的脸色发白，她急得直摆手，说：“不是，我没想伤害你！我哥已经决定去自首了。他自首前想看你一眼，说几句告别的话，断了执念，就这么简单。肆月姐，你别慌，我跟你保证……”

她激动地解释，但被沈明野怪异的低笑声打断。

许肆月全身僵硬，恐惧感越发强烈。她忽然意识到不对，低头去看手机，原来根本就没有拨出去电话，之前那条微信消息也显示发送失败，屏幕的右上角显示信号强弱的位置是个叉号。

这里没信号，她被困在这里了。

林鹿说的话全是错的。沈明野没打算放她出去，已经切断了她跟外界的所有联系！

许肆月当机立断地抄起门边的一个花架，两三步赶到窗户边，拉开窗帘就将花架砸上去，然而金属相碰，发出了刺耳的嗡鸣声。窗帘后面都是密密麻麻的防盗网，玻璃上还有一层厚重的膜，屋外的人根本看不见屋里的情景。

许肆月的双手发抖，刺骨的冷意从脚底冲到头顶，眼前一刹那晃过顾雪沉的脸。临别前他来机场送她，那双黑色的眼睛深沉地凝视她。直到她走进安检口，他还目不转睛地望着她。

她手里的花架掉在地上，同一时间，林鹿用变了调的声音大喊：“哥，你什么意思？！你说你要去自首，我才暂时把你收留在这儿，才想办法把她带过来的！”

“别叫哥，你不配。”沈明野慢慢地走出那片阴影，随手拾起门口备用的一把长伞掂量着，“林鹿，你只是老头子在外面的私生女之一，没资格姓沈，连认祖归宗都排不上号。不然怎么沈家的家底儿都被翻出来了，还没波及你？！”

“沈家没人认你，只有我愿意逗你玩儿。没想到还不亏，我随便带着你拍个戏拿个奖，你就对我有求必应，我说什么你信什么。”沈明野呵呵地笑，“我不让你暴露与我的关系，你在镜头前都不敢看我，倒敢窝藏通缉犯，敢去顾雪沉的身边抢人过来。”

“跟我比演技吗？”他表情狰狞地说，“你太蠢了。”

林鹿目瞪口呆，忽然尖叫起来，歇斯底里地扑向大门的方向。许肆月追过去，然而下一秒，眼睁睁地看着一把长伞凶狠地敲在林鹿的后颈上。林鹿痛呼一声，摔倒在地上。沈明野还不罢休，拎起一个高大的陶瓷花瓶就往林鹿的头上砸。

许肆月差点窒息，嘶声大叫：“沈明野！你要杀人吗？！”

沈明野停住，定定地望着她，说：“姐姐怕死人吗？那好，不弄死她，我最听姐姐的话了。”

他手中的花瓶照常砸下去，偏了点角度，把林鹿砸晕，伤口的血润湿一片。

沈明野拍拍手站直，朝许肆月弯起干裂的嘴唇，一步一步地朝她走过来，语气格外温柔，说：“姐，你是不是还不知道顾雪沉已经追着你来了？他不能坐飞机，开车也要跟着你，看得可真紧。你说，他什么时候会发现你失踪了？”

“发现的时候……”他把脸凑近许肆月，“他会疯吗？”

许肆月的眼角充血，这一句问话足以让她的心脏疼得暴跳。她胡乱地抓起旁边的物件扔向沈明野，往后退开，说：“你到底想做什么？！”

“我不会动你，你别怕。”沈明野舔了舔嘴唇，笑得古怪，“我不恨姐姐，恨的是那个……彻底改变了你、让我身败名裂、让我一无所有的人。你猜猜，我会对他做什么？”

明城到凤山的高速公路上，行程已经过半，顾雪沉握着方向盘的十指微微收紧。手机就在他旁边不远处，却有一段时间没响起肆月专用的铃声。微信消息她不再回复，电话她也没有打过来。他为了不影响肆月工作，一直克制着自己的情绪，没有再联系她。

顾雪沉的耐心即将耗尽时，手机屏幕骤然亮起，响起的铃声并不是许肆月专用的铃声，车里的智能系统得到他首肯后自动接听了电话。

程熙急促的嗓音传出来："顾总，对不起，我忙得焦头烂额，刚想起来给你打电话。我家里出了意外，我刚到凤山就转头回明城了。肆月一个人留在那边，现在应该……"

她的话未说完，乔御的电话插进来，"嘟嘟"的提示音一下一下地敲击着顾雪沉的耳膜。

顾雪沉直视着前方无尽的公路，漆黑的眼睛覆上一层冷意，转接到乔御的电话上。乔御喘着气说道："您让我深度调查林鹿，我这边刚得到确切消息，林鹿那套做成套装的粉钻原石是两年前哥伦比亚某个拍卖会上的拍品，买主是……沈明野。"

乔御后面还有话，顾雪沉直接挂断了电话。他去打许肆月的手机，但不管多少次，回应他的只有无法接通的冰冷提示音。

无法喘息的狭小车厢中，方向盘的皮革被攥出褶皱，发出怪异的响声。顾雪沉把油门踩到底，指尖白如霜后又渐渐沁出刺眼的鲜红色，血像要从指甲里溢出来。

别墅里一丝阳光也进不来，只有昏暗的灯照亮一小片空间，偌大的客厅冰冷幽暗，犹如死气沉沉的墓穴。

不久前林鹿醒过来了，没有吭声，小心翼翼地朝门口爬，手刚摸到门板就被沈明野察觉到。他这次下手更狠了，除了留下她一条命外，丝毫没有顾念兄妹情分。

林鹿蜷在地上，瑟缩地叫着"哥"，气息越来越弱。沈明野全无感觉，甚至冷笑了一声。

眼看着重物不断击打在林鹿的身上，许肆月的眼里通红，她想朝他大叫，但嘴被堵了一大团东西，根本说不出话，随着挣扎，手腕的皮肤也被磨破。

十几分钟前，许肆月被沈明野用早就准备好的尼龙绳捆在墙边的罗马柱上，双腿也被绑紧，两只脚踝固定在一起。她动不了。

林鹿彻底昏死过去。沈明野终于扔下武器，走回许肆月的面前，蹲下来直勾勾地看着她的脸，伸手去拨弄她散落的长发。

许肆月极力地躲避他，沈明野茶色的眼睛闪着锐光。他说："姐姐放心，我不要她的命。她还有用处，要是现在就死了，等下就不新鲜了。”

沈明野越说这样的话，许肆月越觉得惊恐万分！他的目标是雪沉！距离她失联已经有段时间了，雪沉现在正在赶来的路上，她却不知道沈明野究竟在打什么主意！他想给雪沉制造车祸吗？或是他要用她来威胁雪沉自伤？还是他想要雪沉的命？！

许肆月不敢想，现在唯一的念头就是随便拿什么东西了结了沈明野，付出任何代价都无所谓，只要他别伤害顾雪沉！她拼力地挣扎，绳子却勒得更紧。她被困在这个角落里，连一点移动的余地也不存在。

“别乱动，不疼吗？”

沈明野蹲着，坚持去撩她的头发。许肆月扭头狠狠地躲开，几根长发硬是被他扯断。

盯着断发，沈明野露出狰狞的表情，说：“你这么厌恶我？我那么小就跟着你跑前跑后。你不是对我很好吗？不是很宠我吗？我爸在外面有一堆私生子。我受了委屈找你哭的时候，你不是抱过我吗？！”

“明明你跟我才是一个世界的人，为什么要改变？我上学的时候就喜欢你。可你撩了那么多人，就是不肯多看看我，刚一回国就结婚，对我视而不见。我只不过是想跟你谈恋爱！”他说，漂亮的五官微微扭曲，眼底有瘆人的光。

“谈恋爱而已啊。我们这个圈子里的人，就算结婚又怎样？哪个男人、女人在外头没偷吃？”他露出痛苦的表情，“你都有过那么多人了，差我一个吗？凭什么轮到我，你就要为了顾雪沉着魔？你难道不了解我的性格吗？你不知道你越拒绝我，我越放不下你吗？！”

他抓住她的肩膀，说：“这么简单的一件事，你为什么逼我一步步走到今天？我明年就能拿国际大奖，事业全被他毁了。我从著名演员到滚出娱乐圈才用了几天？！我回家继承公司，又被他明里暗里地打压。我报复他合情合理。命都保不住了，他居然还能把我们沈家置于死地！”

许肆月憎恶地死死瞪着他。

沈明野惨笑道：“谁能保证产业完全合法？沈家有黑幕不是太正常了吗？为什么他顾雪沉的深蓝科技就无错可寻？我教唆人自杀，我家里那么大的产业被警方查封，他把我变成一个通缉犯！我什么都没了，连命都要搭进去！”

“姐姐，你只关心顾雪沉，我也病了啊。”沈明野悲哀地看着她，目露绝望之色，“你来之前，我还喀血了。我偷着找沈家以前的医生看过，他说我要是早点治疗，很有希望治好，就是因为连续出了这么多事耽误了时间，现在已经来不及了。凭什么顾雪沉的绝症能被治好，我却要死了？！你让我怎么甘心进监狱？要我乖乖地等死吗？！”

沈明野看到许肆月神色激动，脸颊上有血红色，问道：“怎么就变成这样了？我是沈家的公子，从小到大拥有一切，顾雪沉只是杀人犯的儿子！你当初为什么要管他？你那年要是不去明水镇，他早就跟他父母一样不知道死在什么地方了！”

他挤出一丝诡异的笑，语气忽然变得温柔，说：“肆月，你何必改变顾雪沉本来的人生呢？他从小遭人唾弃，就是阴沟里的垃圾。两个罪犯生下来的怪物，血液里天生就带着暴力因子。你以为他温文尔雅，是不是没见过他发疯的样子？”

许肆月觉得头痛欲裂，发出喑哑的闷哼声。

沈明野慢慢地说：“可我亲眼见过——你还记得段吏吗？那个中学时对你死缠烂打的段家少爷。你婚后，他还在酒吧里醉醺醺地骚扰你。然后他被顾雪沉打了，是不是？”

“我告诉你，那不是段吏第一次落到顾雪沉的手里了。中学的时候，段吏缠着你不放。有一个晚上，顾雪沉套住他的头，差点把他活活打死。”

许肆月痛到极点的胸口在这一刻像要炸裂开。她当然记得，段吏受伤休学了好几个月，自己的书桌里还出现过一张打印的字条和柚子糖，上面写着：“他不会再缠着你了，你别害怕。”

是雪沉……从始至终，每一个保护她、笼罩她的身影，都是藏在阴影里、从不吭声的顾雪沉。他觉得这样的自己扭曲肮脏，连那些日记里都对此只字未提，害怕玷污了他的小月亮。

许肆月一直没有哭，此刻眼泪忽然涌出来。沈明野说：“我碰巧看到了全程。那时候我就在想，他可真是个天生的杀人犯啊。以至后来很久，我都没敢把当初的他和顾雪沉对上号。肆月，我就发发善心，帮顾雪沉回到他本来应该走的路上，好不好？”

沈明野扭过许肆月的脸，逼她跟他对视，一字一顿地说：“如果我告诉他，你被我弄死了，那他的世界就会崩塌，他会不惜一切地让我死。在他以为自己手术成功，可以得到幸福的时候，他还是要走回最开始的老路！”

“很快，”他愉悦地笑起来，“你就会被人救出去。等顾雪沉再看见你的那一刻，他已经变成一个彻头彻尾的杀人犯。就算不是死刑或无期，他也要被判几十年！以你的性格，你爱上他也就是这几个月的事而已，感情来得快去得也快。要不了多久，你就会淡忘他。他只能在监狱里过完余生，听你在外面又找了多少个男人的消息！”

沈明野站起身，居高临下地盯着许肆月，说：“让顾雪沉死算什么折磨，这样才算！他不怕死，只怕失去你。”

许肆月觉得肝胆俱裂，被绳子捆住的地方衣料磨坏了，皮肉被勒出血痕，嗓子里发出刺耳的气音，眼眶几乎破裂。沈明野俯下身，对她说：“姐姐，知道为什么我刚才说，林鹿死了就不新鲜了吗？因为她的手很美，很像你的手。我要取下她的手，把你的雪花戒指戴上去，这是给顾总的证明。”

许肆月的瞳孔紧缩，口中堵着的东西几乎要被顶出来，下一秒，她感到后颈剧痛，然后整个人堕入黑暗。沈明野看着昏迷的许肆月，把她无名指上的戒指取下来，去厨房里选了一把尺寸最大的剁骨砍刀，停在林鹿的身边。

“林鹿，你无辜吗？”他低声喃喃，“你真像你自己说的一样，完全被我骗了吗？你是害怕如果你拒绝我，我会把你这个私生女也牵连进沈家的案子里。所以你听话，稳住我，又怕承担不了后果，把人带来再装受害者，逃脱责任……可惜，总有你想不到的事。我一个快死的人，只要有用的东西我都会拿来用，可管不了你疼不疼。”

沈明野把戒指戴到林鹿左手的无名指上，随之抬高手臂。不久后，他从别墅地下室的后门离开，顺着后方还未被修葺好的小路，绕过成片的建材废料，离开了信号屏蔽范围。他的手中，许肆月的手机疯狂地显示未接来电和信息，一通电话紧接着被打进来。

沈明野接通电话，电话那头，男人急得话要连不成句。他问：“你在哪儿？！”

沈明野开口说：“你是问肆月，还是问我？”

好几秒，顾雪沉根本没出声。沈明野却在某一瞬间几乎被头皮发麻的恐惧感击倒。他盯着手里湿漉漉的袋子，想到接下来要发生的事，才镇定地笑道：“顾总，到凤山了吧？肆月在我这儿，无名指上的雪花戒指……很美。你应该明白，如果敢报警，会有什么后果。”

别墅区的外墙还没被建好，跟后面一座风景不错的小山相连。沈明野站在半山腰，远远地看到一辆挂满烟尘的车戛然而止，一道身影打开车门。两个人只是远距离地一照面，那个人就想把他挫骨扬灰。

随着脚步声接近，沈明野拨通报警电话，说：“我自首……但现在，有人要杀我。”

沈明野刚挂断电话，咽喉就被一只冰块般的手扼住。

顾雪沉的脸上没有表情，一双眼猩红似血，眼里燃烧的火能把面前的沈明野灼成灰。

沈明野的身体本能地冒出寒气，这种被凌迟一样的恐惧感反而让他兴奋到发抖。顾雪沉每一点受刺激的反应，都让他觉得无比痛快。反正他快死了，与其被病痛和牢狱折磨，不如让顾雪沉杀了他，让顾雪沉亲手要了他的命，用自己换顾雪沉往后一生的孤苦和惨痛！

“肆月在哪儿？告诉我。”顾雪沉将手指往里收，每说一个字，都像声带即将撕裂，“你想让我怎么样，我都随便你！”

沈明野被窒息感激得疯狂，说：“想看她吗？东西在手机里，我拿给你……拿给你看。”

他费力地按亮屏幕，点开提早准备好的、许肆月昏迷后被拍摄的一段视频。他在影视圈里工作了三年，除了演戏，对幕后团队的各项工作内容都太熟悉了。布景、特殊妆、道具、光影、拍摄、剪辑等，这些工作的内容，他无所不知。

要把一个昏迷的活人拍成惨死的尸体，他手到擒来。除此之外，他沉甸甸的袋子里还有一个戴着雪花戒指的证据。更何况……他唯一的观众是顾雪沉——这个把许肆月当成命，为她生、为她死，为她不惜付出一切的顾雪沉。

沈明野将视频刚刚点开，画面还来不及变化，他脖子上那只手的力道就猛然加倍。他被掐得几乎不能呼吸。突然，他两只手同时麻痹，手机和袋子一起失控地掉到地上，发出沉闷的响声，扬起尘土。视频没有受影响，开始播放，昏暗的屏幕逐渐清晰，显现出一具纤细的人体，而那个并未系紧的袋子缓缓渗出了暗红色的血。

顾雪沉低下头，一动不动地看着那两样东西。他像不认识她般定定地盯着屏幕，失控地松开手，清瘦的膝盖不堪重负地弯曲，跪了下去。

镜头慢慢地推近，一直在拍人体的衣物，从那人的双脚到胸口，顾雪沉都无比熟悉，但因为斑斑驳驳的红色血迹，那人又陌生到让他牙关发抖。浓重的血腥气从喉咙深处涌上来，他僵冷的手抬起，碰到袋子的一角。

顾雪沉的反应让沈明野异样地亢奋。他什么都没了，命都不要了，就要用最残忍的方式报复顾雪沉！他的手哆嗦着摸了摸身上某处，那里面藏着一个控制器。

他做好了万全的准备，出来之前，把昏迷的许肆月放进了一个最大号的行李箱里，在她的怀里塞了剧组爆破用的那种远程控制炸药。他不想伤害肆月。但如果顾雪沉不按他的计划做，不肯对他动手，他达不到最想要的目的，那他就只能退而求其次。他要用毁掉许肆月的方式来报复顾雪沉。

镜头拍到了人体的脖子，马上要移到那人的脸上。顾雪沉的手已经把袋子抓破，随时会扯开袋子。

沈明野居高临下地瞪着顾雪沉，疯癫般地说道："肆月刚被骗来的时候，以为她晚上就能回家。我捅她第一刀时，她还边哭边往外爬，嘴里叫着雪沉……"

"雪沉"两个字落下的同时，视频的画面骤然一晃，镜头拍到了许肆月惨白的脸。顾雪沉的手再也不受控制，撕开那个快被血泡软的袋子。一只血污的手躺在里面，无名指上有那枚他亲手给月月戴上的戒指。

顾雪沉凝视着它，干涩的唇上裂开的口子渗出血。他轻轻地喃喃了一声"月月"，其他的声音全部碎在嗓子里，目光被猩红的血雾吞没。

那个晚上，月月穿着大红的喜服嫁给他，给他象征彼此的对戒，告诉他，结发为夫妻，死生不相离。才三天过去，他的妻子……怎么可能在这里？

沈明野最期待的场景到来，此刻，他竟莫名觉得头皮发麻，只能颤抖地说："刀扎进去再拔出来，血喷得很高。她爬不动了，就趴在地上，很可怜地缩成一团，一直喊你。我去吻她，她居然还不肯。我只好接着让她安静！"

他扔出一把刀来，上面沾满血迹，说："这把工具我送你了，你敢拿吗？这种事我比不上你有经验。毕竟我是现学现卖，你可是从小就亲身经历过！你是杀人犯的儿子、精神病的儿子，你这种人人都躲着走的垃圾，靠着肆月拯救才活到现在。结果她被你连累，因为你而送命！"

视频还在播放，许肆月无声无息地躺着，身上全是污血，长发凌乱，嘴边是一片凝固的红。最后一个画面是沈明野挥起刀，朝着她纤细的手腕落下。

顾雪沉的唇齿间溢出黏稠的鲜红色，血肉仿佛被压成泥，灵魂被钉入地狱，骨子最深处埋藏的暴虐正在狂跳，撞击着他虚弱的神经，杀人，杀了沈明野。

顾雪沉想像爸爸那样，用一切可能的工具，狠狠地打在沈明野的身上，让他体无完肤，或者学妈妈，对恨之入骨的人，拿刀捅进他的心脏。

像小时候那么多年里，无数人攻击他时咒骂的话那样，他继承了这两种血液，是个早晚会犯罪的魔鬼，不配在人间活着，不配拥有幸福。他像父母一样挥起武器，捅出十一岁时该捅的一刀，这才是他原本该走的路。

顾雪沉浑身发抖。他以前拥有肆月，却日夜不能安心，总是被过去的梦魇纠缠着，自卑自厌。他怕她只爱那个沉静温柔的顾雪沉，等自己藏着的这些阴暗情绪有朝一日真正地表现出来，会让她避之不及。

他暴戾，对伤害她的人狠狠地报复，性格偏激，存在缺陷，破坏欲强，连机器人的脖子都会拧断。他藏着自己的情绪，小心翼翼地捧着他的幸福，让月月爱他。可为什么还会变成今天这样？为什么总有人在伤害他的爱人？

顾雪沉微微张开口，血液从口腔涌出，沿着下巴滴滴答答地落在土里。他缓慢地抬起头，注视着沈明野。

沈明野的话戛然而止，脸色变白，他下意识地倒退了两步。

顾雪沉不像在看活人，甚至连他自己仿佛也已经不是活人。

沈明野吓得心惊肉跳，突然有想逃的冲动。他以为自己为了报复顾雪沉能忍受痛苦，然而这一刻，面对顾雪沉的眼睛，超出预料的恐惧感让他恨不能痛快地死。

顾雪沉去抓那只断手，想要捧起它。沈明野生怕他太过了解许肆月的手发现端倪，一脚踩上去，碾着手指。

顾雪沉只停了一瞬，便毫无预兆地起身，没碰那把血淋淋的刀，拾起脚边散落的废弃建筑钢筋，面无表情地捅上沈明野的肩膀。

沈明野发出一阵惨叫声。他摔倒在地，极力地挣扎，躲着所有可能致人昏迷的部位，害怕失去意识还会清醒过来再受折磨，想逼顾雪沉快点攻击要害部位，好把顾雪沉杀人的罪名坐实。

顾雪沉垂着眼，血溅到他的衣领上。他不为所动，拔出钢筋，踩住沈明野的喉管，嘶声地问道："她人在哪儿？"

沈明野不断地冒冷汗，疼得半昏半醒时便开始后悔了。顾雪沉被阴影笼罩着，一身暴戾的死气，能把他千刀万剐，将钢筋再次砸向他颤动的右手，让他惊恐万分的人声音喑哑地说着："伤她的地方，都不能留。"

顾雪沉眼里的光完全消失。以前有人说，拿着武器挥向别人的人是畜生。他原本不是的，月月用稚嫩的小手把他从悬崖边拽上来。往后的路再孤独、再充满荆棘，他不怕，也不觉得苦。只要她活着，他就能沉默地走下去，一天一天地守护着她。

她是他唯一的烛火，在他伸手不见五指的世界里放肆地燃烧。他用手心最软的地方呵护着她，手心被烫伤、烧坏也觉得幸福。烛火熄灭了，他一个人留在黑暗里，要让吹熄烛火的人付出代价，再去陪她。他要找到她，抱着她，不管在哪儿都好，山巅、悬崖、河流、深海，只要能容纳两人身体的小小角落就好。

许肆月被捆得极紧，蜷缩在漆黑的行李箱里，动不了，不管怎么翻滚、扭动都无法摇晃箱子半分。她极力地制造响声，一片死寂里，突然听到有吵闹的人声和错乱的脚步声。声音似乎由远及近，又要离开。

生理性的眼泪汹涌地流出来，她拼命地挣扎，终于有人察觉到她的动静。她带着哭腔惊呼道："这里有人！"

箱子的拉链被粗暴地拉开，许肆月被手忙脚乱地扶起。她身上的绳索被割断的那一刻，腿和胸口之间的炸药才暴露出来。整个地下室一片狼藉。她眼前发黑，似乎看到了警察，抱着她痛哭的人居然是许樱。她陡然想起，进入别墅之前她意外看到的那道熟悉的影子，那并不是她的错觉。

许樱满脸是泪，哭得上气不接下气，说："对不起，姐，我太蠢了。你陪姐夫养病，我一直不敢去打扰你。我看到程熙姐的朋友圈，说你们要来凤山工作，我就算好时间偷偷地坐同一架飞机跟来了。我想看看你，帮你忙，没想到……"

许樱偷偷地跟到了别墅区，本来想守在外头等许肆月忙完出来，结果许久也不见动静。她实在忍不下去了，就给许肆月打电话，却发现打不通，才过来按门铃，又意外发现靠近屋子后手机就没有信号。她意识到姐姐出事了，马上报了警。

警察费了好大的力气破门而入，最先看见了躺在血泊里的林鹿，许肆月却没有踪影。许樱不放弃地找许肆月，终于在地下室里发现了行李箱。

许肆月狠狠地攥着许樱的手，问道："几点……现在几点？！雪沉他是不是已经来了？！"

许樱忙说："我刚才给姐夫打过电话了，姐夫没接！"

她恍惚间想到了什么，悚然地道："我……我之前好像看见了一辆明城车牌号的越野车从别墅区旁边绕过去，直接……直接朝后面的那座山驶过去了！"

赶来的警力有限，多数人在处理炸药和救治林鹿，许肆月的身边暂时没有人。她慢慢地站起来，拨开许樱奔出去，艰难地辨认着方向，朝那座山冲过去。

乌云密布，风雨欲来。没有阳光，到处是瑟瑟的寒意，许肆月冷得发抖，在半路上就丢了一只鞋。她看到熟悉的车停在山下，车门大开，半山腰隐约有让人觉得惊悚的响声。

远处隐隐有警笛声传来，警察不是去别墅，而是直奔这座小山而来。

许肆月咳了一声，踩着石头和断裂的枝丫，磕磕绊绊地往山上跑。

天光下，有一个人穿着早上与她分别时的黑裤和白衬衫，最心爱的帽子掉在了土里，黑裤子上挂满了尘土，白衬衫被喷溅上了刺眼的红色的血，血沿着衬衫滑下。那么优雅修长的手，握着一根钢筋，朝着脚下奄奄一息的人暴力地捅下去。

许肆月盯着他的背影，哭喊出来："雪沉！"

她赤着一只脚飞奔过去，一把搂住他的腰，死死地抱紧他，说："我活着！我在！沈明野是故意的！雪沉，我来保护你了，再也没有人……"

许肆月心如刀绞，崩溃地痛哭道："没有人能欺负你。"

她的手臂搂着的身体像坚冰一样，片刻后，钢筋从男人染血的手中滑落。

许肆月的手被顾雪沉碰了一下，他触电一般地收回手，本想用尽力气握紧她的手，却缓缓地将她的手拉开。

他没有回头，遮掩着自己脸上、前胸上的污迹，断断续续地说："月月，我身上有血，不能……抱你了。"

许肆月的恐惧感因为他这句话升到顶峰，她下意识地往他的身上摸，将要碰到血迹时，顾雪沉踉跄着躲开。他垂着头，说："别……碰，脏……"

他不堪重负地弯腰，重重地喘气，像在低泣，又像在笑。他用相对干净的一只衣袖狠狠地摩擦着自己嘴边的那些血迹，然而血迹有些干涸了，擦不掉。他不敢把正脸转过来，就那么稍稍地侧着，用眼尾的一点余光去看许肆月。

她和视频里一样，衣服破损，身上有太多的外伤，脸色苍白，但眼睛睁着，里面有灼热的光芒，会跑会动，会哭也会说话，双手完好，左手的无名指上留着一圈戒指被摘掉后的白印儿。他不是做梦，这不是他疯魔地幻想，月月真的活着。她还好好地站在这里。

顾雪沉的眼眶有温热的液体不断地涌出，他贪恋地看着她，不断地低声说着"月月"，声音轻得几近于无，只在自己的喉咙里盘旋。最后，他说："月月别过来，警笛声很近了。"

许肆月觉得脑中嗡嗡地响，目光转到地上。沈明野残破的身子缩在那里，一点声息也没有，几个伤口触目惊心。她觉得腿软，大喊了几声，沈明野毫无反应。她试探他的鼻息，过了十几秒，才敢确定他还有微弱的呼吸。

那些涨满的绝望顷刻间找到出口，许肆月破涕为笑，飞快地抬起头，在顾雪沉来不及反应时，目光对上他的脸。

许肆月愣住了，定定地看着他。那张干净的脸不再雅致。他通红的眼睛流着泪，眉宇间还残留着狠厉之色。唇上许多裂口，嘴角流出了血，下巴被染得脏污。他跟从前的顾雪沉判若两人。她听他说过，也在日记里看过，但从未真正地亲眼见过……另一面的顾雪沉。

顾雪沉无处可躲了，凝视着鲜活的许肆月，再看看自己被弄脏的手，眼睛缓缓地弯了一下，说："月月，我没有……"

山下响起了刺耳的警笛声，脚步声迅速地逼近，警察大喊着震慑人的语句，顾雪沉没说完的话被各种声音淹没。穿制服的警察速度极快地冲上半山腰，要上前擒住他。

顾雪沉俯身捡起蹭上土的帽子，用不那么脏的手背拍了拍，转身背对着许肆月，坦荡平静地说："你们不用麻烦，我跟你们去，所有的事情都是我做的。我的妻子是受害者，刚受过严重的惊吓。请你们对她温和点。"

"雪沉！"许肆月跑过去拉他，被两个女警察拦住，她嘶声喊道，"不是他的错！是沈明野不甘心伏法，要报复他，所以囚禁我，设计害他！沈明野才是始作俑者！"

"沈明野不能死……"她急切地拽着女警察，"快把他送到医院！他现在还活着！"

许肆月快站不住了，眼睁睁地看着顾雪沉瘦削的背影。快走出她的视野时，他停住，回过头。天际的浓云散了少许，透出一丝天光，落在他的肩上，染亮他的眉眼。

第十七章　深　爱

许肆月咬着手臂泣不成声。等他离开，她把自己咬得更狠一点，用疼痛止住不该有的情绪，亲眼盯着沈明野被抬上救护车。身上除了被绳子勒出的瘀痕外没有什么伤，她拒绝去医院，直接跟随警察去了警局。

问询室里，负责问话的警察同情她的遭遇，给她倒了一杯热水。许肆月顾不上喝水，哑着嗓子问："我丈夫在哪儿？"

"他在审讯室里，"警察迟疑了一下，说道，"他涉嫌……"

"不是故意杀人！"许肆月碰倒了水杯，被开水烫到也毫无感觉，一字一顿地咬着牙说，"全部过程和细节我都会如实地讲出来，从哪里开始都可以！但今天发生的事是沈明野蓄谋报复顾雪沉。他恶意诱导顾雪沉，我的包里有证据！"

警察严肃地问："什么证据？"

"录音笔，"许肆月瞳中迸出灼人的光，"我是来凤山工作的，为了记录客户口述的要求，特意带了录音笔。上车前我就开了自动录制模式，它绝对能录下来……沈明野在那个别墅里对我说的每一句话！"

警察闻言松了一口气，郑重地说："顾雪沉涉嫌故意伤害罪。"

他专门在"伤害"两个字上加重语气，说："沈明野没死，应该能被救过来，身上的伤看着吓人，但没有哪处是致命伤。顾雪沉没有下死手。"

通过警察的讲述，许肆月终于知道，雪沉在确定她出事的那一刻就联系了凤山警方。沈明野是通缉犯，警方对此事高度重视。

警方立即派出警力，以林鹿的活动轨迹为线索搜索，查找机场的监控。但林鹿事先有准备，把车停在了监控损坏的死角里。警方不知道车型，更别说车牌号，那套别墅也是嫌疑人以与此事不相干的人的名义购买的。找到林鹿需要时间，警方最后通过许樱报警才锁定位置。

“顾雪沉目前很配合我们。”警察说，“有句话不完全算与案情相关，我可以转达给你。”

许肆月握紧椅子扶手，听到他低声地复述雪沉的话：“如果可以，请你告诉她，我没有杀人，我不能让她当杀人犯的妻子。”

这一句话让许肆月觉得万箭穿心。顾雪沉被叫“杀人犯的儿子”叫了这么多年，所以无论如何，不管许肆月是活还是死，他都不能让同样的恶语压在她的头上。

警察宽慰道：“沈明野身上的罪名太多了。单就跟顾雪沉之间的问题，他也要负大部分责任。另外……如果顾雪沉今天没有动他，你身上的炸药就有可能被引爆。无论他的做法对不对，在那么短的时间里，顾雪沉确实阻止了那个可怕的后果，这是事实。”

许肆月激动地问：“我什么时候才能见他？！他病着，动过大手术，身体还没恢复好！”

“抱歉，不能。病情方面我们了解了，必要情况下会安排他就医。”警察摇头，“虽然这桩大案的主要责任不在他，但他被牵扯进来，就必须被暂时羁押。在法院正式开庭判决之前，家属不能见他。”

开庭之前，能见到顾雪沉的人只有律师。

乔御得到消息后动作非常快，带着深蓝科技的律师团赶到，首席律师是国内律师圈儿里很有影响力的人物。当晚首席律师独自跟顾雪沉见面。许肆月守在外面，度日如年地等着。

许久后律师出现，目光停在许肆月的身上，说：“凤山这边的警方级别不够，过几天顾总应该会转回明城。太太，到时候你就可以回家了。”

“太太放心，”律师沉声说，“顾总不会有大问题，身体也还撑得住。只是沈明野刚落网，沈家的案子又牵涉广、问题多，开庭的时间会拖延。我们要等。”

他从文件夹里抽出一张被折起的纸，将纸递给许肆月，说：“顾总让我交给你。”

天很黑了，乔御领着人离得稍远，把这一小块儿空间留给许肆月。她站在不甚明亮的灯下，手腕抖着，打开那张纸，上面是顾雪沉的字迹。

“月月，我没杀人。举起钢筋的时候，我想到许肆月是我的妻子。我做任何事，做什么样的人，都和你紧密相关。我就不想要这条命了，谁也不配成为你的污点。

“两次了，是你让我没有走上妈妈的老路。

“我小时候，很多年里，人人都说我该死，说我活着是隐患，说我会遗传父母的人格，其实我很害怕。我性格不好，不怎么会笑，敏感、偏激、阴郁、极端，就连面对你，也总是在克制。

“以前我以为自己快死了，所求的不过是在你的身边多一点时间，但病好之后，没有一刻安心过。我总在想，当年你拿着木剑来保护我是觉得我可怜。如果在那个时候，你知道我下一秒将杀人，还会救我吗？我有过这样不堪的过去，这一切根深蒂固地扎在我的骨子里。我也许终生不能像别人一样开朗阳光。跟我在一起生活，你真的不会后悔吗？

“为了留住你，我装虚弱，想忘记那些阴暗的过去，尽力成为一个光明的人。可走到今天，还有人拿你的命去揭我那道最深的疤，逼我把自己打回原形。

“我没杀人，但黑暗仍然在。你亲眼见过我最不堪的样子了。那个拿着钢筋歇斯底里地施暴的人就是你认识的顾雪沉。

“月月，你爱上我只有几个月的时间。你还在热恋的新鲜感里，不停地被我的病情影响，被十三年前的阿十感动。你甚至不够了解我，就匆忙地决定守在我的身边。现在我的一切都暴露在你的面前了，你应该冷静下来。

“我的病是你治好的，你不欠我什么。这次案子的任何后果我都会承担。你没有责任，更不需要为我十三年的暗恋买单。开庭前我们不能见面了，我给你机会想清楚。这样的顾雪沉，你是不是真要跟他过完一生？”

许肆月抓着纸，想立刻将纸团起来丢到顾雪沉的身上，又痛心得说不出话来。

原来他那些不安、患得患失的情绪以及让他夜不能寐的焦虑感，根源是这样的。他介意自己性格的阴暗面，怕那个拿起武器刺向别人的顾雪沉。他觉得从最初跟她相遇，自己就是不值得被爱的。

是不是从来没人告诉过顾雪沉，他没有错？他的出生不是错，父母的悲惨结局不是他造成的，外婆咒骂他和虐待他也不是他错了。被小孩子殴打、排斥，更不是他的错。他只是个遍体鳞伤的受害者。人人都来欺负他，他才要拔刀相向。而那把从未被拔出的刀至今仍被人当成筹码，把他逼到绝境。

即便这样，他也想成为一个不让许肆月蒙污的爱人。

顾雪沉明明……

许肆月把揉皱的纸展平，爱惜地将纸叠起来贴在脸上，想象他的手指摩擦她脸时的温度。

他明明是这世上最好、最温柔的人。

夜渐深，周围安静下来，偶尔响起值班人员的咳嗽声。许肆月在走廊的长椅上坐了很长时间。她知道在她背后的某个房间里一个不太大的角落，顾雪沉和她一样坐着。或许他正沉默地低着头，或许他想看看天上的月亮。

她慢慢地站起来，走到外面。乔御领着人等在那里，见到她时眼圈一红，递上来一个袋子，说："顾总的随身物品都在这里了。"

许肆月将东西接过来抱住，把顾雪沉的婚戒取出来，戴在自己的拇指上，就像他当初把她扔掉的婚戒套到他的小指上那样。

"下午有几个记者的电话打进来，我没接。媒体已经知道这件事了吗？"

乔御点点头，说："主要是因为涉及林鹿，她毕竟正当红，在片场失踪，最后被送进医院，事情很难瞒住。她的手被接回去了，但是切口被污染，又耽误了时间，医生不确定它能恢复几成功能。"

许肆月垂眸，听着他的话。乔御深吸气，说："因为林鹿的事，舆论闹得沸沸扬扬。半小时前凤山警方发布了警情通报，描述得客观公正。刚才林鹿也主动发了一段视频，把跟她相关的事情都照实说了，包括骗你进别墅的过程。现在网上已经翻天了。"

许肆月打开手机，会看到铺天盖地的争吵、质疑或是同情的言论，关上手机，就只有自己跟顾雪沉安静的世界。

许肆月问："对公司的影响大吗？"

她明白，深蓝科技是雪沉拿心血换来的，公司绝对不能出事。

乔御的表情略放松了些，他说："这个不用担心，公司的内部稳定，几个副总撑得住，也跟顾总见过风浪，在案子了结之前不会出问题。至于外部……说白了，我们是科技型产业，目前在行内几乎不能被取代，这也是深蓝科技能够站稳的根本，公司等得起顾总回来。”

许肆月终于笑了一下，她的身上、脸上还有不少沈明野刻意弄上的污迹，没来得及清理，看起来脏兮兮的。乔御却肃然站直，觉得她有些不一样了。

在乔御的眼里，顾总病重期间，许肆月被生死的问题压迫着，精神和身体一直在被消耗。她一直爱得轰轰烈烈，此时此刻，沉静了下来。

“太太，今晚我让程熙和许樱陪……”

“不用，”许肆月轻声说，“我自己可以。”

三天后，顾雪沉被转移回明城。沈明野也躺在救护车里被押到明城的指定医院暂住，病房外每天都有警察。

回到明城后，律师第二次去见顾雪沉，提前让许肆月准备几件贴身的衣物带过去。许肆月在瑾园里一夜没睡，把挑出来的衣物一件一件地熨烫平整，用针线绣到天亮。

律师拿到衣物，又问许肆月：“太太，您有没有话要我带给顾总？”

许肆月摇头回答：“没有。”

律师不禁感到意外，反复确认以后，才略感难受地转身走了。他回想上次见顾总时的场景，如果太太没有话对顾总说，不知道顾总会是什么反应。

律师再看到顾雪沉时，心别扭了一下。顾雪沉消瘦了一圈儿，肤色苍白，唇色很淡，神色平静，望向律师的那刻，他的眼中才跳出一丝光来。

律师不敢提许肆月，先谈正事，把案情进展全部沟通完，顾雪沉仍在看他。他有点无措地低咳了一声，说：“顾总，那我先出去了，包里是您的衣物。”

顾雪沉的唇动了一下，眼睫落下去，他终究还是什么都没说。

原来，肆月没有话给他。

他坐了很久，直到目光停在那个敞口的包上，捕捉到一件熟悉的衣物。他忽然站起身过去，把包扯到怀里，包里装的不是别人买来的衣物，而是瑾园家里的……

顾雪沉抿起嘴角，把里面的衣服取出来，但除此之外再没有其他的东西了。他想寻找衣服上残留的那点气息，手在上面细细地摸索，蓦地顿住。袖口里侧有一小块儿异样的凹凸处，像是针线缝上去的，他愣了片刻，急迫地翻开来，那里被用蓝色的细线绣了一个很小的字：你。

心跳在这一刻不受控制地加快，他把每件衣服一一摊开，像濒死者寻求唯一的水源，翻找每一个可能绣字的位置。不久后，他得到了一行字，翻来覆去拼了半天，居然是一句语气极度活泼的话：你不是让我冷静吗？我就在冷静中，你别指望我有什么话带给你。

顾雪沉捧着一堆被弄乱的衣服，低头埋进去，平直清瘦的肩膀微微地颤动。

此后每一次律师跟顾雪沉会面，许肆月都不给他带话，一个标点也没有。她表现出远超身边人意料的镇静样子，不给任何人添乱，不需要人陪同和开导，甚至给保姆放了假。她把自己能为案情做的一切事都做到极致，实在用不上她的时候，她就照常生活。她成为两个人从回国重逢开始，顾雪沉一直费尽心力重塑的那个许肆月，成熟的、理智的、能够抵挡风雨的、独自一人也可以站稳活下去的大人。

程熙始终深深地自责，见到许肆月，难过地说："肆月，你怎么突然长大了？"

许肆月含笑问："你看我现在够冷静吗？"

"就是太冷静了，让人瞧着担心。"

许樱经过这场变故，也有了胆子往许肆月的身边凑，唠唠叨叨地讲她漫长的"暗恋史"。她说："姐，第一次见你时我才六岁。我妈领我偷着去看的，说你是霸占爸爸的人，想让我嫉妒你、恨你、把你当敌人，但我当时就觉得你是仙女下凡。你是人间的小公主，天生就该被宠着！"

她满眼星星，继续说道："我总去偷看你。上学的时候别人都有喜欢的女明星，我却觉得谁都不如你漂亮。你漂亮到我只要一想到你是我的亲姐姐，我就开心到不行。我想见你，想亲近你。但我是小三生的孩子，永远没资格……"

许肆月脾气很好地说："你不用费心思哄我。"

许樱怔了一下，随即眼睛湿润了，说道："姐，你想哭就哭，别忍着，姐夫他……"

许肆月笑着抚摸拇指上的戒指，打断她的话："我像想哭的样子吗？我冷静着呢，从来没这么冷静过。"

二十几天了，两个人不能见面，不能对话。舆论渐渐平息后，顾雪沉活在了别人的话里。她一个人吃饭睡觉，一个人奔波、发呆。在其他人的眼里，她成熟可靠，不再需要被特殊关照。

月末的一天，许肆月白天去深蓝科技做她力所能及的事，找律师不厌其烦地沟通，找一切可能的渠道搜集沈家的罪证，抽空画设计稿、漫画，忙得不可开交。晚上回到瑾园，她面色如常地走进厨房，耐心地做饭，本能地摆上第二副碗筷时，她的情绪突然失控。

许肆月看着空荡荡的家里，出事后第一次失声痛哭，朝着空气问："顾雪沉，不是说二十一天就能改变一个人的习惯吗？为什么一个月过去了，我还是一点长进也没有？！

"我什么都能自己做了。我认真地想过自己的感情，把你所谓的阴暗的你回忆了几百遍！我没有沉浸在情绪里，抑郁症没复发。我不需要人安慰，连家里的机器人都停了，会做的事越来越多了。我也见过了很多新人、适应了新环境。

"够冷静了吗？但是为什么，我这么善变的人，这一个月里的时时刻刻，脑子里全都是你？"

许肆月独自在家里哭哭笑笑，手机的铃声响起，显示着江离的号码，她的身体一僵。她想到某种可能性，急忙扑过去接电话。

"雪沉该复查了，我以医院的名义和警方沟通过。"江离说，"下周一，华仁医院的贵宾楼，你要来看他一眼吗？"

双方定下的时间是周一下午四点，警方要求走单独的通道，不公开，顾雪沉不能见医护人员之外的任何人。许肆月中午就赶到医院，带了两个保温饭盒，里面是她亲手做的菜，都是雪沉喜欢吃的。

江离无奈地说："他没时间，也吃不下。而且他平常饿不着。"

许肆月抿唇，说："我知道……"

江离看着她，说："你要说到做到，绝对不能被发现，也不能太近距离地接触他，看看就行了。"

许肆月捧着江离给她的全套医生工作服，用力地点头。

顾雪沉到华仁医院的时候，江离负责接待，对随行的几个警察说：

“做检查的过程涉及病人的隐私，拉道帘子可以吗？”

警察数了医生的人数，与之前报备的相符合，通情达理地答应了，在帘子外等候。

江离没有多说话，用力地按了一下顾雪沉的肩膀，摸到一把骨头，不禁拧眉。他将目光扫过检查仪器后面的那道白大褂身影。她全副武装，甚至戴着护目镜，把自己藏得严严实实，却在镜片后面直勾勾地看着他流泪。她躲在顾雪沉的视野死角里，抱着的病历本被按得要断掉。

江离清清嗓子，说：“开始吧。”

顾雪沉躺上检查床，被推入仪器前的一刻，见到床边放着的突兀的保温饭盒。

复杂的全套检查结束后，江离捏着一切正常的报告单，没有马上说话。顾雪沉盯着他，每一秒都在无声无息地注视他，都在问他许肆月怎么样了。

江离挑了一下眉梢，一本正经地说：“你想知道的事，我今天的副手告诉你。”

穿着白大褂的细瘦的人从角落里走出来，缓缓地站到顾雪沉的床对面。顾雪沉只看见她的一个侧影，双手就死死地抓住床沿，控制着自己不能动，不能过去。一旦他做出异常的动作，一帘之隔的警察马上就会察觉到。

许肆月面对着顾雪沉，摘掉护目镜、口罩、帽子，桃花眼含着泪水，静静地露出笑容。

顾雪沉激动得把床弄出了响声，牢牢地注视着她，恨不能把她装到眼睛里。

许肆月不能开口说话。她想把病历本拿过去给他，那上面都是她的字，却紧张得将病历本掉在了地上。她俯身拾起病历本来，江离指着表提醒她时间。她等不及了，就站在那里，隔着几步的距离，把本子竖起来给他看。

字很大，病历本的第一页上写着：“别人都知道我很好，吃得饱、可以睡着、没生病、不哭、冷静稳定。”

病历本的第二页上写着：“我知道自己不好。我不能没有顾雪沉。”

病历本的第三页上写着：“我罗列了你所有的问题，最后将它们全部画掉，把你在山腰上的样子反复回忆，不害怕，只有心疼。在我这里，顾雪沉永远不需要当个完美的人。”

病历本的第四页上写着：“如果你觉得爱需要用时间来衡量，那我恳求你给我一辈子，你让我去证明我的爱。”

许肆月翻不动病历本了，咬着手背憋回眼泪，朝顾雪沉甜蜜地笑，指了指床边的那个小饭盒。

顾雪沉感到口中苦涩，颤抖着打开饭盒，是一盒她亲手做的柚子糖。柚子糖上盖着一张小字条，小字条上写着：“我不想冷静了，只想顾雪沉。”

警察在帘子外面催促他们，按正常流程来说，检查的时间已经超出了。许肆月很清楚，她要是走到顾雪沉的面前，一定会忍不住抱他。但帘子不是落地的，通过帘子的空隙，警察足够看见她的动作。所以她不能走过去，只能留在原地，多看他几分钟。

他瘦了很多，锋利的锁骨在薄薄的皮肤里，像两把戳心的刀，头上长出了短短的黑发，头发应该有些硬，摸上去会刺手。但她还是估摸着高度，在空气里轻轻地抚摸了一下。

无声的对视里，顾雪沉把字条握紧，盯着病历本上的那些字，黯淡了一个月的眼睛有了亮度，灰烬中又亮起光芒。

他声音沙哑地说：“医生，药。”

警察第二次催促他们。

江离怕许肆月会崩溃，没敢让她上前，把开好的口服药交给顾雪沉。顾雪沉拧开一瓶药，动作快而轻地将药倒出来，把柚子糖小心地一颗一颗地装进去，最后才盖上几粒药，把它们当成珍宝一样双手扣着。

江离觉得心酸，庆幸地想，幸亏没把那满满两个保温盒的饭菜拿出来。否则雪沉装不走饭菜，一定会默默地难过好久。想到这里，他急忙又补上一瓶新的药。

警察已经在拉帘子了，顾雪沉最后一眼望向许肆月，许肆月浑身的血液冲上头顶。

警察要进来了，这短短的几秒是他们唯一没空关注帘子底下的机会。

她猛地悄悄冲向顾雪沉，揪着他的衣领，在他干涩的嘴角上轻吻了一下。

警察拉开帘子的前一瞬间，她已经把他的衣服抚平，自己的帽子、口罩和护目镜重新戴回去。她低下头，看见顾雪沉的手垂在身侧，捏成拳头，骨节白得吓人。

等人走后，许肆月感到全身无力，坐在顾雪沉刚刚坐过的位置，弯腰把头埋在双臂间，放声大哭。江离问："一个月没掉眼泪，见到他了，反而受不了了？"

许肆月摇头，想着那个装满了柚子糖的药瓶，轻声说："他带走的那些糖，吃的时候，每一颗糖都是药的苦味儿。"

这天夜里，顾雪沉侧躺在小床上，把带着体温的药瓶拧开，倒出一颗柚子糖放进唇间。他蜷着身体闭上眼睛，喉咙里发出一道近似啜泣声的声音，唇却翘起来，尝到了一个月以来的第一口甜。

从出事到开庭，中间是漫长的四个月，许肆月把日子数到了第一百二十六天，终于等来了即将开庭审判的消息。

然而开庭前的四十八小时，微博上冒出一个小号，对方以知情人的口吻说了顾雪沉的身世，添油加醋地说那些模糊的往事，将那段往事说成惊悚的犯罪故事，并大肆宣扬。那人甚至口口声声地说："顾雪沉这样的人，平常那副清冷模样只是面具，其实就是个暴力狂，是个隐性杀人犯！虽然沈明野有错在先，但他才是最危险的。他就应该被重判，不要出来危害社会！"

这桩案子本已被大众淡忘，此时一石激起千层浪，舆论又急又猛地传开，意在影响两天后的庭审。

公关团队确定好应对方案，律师立即约见许肆月，说："太太，有一件事应顾总的要求，我一直没有和你提。其实在他刚出事的时候，就有专业的心理医生为他进行过检测，结果并不好，他那时的心理状况非常差。"

许肆月的心脏揪成一团，雪沉身体的病好了，心里的病却始终没好。

顾雪沉活到今天，忍受了十一年的痛苦，经历了十三年的暗恋、别离，经历了一年不到的短暂婚姻。他要忍着疼，忍着命运的不公平，忍着她的无视和伤害，还要忍受没有未来的绝望。哪个有血有肉的人，在这样的人生里不会发疯？

许肆月捂住眼，自己忽略了，顾雪沉根本没有跟她计较爱的时间，他在跟她道歉。

顾雪沉：对不起，我的幸福太短暂了，以致我还没来得及治好心上的病，让你目睹了我不堪的样子。所以如果你后悔了，厌弃我了，那就不要回头。

“自从他去华仁医院复查开始，状况明显好转。”律师表情凝重地说，“不过目前事态特殊，我们有一个想法，万一审判结果受舆论影响的话，要不要贴靠到精神问题上，进行上诉？如果案发时他是行为异常的精神病人，那么一切将变得简单……”

许肆月坚定地说：“谁也不要代替雪沉做决定。我支持他的一切想法，也承担任何后果。”

律师当晚去见顾雪沉，他经手过的案子，但凡能以这种方式脱罪的人，几乎都不拒绝。他以为会得到肯定的答复，顾雪沉却毫不犹豫地反对。

“心理问题不是精神病，我是个正常人，能为自己的所有行为负责。”顾雪沉直视律师，“如果我成了精神病人，我的妻子以后怎么自处？”

律师忙把太太准备的新衣物递过去。

外面已经入冬了，天气寒冷。顾雪沉搂着柔软的毛衣，手习惯性地摸向下摆的里侧，那里是一行端正的小字：我不怕。

月月不怕，他也不怕。他笑得很温柔，律师看得发怔。

顾雪沉挺直身子，睫毛下是明亮的光，那张小小的字条、苦味的柚子糖和一件件被送进来的衣服，洗掉了他身上所有的尘埃。他干干净净、轻轻松松，反而磨掉了从前的隐忍，渐渐地露出锋芒。

“我选择堂堂正正地面对一切。我要回的是阳光下，不是另一个阴沟里。”

许肆月在外面一点没闲着。深蓝科技联合江家清查爆料的小号，不出所料，对方是和沈明野有关系的最后一小部分漏网之鱼。他们见大势已去，就想出这个阴招，正好在开庭前被警方一网打尽，全部被收监待审。而同时，因为关注度过高，这场庭审也正式转为公开，媒体会进行直播。

开庭当天的早上，许肆月特意化了一个显气色的妆，与他三个月没见面了，今天顾雪沉会见到他的小月亮。她不憔悴也不狼狈，是他明媚的妻子。

庭审的前半程是沈家专案，律师们争辩激烈且时间漫长。沈明野有气无力地坐在被告席上，与从前的著名演员有云泥之别。网友感慨物是人非，以前的粉丝死不承认自己的身份。这一部分结束，他已经背了几项重罪，量刑要上十五年。

后半程，许肆月被带到证人席处。她没有坐，直勾勾地盯着入口，双手的十指绞得通红。片刻后，警察开路，一道身影出现。

她不知道直播中这一刻的画面一出来，网上就被疯狂刷了屏。

没人相信屏幕上的这个人经过了长达一百多天的拘禁，他从容笔直地站着，还是那样淡定从容，短发和睫毛乌黑，压迫感比以前更甚。

顾雪沉转过头，撞上许肆月的目光。庭上鸦雀无声，他很浅地笑了一下，眉眼间多了一些坚定之色。她也笑，温柔沉稳，学会了憋住眼泪。

审判开始，四个月前的惨烈场景被重新翻出来。沈明野本来一副垂死的模样，这时突然激动起来，高亢地喊着网上爆料出的那些旧事。当着法庭里的所有人，当着镜头后的无数双眼睛，当着顾雪沉本人，他用最狠毒的话，揭开顾雪沉从小经受的创伤。

顾雪沉的父母，还有顾雪沉无法选择的童年，就是他一辈子不能开脱的原罪。

审判长要求肃静，顾雪沉可以选择当庭辩驳。他要开口时，律师说："我方证人需要陈述。"

许肆月在律师示意下站起身。从沈明野开始说刺耳的话，顾雪沉就在望着许肆月。他胸中最后的苦痛感在疯长，那些纠缠他的铁索在这个时候突然被扯断。

他心头一怔，手指不自觉地收紧，不想让她面对这一刻，正要出声，许肆月已然朗声说："沈明野作为一个经济犯、绑架犯，教唆杀人，致人残疾，不配提顾雪沉。"

许肆月条理清晰地叙述了整个案件的前因后果，当庭播放现场录音，重现当时的过程，连砍刀劈在肉上的声音都一点不差。播放完毕，她站得笔直，一字一顿地问："沈明野出身富裕的家庭，从小受宠，接受精英教育，养尊处优，变成今天丧心病狂的重刑犯，难道是因为血脉和遗传吗？"

全场寂静。

她细微地哽咽了一下，眼神坚定。

“顾雪沉从小受尽欺辱，没有人给过他正常人该得到的友善和尊重。我十岁时认识他，他靠自己走到现在。他想要的每一样东西都是自己脚踏实地地努力得来的。

“这个世界没给过他温暖，但他在这个世界上献出的，是他连续三年为国家拿到国际机器人大赛冠军；他公司的医疗机器人遍布国内一二线城市百分之七十以上的大型医院，为重病患者服务；被沈明野陷害的陪伴型机器人面世以后，已经让至少五百位抑郁症患者的病情显著好转。

“他没报复过任何一个伤害他的人，把疼痛当习惯。那他就活该吗？他奔波了十几年，只想要一个妻子，有一段幸福而平静的婚姻。结果一个罪有应得、咎由自取的失败者，为了泄愤要杀害他的妻子。如果是你，你会怎么做？！”

顾雪沉渐渐听不到别的声音了，专注地看着许肆月，像从未有机会这样仔细地看过她。

那时候穿着裙子的少女，明艳得晃眼，骄纵又无情地推开他，拒绝道：“顾雪沉，你什么都没有，我早晚要和你分手。”

现在她一身素净，坦荡英勇地站在那儿，对他说：“看，顾雪沉，你有我了！”

她不嫌他阴暗，觉得那是可怜。

她不嫌他沉默，觉得那是温柔。

别人说他危险，可她觉得他一直善良。别人都怕他做极端的恶事，但她明白，他不恨这个世界，因为世界给了他一个小月亮。

庭审持续了两个小时，沈明野到后来精疲力竭，精神状态异常。几经休庭之后，审判长综合各个方面的复杂情况，宣布将顾雪沉从轻判决。

顾雪沉被判四个月拘役并处罚金，开庭前被羁押的日子也算在刑期内，到今天为止，羁押的时间竟然比刑期还长了些。

沈明野被判刑期十六年。他听完宣判，摔倒在桌子下，被警察强制抬走。他有没有命活到刑期结束还不可知。

顾雪沉也不能当庭离开，要回去收拾东西、办手续，走完整个流程。

许肆月的双手抖得厉害。第一时间没能追上去，她气得原地跺脚，像踩着棉花似的一路跟去看守所外面，眼圈儿通红。

一位警察探头出来，问："谁是顾雪沉的家属？"

"我！"许肆月嗓子破了音，"是我！"

警察说："你签字，他快出来了。"

许肆月签得龙飞凤舞，最后一笔歪到了纸张外面，紧张得不行，问："签得不好可以吗？这样能过关吗？影不影响他？"

警察没吭声，抽掉签字单就走了。

许肆月愣愣地站着。阳光从后方照过来，有一抹影子笼罩着她，一只手落下来，压在她的头上。

"许肆月。"

许肆月的眼泪一下子溢出来，她盯着跟她的影子叠在一起的修长的灰影，张了好半天口，才轻声说："我在。"

"你想好了吗？如果不跑，从现在开始，你就再没有机会反悔了。"

温柔的微风一下下地拍打门扉，许肆月哽咽了，反问："四个月，够平静一段感情了吗？够一个前科累累的女人，放下被激发出的浓烈的爱意，将深爱转成冷淡了吗？"

"足够了，"她自问自答，又丢出新的问题，"可我对你变本加厉地爱。顾雪沉，你能告诉我为什么吗？"

男人将手臂抬起，从背后搂住她，回答道："因为你爱我。"

许肆月抓起他的手狠狠地咬了一口，又捧起他的手来用脸贴着，小心地磨蹭。

他抱得更紧，在阳光和微风里，对她轻声说："月月，带我回家。"

看守所的大厅里人来人往，很多双眼睛善意地往这边看。许肆月恨不得马上转身与他来个面对面的拥抱，又怕人太多了，雪沉会不自在。

她好不容易忍住了冲动的情绪，把带来的大包打开，拿出大衣给顾雪沉穿上。以前这件大衣尺码刚刚好，现在他穿，腰间明显宽松了很多。她摸着他衣服下清瘦的身体，心仿佛被剜着，赶忙又找出围巾和帽子，仔细地给他戴好。

上次两个人见面时天气还暖和，现在已经很冷了。她跟他十指紧扣，仰起脸说："我们走。"

外面是一片小广场，几辆车停在广场外。乔御热泪盈眶，领着一行人整整齐齐地站在那儿等着，旁边是风格迥异的江家兄弟俩。江离笑眯眯地扶了扶平光镜。江宴要不是被他扯着，早就狂奔过来。

这会儿江宴见人出来了，强行挣开他哥就要往这边跑，然而一步还没迈出，悄悄藏在哪儿的记者忽然像打了鸡血似的冲出来。记者直奔顾雪沉和许肆月。刚刚结束的庭审话题实在太多，热度很高，记者们都争先恐后地想得到第一手消息。

许肆月立即往前迈了一步，想把顾雪沉挡在身后。她也瘦了很多，身体纤细，还要把自己变成一道屏障来保护他。

顾雪沉拽住许肆月，把她拉进微微敞开的大衣里。许肆月没有准备，一头撞上他的胸口，想说她可以应付。这段时间里她学会了怎么独立地解决问题。但那么熟悉的体温一瞬间把她包裹，她的鼻子酸了，力气在飞快地流失。她忍不住往他的怀里钻，管不了有多少人在拍，只管朝他的怀里挤。

顾雪沉揽着许肆月，手抚在她的头上，避免闪光灯晃到她的眼睛，面对老师小小的镜头，弯了弯唇，说："天晚了，我急着跟太太回家。"

他说话时连带着胸腔振动，许肆月的心脏也跟着咚咚响。她有些后悔了，无论谁在看，雪沉都会不避讳地跟她亲密。他想要她，渴望她，盼着她在人前热切地对他。所以，刚才在大厅里，她就应该直接抱他！

乔御那边发现突发状况，赶忙领着人跑上前，训练有素地把记者们隔开，遮挡镜头，体面地做着官方回答，绝对不占用顾总和太太宝贵的重聚时光。

人群被截住，许肆月的耳边渐渐清净下来，她蠢蠢欲动地想做一件事。

"雪沉，"她一本正经地问，"你累吗？有没有哪里疼？力气够不够？"

顾雪沉低头盯着她，眼睛的颜色很深，说："那要看干什么。"

许肆月一时也没觉得她的问题有什么歧义，掂量了一下自己的体重，觉得不算重，应该没问题，于是把顾雪沉往前推了一下，说："你先进车里，我马上就来。"

江宴正好得到机会，跑过来钩顾雪沉的肩膀，还把顾雪沉往前带了几步，说："沉哥你快让我抱抱，我要想死你……"

他的话没说完，背后响起许肆月清亮的嗓音："回头。"

顾雪沉毫不犹豫地拨开江宴，原地转过身。许肆月站在三米开外，张开手臂往前加速跑，轻盈地跳到顾雪沉的身上，像树袋熊一样依赖地挂在他的身上。顾雪沉一把接住她，把她牢牢地扣到臂弯里。

江宴近距离目睹这一切，觉得眼睛要瞎了，捂着脸做作地嗷嗷叫道："你们干什么？！"

许肆月急促地喘着，听到顾雪沉低声说："我不单能做这个。"

回到瑾园已经是傍晚，许肆月牵着顾雪沉的手，把他的手指按在门锁上，让他亲手打开自家的门。家里没有亮灯，光线很暗，机器人全部关闭，保姆阿姨不在，偌大的房子空旷而冷清。

开庭前，两个人都做好了最坏的打算，许肆月甚至没敢想过雪沉今天就能回家。她没事先准备，一切都是她每天独自生活的真实样子。

许肆月伸手去开灯，腰突然被箍住。她来不及发出声音，顾雪沉就压下来。

她的嘴唇有一点发抖，被他很轻柔地碰触。他正极有耐心地蚕食她的意志。手里的包掉在地上，她搂住顾雪沉的脖颈，踮着脚把自己往上送。她想投入，又忍不住想看他。亲一下他，她就睁开眼看看，确定眼前这个人是真实存在的，这不是她每个晚上的梦。

顾雪沉缓慢地与她的唇厮磨，让她渐渐顾不上别的事情。她任由他吮吻。他又忽然退开少许，在昏暗中呼吸很重。

许肆月委屈地拽他，说："怎么停了？你再亲一下，我快忘了接吻的感觉……"

最后一个字她没能说完。顾雪沉用手指扣上她的脸颊，宠溺地说："看来适应了。"

许肆月一怔，气息混乱，注视着他，心要蹦到嗓子眼儿了。湿润的唇再一次靠近，他似命令又似央求，说："张嘴。"

她下意识听话地张嘴，他的唇就激烈地覆上来。他吮着她柔软的舌尖，肆意深入。

彼此的外套被扯掉，贴身的纽扣被毫无章法地解开。许肆月的身上滚烫，她去拽他的腰带。只有喘息声和缠绵摩擦声的客厅里，却突兀地响起一道短促的咕噜声。

许肆月惊呆了，几秒钟后更用力地搂住顾雪沉，说："你就当没听见！"

但偏偏就是不争气，她平坦的小腹又连着传出几道咕噜声，好像很可怜。

许肆月要当场哭出来，庭审的时间太久了，从早上持续到下午。她中间哪里会有心思吃东西？她竟一直饿到现在。可这叫什么事啊？！衣服都脱掉一半了，他们接下来不是应该干柴烈火、翻云覆雨吗？！气氛正好，她这样算什么？！

许肆月担心老公会失落。顾雪沉却拢起她散乱的衣领，直接托起她走进厨房，把她摆到料理台上，随即掀开她的衣摆，俯下身亲了亲她白净柔软的小肚子，说："等着。"

许肆月的脸红到要爆炸，她转念想到连她都饿着，雪沉估计更饿。她忙滑下料理台去布置餐桌，在收纳柜里翻了半天，找出两瓶江宴以前送的果汁，小众的进口牌子。

雪沉的病情虽然稳定了，但他还不宜喝酒。

许肆月倒了两杯果汁，跑进厨房抱住顾雪沉。四道菜相继出锅，她端着盘子，顾雪沉拥着她，到椅子边时干脆把她拉到腿上。

灯光亮了，四个月没有认真地看过他，许肆月失了神，手抚上他的脸，想问的话太多，一下子又哽住。

顾雪沉夹了菜喂进她的口中。她就吻上去，把自己的菜分给他。于是他去端杯子，喝她倒好的果汁，把甜味蹭在她的唇上，不厌其烦地纠缠她。

许肆月舔了舔唇，莫名觉得有些异样，再抬头一看，顾雪沉已经喝下小半杯果汁，心里一紧，赶忙抢过来尝了一口。果汁很甜，味道不错，问题是怎么有股淡淡的酒气？！

许肆月不放心，拿过手机对着果汁瓶子拍了个照，在网上搜索，一看就慌了。什么果汁？！这根本就是套着果汁外皮的果酒，酒精含量居然不低。网友一连串地回复，说这是酒吧里专门骗小姑娘的神器。

许肆月感觉到耳边的气息不太对，转头就撞上顾雪沉黑色的眼睛，他的眼睛已经隐隐泛上了红色。她把江宴骂了八百遍，急忙给江离打电话，问："雪沉不小心喝了酒，有没有问题？！需要去医院吗？！"

"不用，"江离镇定地说，"他喝点酒没关系。只不过受之前病情的影响，现在的酒量很差，上次的寿宴你应该还有印象。"

许肆月把手机扔到一边，脉搏跳动得快了起来。上次，寿宴过后，喝醉的雪沉对她表白。那时的他是她只见过一次的绝世“小甜甜”，这次……

她身后的顾雪沉气息炙热，重重地压过来，贴在她的耳边说：“老婆，我难受，你管管我。”

紧贴的皮肤、炙热的呼吸、双臂若有若无的禁锢，让许肆月完全没有挣扎的余地，之前被压下的火苗重新被点燃，烧出更燎原的趋势。

许肆月扭头看过去，顾雪沉乌黑的睫毛有点湿了。他近距离地逼视她，浅淡的唇上多了些血色，又问：“我没骗你，你管不管我？”

他拧起眉心，露出一丝隐忍之色。这副神色在谪仙似的人的脸上显得尤为诱人。

许肆月干涩的喉咙咽了咽口水。她正想说话，顾雪沉就攥住她的手朝自己最难受的地方压过去。他墨色的眼睛里泛着光，眼尾的泪痣似水珠一样要滴下来。他直直地望着她，说：“老婆不信，摸摸。”

他还让不让人活？

许肆月：是可忍，孰不可忍？

许肆月不甘示弱，翻身骑在他的腿上，捧住他的脸就要反客为主。顾雪沉却突然停住，像是想起什么极其要紧的事，一把揽住她的腰，说：“不行，我老婆饿了，还没吃饭。”

他的指尖都泛了红。他拾起筷子，很稳地夹起菜放到许肆月的嘴边，固执地喂她。

许肆月欲哭无泪。她现在只想吃他，饭可以先放放！然而他格外坚持。她只好接过菜来，自己吃一点再喂他一点。他感到满足，清俊的眉眼舒展开，又自顾自地端起那杯果汁来。

这不行……但许肆月想去夺的时候已经来不及了，顾雪沉竟然把剩下的大半杯一饮而尽。

许肆月的神经当时就绷成了一条线，她想：才喝了小半杯，雪沉就醉成这样了，满口虎狼之词，全喝下去得什么样？！她很紧张，不知道雪沉会对她……

顾雪沉安静了几秒，冷白的脸颊上泛起一层薄薄的红。他略显失焦地盯了她一会儿，低声说：“洗澡，我要洗澡，不洗不能……碰月月。”

许肆月将憋着的一口气吐出来，哭笑不得。他怎么醉得越深越可爱？

顾雪沉急切地站起来，一时找不到方向。许肆月见他的额角沁出汗来，赶紧拥着他去一楼的浴室。他特别温顺地开始脱衣服，把花洒水流开到最大。

热气氤氲，模糊了许肆月的视野。她心跳剧烈地想去帮他时，他快速地把自己洗完了，披着松散的浴袍，湿淋淋地走去客厅，翻开带回来的包，从里面掏出一个……毛绒熊？！

许肆月跟着他，惊呆了，再仔细地辨认，意外地发现那个毛绒熊竟然是……她上个月给他送去的某件特殊的毛衣。它特殊是因为毛衣的内侧被她绣了字："这件我穿过。"

她在家里想他想得太狠时就穿他的衣服，将衣服送过去也是希望能缓解他的思念，没想到顾雪沉居然把它卷成了一只丑兮兮的毛绒熊。他动作熟练地搂紧毛绒熊，把它当成宝贝。

顾雪沉抱着熊，又看看她，眼睛被水汽蒸得湿漉漉的，轻唤了一声："月月。"

许肆月猛地反应过来，心口发紧，把他推到沙发上，握着他的手臂，问："这只熊……是月月？"

顾雪沉点头，浓烈的酒气让他格外听话，短短的黑发带着水珠垂下来。他老老实实地说："见不到月月的时候，我就抱它，它有……香味。"

许肆月意识到，酒让他回到了那四个月的世界里。那么多的问题随之涌上来，全都在唇齿之间，当初撕心裂肺的痛依然清楚，时隔这么多天她都不能淡忘。

她嗓子也哑了，问他："出事那天晚上，你怎么能给月月写那种信呢？你让她重新考虑，就不怕她真走了吗？！"

顾雪沉低下头，喝了酒就乖到不行。许肆月忍不住趁机欺负他，狠狠地问："她冷静之后要是真决定走呢？"

隔了好半天，顾雪沉说："我签离婚协议，财产全给她。"

这句回答让许肆月一怔。她深吸了几口气稳住情绪，尽量不和他生气，心平气和地追问："离婚之后，你自己打算怎么办？"

顾雪沉捧着那只奇形怪状的熊，声音像从寒渊中捞出一样冷，说："我的命是月月抢回来的，我尽力活。如果实在活不了，我也不能死在看守所或是监狱里，给别人添麻烦。月月听说了，也会自责……"

他说得很慢，甚至还带着一点干净的笑："我要死在……没有人知道的地方，就能让月月以为我过得很好，不用为我难过。"

如果他从山顶坠下，也会被发现尸体。他掉进海里，或许才能无声无息地消失。

月月说过她喜欢海，要跟他去海边度蜜月，那海水就是他的归宿。说不定灵魂漂浮在那儿，他就会在某一天远远地看见她。

许肆月无法形容这一瞬间的心情。她攥起拳头，牙齿咬着冷静了一会儿，才惩罚般地问他："顾雪沉，你真的愿意吗？"

顾雪沉不再说话了，抬起眼帘定定地盯着她，看了许久，泪毫无预兆地滚落下来。他开始摇头，说："不愿意，我害怕月月答应，每天都不敢睡。我后悔了，想把信抢回来撕碎。我……"

许肆月不舍得再欺负他，心疼地靠到他的怀里，轻柔地抹他的眼泪，说："都过去了。那现在呢？你还怕吗？"

顾雪沉愣了，拥抱的触感真实，意识也被拉回到现实，嘴角渐渐露出笑意，猩红的眼底也露出纯粹的光，说："不怕。月月不冲动，不是可怜我。她见过我所有的缺陷。因为我是一个……她认可的人，她才那么爱我。"

他骄傲地说："我不像别人说的那么糟。我很好。月月看上我这个人，心甘情愿地跟我过一生。"

许肆月笑着流了泪。她心爱的人终于放下一切沉重的包袱，看到了只属于他的天光。

顾雪沉的手指发烫，他轻轻地掐着她的脸，醉意让他的眼神蒙眬，湿漉漉的长睫一直在颤。他非常认真地说："况且月月喜欢好看的人。我……我好看，在里面每天把自己打理得很干净，用脸……也要勾着你。"

"没有瘦很多，"他严肃地强调，唇微微绷着，"你自己看。"

他果断地扯开浴袍，因为酒精而呈现淡红色的胸膛和腰腹暴露在灯光下，肌肉紧实流畅，寸寸肌肉充满了让许肆月血液升温的力量感。他把什么都想起来了，不满地说："你还没摸摸我。"

他唇张开些，气息灼人，又声音沙哑地说："你还没管我。"

许肆月的脑子乱了，眼前开始冒烟花，她被他直白的话烘得快要流鼻血了。本就散乱的衣物彻底脱离身体，她起初坐在他的腿上，很快就挤进沙发里。

“老婆，你还担心我没有力气。”

许肆月的眼角流出生理性的泪水，绝世“小甜甜”变身太快了！她还没哄他多表白几句，他就从温顺的小羊羔转眼变成进犯的凶兽了。

她抑制不住地叫出声音，然后抿唇极力忍着，意识迷离地把他的手臂抓出红痕，说：“你喝醉了最诚实，我都没来得及听你表白几句……”

汗润湿了鬓发，许肆月的膝弯被扣住抬高，她听到他压在她的耳畔，声音低沉地喃喃地道：“顾雪沉有的东西都给你了，不知道还能用什么来爱你。”

她止不住地抖，狂跳的心仿佛被烫化，根本控制不了自己的音调。

“碰不到你的时候想你，碰到了你还是想你，只要我活着，就在想你。”

她逐渐承受不了，理智被他的动作和话语狠狠地敲碎。

“我在梦里抱你、亲你，醒过来之前，把你变小了放到手里藏着，怕弄丢你。我一直攥着手，怕你疼，就在我的身上挖出血肉，把你放进去……”

许肆月要疯了，在他的话里已经分不清想象和现实。她摇晃着被抱起来，随着他的脚步颠簸到失声。后来她昏昏沉沉的，不知道什么时候在他的臂弯里睡过去了，重新睁开眼睛的时候，厚重的窗帘中间有一丝丝明亮的光，天早就亮了。

她的长发散满枕头，身上被洗过，很清爽，一只手臂箍着她的腰。他把她固定在怀中。

许肆月整个人都觉得轻飘飘的，像掉在云层里，昨晚的场景自动闪回，她的耳朵通红，一脑袋少儿不宜的画面。她慢慢地扭头，把脸埋进枕头里，怕自己过于幸福安心的笑被他看到，怪不好意思的。紧接着她的脸颊就被捏了捏，有人在她的身后想把她转过来。

许肆月揪着枕头的一角，浑身小幅度地颤抖。

顾雪沉手上用了力，把她往回一揽，她弯弯的眼睛就隐藏不住了。她笑得更放肆。这一动，她才觉得有些不寻常，把左脚伸出被子，雪白纤细的脚踝上多了一个浅金色的环，接口处被精致的链子连接，链子上坠着小巧的铃铛和珠翠，还有一个刻字的金属牌。她一动，铃铛就很轻地发出响声，像被禁锢，也像被守护。

许肆月晃了晃，在清脆的铃铛声里，望着顾雪沉。

顾雪沉低声说："金属牌上刻着我的名字，你还没回国的时候我就做好了，幻想着能给你戴上。"

他说这句话时，眼睛又深又亮，毫不掩饰自己的爱意和掌控欲。

许肆月笑着捂眼，说："'大魔王'这是要把我拴起来吗？"

他很温柔地问："不喜欢？"

"不只喜欢，"许肆月环上他的后颈，愁苦又慧黠地问，"太爱了，怎么办？"

许肆月想早起是不可能的，两个人荒唐了一上午，下床的时候已经是午后。腿还酸，她揉了揉发软的腰。顾雪沉用小毯子裹着她，将她放到窗边的那张软榻上。

"再睡会儿，"他俯下身亲吻她的额头，流连着不愿离开，"我在书房里开个很短的视频会议，等结束我们吃午饭。"

窗外阳光极好，透过玻璃洒在许肆月的身上。她舒服地眯着眼，推老公，让他快去忙正事。

他能跟她缠绵到中午已经很不容易。他回来了，深蓝科技也等到了它的"大魔王"，一切工作都该走上正轨，一群人在翘首企盼。

许肆月怎么也睡不着了，只要想到顾雪沉好好地留在她的身边，心就雀跃得没法平静。她环视家里，觉得是时候在老公的面前表现一下了。她的进步超大。

许肆月顺手套上一件顾雪沉的上衣，下楼去厨房准备午饭。这段时间保姆阿姨不在，她的厨艺精进了许多。雪沉那些年熬着自己，胃一直不算好，该吃些清淡的食物。她把适宜的菜谱都背下来了，一样一样地练习。

她边处理食材，边点开微信想感谢一下大家的关心，一看才知道，列表里堆积了一长列的消息——各种恭喜和吃柠檬的消息。她觉得有点迷惑。他们恭喜她是对的，吃柠檬是为何？

刚好一条新消息跳出来，是韩桃发过来一个链接。许肆月点进去，看到某知名博主发布的短视频，是昨天小广场上他们被记者围着的画面，只是没想到她跳进雪沉怀里的画面也被拍到了。镜头虽然离他们远，但清楚地记录了夫妻俩恩爱的全过程。

这条短视频转发近十万，网友们激动地评论，点赞数高的几条评论赫然排在前头。

“我堂堂一个追星女孩，为什么放着好看的哥哥不管，昨天盯庭审，今天刷雪月拥抱的视频，还看得一脸欣慰的妈妈笑？！”

“本来顾总出事的时候，我就担心许肆月这花心女会翻脸不认人提离婚，还想象了一堆虐恋戏，结果她竟然意外地坚守顾雪沉？！”

“顾总出来以后不太一样了，庭审现场也是，以前清冷隐忍，现在身世全被人写出来了，他好像外向了很多，气质更招人了，呜呜呜。你们看着吧，许肆月招架不住的，花心女已成往事。这回她真栽到他的身上了。”

“我不得不承认，许肆月的命是真好，她有这种男人为她不顾一切。其实，她也就只有美貌了，才华也就是昙花一现，之前上节目红了一小段时间，最近没动静了，明显后续无力，当时就是买热搜了。”

“本来就是啊，她是大小姐出身，现在又成了顾太太，光享受就够了，还要什么能力？”

许肆月不在意地失笑，不管是雪沉住院昏睡其间，还是煎熬的这四个月里，她从没有放弃设计和画图。这不光是她的事业，也是一种寄托。仅帽子，她的手里就攒了十几版成熟的设计稿，更不用说衣饰和她最擅长的箱包了，男款的是她想给他的，女款的是她想自己穿戴在身上，在灯光下转着圈儿给他看的。

那些澎湃的情感和分秒累积、沉淀下来的时光，成为她的设计图最重要的灵感，比起从前，这些情感有了实打实的灵魂。

韩桃激动地发过来四五条语音。

“肆月，你跟顾总太好了，让我从昨天到现在老想哭。我本来要跟你说恭喜，结果看见这些评论要气死了。”

“最近的新图虽然你只给我看了几张，但每一个产品都是能挑战市场的爆红产品，比上次的‘雪月’系列还好，如果被拿到节目上就是立马涨价到货都无法订到。网友凭什么这么说你？！”

“你就是露面太少了，之前的两个多月陪顾总住院，后来的四个月又出了事，一直安安静静的，如果中间上两期节目，保证能让这些人闭嘴。”

许肆月又看了几眼评论里的赞同声，回复道：“因为有这半年，才有现在的我。”

韩桃打来语音电话，叹了一口气，说：“肆月，林鹿的事我总觉得对不起你。但我更舍不得让现在的你被质疑。《裁剪人生》停录过，陷入危机过，但热度一直不减。前面几期录制你都推掉了，目前还剩下最后一期收尾，你来好吗？”

许肆月低头认真地切食材，想到刚跟雪沉团聚，本能地打算拒绝，手中的菜刀却突然被人抢下，温暖坚硬的胸膛从身后紧紧地贴上来。他把她拥住，同时也替她回答：“她会去。”

“顾总？！”韩桃在电话里的声音都走了调，“你金口玉言，说话算数！那我去筹备了！”

韩桃生怕许肆月不同意，连忙挂了电话。听见电话被挂断的声音，许肆月转过身，一双桃花眼瞪着顾雪沉，问：“你真让我去？我可能会离你很远，在哪个信号差的山沟沟里。你不想我吗？”

顾雪沉双手撑在料理台上，身体微微地压着许肆月，让她无处可去，她只能紧紧地贴着他。她只穿了一件男款的大号上衣，细长的两条腿露在外面。他垂眸看她，看得许肆月呼吸加速，她红着脸倚在他的身上。两个人的心跳频率相同。

“想，”他说，“所以陪你去。”

许肆月吃惊地问：“你陪我？！你有空吗？公司不是有那么多事等着你？”

顾雪沉捏捏她秀气的下巴，说：“我能处理好，公司在等我，月月也在等我。”

许肆月的心底一烫，他知道的，爱在不知不觉间相互纠缠。不只是他需要她，她也一样，每时每刻都希望他在自己目之所及的地方。

顾雪沉低声说：“以后我不会再让你一个人，你成熟独立的时间结束了。你不需要做饭、懂事、辛苦地奔忙，只画想画的图，做喜欢的事，像你最轻松幸福的那时候一样自由，买任何漂亮的东西。你爱着我，被我照顾，就足够了。”

许肆月的胸口仿佛被填满了蜜，她仰头看他，说：“现在有你，我才最幸福。”

顾雪沉笑了，像霜雪消融一般，说：“其实还可以更幸福一点。”

许肆月迟疑地看着他。他伸出手，掀开了料理台上的一个不透明罩，她不禁睁大眼睛。

罩子里是她最爱的几道川菜食材，已经全都被切好，他还备好了调料，只等着食材下锅。红通通的辣椒跟她要做的清淡养胃菜产生鲜明对比。

“你爱吃辣，我想给你做川菜。”

“你的胃不好，我想给你做点滋养的菜。”

两个人几乎同时开口。

许肆月笑倒在顾雪沉的胸前，光溜溜的细长的双腿也不自觉地蹭到他的腿上。隔了片刻，男人的声音压下来，闯入她的耳中：“最滋养的，是吃老婆。”

一周后，深蓝科技全部进入正轨，顾雪沉顺利地拿下几个巨额订单，陪伴机器人二代也正式进入技术研发的关键阶段。他摘下护目镜走出实验场，直接跟老婆上飞机去录节目。

许肆月瞧着旁边温文尔雅的人，满脑袋都是甜蜜刺激的小段子，瞬间灵感爆棚，起飞后趁着老公处理公务，美滋滋地掏出手绘板，勾画顾雪沉的轮廓。一动笔就没了时间概念，她连着画了好几幅恶搞小条漫，对着板子窃笑。

漫画版的“大魔王”扯开领带，露出性感的锁骨，轻掐着很像她的女主角，将女主角按到墙上，巨长、巨漂亮的睫毛垂下来，说的台词是：“撩我？你敢承担后果吗？”

许肆月的小心脏跳得有点不稳，她怀疑自己太入迷了，竟然想象出真人配音版。然而一两秒后，她猛然意识到问题，赶忙扭头，看到顾雪沉一边垂眸看着她的画，一边复述台词。他微抬眼，郑重地问：“你喜欢我这样吗？我可以。”

他放下电脑，整理了一下束紧的领口，把滑动的喉结解放出来，不疾不徐地压向她，眉宇间凝着一丝清冷的野性，说：“许肆月，你撩了我，就必须承担后果。”

许肆月的耳根一片红，完蛋了。她的沉沉现在特别放得开，彻底学坏了。

两个人到达《裁剪人生》最后一期的录制现场。韩桃来接人时，神色异于以往，很亢奋。

她悄悄地拽住许肆月，说："肆月，有一个特别好的消息，节目组这边一直在沟通各大奢牌的品牌商，想做联动活动，今早得到了肯定的回答。两个超一线品牌和我们达成合作，邀请参加节目的六位设计师去品牌内部学习。"

韩桃挽着她的手臂，说："这么好的机会你不要错过，不只是学习，身价也会完全不一样。如果不是出意外，你的品牌早就立起来了，不过现在也不晚。你学习回来后，就是镀过金的设计师。我们《裁剪人生》第二季也准备开录，到时候原班人马，你可不能被他们比下去。"

许肆月问："多久？"

"大概半年，"韩桃说，"时间不长。"

许肆月没说话，轻快地跑回顾雪沉的身边，跟他十指紧扣。

节目组的团队还是以前的那些人，大家早都混熟了，却是第一次这么近距离地面对顾雪沉。女生们个个面红耳赤，即便知道这位是全国著名的有妇之夫，也抵不住他的颜值暴击。她们边朝许肆月拱手抱歉，边盯着顾雪沉。

顾雪沉的脸上没什么表情，眉目微垂，他把许肆月的腰搂住。他一个字未说，现场都噤了声。无人敢在他的面前造次，大家纷纷对许肆月投去疯狂艳羡的目光。

许肆月装得凶巴巴的，说："再乱看我老公，一个一个我打断你们的腿。"

进入拍摄的工作间后，许肆月才发现她的台案上有一个专属的防滑垫，防滑垫旁立着个小牌子，上面写着："阿十专用。"

许肆月不禁笑出声来，上次小阿十出场保护她，大家都印象深刻，以为她还会随身携带。

她说："她们只见过我的小号阿十，下回把大号阿十也带来炫耀一下。"

顾雪沉伸手把她抱住，交缠的温热气息中，一字一字完美地模拟着低沉而富有磁性的成年电子音："主人，今天是超大号阿十为你贴身服务。他的嫉妒心很强，如果你再提别人，它们会全部被拉出去销毁。"

许肆月当初只录了第一期节目，后续的节目没有参与，所以即便她的话题度再高，节目组也只能换其他的设计师替补。现在最后一期节目她回来参与录制，是以特别返场设计师的身份。

韩桃给她选了一位当红的女星当飞行嘉宾，没料到女星拍戏坠马受伤住了院，行程不得不临时取消。韩桃急得满地打转，到处联络有档期的一线艺人，最后按照许肆月的设计风格，想定下某位男星。

许肆月除了一些日常系的设计，整体的风格偏向华丽古典，对模特要求也高，气场撑不起来的小男生、小女生穿上她设计的衣服反而会暴露不足之处。

"是男星？"许肆月从韩桃的嘴里得到消息，随即问出口，把目光投向身旁那个与她形影不离的人。

顾雪沉敛着眸光，倒没有立刻反驳什么。但许肆月有点犯愁，在节目里当设计师，免不了跟模特有身体接触，就算再注意，与模特近距离相处总是免不了的，难道就让她这位心眼儿只有针眼儿大的老公眼睁睁地看着吗？！况且这位男星的热度高，到时候搞不好两个人还会被营销号"拉郎配"。

"大魔王"连大小阿十都要销毁，来个真人他还不气炸了？

顾雪沉略抬了一下手，示意韩桃稍等。韩桃知趣地躲到一旁，紧张地等待结果。

许肆月左右为难，来上节目不能太不配合，但雪沉在场她必须考虑他的感受。她稍稍思索，想着干脆不录了。这一期节目也不是缺她不行，她再用别的方式重出江湖好了。

顾雪沉看着她，说："继续录。"

许肆月当时就稳不住了，掰着手指头，顺便再添油加醋一点，说："节目要爆点，有些场面肯定会有。设计师要给模特量尺寸，环肩、搂腰，更过分的，还有亲手丈量胸口等，试款式的时候也要亲力亲为地替人家换衣服……"

顾雪沉的神色冷静，他点了一下头，说："最好是这样。"

许肆月满脑袋问号，就听到他说："我都愿意。"

几分钟不到的家庭会议由顾雪沉单方面宣布结束。他径直去找韩桃，问她："你们不用找男星，这一期节目我当许肆月的模特。你们方便吗？"

韩桃起初以为自己听错了，然后大喜，双眼闪闪发光，仿佛提前看到了破纪录的点击率和节目组年度性的胜利。

她上哪儿去找顾雪沉这样的模特？他没有娱乐圈男星的浮夸感，超然的气质是从骨头里透出来的，还有被时光和坎坷的经历淬炼出的高级感，随便一个动作或眼神就能赚足眼球。而且别人穿戴许肆月的设计很容易被衣饰压住，但换成顾雪沉，就是衣饰对他俯首称臣了。

许肆月缓了几口气才按捺住激动的心情，难以相信地问："雪沉，你说真的？"

"有一个条件，"他回眸看她，淡色的唇弯起，"你刚才说的那些事一件也不能少。"

许肆月了解顾雪沉。他不爱热闹，不喜欢暴露在镜头之下。如果不是因为她，他不可能接受被一群人拍摄，再被放到面向公众的节目里。虽然他想独自占有她，但更想让她证明自己，想让她回到这个平台上，让她把设计拿出来，堵上那些质疑她的人的嘴。

许肆月加快脚步，扑到顾雪沉的背上，钩着他的脖颈，甜声说："顾先生，很遗憾地通知你，你要上的不再是设计节目了，而是我给你量身打造的恋爱节目。"

拍摄将持续三天，许肆月自己忙不过来。程熙作为左膀右臂，在开拍当天的下午就赶到了，而且顾雪沉早就给老婆打点好的工作室团队也安全抵达，需要的材料应有尽有。

许肆月摸着各种稀有的料子，想起某段往事，不自觉地往入口的方向看了一眼，还真捕捉到一道躲躲闪闪的影子。她不太愿意承认自己心软了，捏了捏眉骨，让助理把那个偷看的小鬼抓过来。

没过几分钟，许樱背着上次的大包，眼巴巴地站到她的跟前，局促地解释："姐，我知道姐夫什么都给你准备好了，你用不上我。我没想打扰你们，看看就走……"

许樱往后退，许肆月顿了顿。许丞就剩一口气了，靠药物吊着命。许樱的妈妈见无利可图，几个月前就销声匿迹了，把女儿也撇下，走前对许樱说："养你这么大你还想怎么样？什么也没给我挣来，就是个赔钱货。"

许肆月上前一步，朝她伸出手，说："我在筹备自主品牌了，需要一个靠谱的家里人负责皮料供应。许'嘤嘤'，你愿意加入吗？"

许樱愣了一会儿，眼泪噼里啪啦地掉下来，捂着嘴说不出话，拼命地点头，笑得很傻。

然后拍摄开始。许肆月在拍摄现场给她风华绝代的老公从头到脚仔细地量尺寸，顺便拥抱、亲脸、偷偷地和他接吻。三天的拍摄结束了，韩桃迫不及待地挑出几个刺激的画面，快速地剪辑出预告片。预告片放出后，意料之中地引爆热度，被发布十分钟，截图满天飞。

"这是什么浓情蜜意的婚恋节目？！难道我打开的方式有问题吗？！"

"这一对神仙眷侣的颜值我哭了，啊啊啊！许肆月可以的，把撒手锏拿出来给大家看，让人都舍不得挑她的毛病！"

"为什么顾总会和许肆月的设计这么搭？！以前我还很嫌弃她，现在只想让她快点开门店，我要去买东西！他拿女包都有种为老婆效劳的绝世温柔感！我的天！顾雪沉用过的东西我都要！"

"没骨气的人可真多。她这明显是实力不够，拿老公来凑了。"

"据说许肆月还要上节目第二季。到时候她总不能再拉老公出来吧？等着她露底儿，自取其辱。"

许肆月根本没在意别人的言论，一心想跟老公快点回家。临行前，韩桃又拽住她小声叮嘱："去品牌深造的事你尽快决定，我这两天要着手安排了，最近就要出发。半年后《裁剪人生》第二季开录，我们到时候会采取比赛的模式，要决胜负，淘汰设计师。这对你的事业非常有帮助，你不能输。"

一句"我不打算去"已经到了嘴边，许肆月就被顾雪沉搂住了。他扣得很紧。

返程的车上，顾雪沉紧紧地攥着她的手，来回地摩挲她的手，说："你工作的时候很开心。"

她觉得充实、满足，整个人发着光，眼睛明亮到烫人。

许肆月张口想说"我不去"，但撞上顾雪沉深沉的目光，那些话又没说出来。

他希望她去品牌方。

许肆月忍不住有一点生气。她喜欢设计，喜欢工作，但那些顾雪沉在她脸上看到的喜悦神色，都是因为她有他。有顾雪沉和没有顾雪沉，对她而言是不同的。

她如果出去半年，雪沉那么忙，怎么可能时时陪着她？但两个人分离的时间已经太多了，她一分钟也不想浪费。看来顾小同志亟须加强思想改造，他应该让她留下的。

许肆月故意没解释，清清嗓子激他反悔，问道："你真打算让我去吗？你不后悔吗？"

顾雪沉没回答，俯身把她抱住。

往后几天，许肆月专门表现出一副听从了他的意见、下定决心要去的样子，想方设法地让顾雪沉主动改变主意，最后都被不留情面地拖到床上，累到昏睡。白天她又很难见到他的面，他几乎时时刻刻辗转于公司和生意场之间。

韩桃定下的出发日期很快到了，顾雪沉主动拖起许肆月的行李箱送她去机场。

许肆月觉得又酸又气，去机场的路上一直不和他说话，明知他的目光一直凝在她的脸上，也忍着不理他，拿出顾太太该有的小脾气来。

换完登机牌，许肆月见顾雪沉居然还没有后悔的意思，就在他的脸上敷衍地亲了一下，转身就去安检。哼，他这么坚持，那她也做全套戏！

慢吞吞地过完了安检，许肆月假装决绝地头都不回，抬头挺胸地走出顾雪沉的视野，然后立马停下来，小心翼翼地扒在转角的广告牌边，露出一只眼睛往外面看。这个方向她刚好能瞥到外面，人群熙攘，顾雪沉却没办法看见她。

许肆月朝他的方向张望了一眼，人就僵住了，耳边那么多吵闹的杂声都在这一刻消失。她和他相隔的距离很远，数不清的人影在来回地晃动，人影在许肆月的眼里成为黑白色。

原来顾雪沉还站在两个人分别时的位置上，一下也没有动过，眼睛直直地望着安检口，犹如一尊沉默的雕塑。他不是第一次这样做了。她去英国时，他被人骗来机场。他以为她会回来，也这样从早到晚地站着，怀揣着一丝微弱的希望，孤独地立在人群里，不言不语地等一个刺伤他的人回来。

许肆月仿佛穿过几年的时光，亲眼看到了那时的顾雪沉。她后悔了，不闹了，这就回去。她从来不是真的要走。

过了安检口再想出去，要走单独的通道，距离远不说，还得经过几道手续。许肆月紧赶慢赶，绕了一大圈，到达顾雪沉刚才所站的位置时已经是二十分钟后了，他却已经不在那里了。

许肆月环视四周，熙熙攘攘的人群里并没有他。她给顾雪沉拨电话的前一秒，他先一步打了进来，两人几乎同时问出“你在哪儿”。

许肆月的心跳速度突然加快，听筒里除了顾雪沉的声音外，竟然还传出几声空姐常用的提示语。她这儿，机场的广播在播报航班时间，也向他清楚地表明了她的位置。千回百转的心思在一瞬间通透，她鼻尖一下子泛红，问道：“你上飞机了？！你要跟我一起去是不是？！”

顾雪沉也一下子反应过来，问：“你出去了？！去找我了吗？”

她进安检时本来就不早了，又耽误了许久，起飞时间逼近，舱门已经关闭。而他等了一杯她爱喝的咖啡，赶着最后的时间登上飞机，想给她惊喜，却没有在座位上看到小月亮。

空姐在轻声地提醒乘客关机，一切都来不及解释了。她不能再上飞机，他也不能在这个时候下飞机。

许肆月抢着说：“雪沉，我这就给你买机票！你出差的必需品都是放在一起的，去外国的证件你带了吧？中间转机时你更改行程，马上飞去札幌……”

“我带你，”眼眶发酸，她哽咽着说，“去看冬天的雪海，我们度蜜月。”

人潮汹涌，她一边掉眼泪一边弯着嘴角，说：“我们在雪天见面。”

许肆月重新买了两张机票，拿着自己的那一张机票，飞往北海道。

她知道雪沉会比她晚到。她不着急，就坐在目的地的机场大厅里，静静地看落地玻璃窗外飘散的雪。中途，她接到了顾雪沉的语音电话，背景音里各种语言混杂，他字正腔圆的中文就那么准地戳中了她的心脏。

“我在转机，半小时后去找你。”

“肆月，我最近每天在忙，是为了能陪你一起去。直到今天出发前，我才敢确定我可以追上你的飞机。我空出了后面的半个月，无论你去哪儿我都跟着。以后你忙什么都好，在哪儿都好，中间的路我来往返。我想让你知道，我不是过去那个能放你离开的顾雪沉。”

你去追求梦想，我来追随你。

许肆月的睫毛潮湿了，她很慢地说：“我不走，不是一定要出去镀金才能做出好的设计。我不怕半年后上节目。我不会输。我也想让你知道，即使你推我去，我还是会转回来。我也不是过去那个……能放任你独自孤苦的许肆月。”

顾雪沉飞来札幌的时间还很长，许肆月的唇角含着笑，她不厌其烦地等着。他绝望地等了她那么久，而她此刻在这里等他，只有满心的甜蜜。

傍晚时，许肆月站起身，远远地看到属于她的那个男人穿过人海走向她。她牵着他的手走出机场，细雪漫天。

许肆月开心地扬着声调，说：“听外婆说雪最干净，可以用来泡茶酿酒，我还没尝过呢！”

路灯下，顾雪沉给她扣上帽子，毛茸茸的帽檐遮住她璀璨的眼睛。

他仰起头，无瑕的雪落下，覆上他淡色的唇。他把许肆月拉近，低下头，轻轻地吻她。等那些雪融化，他低声问：“雪的味道，月月尝到了吗？”

明城的冬天不易下雪，许肆月等了很久，也没等到今年的第一场雪。她暗中找了很多以雪景著称的地方，想在这个冬天和雪沉去，选来选去，北海道不但离得近，这里还有答应过他要一起看的海。

顾雪沉不喜欢自己的名字，“雪”这个字于他，污秽血腥，是他从来没有被期待和爱过的童年。她想用他与她亲密无间的美好回忆来取代他那些不好的回忆。

许肆月仰头回吻他，轻声说：“我尝到了，不只是下雪的雪，还有雪沉的雪，你呢？”

顾雪沉的笑声里有一点鼻音，他说：“甜。”

第十八章　赐我一生

许肆月早早地做足了攻略，对北海道好吃的东西、好玩的地方如数家珍。她在机场里等老公的时候就订好了温泉酒店，一路上牵着他吃吃喝喝，惬意极了。

到了晚上，两个人入住酒店。泡完温泉，许肆月觉得喉咙有点痒，有感冒的征兆。她没空关注自己是否感冒，小心思活泛得不行，趁着顾雪沉换衣服，特意裹上黑色的浴巾，微卷的长发散下来，衬得她骨架纤细，全身皮肤白得泛光，脸颊被蒸得红红的。连她自己都觉得妩媚。

她没穿鞋，悄悄地踩着地板，轻手轻脚地走到顾雪沉的身后，抬起腿，用瓷白的脚尖慢悠悠地蹭他。她蹭了一下他，他没反应。她又将腿抬高了一点，从他的脚踝蹭到膝弯，他竟然还不为所动。

许肆月不信邪，半倚着墙，快碰到他的腰时，他解着领口的手忽然停下，把她光溜溜的脚一把握住。

热度顺着微凉的皮肤飞快地传到身体里，小月亮的心一乱，她计划好的一套撩拨手段根本来不及施展出来，就被顾雪沉直接抱起。他说："不穿鞋，浴巾还这么薄，不怕病得更重？"

许肆月真忘了，一脸茫然地说："我没生病……"

刚说完，她捂住嘴，连着咳嗽了几声。

顾雪沉搂着她坐到榻上，单手掀开桌案上的杯子盖。许肆月看见里面装的不是水，是不知道什么时候冲好的药。他端起来自己喝了一小口，试过温度和味道才送到她的嘴边，温柔地哄她："这边太冷，你的身体不适应。听话，把药喝了。"

许肆月本来完全没有难受的感觉，结果现在往顾雪沉的怀里一窝，立马觉得身娇体软到要昏过去。完了，作为一个病号，她只想胡闹，只想撒娇。

她病恹恹地往顾雪沉的胸口上贴了贴，身子蜷成一小团，拿出可怜样儿讨他心疼，柔弱地念叨："我喝不下……"

顾雪沉的手臂圈得很牢，他依然不满足，把她抱得更紧些。

许肆月端着十足虚弱的小腔调，撒着娇说："老公亲我一下，我就考虑……"

后面的不用说了，顾雪沉已经喝了药，压在她的唇上，慢慢地用嘴喂给她。

许肆月本能地闭上眼。直到把整杯药喝完，她还意犹未尽地去咬他的嘴角，但被顾雪沉无情地摁住。他命令道："睡觉。"

等等……她病了，代表今晚就不能做成年人该做的事了？！说好的蜜月第一夜要这么纯洁地度过？！

"不好吧，"许肆月不想老公有遗憾，一扫病容，努力地跟他争取，"真的要盖着棉被纯睡觉吗？这么浪漫的温泉酒店，是不是有点浪费了？"

顾雪沉熄了灯，把她抓到被子里裹住，一下下地轻拍她的背。

黑暗中，许肆月听见他说："你今天晚上别招惹我，乖乖地当个小朋友，实在睡不着……我给你讲故事。"

他的童年过得实在不好，没人哄过他，更别提什么入睡前的童话故事。十一岁的时候他有了月月。为了逗她高兴，他偷偷地背了很多故事，在夏天的月夜里趴在屋顶上给她讲。过去这么多年，肆月早就不记得了。他再讲一遍那些故事，她应该也不会烦。

空气里浮着一股淡香，顾雪沉的声音像混着细微的电流，撩拨着她的耳朵，他说："森林里……有一只雪白的小兔子，从来没出过自己的窝，被其他动物嘲笑没见过世面，只会吃草……"

许肆月聚精会神地听着，没一会儿就感觉到有什么不对的地方。这主人公，还有这故事，她怎么莫名觉得熟悉？！

顾雪沉顿了一下，继续讲："它不服气，冲过去反驳其他的动物，这才知道作为一只兔子，应该去寻找属于它的白萝卜。"

许肆月差点一口气没上来，拼命地咳嗽，泪眼蒙眬地猛捶枕头。搞了半天，她印象里的白萝卜竟然是出自这儿?！

顾雪沉起身开灯，把她揽过来喂水，喂完了水，仍不见她好，拧眉追问她怎么了。

许肆月揪着被子，脸色潮红地抬起头，说："别问！问就是——童话里都是骗人的。"

许肆月实在没好意思把她想象出的兔子萝卜大战三百回合的故事讲出来，想想自己如今这副可怜样儿，以雪沉的性格，他基本不可能做什么。她只能老实地趴回他的怀里，当一晚上纯真无邪的小朋友。

她做了一宿的梦，光怪陆离的，全是森林里那点有颜色的故事。她醒过来，发觉自己比昨天病得更重，肯定因为脑子里的那些废料。

许肆月被老公包成个粽子窝在酒店里，温泉不敢下，门也不许出，手多摸老公一下都要被他清心寡欲地给拎回去。她愤愤地掏出手绘板来画图，画一条"大魔王"的成人小漫画藏起来，再一本正经地配上一条纯洁的蜜月日常，想她"一条黄花鱼"当年红遍全网，也差不多是时候重振威名了。

许肆月一副纯良无辜的表情，她躲在被窝里，登录漫画网站，后台的私信和评论已经非常多。她点了添加新画作，在相册里翻找着最小清新的一条，准备更新上去。

她去点"选中"时，韩桃的微信消息出其不意地跳出来："肆月，你不跟着一起来深造，跑去跟老公恩恩爱爱地看雪！我本来想用事业鞭策鞭策你，现在都做不到了。我跟你说，杀千刀的这些奢牌，一个个眼睛长到头顶上，说好的品牌主设计师亲自指导，结果呢，面都不露！"

许肆月扫完消息的内容，顺手先把图发了，马上切了页面去给韩桃回复："主设计师不肯教?"

"倒不是本人不肯，"韩桃郁闷地说，"是品牌姿态高不舍得放人，说什么主设计师是他们的灵魂，说白了就是嫌节目组身价不够。"

抱怨归抱怨，她如实地说："不过能进入品牌内部学习，对我们这几位设计师来说，已经是非常宝贵的机会了。你没来还是挺可惜的。"

许肆月笑道：“我了解我自己，最缺少的不是灵感和理念，实际上我能有成绩，拼的就是这两样东西。我现在最需要补足的是基础。”

虽然有天赋，但她正经学设计只有一年不到。在英国的四年，她学习的专业根本和设计不相干，加上病情影响，她的基础比起科班出身的同行们差得很远。

其实她想……

韩桃那边安静了片刻，突然给她连发一堆问号和感叹号。许肆月蒙了，还没追问这是什么意思，语音就自动播放。韩桃几乎破音，喊：“你太野了吧？！这种福利真是我等围观群众有命看的吗？！”

许肆月有种预感，余光瞟到顾雪沉。他已经在往床榻这边走了，脸色极其冷。她急忙去戳漫画网站的页面，上面显示着她不久前发上去的图。一幅条漫，六个格，完整地展示了“大魔王”把老婆逼到浴室里，意图做少儿不宜的事情的过程。

她居然发错了！

许肆月的眼睛要滴血，她对自己手滑的行为悔得要死。她私藏的老公就这么被大家看到了！她不用想也知道现在有多少人在屏幕前疯狂地尖叫！还好这张画比较含蓄，不怎么露骨，只有人物衣衫半褪的剪影，不然她要一头撞死了。

顾雪沉几步就到了床边，俯下身来。

许肆月自知理亏，用被子把自己裹得严严实实，逃到离他最远的床尾处，飞快地把这张图删掉，替换上原本要发的图，还多加了四五张图以证清白。她迅速地发了一条微博：“我点错图了，你们信吗？”

她来不及打后面的字，手机就被人利落地抽走。

顾雪沉单膝跪在床上，朝她招了一下手，说：“过来。”

许肆月拒绝不了，慢吞吞地磨蹭过去，乖巧地把下巴放在他的手上，想了一堆解释的话。

但顾雪沉只是把她一抱，说：“病好了，有力气画这种漫画了。手机被没收了。”

他抱着她去洗澡，把她包好了放进热气腾腾的温泉里。许肆月的病气全消，她舒服得想流泪。顾雪沉半跪在她的身后，专心致志地帮她把微湿的长发盘起来。

第二天才算是两个人真正地开始度蜜月，许肆月起初还惦念着自己做的攻略，很快就忘到脑后了，跟着老公，做个完全不用操心的小废物，只管吃喝玩乐、拍照、买买买。晚上她以为还会回温泉酒店，顾雪沉却蒙着她的眼睛，把她带到另一个地方。

她视线受阻，昏暗里什么也看不见，只能信赖地跟着他走。

直到响起关门声，她的腰被箍住，炙热侵略的吻骤然落下来，掠取着她的唇舌和意志。几天来蠢蠢欲动的火星被顷刻点燃，蔓延成燎原的火，烧毁冷静。

许肆月跌跌撞撞地倒在床上，几乎深陷进去又弹起来。眼前挡着的手移开，她终于看到了自己身处的地方。

头上是尖顶的玻璃罩，铺陈着摆成月亮形状的暖金色灯串，夜空飘下的大片雪花在光影里盘旋、降落。左边是一面晶莹的玻璃墙，正对着安静无垠的海。

这里没有别人，只有他跟她。没有其他的声音，除了海浪和落雪，只有唇齿间无法自抑的呢喃，看似自由广阔随她撒野，却也是他极致的私藏。

顾雪沉吮着她的耳际，温柔地舔舐，说："小朋友做完了，从现在开始，月月要做个大人。你漫画里的那些场景和姿势，我们一个一个兑现。"

许肆月不记得在里面住了几天，就像当初她答应他的，让他把她锁起来为所欲为，不见任何人，不听外界的事，一切由他操控，她甘之如饴。

十五天的蜜月告终，许肆月走出她这间玻璃房的时候，忍不住地恋恋不舍，频频地回头去看。微凉的海风里，顾雪沉摸着她的头发，说："别舍不得，买了，随时能来。"

他竟然买下了？！许肆月泪汪汪地抱住他的手臂，她家顾总这种"豪"无人性的感觉，她以前虽然就深有体会，但最近明显又在膨胀。

回家途中，许肆月跟他商量正事，严肃地说："老公，我想考青大。"

顾雪沉的目光微动。她托着下巴，笑眯眯地说："青大的设计院是全国最好的，我高考时分数不够才上了青大旁边的学校。现在我虽然很难参加统考，成为青大的全日制研究生，但院里最厉害的林教授每年这个时候会限定条件招几个旁听生。”

“通过青大的考试，春天我就可以去上课了，”她一脸憧憬，说，“就算不是能拿毕业证、学位证的学生，也算是青大的人。”

顾雪沉看着她，黑色的眼睛里有光闪过。

许肆月把长发扎成马尾辫，笑得干净纯洁，说：“顾同学，听说你当年在青大里叱咤风云，成绩超好，能帮帮我吗？”

他故意问道：“帮你，我有什么好处？”

许肆月扬起漂亮的眉梢，说：“给学长一个又乖又甜的小学妹，这个好处够不够大？”

“够大，”顾雪沉弯了弯眼睛，“但是……”

他浅笑，低声说：“在那之前，你需要加课。《裁剪人生》节目组见不到的那几位主设计师，我给月月请来了。”

许肆月以为她听错了。他不疾不徐地说：“怕你累，安排了一个月一位设计师当面教学。最早来的那位设计师现在已经在明城等你了。”

许肆月惊讶得说不出话，别过头，用力地眨了几下眼睛，才忍住眼泪。

她要走，雪沉就无怨无悔地跟着她。她不走，留在他的身边，雪沉就把她想要的一切给她。

韩桃影响力不小了，都抱怨品牌方不让自己见设计师。而她只需要安心地坐在家里，就有人无声地奔忙，为她铺平前路。

回到明城，顾雪沉把会面地点安排在深蓝科技旗下的高端智能酒店。许肆月迫不及待地穿戴上自己的设计作品，为了不被看低，特意打扮得明丽夺目，去和设计师会面。

当那位享有盛誉的瑰宝级大师出现在面前，许肆月才有了真实感。

顾雪沉向大师介绍：“独立设计师，许肆月。”

许肆月被触动，心里暖暖的，眉眼柔和，浅笑着说：“也是他的太太，许肆月。”

第一次会面持续了两个小时，没有太严肃的教学。大师年过四十，绅士儒雅，诙谐地讲着自己的风格和经历。许肆月完全投入其中，双眼发光，认真地记录。

顾雪沉并未走开，就坐在离两人不远不近的位置上，修长的手指握着扶手，在某些她过于兴奋的时刻，会暗暗收紧。他低下头，盯着自己微微泛白的指尖，不确定还能忍过几分钟。

许肆月很有分寸，适时地叫停。不用她开口，顾雪沉随之起身，让乔御把大师送回楼上的套房里，安排好该有的休闲玩乐活动。而后他的手一带，门关上，拧上锁。

顾雪沉回到刚才坐的沙发上坐下，撩起眼帘，问："老婆，学得好吗？"

许肆月忍着笑，为她筹谋的是他，转头来吃醋的还是他。她把嗓音拖得娇气十足："好——呀。"

顾雪沉的脸色冷凝，他朝她抬起手。

许肆月立马乖巧地赶到他的身边，被他揽住腰，拉到腿上。他用双手扣着她，用自己的身体禁锢着她。

"还有没有别的需要学？"

"有，"许肆月伏在他的肩上，小声说，"接吻时总是容易气短，这个你能教吗？"

顾雪沉的五指叉在她的长发里，白色和黑色对比鲜明，莫名让人有欲望。

他穿着素净的衬衫，一丝不苟，端正地坐着，内勾外翘的眼如水墨画一般，然而他说："帮我脱衣服。学长教你。"

许肆月发现当她老公的小学妹实在太爽了。她很长时间不碰文化课，以前学过的东西忘了大半。顾雪沉却好像有过目不忘的本事，无论老婆还是知识，属于他的一切，只要真正得到了就不会再弄丢。

有不懂的地方，眼尾一垂，她柔声可怜巴巴地叫声"学长"，某人立马把她圈在怀里搂着。他亲自讲解，比线上那些名师高出不知多少个段位。

不过这种教学模式也有缺点，她实在难以专心，总忍不住瞄他。他的肩膀好直，手指那么长。他今天戴了银丝边眼镜，斯文禁欲到了极点，墨色的睫毛一动，她的心就跳得不稳。

"懂了吗？"

"题目懂了，"许肆月盯着他说，"有件别的事没懂……"

顾雪沉侧头，跟她的眼睛对上，深黑的眼睛里满是她的影子。

许肆月越着迷就越后悔，悲从中来，倒在他的肩上，说："我当初是中邪了还是瞎眼了，怎么就没有早点和你谈恋爱？不然有你在，我稳坐年级第二的位置，高考当个榜眼，青大专业随便挑。"

顾雪沉捏捏她的下巴，说："那时候跟我谈恋爱，你可能也考不了第二。"

许肆月拍桌子，不服地说："为什么？！你质疑我老公的教学能力？！"

他钩着她纤细的后颈，问："你看我看得那么入神，还有心思学习吗？"

许肆月也很奇怪，明明做过那么多疯狂亲密的事了，可这种时候她还是会脸红。她凑上去亲他，说："顾雪沉你膨胀了，现在知道我有多喜欢你了，是吧？"

她不甘心地说："那不光是我学不成，你也一样啊，你肯定也会沉迷于恋爱。"

顾雪沉的目光缓缓地描摹她的脸，他说："不沉迷恋爱，沉迷你，但是不会影响成绩，该考多少还是要考多少。"

"因为……"他的吻落在她的眉心上，"许肆月不考第二名，也是世上最好的小月亮。可我必须考第一，未来才有可能娶你，把你想要的一切都亲手给你。"

她不需要做什么，他也义无反顾地爱她，而他做到最好，才能得到被她多看一眼的机会。

许肆月的心口一揪，她把复习资料扔开，一把抱住他，说："今天不学了，学长教这个让我伤心，还是教接吻吧。我进步很大的，你快来个随堂测验。"

顾雪沉摘下平光镜，托着她起身，说："接吻的测验……放进新姿势的教学里，如果分数不高，今晚加课。"

春节过后，许肆月冒着严寒去青大参加考试。路过校门口外的小摊儿时，她的眼窝有点酸了。那小摊儿几年如一日地卖哄女孩子的小玩意儿，有种仙女棒特别精致好看，以前雪沉送过她，却被她丢到一边，早就找不到了。

许肆月进门前说好了让顾雪沉不要等，等时间到了再来接她就行。她在考场上答得认真仔细。这要是考不上，她老公的贴身辅导就白费了。

三个小时后，她提前交卷出来，没等出楼门就听到外头叽叽喳喳的声音，里面隐约地夹着顾雪沉的名字。她顿时绷紧神经，赶紧加快脚步。顾雪沉还在分别时的那棵树下，被一群青大学生团团围住。他的气质和身份摆在那儿，大家不敢离得太近，但也形成了一个不小的包围圈儿。

校园里谁都认识他。他是青大的杰出毕业生，现在在校内名人榜上，从在青大里上学起就是不食人间烟火的大神级人物。

许肆月的心里立马就酸了。一堆小姑娘干什么呢？！小姑娘们盯着她老公，那副垂涎欲滴的表情真的好吗？！她越想越觉得不是滋味儿。这一群才是真学妹，比她的含金量高多了。

许肆月站在台阶上，清清嗓子准备大喊一声“老公”镇场子。顾雪沉已经看到了她，眉眼露出柔光，径直走过来。

众人不自觉地给他让路，眼睁睁地看着顾学长从大衣里拿出了一支在校门口买的毛绒仙女棒。他在许肆月的额头上轻轻一点，笑着说：“给小学妹的考试礼物。”

许肆月的桃花眼微红，在风里美得放肆，她轻声说：“这么好的礼物，我必须用热吻来还礼。”

小月亮这一吻被学妹们多角度抓拍并送上热搜。营销号们正愁刚开年没什么热点话题，赶忙开工，搞得风生水起，但在网友中永远有唱反调的人。

“听说《裁剪人生》第二季在筹拍，看来许肆月知道自己水平不行，又拿老公出来炒作了。”

“她不炒作也没办法啊。别的设计师去一线奢牌学习了，就她没去，怕上了节目与别人的差距太大，比不过别人呗。”

像是为了打这群人的脸，当天晚上，来明城为许肆月教学过的大师就相继在微博上发声，热情地表示教学过程很难忘、很愉悦，不仅有文字，连个人角度拍摄的工作照也被一股脑发出来。他们对许肆月不吝夸赞，强调这段时间以来是因为许肆月想要低调，才没有公开照片。

不久韩桃也以节目制作人的身份发微博："事实是，我们原本接触不到主设计师这么核心的人物。顾总为了节目公平，特意与品牌方沟通，给了我们跟肆月相同的学习时间。好了，不说了，我要去抱月总的大腿了！"

许肆月翻看着手机，揉了揉顾雪沉微凉的脸，说："不用为我做这么多，我不怕别人议论，节目上不会让你丢脸的。"

顾雪沉也揉她，把她扎起来的丸子头揉成小鸡窝，说："不行，谁也不能说我老婆。"

许肆月以高分通过考试，面试也排在第一名。她在青大勤勤恳恳地上了大半个学期的课。基本上有她在的时候，教室就会爆满，原因是……

她侧目看了看身旁陪她一起专心听课的男人，再瞅瞅教室里激动地往这边打量的小丫头们，不禁歪了一下身子，趁着教授转身写字，飞快地在顾雪沉的脸上亲了一下，然后骄傲地抬起眉梢，炫耀地扫视全教室。怎么样，这是姑奶奶的专属学长。

这个学期结束了，正好《裁剪人生》第二季开录，第一期就来真的，上来直接淘汰，网上的讨论度直线上升，大家都在猜测许肆月会不会头一个被淘汰。

许肆月去录制现场的时候，左边是程熙，右边是许樱，身后跟着运作成熟的团队。她的品牌已经正式注册，之前大受欢迎的"雪月"系列和新的主推系列投入量产，首个旗舰店就开在深蓝科技大楼的对面，一线城市的高端商场也相继设专柜铺货。第一批上市的包，一亮相就被抢空。

录制现场的气氛热烈，竞争的独木桥架在那儿了，谁掉下去都会沦为笑柄。

程熙叉腰，给许肆月打气："月总，上吧。"

许樱嘤嘤嘤地说："姐，你……你别慌！"

顾雪沉迅速结束一场跨国的签约仪式，赶到录制现场时，天色微暗。片场灯光炫目，金色丝带在半空中炸开，似烟花般落下。许肆月站在精心设计的奢侈高台上，占据本期的冠军位置，五官被映得如描似画，她被光包裹，张扬恣意得让人心颤。

他的月亮挂回了天上，骄傲明媚，任何阴影也不能侵扰。他在交错的光影里走到台下，微微仰头，看着许肆月。

他始终没有出声，没人发现他到了，许肆月却一眼就撞上他的目光。周围太吵了，什么都听不到，她就努力提高音量，大声喊："我来啦。"

她笑着，两三步冲到台边，无所顾忌地跳下来。

顾雪沉张开手臂，稳稳地把她接住，在震耳欲聋的欢呼声里，紧紧地搂着她，说："乖，我接住你了。"

"顾总好忙啊，"许肆月笑盈盈地撒娇，"这么久才到。"

他吻她的鼻尖，说："为了跟我家的小月总并肩，我还需要更努力点。"

这个月底是许肆月的生日。还没到日子，顾太太就被顾总拉着满世界跑，珠宝拍卖会就连着参加了四五个。

许肆月看得眼睛都花了，看墙上的玻璃都觉得像顶级祖母绿。她就算变成皮皮虾也戴不了这么多首饰，不过买买买的奥义就在于爽，爽就完事了，那些首饰拿回家摆在床上看也是美滋滋的。她算是懂了，她老公致力于把她变成守财宝的小龙。小龙哪儿都不去，也不用羡慕谁，就开开心心地盘踞在金光闪闪的小山上，没事把财宝拿出来摸一摸，谁敢动她的财宝就挠谁。

许肆月心疼老公的钱，但看到顾雪沉给她买东西时干净的眼神，又只想温柔地抱着他，告诉他她爱他。

顾太太在节目中开场就称王的话题还没过去，就有女明星用小号偷偷地发微博："有幸进了一次私人拍卖会，拿出巨款拍下一颗撑场面的蓝宝石，万万没想到这只是顾太太生日礼物的零头儿。顾总真是无底线地溺爱顾太太。我哭了，含泪吃下三大碗米饭。"

全网网民流着泪吃柠檬的时候，顾先生牵着老婆的手低调回国。

生日当天，许肆月攥着老公的手说："先不回家。"

顾雪沉点点头，说："去个地方。"

"墓园"两个字都到了嘴边，许肆月看到他向后指，那里放着一束花，品种和颜色都是她曾给妈妈送过的，那是她妈妈生前的最爱，他全都记得。

墓碑前，许肆月揽着顾雪沉的腰，往前轻轻地推了一下，说：“妈，我还没正式把他带来给你看过。这是阿十，你曾经对他很好的。现在他娶了我，要跟我走完一生。你保佑他……保佑他健康平安，再也没有苦痛。”

下午，小夫妻俩陪着外婆聊天，外婆拉着顾雪沉的手舍不得放开，说起曾经的阿十就眼眶湿润。老太太颤巍巍地站起来，把在她眼里并未长大的男孩子搂住，轻轻地拍他的背，安慰道：“我们阿十再也不会受苦了。”

晚饭的时候，许肆月喝了一点酒。回家的路上，她不想坐车，磨蹭着要顾雪沉抱，在他的颈边轻声念叨：“不坐车，坐阿十……”

外婆倒没听懂这种虎狼之词，拍着小月亮让她下来，说别把阿十压坏了。

顾雪沉反倒把她往上托了托，让她面朝自己挂在他的胸前，他的双手抱得极紧，笑着跟外婆道别，慢慢地往回走，享受这惬意的时光。

绵软的夜风里，他叫她：“月月。”

“嗯？”许肆月咬他一口，“喊你的小仙女做什么？”

顾雪沉仰头望着天上皎洁的月亮，又低下头，亲亲她莹白的耳垂，说：“想跟仙女说，等过两年，我们要个孩子。”

说起这件事，许肆月就兴奋了。她支起脑袋，迷迷糊糊地问：“为什么等……两年呢？”

顾雪沉痴迷地凝视着她。因为过两年，他的手术就满三年了。江离说过，三年病情不复发，他才算是痊愈。

他不喜欢小孩。但如果将来有一天……月月厌倦了这种生活，厌倦了他，还会为了孩子守在他的身边，分给他一点爱。他自私，用尽心机，只想和月月不离不弃地过一辈子。

许肆月被顾雪沉抱着往家走，他的双手很稳，像个安全的暖巢。她问了几句话，听不清楚他的答案，后来抵不住困意，趴在他的肩膀上睡着了，也不知道他究竟走了多久。

后半夜，许肆月在自家的床上突然惊醒，借着壁灯微弱的光，望着顾雪沉的睡颜。

他好像梦见了什么，微拧起眉，眉间有一道明显的沟壑。他的手臂还牢牢地圈着她，每夜都这样，不肯放松。

等等，雪沉是不是说要孩子来着？！

许肆月摸了摸自己平坦的小腹，嘴角刚泛出笑意，就看见顾雪沉那侧床头桌上的手机亮了一下，他收到了一条微信消息。

她本来没在意，但微信通知接二连三地往外跳，卧室里忽明忽暗。

许肆月怕打扰到雪沉休息，小心翼翼地撑起身。她早练就了一套在他的臂弯里活动还不吵醒他的本事，伸手够到手机，打算把它翻转过去，指腹正好碰到了指纹解锁的位置，页面弹开了。

一条新的微信消息又跳出来，许肆月暗暗不悦。谁大半夜骚扰她老公啊？她得看看是哪个杀千刀的小妖精。她点开微信，发现最上面显示的未读消息竟然来自江离。

许肆月瞬间清醒，眼睛适应了一会儿光线，才看清楚江离发过来的文字。

“雪沉，我急诊刚下手术台就给你回消息了。其实你不用太焦虑，你现在的身体很好，要孩子没问题，一年不复发就基本等于成功了，三年只是最保险的上限而已。”

“不过你不太像是想要孩子的人啊？你和许肆月那么不容易，我一直以为你应该舍不得太快让孩子抢占她的注意力。”

“我猜猜，以你这别扭的性子，是不是怕哪天自己不够吸引她了，所以你想让孩子帮你牵绊住她？”

许肆月在夜里静静地想了很久，天快亮时，把后面的几条微信消息都删掉，只留下了最上面江离说顾雪沉身体很好的那条，将其标记成未读，把手机放回原位。

她翻来覆去地煎熬，难受到胸闷，想马上拉开抽屉把剩余的计生用品都扔了，或者像以前想过的那样，偷偷地把安全套扎上小洞，给他来个出其不意，让他没机会多想。再或者，干脆这一辈子都不要孩子，她有他就够了，就让他亲身去验证，看没有别的牵绊，他还会不会失去她。

寂静中，顾雪沉陷在枕中，细碎地喃喃地道：“月月……”

许肆月屏住呼吸，凑过去看他，心疼地把他的眉心抚平。

他没醒，是做了梦，轻轻呓语：“我……太幸福，不能……弄丢……要……到老，到死。”

许肆月怔了怔，把他抱紧，温柔地抚摸他的脊背。她闭上眼睛，安全套扔了还能买回来，扎上小洞真的在这个时候怀了孕，雪沉会更惶恐他两年以后的身体，而如果不要孩子……

许肆月环着他的手臂更用力，把头埋在他的胸口里，听他平稳而有节奏的心跳声。

孩子是雪沉能想到的最后的保障。如果不要孩子，她不知道他还会在多少个夜晚里陷入对未来不够笃定的忧虑中。一想到这里，她觉得舍不得。

夜色中，许肆月的指尖蹭过顾雪沉的脸颊，她在他的唇上不停地啄吻，呢喃着：“雪沉，我都听你的……”

“我过不够和你两个人的生活。这两年，我们就尽情享受。

“两年后，咱们要个孩子，你要用血缘把我紧紧地拴在身边。我会努力让你安心，让你再也不会不确定，让你没有辗转反侧、睡不稳的晚上。

“我确定，这个孩子会让你得到更多的爱。

“等我们都老了，行将就木的时候，你就会知道，与孩子无关，与其他事无关，许肆月只是爱你。这一生我都不会扔下你。”

许肆月以为两年的时光会悠长且缓慢，能随便她做尽所有想跟雪沉做的事，但事实证明，时光飞逝。她赖着他，跟他笑着闹着就走到了第三年。

她的头发快齐腰了，头发到这个长度正好，她老公喜欢揉她的头发。颜值不是夸张，她被他娇养得太过分，可以说风情万种、粉雕玉琢。她还在当设计师的同时沉迷各种风格的变装。她的脸再配上饰品，让某人根本欲罢不能。

深蓝科技在海外开设了三个新的分部，蝉联国际机器人大赛冠军，新款陪伴型机器人的代号是“十一”。她问为什么它不是阿十。他笑着捏她的脸，说：“阿十只属于你。”

许肆月的独立品牌很受主流认可，在国内有了几十家旗舰店和几十个商场专柜，年初的时候影响力更是蔓延到纽约和米兰，上得了主流杂志，进得了时装周，从去年开始，高端礼服支线逐渐成了娱乐圈的新宠。不止一位明星穿着她设计的礼服走过红毯，品牌广受好评，她也跟着声名大噪。

但最让人惦记的还是顾雪沉身上的那些限量孤品，不断有人来高价求同款，哪怕是借用也愿意，她从不改变回答：“那是我老公专享的东西，仅此一份，恕不外借。”

可笑的是，梁嫣在家里破产后成了十八线网红，靠卖她的高仿品牟利，被买家举报闹出了官司。

三年期限到了，许肆月偷偷地计算着时间，等到顾雪沉最后一次全面复查的前十几天，算好生理期，英勇地扎破了安全套的包装，暗地里拜了好几遍菩萨，希望菩萨保佑她能成功地给雪沉送出这份大礼。

那天晚上，许肆月穿上老公最偏爱的一条睡裙，细长白皙的指间晃着她精心加工过的小方片儿。她特意关了灯，笑着扑到他的怀里，娇柔地纠缠他，让他无暇注意细节。

许肆月悄悄地买了一堆验孕棒，不敢往家里拿，将它们藏在工作室里，恨不得一天验七八次。半个月后，也就是顾雪沉去复查的前一天，她终于清晰地看到了鲜红的两道杠。她轻快地赶回家，像踩在云层里。顾雪沉比她更早，站在厨房里，到处是香气。

许肆月踮着脚过去，飞扑着箍住他的腰，说：“老公，明天检查结果出来，我有礼物送你。”

他含笑，回过头问：“什么东西？”

许肆月贴着他的背。礼物不是东西，是让他安心稳定的余生。

第二天不仅仅是复查的日子，也是明城一中建校百年的庆祝活动日。校方邀请的各界名流无数，还专程登门来请顾雪沉去讲座。他是一中当年的高考状元，逆天的成绩至今无人超越，有太多向往人工智能的孩子盼望着见他。这种活动他必须携夫人出席，何况他的顾夫人从前是一中一霸，哪个老师见她不头疼？

校方来拜访的领导当年教过顾雪沉和许肆月，瞧着如今两人如胶似漆的样子，失笑地扶额，说：“最英俊出色的男孩子到底还是让最野的小姑娘套牢了。”

等领导走了，许肆月有点不服气，赖着顾雪沉问：“我有那么野吗？”

“不野，”顾雪沉搂着她，亲她。她乖乖地闭上眼，把脸仰起来。他低声说：“月月最甜。”

他复查的当天，许肆月起了个大早，盛装打扮，陪着老公去医院。趁他不注意，她多带了一个包，里面塞着另一套衣裙和一个粉色的信封。

顾雪沉复查的过程有些长，许肆月百忙中挤出几分钟偷跑出去，让医生给她抽了一管血。

“结果不能马上出来。”江离推了推眼镜，目光柔和，“你们是等结果，还是先去一中？过后我可以把相关报告都发到你的手机上。”

讲座的时间不能拖，许肆月挽着顾雪沉的手臂进了一中。容纳千人的大礼堂里座无虚席。大家一见到顾雪沉，像追星一样发出尖叫声。

许肆月下意识地要松开手，让他上台。顾雪沉却反手攥住她的手，把她垂落的鬓发绾到耳后，略微倾身，说：“当初毕业生代表演讲，我就是站在这里，你坐在台下。我说着冠冕堂皇的话，心里想的却是……你好漂亮。”

礼堂里，万千欢呼声里，许肆月的脸颊到耳根一片通红。

她记得那个上午，阳光照进窗口，笼罩着台上那个清瘦的少年，他的脸在光里，身影镀着金。她在没心没肺地笑和闹，眼神从他身上掠过的瞬间，也曾有过不敢直视他的惊心动魄之感。

许肆月坐到当初的位置上，抬头凝视着顾雪沉。他穿着一身简洁的黑色正装，永远站得笔直，修长的手指稍一动，周围的小女生们就激动地捂嘴，她们的眼里满是崇拜之情。

许肆月摸着小腹，笑得明媚骄傲。

讲座结束后，学生们一股脑地蜂拥上去，把讲台团团围住。老师们在艰难地维持秩序，许肆月被隔在包围圈外。她的手机蓦地一振，是江离发来的数张图片。

顾雪沉的检查结果出来了。他一切正常，彻底没有了复发的风险。他痊愈了，而她的那一张检查单在最后，检查单上有诊断结果，她已经怀孕了。

江离说：“我让乔御把纸质版的结果送去一中了，你可能会需要。”

许肆月望着众星捧月的顾雪沉，忍不住转过身，翘着唇角，温热的眼泪涌出眼眶。她趁乱走出礼堂，风吹起她的长发。她找到乔御，拿了诊断结果，独自跑到当初他们一起上过学的那栋教学楼里。

楼有些旧，已经被停用了，现在空着，但被用过的课桌和黑板一如从前。

许肆月换下大人的装束，穿上带来的那套备用衣裙，走到顾雪沉曾经的教室，把所有报告单装进粉色的信封里，将信封放到他坐过的课桌里。

顾雪沉在礼堂里找不到许肆月，脸上失了血色，疾步要往外走，一条微信消息跳出来。

无敌小月亮："顾同学，你该回教室了，隔壁班那个又野又麻烦的小姑娘在等你。"

校园里到处是过去的影子，他站在树下远远地看她，在没人知晓的地方为她心动。她呼朋唤友，在明亮的光里与朋友成群结队地路过他。他在阴影里，甜蜜又苦涩地跟她擦肩而过。

顾雪沉冲上楼梯，手摸过肆月那间教室的门板和墙壁，慢慢地走向自己曾经孤独无望的时光。他推开门，一步步地来到自己坐过的位置，一个小小的信封角在桌肚里露出来。

他的手腕有些颤抖，抓住那封信，信上是许肆月的字迹，明晃晃的一行字："给雪沉的情书。"

门外走廊里有脚步声响起，女孩子轻盈肆意地停在教室门前。

许肆月穿着一身整洁的制服裙，将长发扎成高高的马尾，在浮着尘埃的光里，美好到不像真人，她湿润的眼睛凝视着他，说："你好，我是隔壁班的许肆月，走了好久，终于找到你了。"

顾雪沉慢慢地站起来，迈过厚重的时间和那些被尘封的苦痛，把她紧紧地抱进怀里。

许肆月跌入了属于她的全世界。

"雪沉，请查收礼物，这次——我许你一个不离不弃的终身。"

米兰春夏时装周最后一场大秀的秀场后台，许肆月将长发扎高，穿一双平底鞋，软滑飘逸的阔腿裤垂至鞋边，上身配一件最简单的蚕丝白衬衣，利落地穿梭在人群里，活脱脱一条忙碌的娇美小白龙。

后台杂乱一片，华贵的衣饰到处都是。许肆月一边捡东西一边指挥现场。墙上的表飞快地倒计时。她掐好时间点，扬声交代道：“把王冠都戴上！”

程熙着急地在许肆月的后面跟着，赶忙捂住许肆月的小腹，说：“小祖宗，你悠着点，别太大声震到我们小太子。‘大魔王’就离开那么一会儿，你要是有什么闪失，他不得要我的小命？”

许肆月笑着说：“哪儿有那么娇气，再说孩子是太子还是公主都还不确定呢。”

“不管太子、公主，都比不上王后你的安危重要。”程熙扶着她，说，“你还是歇歇吧。我去盯着模特们戴王冠，保证不会出错。”

这是许肆月第一次进入米兰时装周，就在确认怀孕后的第二个月。

刚得知确切消息的时候，她激动得几夜睡不着，花了最大的精力去筹备。上秀场的整个系列，从设计图到用料，包括代言人和模特们的妆容、配饰，她事事亲力亲为，决不允许顾太太在经典奢牌和当红设计师品牌面前丢脸。

时装周越临近就越忙，她这个时候还怀着孕，意味着要在让人焦头烂额的工作里承受孕早期的各种身体不适感。她知道这些事，但义无反顾。她就是想在雪沉彻底痊愈的第一时间，给他一件最大的礼物。

模特入场的时间逼近，程熙负责监督现场。这次的服饰设计都是复古奢华风，偏中式的华丽成衣和头上的西式王冠相结合，视觉冲击力很强。

许肆月放心不下，趁着老公不在，干脆站到一把椅子上，踮着脚观望全场。她从这个角度看过去，满眼都是珠光宝气的各式王冠，王冠配上模特们精致的妆容，美到让人窒息。

许肆月忍不住摸了摸自己几乎素颜的脸，有那么点小遗憾。这么精致的王冠她如果戴上，肯定能成为全场最拉风的人，可惜……

她那点小伤感还没蔓延开来，腿就突然被一只手臂揽住，那温度、力量，不需要看，她也知道是谁。她家“大魔王”这是赶着时间忙完公事，过来逮她了。

自从她怀孕，顾雪沉恨不得造个棉花鸟笼把她关起来，天天托着才放心。别说她来米兰他要陪着，哪怕是在国内，他工作时也要把她带到办公室里，亲眼盯着她。现在她踩高凳子被他抓包，绝对完蛋了。

许肆月知道装可怜最管用，委屈巴巴地一垂眼尾，乖巧地对上顾雪沉漆黑的眼睛。

“老公，我事出有因……”

“下来。”他直视着她说。

顾雪沉不在，许肆月就登高爬坡无所不能，顾雪沉一来，她的娇气劲儿就火速地往上冒。她立马觉得身娇体弱、不能自理，站着不动，朝他伸手，说：“下不去，太高了，我害怕。”

主要是模特都比她高，她在地面上看不清楚，想再拖延一会儿时间，耍赖到开场。

顾雪沉抬头看她。明亮的灯光里，她的眼神慧黠，灵动妩媚地勾着他的神经。他微微敞开怀抱，说：“乖，抱你。”

许肆月只纠结了半秒，马上倒戈，老老实实地往他的怀里一扑。他却没有急着把她从椅子上抱下来，而是顺着这个姿势，用温热的手掌摸了摸她的头，下一刻，有什么沉甸甸的东西经由他的手放到了她的头上。

许肆月一怔，下意识地去摸，顾雪沉问：“想把全场看得更清楚吗？”

她本能地点头。顾雪沉弯了弯唇，转过身把脊背对着她，稍稍低下身体，侧过脸说：“上来。”

许肆月意识到顾雪沉要做什么，理智告诉她应该注意一点这件事对他的影响，但情感叫嚣着：管他呢，赶快上就是了。她抵不住诱惑，像受宠的小孩子一样骑在了他平直的肩膀上。

顾雪沉轻松地直起身，攥紧她的双手，把她稳稳地托住，浅笑着问她：“椅子太矮，现在够高了吗？”

许肆月没回答，定定地望着她的前方，那里是秀场墙壁上装饰的玻璃镜面，清晰地映着她的样子。她坐在男人的肩上，头上戴着王冠。王冠不是模特们戴的那种批量制作的装饰品，而是货真价实的王冠，轻松胜过全场美色。灯光随便一晃，她不化妆也是至高无上的女王。

许肆月之前的那点小失落消散了，她开心到乱动，说：“你专门给我做的王冠！”

顾雪沉按住她，以防她有危险，说："最漂亮的姑娘怎么能不戴王冠？"

他低头亲了亲她的手指，说："今天是我们小月总的主场。阿十只是你的坐骑，随你支配。"

当天不少媒体混进了后台。记者们等着拍摄各品牌代言人的独家新闻，万万没想到差点被雪月小夫妻闪瞎了眼，火速地拿镜头捕捉雪月小夫妻，直接热搜预定。

取景框里，男人修长挺拔，气质高贵，从头到脚任何一处细节都堪称完美。他着迷地托着许肆月，任她在自己的身上折腾，护着她到处走，偶尔她低下头去奖励一个吻，他的眼角眉梢都是满足之色。

许肆月在米兰时装周上大获全胜。回程的头等舱套房里，顾雪沉把她堵在床角里，给她围上暖暖的小毯子，之后倾身压过去，一言不发地凝视她，等她主动说话。

她懂老公的意思，超配合地举手，声音也放软了八个度："之前说好了，等忙完了这一阵子，我就好好地休息。小月亮立誓，从今天开始不乱跑了，专心养身体，听老公的话。沉沉去哪儿我去哪儿。沉沉让我干什么我就干什么。我保证把沉沉的小崽儿养得健康又生猛。"

顾雪沉拧眉，把她拉过来轻轻地亲了几下，又不禁加深，让她说不出来别的话。

他不在意孩子，只在意她。当初在一中的教室里看到她怀孕的化验单，他终于彻底安心，心里暗暗地感激过上天。上天在他的身体痊愈时，让他如愿地有了跟月月的孩子。这个血肉的羁绊能把她一辈子束缚在他的身边。

但他的喜悦很快就被忧虑取代，他怕她难受、怕她痛、怕她受折磨。这孩子来得又急又意外，月月一定还没做好准备。他要怎么跟她说？他不爱什么孩子，不配当父亲，只不过是为了自己阴暗的期望，想拥有一个可以绑住她的工具。

顾雪沉侧身躺在许肆月的旁边，把她拢在臂弯里，一下一下轻缓地拍着，很多话无法启齿。他抿着唇，靠在她香甜的颈边，说："该做孕检了，等回家我们去医院。"

许肆月在他的怀里昏昏欲睡，撒娇地问："雪沉，你喜欢儿子还是女儿？我想要儿子。男孩儿可以更懂你，崇拜爸爸、仰望爸爸。我也想要个女儿。小姑娘肯定贴心，给你更多的爱……要不然等生完这个孩子，我们再要一个吧……”

她困得意识不清了。顾雪沉抱紧她，喃喃着：“都不喜欢，我只想要你。”

回到明城后，许肆月一时也没办法闲下来，连续接受了五六个采访。订单量激增，她交代完后续的工作已经是三天后。顾雪沉忍无可忍地进了工作室，把她直接带走。乔御一脚油门冲出去，把车开进华仁医院。

怀孕的前三个月是危险期，检查格外重要。顾雪沉攥着许肆月的手，向来干爽的掌心在出汗。他表情凝重，眉心的那道沟壑锋利得让许肆月心疼。

许肆月含笑哄他，说：“放心，有爸爸的爱，小崽儿绝对没问题。”

顾雪沉没说话，把她搂得更紧。月月对他的心思一无所知。她在怀着一个被他利用的孩子。

江离得知小夫妻俩今天来做孕检，即使跟妇产科隔着两栋楼也坚持跑过来围观。许肆月被抽了几管血，接着要做超声检查。顾雪沉寸步不离地紧跟着她，被护士拦住：“不好意思，家属不能进来。很快就好，您在外面稍等。”

顾雪沉皱眉，眼里带了点戾气，护士有点怕他。许肆月赶忙顺顺他的背，说：“你别担心，我做完检查就出来找你。”

顾雪沉转头盯着江离，说：“让我进去。”

江离扶了扶眼镜，朝许肆月摆了一下手，让她放心地去做检查，顺手钩住顾雪沉的肩，把他拉到检查室外，说：“我过来可不是为了给你行方便的。再说了，不让你进是为了你老婆好。不然你过度在意结果，容易影响她的情绪。”

检查室里的帘子已经被拉起来了，把许肆月挡得严严实实，顾雪沉看了好一会儿，才不言不语地低下头。

江离知道顾雪沉碰上许肆月的事就钻牛角尖儿，不禁笑着问：“怎么，你的小工具人都被制造出来了，你还不开心吗？”

顾雪沉蓦地抬眼，冷冷地看他，问：“你说什么？”

江离被他看得一顿，说：“我没说错啊，还是你以为我记性差到两三年前的事也能忘干净？就那次你晚上给我发微信，头一回问我要孩子的事。我半夜做完手术才回复你，说这孩子是你用来套牢许肆月的工具人。你没理我，不就等于承认了吗？”

顾雪沉的心重重地一坠，他当然记得那天，但记忆里江离却没回他的微信。

难道是月月看完微信后删掉了？！从那个时候起她就知道了他的意图？！他要孩子的目的、真正想的事，她全都知道，所以……怀孕也不是什么避孕失败的巧合。她一直把他的话记在心里，洞悉了他的心思，不但没有回避，还主动把孩子给他？！

拉着帘子的检查室里猛然传出响声和许肆月的惊呼声，顾雪沉脸色一白，疾步冲进去，脚步声存在感太强，护士闻声立即出来劝慰：“别急别急，孕妇没危险，太激动碰到仪器了。”

“激动？”

护士刚想回答，许肆月的声音已经颤抖地响起。她抓住帘子，将它一把掀开，脸颊通红，湿漉漉的桃花眼里闪着光，说：“老公，医生说我怀的是……双胞胎！”

许肆月完全沉浸在意料之外的惊喜里，根本没听进去医生说的注意事项，满脑子勾勒着一对小家伙被抱在怀里的绝美画面，心里把自己夸了好几遍，自己真是太棒了！这要是一儿一女的话，她连二胎计划都省了！

顾雪沉环着她的腰，把医生的话一字一字地往脑子里刻，尤其是她怀双胎的风险和将来要面临的加倍的辛苦。他都用笔记下来，力气太大，笔尖差点把纸张刺破。

顾雪沉出了医院，对许肆月的保护彻底升级。但她还没什么孕期反应，轻松地只顾着兴奋。

顾雪沉支走了乔御，自己开车，把许肆月抱到副驾驶座上。她笑得停不下来，因为怀双胞胎感到幸运极了，说了半天发现顾雪沉一直没出声，窗外的路也不是回家的路。

她咬了一下唇，摸着小腹轻声问：“雪沉，你是不是……”

雪沉他是不是觉得……两个工具崽儿太多了啊？

顾雪沉加快车速，驶离明城，把车径直开到明水镇，将车停在当初办婚礼的河边，熄了火，朝许肆月伸手，宠溺地说："月月，过来。"

许肆月踢掉鞋子，越过两个座中间的扶手箱，爬到他的腿上，被他揽过去，紧紧地抱着。心跳声里，他问她："你跟我说实话，当初到底是怎么把家里的安全套弄坏的？"

许肆月的心率立马异常了，她居然被发现了！她惊得直咳嗽，脸色通红。顾雪沉忙轻拍她的背，喂她喝水。她喝不下水，伏在他的肩上拼命地咳，争取时间琢磨该怎么解释。顾雪沉自己喝下一口水，湿润的唇急迫地压过去，缓慢地喂她喝水。

唇舌交缠，许肆月渐渐平息喘气声，被他又亲又揉得全身发软。她舒服地赖在他的怀里，干脆破罐子破摔地说："我……我用细针扎的啊，还扎了一堆呢，就怕怀不上！"

"为了安慰我？"顾雪沉语气严厉地说，"明知道孩子对我来说只是工具人，你还愿意去怀孩子？！"

许肆月安静了，直起身体，近距离地盯着顾雪沉的眼睛，很温柔地笑了一下。

"是啊，我明知道这件事，"她坦荡地说，"但是只要能安慰到你，让你觉得安心，让你不用再担忧未来，我什么都愿意做。"

顾雪沉的手臂绷得僵硬。许肆月认真地看着他，说："我不怕疼，不怕辛苦，怀一个孩子还是怀两个孩子我都能撑下来。你不爱孩子没关系，我替你爱他们。我想要的只是……你能确定自己不会再受伤害。你有一辈子跟你锁在一起的妻子，有血脉相连的孩子。"

她眼里有泪光，坚定地说："顾雪沉再也不是孤零零地活在这个世上。他有属于自己的家，不会被抛弃了。"

外面有风，凌乱地拍打着车窗。顾雪沉想笑，眼眶却烫得难忍。

她什么都懂，还幸福地装着傻，无底线地包容自私的他，准备一个人去爱两个孩子，只为了给他一个一生安稳的巢穴。

这么久过去了，她揣着这些心事，却一句也没提过，在用时间和事实告诉他，他不需要任何工具来牵绊她，她对他爱得坚定不移。他该感激的不是上天，而是义无反顾地照着他的小月亮。

顾雪沉搂着她腰的手往前移，覆盖在她平坦温暖的小腹上。自从她怀孕以来，他总在别扭地回避这个动作，但是现在……

他低声哄她："月月，把衣服掀起来。"

许肆月的耳根发红，她听话地把衣摆卷起来，紧张地说："老公，你……你该不会想在车里吧？刺激绝对是刺激，问题是这儿可能有人经过啊。而且医生说了前三个月还不能……"

她被自己想象出来的情景搞得气血上涌时，露出来的小腹却忽然一热。

许肆月的睫毛颤了颤。狭小的空间里，顾雪沉吃力地俯下身，在她的小腹上亲了一下。

这么温柔的一个吻，此时此刻却让她脸红。她乖乖地盯着他，不敢相信地问："老公，你……在试着爱他们吗？"

顾雪沉带着鼻音"嗯"了一声，继续向上亲吻，说："我不能让你辛苦地怀着两个我不爱的孩子。我想当个配得上孩子的爸爸。"

他缠绵在她的颈边，笑着说："我多爱他们一点，你就能少爱他们一点，把感情留给我。"

顾雪沉把当年许家在明水镇的宅院买下来，守着许肆月休养身体。深蓝科技几乎是在这里成立了分部。

许肆月前三个月还比较稳定，三个月一过，毫无预兆地迎来了孕吐反应。她吃不下也喝不下，吐得昏天黑地，很难入睡，唯独靠着顾雪沉还能勉强安稳下来。

她怕雪沉跟着受罪，试图找个软硬度差不多的玩偶代替他，玩偶却都被顾雪沉塞进了箱子。他固执地搂着她，一夜一夜地不合眼，当她的靠枕。

他捏她的鼻尖，说："我活着，你就别想靠别的。"

许肆月笑他："你太小气了，连玩偶的醋也吃。"

她眷恋地窝在他的身上，把他的身体当床垫，懒洋洋地抬起头，问："你的三个宝贝一起压着你，重不重？"

"哪儿来的三个宝贝？"顾雪沉反问，"我只有月月一个宝贝。"

许肆月听到他亲口叫这个称呼，满足地在他的怀里乱扭，指着略微隆起的小肚子问："这两个小东西算什么？"

顾雪沉把她拽过来，吻着她颤动的长睫毛，说："这两个小东西最多算是我家宝贝的宝贝。”

许肆月吐了整整一个月。她原本就瘦，现在几乎只剩下一身纤薄的骨头，平常娇气的顾太太这次一句抱怨的话也没有。

顾雪沉的眉头就没展开过，他天天盯着她的反应，眼睛要沁出血来。无论她走到哪儿，他都得亲手扶着、抱着。三十来天过后，他把许肆月养得快不能自理了。

他心疼她，她更心疼他。好受一点的时候，她就趴在他的臂弯里抚摸他的眉心，说：“你不能皱眉了，再皱眉这道痕迹要被刻在这儿了。这么好看的脸，有道印子多可惜。”

顾雪沉这才勉强地舒展开眉头，揉着她苍白的脸，想逗她笑，打趣地说：“你就爱好看的人。”

许肆月弯着眼，说：“你这是冤枉我，我的老公天生美貌，我不爱还能怎么办？”

说到好看，她又止不住悲从中来，抓着顾雪沉的手放到已经有了明显弧度的孕肚上，说：“我上次去检查，医生说了，双胞胎多半要剖宫产，到时候留道吓人的疤，这辈子也去不掉了，你不能嫌弃我。”

顾雪沉一时没开口，就这么直勾勾地看着她。许肆月孕期的情绪很不稳定，胡思乱想的功力猛增。她真有些慌了，鼻子突然一酸就要掉眼泪。顾雪沉连忙掐住她软绵绵的脸颊，声音低沉地说：“看来是我做得不够，让你还有这种顾虑。”

他有的是方法惩罚她，但她虚弱的时候格外乖。她将以往妖娆小豹子的模样收起来了，此刻温顺得像一只泪眼汪汪的动物幼崽，需要他的肯定。

顾雪沉的心被攥成一团，他舍不得说别的话，低头亲她，安慰道：“月月最好看。我跟你从小到老，只能你嫌弃我，绝对不可能反过来。”

许肆月委屈巴巴的小心思当场消失，她笑眯眯地钩住他的脖颈，说：“我心里知道，就想听你说情话哄我。”

顾雪沉咬她，说：“那你真幸运，阿十智能库里的情话足够你听到头发变白。”

孕期到了第五个月，许肆月的孕吐反应终于消失了，胃口也跟着大开，她看见什么都想尝尝，但更惦记着顾雪沉。他为了陪她耗了不少心血，几个月来吃不好、睡不稳，经常胃疼，还默默地忍着不说。

许肆月故意点名要那些老公爱吃的东西，端过来尝两口再悉数将东西塞给他，拖着软调子撒娇："我吃不下嘛，扔掉就浪费了，你帮我解决好啦。"

她咬过的东西对顾雪沉有巨大的吸引力，而且她甜甜地喂过来的食物，他都能吃光，胃的毛病不知不觉间飞快地好转，跟她一起瘦下去的身体也逐渐恢复到以前的样子。

关于两个孩子的性别，小夫妻一直没刻意问过医生，只知道是异卵，有龙凤胎的可能。

许肆月迷上给孩子做小衣服，男童和女童的衣服缝了一堆。顾雪沉要管她，她早有准备地捧出一套同款睡衣。睡衣被绣了幼稚的水果图案，她将睡衣比到顾雪沉的身上。看着他端正地站在那儿，她大笑着说："你又吃醋了是不是？我家沉沉在我的心里永远是第一位的。我专门做了父子装和父女装。等孩子出生了，你记得穿它们给我看。"

顾雪沉俯下身捏她的下巴，说："是吃醋这么简单的事情吗？你如果累坏了我老婆怎么算？"

许肆月捧住他的脸，重重地在他的唇上一吮，说："就这么算。"

临近预产期，许肆月提前住进华仁医院的特护病房。顾雪沉如临大敌，每天寝食难安地守着。江离有事没事就过来探望他们，八卦地问："雪沉，如果顺产的话，你进去陪产吗？"

"陪。"他斩钉截铁地说。

"不陪！"许肆月忙纠正道。

江离见他们俩还有分歧，也没好意思多嘴，很懂事地撤出病房，还不忘关上门。许肆月忧心忡忡地望着顾雪沉，说："不要你陪，我自己就可以，再说顺产的概率好像不大，最后可能还是要剖腹产……"

要进产房了，她的确害怕，也期待过雪沉能陪在她的身边。但住院以来，她没少听护士们和其他的孕妇闲聊，陪产这事对男士有负面的影响。很多准爸爸确实抱着好奇的心情进产房，但现实和想象却是天壤之别。目睹生产的血腥场面后，不少男人会留下严重的心理阴影，这样会影响夫妻感情。甚至有人从此变得冷淡，抗拒与人亲密，无法接受再跟妻子缠绵。

比起这些，许肆月最怕的是雪沉过于在意她，他会受不了那种场面，这样比他在产房外等待更痛苦。她准备了很多劝他的话，顾雪沉却只是凝视着她。

阳光从玻璃窗透进来，洒在他的背上，让他的表情模糊不清，唯有他绷起的指骨和下颌昭示着他被绑满锁链的心。

“月月……”他低声哀求，“别把我一个人扔在外面。”

听到顾雪沉这么说，许肆月无论如何也拒绝不了他。他总是孤零零的，这一生的羁绊都在她的身上，有一点风吹草动，就惶惶不安。

她孕检时，每个医生都对他强调怀双胞胎的风险，家属务必有所准备，提高重视。她明白专家是好意，但每句话都在往雪沉的心里扎。

“提高重视”这种话本身就和他没关系，至于“有所准备”背后所代表的意思，等于在威胁他的命。

许肆月钩过顾雪沉的手指，他的手指很凉。她放弃那些顾虑，温柔地笑着说：“好，如果顺产，你就陪我。不管去哪儿，我们都在一起。”

在这个世上，她跟他相依为命，面对血腥和疼痛也好，危险和新生也好，谁都离不开谁。

许肆月没特意选日子，就顺其自然地等着两个小崽儿出生。刚好预产期当天下午，顾雪沉拥着她在窗边看天上飞过的鸟群，他的手里拿着小叉子戳水蜜桃喂给她吃。前一块水蜜桃她还吃得津津有味，下一块水蜜桃放到嘴边，她突然就腿一软，捂着肚子滑了下去。

顾雪沉一把捞起她，将她抱到床上，脸色白得吓人。许肆月满头是汗，坚持晃着他的手，试图让他放松，说：“老公你别紧张，小家伙们准时破壳了……”

一句玩笑的话她还没说完，剧烈的疼痛感就找上她。

许肆月的生产由专门的医护团队负责。在她预产期的前一周，他们就做好了各项准备，随时应对突发的情况。许肆月一有反应，马上被安排进入生产流程。

护士把许肆月推走的时候，顾雪沉反复地摸着她被汗水浸湿的头发，说：“你别怕，我马上去陪你。”

在陪产前，他还要在手术同意书上签字。

许肆月握着他的手指，虚弱地挑眉，说：“没想到我还有机会让你体验一次……当年……你进手术室，我签字的心情……”

“不吉利的话不许瞎说！”他死死地拧着眉，说道，“不一样！”

两种心情怎么能一样？他那时是去赴死，他的月月这次绝对平安。

“所以嘛，”许肆月达到小目的，朝他俏皮地皱鼻子，“当时能平安，这次更不算什么。你把心放下，就算我要剖宫产，你也别紧张，我一定没事。”

她拽着顾雪沉的衣襟，把他拉低，还不忘狠狠地亲他一口，虚弱地说：“孩子他爸，我们晚点见。”

顾雪沉签完字，立即去手术区消毒，换上无菌服，迫切地冲进产房，但还没见到许肆月的面，就被医生告知情况有点危险，产妇不适合顺产，最终还是确定要进手术室剖宫产。家属就不能进了，只能在外面等待结果。

而且许肆月因为顺产转剖宫产，还需要他签第二次字。

顾雪沉闭了一下眼，遮住眼中的猩红，握笔的手在颤抖。

他后悔了。他凭什么为了自己的私心，让她躺在手术台上受这种折磨？

这是唯一一次……

他不会再让她受任何苦。

手术室里，许肆月迷迷糊糊地听见医生欣喜地说：“先出来的是女儿。这小家伙长得漂亮，以后指不定多美呢。”

经验十足的副手接着把男孩子也小心地抱出来，忍不住笑道：“果然是龙凤胎。父母的基因太强大了，弟弟也这么好看。”

龙凤胎平平安安地出生。护士们都面带喜色，把两个小家伙小心地接过来，迅速地将他们洗干净，用小被子包裹好了，将小家伙先抱出去给顾雪沉看，满以为会见到顾总喜悦动容的样子。任何一个男人得了这么一对儿女，都得兴奋到落泪。

守在手术室外的男人动容的确是动容，但神色让她们有些慌张。他不是对着新生儿。

顾雪沉站得笔直，盯着里面，嘴唇动了几下。护士忽然看懂了，忙说：“产妇没有危险，大人和孩子都很健康，她很快就出来了！”

顾雪沉喉咙哽着，终究什么都没说，一眼也没看孩子，直到许肆月被推出来。他俯身把她的头轻轻地揽到臂弯里，低声哄慰："没事，宝宝，结束了，很快就好了。"

许肆月这会儿清醒多了，麻药的效力还没过，只感觉到肚子空空的，又听见医生不断叮嘱的话，完全忽略了身体的不适，正兴奋得不行，跟老公的情绪可谓天差地别。

她努力地抬头，说："给我看看……"

护士们没见过这种反应的准爸爸，被他的压迫感吓蒙了，直到许肆月说话才醒过神儿，赶紧把孩子送到许肆月的跟前来。

许肆月盯着两个皱巴巴的小东西，确认他们健健康康，憋了半天的眼泪一下子流出来，完全忘了自己那么大的伤口，声音变调地嚷："雪沉你快看看，我好不容易……好不容易生出来的崽儿！"

医生忙说："请产妇注意情绪。"

许肆月已经激动得停不下来。顾雪沉极力地克制住情绪，目光掠过两个小家伙，对医生说："让我老婆休息！"

医生明白，这个时候可以考虑给产妇注射药品，帮助产妇恢复体力。许肆月来不及说出太多拒绝的话，回到病房，一针下去就没了知觉。

许肆月再醒过来的时候，已经是七个小时以后，麻药效力过了，开始感觉到疼。但她全身干爽舒服，这绝对不是护士可以做到的程度。

谁也不能，只有他……

她的手被人死死地攥着，全是汗。

许肆月费力地垂眸，顾雪沉就在她的病床边坐着，像是睡着了。她稍微一动，他立即惊醒过来。顾雪沉的眼里全是血丝。

许肆月跟他对视，各种情绪疯狂地涌上来，怕惹他伤心，不想哭，吸了吸鼻子，故意说："你为什么让医生给我打针？！我还想和你一起看着孩子。我跟你说，我也有脾气。我这次生气了。"

顾雪沉点点头，脸颊贴着她的手，问："那你准备怎么惩罚我？"

"只要你少疼点，"他说，"随便怎么罚我都行。"

许肆月感觉眼眶发酸，说："不搭理你行不行？"

他抿唇，拒绝道："不行。"

"不准你照顾，我让护士管我行不行？"

“不行。”

“这也不行那也不行，”许肆月含着泪笑起来，声音轻柔地说，“那没办法了，罚你忘了在手术室里看到的那个场景，不许难过，等我这道疤拆线、好起来，你得认真地亲亲它。”

顾雪沉俯下身，依偎在她温暖的颈边，喉咙哽了几下，颤声答应：“好。”

探望的人一拨一拨地往病房里拥。程熙和乔御在门口处一守，除了把亲近的人放进来看看，其他人员一概拒之门外。

许肆月第二天就可以下床走动了。她老公是完美的人形拐杖，根本不需要她操心哪一步迈大或迈小了。他精准地拿捏着步子的大小，把她护得严严实实。

她的身体慢慢好转，双胞胎的模样也渐渐地长开。并排的两个白胖胖、软糯糯的小家伙往许肆月的臂弯里一躺，她幸福得想原地昏倒。

取大名这种费脑子的工作，她全权交给顾雪沉。许肆月只想负责给孩子们取个小名。她抱了一本《新华字典》，郑重地跟老公说：“翻到哪页就是哪页，然后在里面挑个字！”

话音落下，她手指一动，“啪”的一声停下，望过去，第一眼看到的字是“桃”。

许肆月眉开眼笑地说：“桃桃，多可爱，多适合我们姐姐，等等我再给弟弟翻一个。”

顾雪沉坐在她的身侧，合上字典，双手压在她的太阳穴上轻轻地按摩，安抚地吻她的头发，说：“身体还没恢复，你别费神儿，女儿有名字就行了，儿子的名字得跟姐姐的名字搭配。”

两个小家伙一人一个婴儿床，被摆在爸爸和妈妈的身边。女儿离得近，儿子离得远，他们乌黑的大眼睛一样闪亮，只是儿子不停地眨眼，像是莫名很委屈。

许肆月要笑死了，回头戳顾雪沉的眉心，说：“这位爸爸好偏心——”

顾雪沉淡淡地笑，低声说：“嗯，心是偏的，我偏向你。”

许肆月心疼可怜的儿子，然后完全按照老公的话，认真地给“桃”字想词组。

“桃花……花花？不行不行。”

“桃……树。”

“桃仁。”

“桃胶！”

小姑娘在婴儿床里闭着眼甜甜地笑了。隔壁的小男生忽闪着大眼睛，流着晶莹剔透的泪。

许肆月要愁死了。顾雪沉从身后抱住她，说：“你不是喜欢吃桃酥吗？”

小男生哼唧着抽噎了几下，憋住了，没哭，比起“花花、树树、仁仁、胶胶”，“酥酥”简直是绝世可爱的好名字。他爱爸爸！

许肆月不想瑾园的家里每天人来人往，更怕家里被弄脏，于是决定去住月子中心。顾雪沉护着她前脚从医院离开，后脚他们俩就飞速上了热门。

被偷拍的照片里，顾太太头上戴着毛绒帽，黑发散到肩膀处，身上裹着长大衣，被老公护在怀里，没有一丝憔悴，反而比孕前多了一些柔媚感。

微博网友因为这张图沸腾了。

“泪洒黄浦江，我也想给顾雪沉生孩子！双胞胎算什么，我能生一个加强连！”

“节操掉落的人都赶紧捡一捡节操！替许肆月给你们点一首《梦醒时分》。”

“为什么人生这么不公平？我生了孩子发福走样，人家大美人生了孩子反倒像吸了日月精华。”

“其实我不羡慕，想想许肆月也很艰辛，她跟老公千难万难才走到今天。”

“快去看营销号最新的爆料！顾太太住的月子中心简直是天价！”

“我收回刚才的话！我真羡慕，羡慕死了！”

许肆月在月子期间脸都没露，热搜倒上了好几回。她仔仔细细地娇养了一个月，等回到瑾园的时候，已经身轻如燕，原本就没怎么长肉的身体恢复成一道闪电。

顾雪沉夜夜拥着她，忍不住蹙眉，说：“是不是吃的东西不好？明天我给你做饭。”

许肆月捏捏他的下巴，说：“别人家的老公都怕老婆胖了瘦不下来。你可好，天天盼着我长肉。”

“我心疼，”黑暗里，他吻着她单薄的肩胛，像对待珍宝般，手轻轻地碰触她小腹上的伤疤，“月月，我真的心疼。”

许肆月想哭又想笑，躲进他的怀里，小声地问：“陪产到底有没有阴影啊？会不会像别人说的，你以后对我没兴趣了？”

她的耳边传来他加重的呼吸声。

许肆月轻笑。

顾雪沉掐着她柔软的脸颊，咬她的鼻尖，说：“许肆月，你好好算着时间，等小桃酥百天，你术后满三个月了，到时候我回答你。”

许肆月起初没反应过来三个月是什么意思，几天后偶然搜百度，看到一个相关的问题。

“剖宫产术后多久可以和老公同房？”

“最理想、最安全的时间是手术完三个月以后。”

许肆月慢慢地捂住眼，耳根一点一点地红了。

百天转眼就到，桃桃、酥酥变了，从一开始皱巴巴的小东西，变成了粉雕玉琢的小天使。虽然他们这么丁点大，倒是可以看出性子极其不同。

小姑娘桃桃不爱哭，性子沉静，眼睛漆黑，很像顾雪沉。酥酥跟她截然不同，天生爱笑爱动，自带撩人技能，黑葡萄似的大眼睛见到谁就朝谁眨巴，惹人怜爱。

程熙小声地跟许肆月说：“酥酥是遗传了你呢！天生就会撩！以后‘大魔王’见到他招蜂引蝶的小模样，可能会想起你当年的那一堆烂桃花债。”

许肆月欲哭无泪，趴在才三个月大的女儿床前，苦口婆心地说：“我的桃桃最乖了，得看好你弟弟，千万别让他像我，不然爸爸要收拾妈妈。”

小桃桃淡定地哼唧了两声，抱住许肆月的手指，在指尖上亲了一口，成交。

顾雪沉从来不是张扬的人，但桃桃和酥酥的百天宴场面很是壮观。

许肆月好奇地问：“老公，你应该不喜欢热闹。”

他环着她的腰，说：“我想让别人知道，我跟月月有了孩子。这一辈子谁都分不开、斩不断我们相连的血脉。”

百天宴当天大家闹到很晚。顾雪沉喝了一点酒，在大佬们的面前丝毫没有表现出异样。许肆月以为老公病愈后酒量也跟着恢复了，他不会再有问题，那个喝醉就变的“顾小甜甜”她见不到了。

深夜回到瑾园，桃桃和酥酥早就依偎着睡了，阿姨把他们带到婴儿房里。顾雪沉一如往常地拉着许肆月上楼进卧室，反手关上门。

许肆月刚想说话，他忽然抬手按开壁灯，大床上铺满她偏爱的稀有的雾蓝色花瓣。花瓣在灯光下带着柔和的光，拂在顾雪沉的身上。

他眼睛漆黑，一动不动地凝视着许肆月，笑了一下，温柔地唤她：“老婆。”

这两个字，他说得很慢，骨节清晰的手指不疾不徐地拉开领带，解掉衬衫纽扣，露出修长的脖颈。这只是开始，他站在那里，利落地扯掉上衣，将手搭在腰带的金属扣上。

许肆月快要流鼻血了。灯光里，他胸腹的线条坚实流畅，完美的下颌线诱惑而锋利，还有淡色的唇，令人垂涎欲滴。

浓重的欲望和充满醉意的声音过分诱人，他压在许肆月的耳边，说：“老婆，剩下的你给我脱。”

百天宴上，许肆月身上穿的礼服和佩戴的珠宝总价高达八位数，她明媚艳丽，更胜从前，现场那么多男男女女没几个人敢直视她。她自己稳得住，挽着老公的手臂，骄傲得像一只小孔雀。现在她站在自家的卧室里，还穿着那一身昂贵的衣服，但明显不再是孔雀了。

许肆月盯着衣衫半褪的顾雪沉，理智彻底离家出走，不受控制地被他引诱，把手放到他碍事的腰带上，一把扯开。她不当孔雀了，面对醉酒的沉沉，她就是那只最贪得无厌的兔子。

许肆月的背碾着床上柔软的花瓣。淡淡的香味混着浅浅的酒气，折磨着她的神志，即使这样，她还是下意识地扯过被子，遮住了自己的小腹。

那道疤还很狰狞，时隔大半年才跟雪沉亲密，她心底多多少少有一点担忧，怕雪沉看了伤疤会受影响。她这些年被他养得自信心爆棚，唯独面对他时，偶尔会蹿上来一丝弱气。

许肆月承受着他铺天盖地的吻，手在努力地揪着被角，他的唇一路向下。趁她松懈，他把她攥到变形的被子扔到一边。

那道伤疤刻在她的小腹上。许肆月来不及惊呼，顾雪沉已经亲了上来。他压住她乱动的手腕，虔诚迷醉地俯着身，与她缠绵吮吻。

脑子里紧绷的弦在这一刻彻底断了，许肆月怀疑顾雪沉是给她下了什么要命的迷药。她根本控制不了自己，只想随他一起坠入深海。

许肆月没想到家里的阿姨不光饭菜做得好，连照顾孩子这方面也是专业的。都不需要雪沉另外找的两个育儿保姆，阿姨一手抱一个孩子，轻轻松松。许肆月起初还担心两个孩子会像她，怕他们懒散又不爱学习。万一他们比别人家的孩子说话慢、走路慢，那可丢了她家顶级学霸的面子。

万幸的是桃桃和酥酥在头脑和行动力上百分百地像爸爸。许肆月还在问医生正常的孩子应该多大会说话，桃桃就先发制人了。

桃桃还不到一岁，穿一身可爱的熊猫服。许肆月牵着她的小手，教她走路。她脸蛋儿绷着，眼睛又大又圆，抬起小脑袋看着许肆月。许肆月退一步，她就摇摇晃晃地往前走一步，她的小短腿儿拼命地折腾。

妈妈不靠谱，突然把手松开了。桃桃愣了一下，没哭，抿着小嘴巴，张开短短的手臂往许肆月的腿上一扑，软绵绵地抱住她，咿咿呀呀地叫："妈——妈妈——"

许肆月心一颤，赶忙蹲下去，把桃桃搂到怀里，哄着她，问："乖宝，你叫我什么？"

桃桃的眼睛很像顾雪沉的眼睛，她直直地望着许肆月，奶声奶气地说："妈妈。"

许肆月的眼眶当时就热了，她搂紧桃桃，急得要喊老公过来。那边在垫子上爬着的酥酥不甘示弱，吃力地站起来，勉强地站了一下又"啪叽"一声摔下去，委屈地哼唧了几声。

他穿着跟姐姐搭配的小恐龙装，这么一跌一滚，格外可爱。许肆月看得哭笑不得，赶忙去照顾他。顾雪沉已经从厨房出来，俯下身一把拎起小恐龙的帽子，把他夹在胳膊和腰间。

小恐龙酥酥被爸爸托在手上，张着小肉手，咯咯地笑，朝妈妈乱挥着小拳头，学着姐姐刚才的语调，也甜甜地叫着："麻（妈）——"

他叫了一声，又仰起头，专注地看着顾雪沉。

顾雪沉低头，跟酥酥对上目光。酥酥的五官和许肆月很像，精致得不行，一笑一眨眼都像极了妈妈童年时的神韵。桃桃也在许肆月的看护下慢吞吞地走起来，小脚丫踩着地毯，一步一步坚定地冲向顾雪沉，乖乖地靠在他笔直的腿上，跟酥酥几乎异口同声地说："拔拔（爸爸）——"

顾雪沉的喉咙滚动了两下，他把桃桃也抱起来，将她放在臂弯中小心地托着。顾雪沉在两个小家伙的额头上轻轻地吻，半晌才发出声音，温柔地回应他们。

"月月，"他凝视着许肆月，黑色的眼睛里有一闪而过的明亮的水光，"你听见了吗？桃桃和酥酥叫我爸爸了。"

许肆月走过去环住他的腰，学着他的样子，踮脚在他的眉心上亲了一下，轻声说："这两个字我还要陪你一起听一辈子。"

起初顾雪沉对老婆怀双胞胎这件事一直很担心，怕月月身体的负担大，又怕她生产太危险。后来孩子出生，他开始怕两个崽儿的存在会分走老婆的注意力。然而随着两个小朋友会走、会跑、会说话，他逐渐意识到桃桃和酥酥是老天对他的怜悯。

桃桃性子沉静，不常笑，也不爱说话，特别高冷，完全是缩小版的顾雪沉，也就只有面对爸妈的时候才露出小孩子撒娇的本性。酥酥跟姐姐正好相反，天生小嘴儿就甜，尤其对女生。无论女生的年龄、性格如何，他自有一套办法，连最高冷的姐姐也被他哄得开心不已。

桃桃天天被酥酥缠着，根本没空展示女神的冷漠脸。酥酥如果胡闹，桃桃对着他的小屁股打一巴掌就能轻松地镇住他。两个小家伙从早到晚都腻在一起，互相拍拍打打，玩得不亦乐乎。顾雪沉很是欣慰，一手搂着一个宝贝教他们相处之道，告诉他们千万别吵架、别冷战，俩小团子乖乖地互相哄对方。月月仍然属于他一个人。

桃桃和酥酥被蒙在鼓里，完全不知道爸爸那些弯弯绕绕的心思，只觉得爸爸的怀抱好温暖，一人占着一边，拱着小身子努力地亲爸爸。

顾雪沉在孩子们的奶香里，搂紧了他们，闭上眼，说："爸爸爱你们。"

他声音很低，带着浅浅的笑，沉稳郑重地说道："但爸爸最爱妈妈。"

桃桃和酥酥两岁半的时候，开始沉迷看电视。顾雪沉定了严格的时间，每天晚上拉着月月一起陪两个小屁孩看动画片。

有时候视频网站就算开了会员也免不了有广告，正片开始前的十几秒里，屏幕上出现穿着超短上衣的女明星，精瘦的腰腹吸引着观众的眼球。

酥酥盘着小短腿儿坐在地板上，指着女星说："没有我妈妈漂亮！妈妈这样穿更好看！"

桃桃也望着沙发上的许肆月，说："妈妈穿我的上衣，衣服就可以这么短了。"

许肆月靠在顾雪沉的怀里，迎上两个孩子干净的眼睛，呼吸不由得顿了一下。她把手盖在小腹上，那里早已平坦紧致，恢复到少女时期的样子，但那道刀疤永远留下了，就算这两年做了很多昂贵的恢复治疗，也不能回到手术前的样子。她从来没有给桃桃和酥酥看过这道疤痕。

许肆月正失神。顾雪沉覆上去，体温透过衣料，热意驱赶了她微微的凉意。

"老公……"

顾雪沉摸摸她的头发，转眸望向桃桃和酥酥，叫他们过来。爸爸的话是圣旨。两个小朋友赶忙爬起来，一左一右，乖巧地蹲在许肆月的腿边。

顾雪沉掀起许肆月的衣摆。许肆月本能地按住衣摆，为难地盯着他。他安抚地亲亲她的脸颊，动作缓慢地把她的伤疤露出来。

许肆月别过头，不太想直接面对孩子们的反应。她在网上看到过不少妈妈的自述。孩子会惧怕妈妈剖腹产的伤疤，会排斥它，会惊恐，不敢接近它。

下一刻，许肆月听到桃桃和酥酥的吸气声，手指紧了一下。顾雪沉拥着她，对孩子们说："你们两个人在妈妈的肚子里长大。妈妈用自己身体的养分供养你们，为了让你们顺利出生，又被医生用刀子把这里划开……"

当时的情景再一次浮现，顾雪沉收拢眉心，口中苦涩。

桃桃和酥酥惊呆了，客厅里寂静了几秒钟，而后两个孩子一起眼泛泪光，呜咽着哭出声音，一人抱住许肆月的一条腿，吭哧吭哧地爬上她的膝盖。他们紧紧地窝到许肆月的怀里，把小脸儿贴到她小腹的伤疤上，紧紧地搂着她的腰，放声大哭，连声叫着“妈妈”。

许肆月不知怎么了，眼泪也跟着涌出来。其实她当时不太疼啊，也没有那么辛苦，每个妈妈都是这样过来的。而且她已经受到了最好的呵护和宠爱，但雪沉将她的孕产当成生命之重，此时此刻，她的小孩子心疼地抱紧她，孩子们天真稚嫩、流着泪，她的心热到要化了。

许肆月护住桃桃和酥酥，抬头去看顾雪沉。他目不转睛地注视着她，俯身吻她的唇。

许肆月心里的最后一块小石头也被温柔地放下，她破涕为笑，觉得这疤好看得很。这是时光的证明，是雪沉和她相爱的痕迹。

当天夜里，她摸着自己的小肚子，千奇百怪的念头噌噌地往上冒。第二天她就趁着老公去公司，偷偷地联系了一家高端私密的文身会所，直接过去了。

文身店的美女老板经验十足，热情地给她介绍道：“在剖腹产的伤疤上文身的女性特别多，美观又可爱。来看看，我们的图超多。”

“不用看了，”许肆月笃定地说，“就在这里，片雪花。”

傍晚，许肆月回到瑾园，小肚子上还有点火辣辣的感觉。但想到这个最终的图案，她又难掩心中的激动之情，不知道雪沉看到它会是什么反应，但今天还不能让他发现文身，毕竟还没消肿……

许肆月溜进卧室换衣服，特意挑了一条连体的家居裙，家居裙不容易被掀开。她正脱光了要换上家居裙，楼梯那边就传来一阵响声。

不是吧？！许肆月的手一抖，她赶紧加快速度。他不是说今天晚回来吗？！

她往身上套睡裙，难免碰到文身，火辣的痛感让她的动作迟缓了许多。顾雪沉直接推门进来，从她的背后拥住她，手掌自然而然地盖在她的小腹上。只是一瞬间，他的呼吸就蓦地停了。

许肆月欲哭无泪，完蛋，真是要命了！

顾雪沉立刻把她转过来，炽热的目光下，她细窄的小腹上，以那道伤疤为中心，有一片红肿的雪花图案。他停下动作，一动不动地盯着雪花，眼里有光。

趁着他反应之前，许肆月先一步钩住他的后颈，吻了吻他的唇，低声说：“雪沉，别怪我自作主张。我只是……想把你刻在我的身上。”

不过到后来，许肆月也对这件事略感后悔，主要是……彻底没了痛感之后，这片雪花居然成了顾雪沉的专属敏感点。在床上他看一眼这雪花就发疯。

桃桃和酥酥一到三岁，就被送进了幼儿园。桃桃向来淡定，但离开家也悄悄地抹了一点点眼泪。不等顾雪沉和许肆月去哄桃桃，酥酥就颠颠地跑过去，把姐姐一把抱住，亲亲她的小脸蛋儿，说："小桃子不哭，弟弟陪你。"

幼儿园第一天放学，夫妻两人早早地赶过去接孩子，对桃桃和酥酥的适应程度难免放心不下。许肆月准备了不少安慰人的小零食和小礼物，准备一见到小家伙们就拼命地哄，万万没想到，酥酥竟然是被桃桃揪着衣服拽出来的，后面还跟着几个老师。

许肆月忙牵着老公的手迎上去，关切地问："你们俩闯祸了是不是？"

桃桃背着小书包，嫌弃地把酥酥往爸妈面前一丢，奶声奶气地说："你自己跟爸爸妈妈讲。多少女孩子被你弄哭了？！"

酥酥委屈巴巴地摇晃着姐姐的手指，说："可是——也有好多男孩子被小桃子弄哭了！"

许肆月听得头大。顾雪沉把老婆和孩子护在身后，问了老师才清楚事情的原委。

桃桃长得漂亮，幼儿园的小男生们都想跟她坐在一起。但她十分高冷，一言不发，谁也不理，结果这帮小屁孩自己打破了头。

酥酥简直是行走的撩妹机，精致好看，笑起来特别甜，托着下巴随便坐在那儿，也不用多说什么，小姑娘们就不由自主地往他的旁边凑。最后女孩子叽叽喳喳地吵起来，互相扯头花扯到哭。

听到桃桃的部分，许肆月感到特别骄傲。等听到酥酥的部分，她捂住额头，笑不出来了。

老师年轻，笑着说："酥酥年纪这么小，就很受女孩子欢迎了。"

许肆月觉得如鲠在喉：拜托，别说别说！

酥酥骄傲地仰着小脑袋，拍拍胸脯，脆声说："程熙阿姨讲过，我随妈妈！"

许肆月立马觉得黑云压顶，缓缓地移动目光，果然对上顾雪沉看过来的眼睛。他眼睛漆黑，微挑着眉，一言不发地注视着她，眸里情绪汹涌。

许肆月果断地攥住他的手，蹲下身把桃桃和酥酥搂过来，掏心掏肺地教育道："撩可以，但只能对你这辈子唯一喜欢的那个人。"

她说完，心跳平稳了下来。许肆月跟顾雪沉十指紧扣，唇也弯起弧度，认真地说："就像妈妈这一辈子只有爸爸一样。"

晚上回到家，酥酥吵着要吃顾雪沉亲手做的糖醋排骨。顾雪沉捏捏他的小鼻子，眉梢上扬，说："遗传得不太好，爸爸拒绝做饭。"

酥酥放弃挣扎，直接去找桃桃，缠着桃桃去求爸爸，姐姐的家庭地位可比他高多了！

桃桃皱着眉头慎重地考虑，拉起弟弟的手，说："这么大的事，得去找妈妈才管用。"

许肆月在工作间里处理图纸。两个小团子特意换上卡通玩偶装，圆滚滚地扑到她的腿边，要她去求爸爸做糖醋排骨。

许肆月拎着两个小团子下楼，从身后蹑手蹑脚地逼近顾雪沉，突然抱住他的背。

"老公，"她蹭他，"受委托来求一盘你亲手做的糖醋排骨。"

顾雪沉低声笑着，把她揽过来，垂眸看着两个卡通小团子，说："今天应该教酥酥一个词。"

"什么？"

"弟凭姐贵。"

许肆月笑倒在他的肩上，问："那桃桃呢，你教她什么？"

顾雪沉捏捏她的脸颊，说："女凭母贵？"

许肆月拖长了声音，追问道："那我呢？我贵不贵？"

天际还有一线夕阳，余晖照进落地窗，照着两个软萌的小小身子和相拥的两个人。

"贵。"

"贵到什么程度？"

他的声音充满磁性，钻进她的耳中："是我的无价之宝。"

番外一　旧　梦

顾雪沉手术的那天下午，许肆月站在手术室外，一动不动地盯着江离，手里紧抱着的箱子渐渐滑落，“砰”的一声，箱子砸在地上，里面承载了那个人十几年时光的日记本掉出来，四散开来。

头顶的灯光亮到刺眼，照得她发晕。她呆滞了几秒，手足无措地往前走了一小步，轻声问：“你说什么？”

江离口罩上方的眼睛通红，他鼓起勇气想重复一遍那句话，许肆月忽然朝他冲过来。她死死地揪住他手术服的领口，大喊道：“你说什么？！”

江离面对不了她，僵硬地扭过头，机械地说：“对不起，雪沉和我们都已经尽力了，主血管破裂，抢救失败……他走的时候没有痛苦……开刀之前他就做好了准备，提前嘱咐我，如果他下不来手术台……”

后面没说完的话戛然而止，江离被许肆月推开，撞到墙上。

“不可能，他怎么能死？”许肆月像听到了什么匪夷所思的谎话，声音扭曲地喃喃地道，“他吓唬我是吗？！我去找他。”

她直接往手术室里面闯，脚踝发软，摔了一下，又马上爬起来继续跑。江离厉声道：“别让她进去！”

医护们一股脑地拥上来阻拦她，手术区域的大门也跟着关闭。许肆月被隔在外头，凝视着那道越来越窄的门缝，精神彻底崩溃，喊道：“我要见他！”

"见什么？见他虚弱的样子？！"江离失控地哽咽，"他到死也不想让你见他那样！他在里面留不了多久，殡仪馆的车很快就到！等他的伤口被缝好……你会看到……以前的那个他。"

江离说的每个字许肆月都听得懂，但他的话变成了最残忍的刀，一下一下地捅烂她的心脏。她不自觉地往后退，被绊倒，低下头看去，地上被翻开的某册日记本上面被胡乱地踩上了一个脚印，脚印底下是顾雪沉少年时娟秀的字迹："在梦里，她才有可能多看我一眼。"

许肆月所有强撑的意志被摧毁，她捧着日记本，无力地蹲下去，把自己蜷缩成一团，无声地抽泣，直到喉咙里终于挤出来一丝溃败的气音，才颤抖地捂住脸，哭得歇斯底里。

顾雪沉的遗体不能留在医院里，殡仪馆的灵车到了，楼里已经聚满了人。很多双手来搀扶许肆月，都被她强硬地甩开。她嗓子哑得不能说话，耳朵也听不见声音，对外界像是没了感应，只专注地死盯着殡仪馆的那辆车。没过多长时间，一群人簇拥着黑色的长匣缓慢地走出来。

许肆月在这一刻崩溃，跌撞着扑上去。乔御及时用身体挡住她，把一包东西交给她，流着泪说："太太，盖上了，你现在看不见他。顾总没有亲人，你是他唯一的家属，这是他生前穿的衣物。按习俗你要带着衣物，跟他坐同一辆灵车走完最后一程。"

每句话都在对许肆月进行凌迟，她仍然接受不了这个事实，惨白的脸上浮现出凄厉的表情。乔御哭着劝她："太太，他还需要你……你不能倒下。"

许肆月愣在原地，眼睁睁地看着她的爱人被送上车。他还需要她，她还有用，她不能给他丢脸。

殡仪馆的车悄无声息，就像它承载着的那个人。那人以前就不爱说话，可偶尔也会笑，会生动地皱眉，会气她、怨她、义无反顾地爱她。现在他不声不响地躺在那个匣子里，漆黑孤寂，冰冷的身体再也不能变温暖。

许肆月搂着装衣服的包裹，到达殡仪馆时，天色已经昏黄，仅剩的一抹光也迅速被吞没。她垂着头，下车，眼睛肿到剧痛，捧着的那包衣服几乎是湿透的。

死讯对外保密，没有记者媒体打扰，来的人都是顾雪沉生前认可的人。他们训练有素，烦琐的流程进行得非常顺利。顾雪沉活着的二十几年里充满坎坷和磨难，唯有死后，老天才让他离开的路平坦一些。

许肆月没有再掉一滴泪，固执地抱着顾雪沉的衣服，做好一个妻子该做的一切，在人前无可指点，谁都说不出半句顾太太失态这样的话。她攥住乔御的手臂，力气很大，说："他要穿的衣服，我去选。"

乔御哽咽片刻，低声说："顾总早就准备好了，按你喜欢让他穿的款式……他的身后事全是他在世的时候默默地安排的。"

许肆月绝望地闭上眼睛，缓了好久才把手松开。

手术之前，她强迫自己不去想失败的可能，偏执地认为雪沉一定会康复，对那些不吉利的事提都不肯提。她总觉得，这一生顾雪沉都不会离开她。他不管走过多少险境，总会回到她的身边，但她从未想过，雪沉亲手操办了他自己的后事。稍微试想他当时的心情，她就会心痛得无以复加。

火化要等到第三天。当晚，顾雪沉就要单独留在殡仪馆的小房间里，然后沉入低温的地下。

许肆月守在房间的门口，顾雪沉被送进来的时候，她的脑中一片空白。她摇摇晃晃地扑到换了透明盖子的长匣上面。

他平静地躺着，唇角还像以前一样微微地敛着，伤口都被清洗干净，头发很整齐，穿干净的白衬衫，领口被扣到最上面。就和江离说的那样，她见到了以前的顾雪沉。他没有病痛，只是双眼闭着，漆黑的睫毛垂下来，永远也不会再醒来。

这个房间冰冷阴森，别人都有意无意地回避着。即便是乔御，面对生死也有些害怕。许肆月找了理智的借口劝走每个要带她回家的人，独自留下来，回到那个房间，关上门。

窗外的天色完全黑了，月光很凉，有一丝照进来，落在地面上。

许肆月靠着门滑坐下来，爬到地中间的凹陷处，那里面的温度很低，长匣被放置在那里。有一盏灯亮着，灯光透过玻璃罩照着顾雪沉温柔的脸。她盯着他，眼泪掉下来，落在玻璃上。到处都很静，只有她一个人的心跳声和呼吸声。

"雪沉，这里好冷啊。

"我穿得少，可能会感冒，你不心疼吗？

“我去过你卡片上写的寄存站了，收到了你给我的礼物。你走得这么急，不想要我的回礼吗?

“其实我除了你什么也没有，要还的礼也只是我的一辈子。你是不是等够了，不要我了？”

火化当天，现场混进了很多偷拍的记者。许肆月拒绝了遗体告别仪式。雪沉没什么人可告别，也不需要被展示给任何人看。他唯一要告别的人是她，而她……不会跟他分开。

他被推进火化炉的时候，她就站在外面，隔着很小的窗口看那道门。她的手扒着窗台，指尖被磨出血。最后有人通知家属进去捡骨。他没有家属，只有她。

许肆月挥开别人，单独进去了。她的雪沉没了，剩下的只是灰烬和烧不化的碎骨。她扔了旁边的人递来的手套和工具，用破损的手指把他捡起来，收进小小的骨灰盒里，将它搂在怀中。

墓园里他早就选好了位置。地方不大，只够他容身，离入口很近，他担心她以后探望他时走太远。碑前的位置很窄，只能放下一束花，连多余的东西都不要她准备。他怕她累，怕她烦，怕她将来感情淡了，忘了他，怕她连看都懒得来看他。

送葬的车队声势浩大。许肆月抱着她的爱人，单独坐在最前面的车里。车子启动后，她拿出准备好的刀抵在自己的动脉上，说：“不去墓地，回瑾园，我只有这一个要求。”

司机是从前专门服务她的人，一见她的样子，眼眶就红了，没说什么废话，咬咬牙，一脚油门开出去，直奔瑾园。

手机一直在疯响，后面的车在追赶他们，许肆月抚摸着骨灰盒，笑着说：“雪沉，咱们哪儿也不去了，回家。”

许肆月把瑾园家里雪沉亲自布置的安保系统全开启，将几个管家机器人的防护功能依次打开，找了一个最暗的角落坐下，才接起电话，说：“别敲门，别勉强我，让我和他好好地待在一起。我没犯法，没做什么天理不容的事，只是……想跟我老公回家。”

她没有疯，照样过日子，生活很正常，窗帘全拉上，吃饭的时候摆两套碗筷，做他爱吃的东西，不厌其烦地给他画设计图，晚上缩在被子里，紧紧地抱着装着他的小盒子，不管室温多高，半梦半醒地喃喃着

“冷”。

“雪沉，你来看看我。”

“就算你不愿意见我，也让我梦到你。”

“你想入土为安吗？”她问，眼睛漆黑明亮，“只要我活着就不可能。你不能安，要一直管我、担心我。”

伸手不见五指的夜里，许肆月茫然地睁着眼，慢慢地蜷起身体，撕心裂肺地威胁道：“雪沉，你要是再不理我，我就忘了你。”

她已经不知道他离开了多长时间了，只知道自己的手臂瘦到仿佛只剩下骨头。

夜太深了，静得犹如墓穴，许肆月哭累了就窝在床边，迷迷糊糊地闭着眼，突然感觉有风在靠近，风中带着很淡的木质香气。

许肆月整个人愣在原地，这仿佛是雪沉身上的味道。她挣扎着要起身，有一只无形的手却先落在她的头顶上。他轻柔耐心地抚摸着她，像梦。她最贪恋的人在她的耳边发出轻轻的叹息声。

许肆月胡乱地去抓什么，却什么也碰不到。她抽噎着慢下来，小心翼翼地用手臂勾勒出一个并不存在的轮廓，小心地抱住他。

“老公，”她喃喃地道，“你瘦啦。”

许肆月不知道自己什么时候才睡着，模糊的梦里，顾雪沉用温热的手指无奈地捏她的脸颊，说：“月月不哭，乖一点。”

再醒来时，她死死地搂着装着他骨灰的盒子。

许肆月呆坐了很久，直到天光大亮，才乖巧地低下头，眷恋地亲吻盒子，说：“雪沉，我听话，乖一点。作为交换，你让我见你好不好？”

就是这一天，许肆月时隔许久打开了家里的窗帘和大门。她眯起眼看陌生的阳光，叫醒蹲在门外昏昏欲睡的乔御，声音沙哑地说：“走吧，去墓园，让他入土为安。”

乔御激动得眼泪直流，一路上嘴里不停地念叨。许肆月听不清楚，自顾自地把骨灰捧到窗口，让雪沉看看窗外的景色。

她知道这是最后一段路了，所以在临近墓园的十字路口，一辆失控的货车歪歪扭扭地朝着后排猛冲过来时，她并不害怕。碰撞发生的前一刻，她甚至庆幸地笑出来，把骨灰盒紧紧地护在怀里，用身体牢牢地包住它，喃喃地道：“雪沉，我要去见你了。”

耳边响起震耳欲聋的响声，锐痛感把她穿透的瞬间，她弓着身体，保护他的骨灰。

许肆月重新睁开眼的时候，全身酸痛得要散架，头“砰”的一声重重地磕在桌上，疼得晕眩。她本能地寻找骨灰盒，过了几秒，确定没有骨灰盒，怀中是空的。她惊恐地猛然直起身，差点从椅子上摔下去。

椅子？！车祸她没死……

“肆月，没事吧？”有一个女孩子急忙来扶她，“睡迷糊了是不是？”

她的耳朵里渐渐传来更多的声音，说笑闲聊声、杂乱的脚步声、哗哗的翻书声、空调细微的噪声，黑板擦正懒洋洋地滑过黑板，还有离她最近的、程熙少女时的嗓音。

许肆月浑身不自觉地开始颤抖。她大睁着眼，不敢相信地盯着眼前的书桌，一本英语书摊开着，扉页上龙飞凤舞地写着“高二（5）班，许肆月”。她忍不住地颤抖，牙齿打着战，低下头，看到自己身上故意裁短的一中校服裙。

程熙梳着马尾辫，担心地问：“怎么啦？课间睡一觉怎么睡晕了？我的天，你慢点！”

许肆月把桌椅撞得哐哐乱响，东西东倒西歪成一片。她脸色惨白地站在教室里，前后桌的同学谁都不敢有怨言。一群男生听到动静，殷勤地跑过来等她吩咐。

许肆月盯着程熙，眼睛赤红，说：“我做梦了？”

程熙呆滞。

“死前的幻想？”

程熙一把掐住她的手，说：“快跟我去医务室！好好的一中小霸王可别疯了！”

真实的疼痛感让许肆月喜极而泣，她慌乱地翻着书，自言自语道：“高二……高二（5）班……雪沉在……在高二（1）班……他在……”

许肆月推开身边的人，深一脚浅一脚地冲出教室，站在熟悉的走廊里，凭着记忆跑向走廊另一头的高二（1）班。

周围有很多人，无数人惊诧地朝她指指点点。许肆月当看不见他们，一口气狂奔到高二（1）班的门口，抓着门框，牙齿咬住手背，一步一步诚惶诚恐地挪过去。

上午的阳光很好，透过玻璃窗洒了大半个教室，那个清瘦的身影仿佛被金纱笼罩着，他的短发乌黑，眉眼沉静，朴素的校服显得他干净漂亮。

许肆月无意识地张开嘴，发出微弱的气音。

他眼睫动了动，抬眸望过来，那人一双黑色的眼睛如同从前。

许肆月弯下腰，抑制不住哭声。全班几十人吃惊地看向她，纷纷大叫。

“是许肆月！”

“她来找谁的？昨天她不是刚找了一个帅男生，这么快就换目标了？！”

“不对啊！她哭成这样，谁有本事让她掉眼泪啊？”

“她进来了——”

“班长！”

在高二（1）班里里外外几十人的注视下，许肆月直起身体，抹着眼泪奔向那位沉默寡言、难以接近的班长顾雪沉，直直地撞到他的怀里，爬到他的腿上，拼命地搂紧他的腰，哭着喊：“老公。”

教室里学生们吵得快掀翻屋顶了。许肆月丝毫没受影响，抱着少年时的顾雪沉，专心致志地听他的心跳声。是梦也好，是幻觉也好，或者是老天眷顾她，在死之前最后给她一点垂怜，什么都行，至少现在的拥抱是她可以真实感受到的。顾雪沉就活生生在这儿，她看得见摸得着。

许肆月往他单薄的颈窝里埋，哭得上气不接下气，手也不老实地到处乱摸，确认顾雪沉的存在。等了几秒，她突然觉得自己再这么哭下去简直浪费时间，短暂的相聚不知道什么时候就会结束，自己得赶紧亲他一下。她手忙脚乱地抬起身，捧住他的脸，委屈地叫了一声“老公”，对着他的薄唇就要吻上去。

教室内外本来就嘈杂的起哄声立马震耳欲聋，直接把一班的班主任引过来了。戴眼镜的严肃中年女人探头一看，又惊又怒，重重地拍门，说：“干什么呢？这里是学校！从他的身上下来！”

全校第一，老师们指望着考状元的金贵孩子，怎么能被这么糟蹋？尤其始作俑者还是危险度最高的学生许肆月！

许肆月才不管。一群人闹得再欢，那也都相当于游戏NPC（游戏中的非玩家角色）。她活着的时候亲不到顾雪沉了，临死前还不能亲吗？！

许肆月得寸进尺地压住顾雪沉的后颈，嘴唇跟他只隔几毫米。双唇即将相贴的时候，一只手抵住她的肩膀，把她推开。

顾雪沉好像直到现在才恢复正常的呼吸，素白的脸颊泛着红，长睫毛上凝了一层薄薄的雾。比起成年的他，现在的他显然有些脆弱，跟她拉开距离，嘴唇动了几下，低声叫她："许肆月。"

最简单的一个名字，许肆月听得热泪盈眶，忙哄他："雪沉你别动，让我亲亲。"

这话一出，教室里顿时炸开了窝。班主任气得直跳脚，撸起袖子就要上来抓她。还有个男生闻讯而来，挤过人群跑到许肆月的旁边，指着顾雪沉生气地问："肆月，你昨天才夸我长得好，我求你当我女朋友的时候你也没反对，现在你跟他这是什么意思？！"

许肆月烦得要死，抽空抬头一看，对方还真有点眼熟。他似乎是高中时她无聊逗弄过的一个高一学弟。学弟大张旗鼓地在学校里跟她表白。她觉得挺有意思，就暂时逗他玩玩。

"对，他昨天表白，许肆月当时还笑了。她挺开心啊。"

"对对，而且说起来，当时班长就在表白现场亲眼看了全程！班长那么高冷，肯定瞧不上许肆月这种喜新厌旧的人吧？"

许肆月傻了，盯着顾雪沉微颤的睫毛，从脚底凉到头顶。

她想起来了，雪沉在日记本里写过这一天。他亲眼看到了学弟表白，而她没有拒绝学弟的场面。他默默地离开，吃不下饭，也睡不着觉，在操场上一直跑，结果得了一场重病，发烧到上不了课。

许肆月赶紧揽过顾雪沉的头，把嘴唇往他的额上一贴，他的额头果然烫得吓人。他生病了。

许肆月急忙从他的腿上下来，不由分说地把他拽起来，说："跟我走！"

班主任气急败坏地阻止她。许肆月匆忙地说："雪沉在发高烧，我带他去医务室！老师要是不想让未来的状元烧坏了，就别拦着！"

她又拨开学弟，深吸一口气，斩钉截铁地说："我夸你好看是我眼瞎，没当场拒绝你是我浑蛋。我跟你道歉。至于女朋友，从来就没可能。从现在开始，我牵手的这个人才是我的老公。”

顾雪沉滚烫的手要挣开她的手，他拒绝道：“我不是……”

许肆月抹了抹眼睛，没去跟顾雪沉争辩，握紧他的手腕，一路大摇大摆地走过学校的走廊，每一步都在担心这场梦会突然停止。但等医务室的校医给顾雪沉量完体温，拿了一把药让他吃下去以后，她依然在这个世界里。

许肆月狠狠地咬了自己一口，咬到见血，终于有了一丝真实感。或许真的是老天怜悯她，让她又回到了高中时期，让她回到雪沉还在、一切都来得及的时候。她捂着眼，不知道该痛哭还是该大笑，又怕吓到雪沉，就一个人蹲在医务室的角落里，垂着脑袋，像个精神失常的小疯子。

校医出去了，医务室里只剩下他跟她两个人。顾雪沉坐在床上，许肆月抱着膝窝在墙角。她一边哭，一边抬头盯着他，又忍不住甜笑，肆无忌惮地夸他：“我老公高中时可真好看。”

顾雪沉强迫自己别开头，维持平静的语气，说：“许肆月，我不是你心血来潮的玩具。”

她心疼地抿嘴，恨不得整个人贴在他的身上，可不敢再像刚才那么生猛了。她软趴趴地咕哝了一堆话，故意说得很小声，让他听不清。

顾雪沉用余光瞥到她咬出的伤口和脸上的泪，眉心拧成结。他想知道她到底在说什么，话又问不出口。

许肆月的桃花眼无助地垂低，她贴心地问：“是不是听不清？对不起，我的嗓子哑了，说不大声。我离你近点，再说一遍好不好？”

她得到默许，挪着小碎步来到顾雪沉的身边，趁他不防备，实在扛不住满腔的情感，张开手臂抱住他的腿，仰起娇俏的脸，用水汪汪的眼睛凝视着他，说：“我说你不是玩具。”

短发盖不住顾雪沉烧红的耳根。眼睛含泪一弯，她把小巧的下巴靠在他的膝盖上，呜咽着对他撒娇：“你是我的心肝宝贝、大可爱、最甜最好的小阿十。”

许肆月失而复得，激动得不知道怎么办好，当然看不了他受委屈，搂着他的腿开始表白，说完了，自己过瘾了，但再对上顾雪沉惊诧到微红的眼睛，才后知后觉地意识到自己现在这样子……好像更渣了。

昨天她还公然接受学弟表白，闹得全校皆知，今天就当众坐到他的腿上，又抱又蹭地缠他，哭哭啼啼地说情话。正常人哪儿会转性这么快？雪沉不怀疑她居心叵测才怪了。幸亏她及时想到了“阿十”，这还算个勉强的解释。

“我没有心血来潮逗弄你。我受了点刺激，把以前的事想起来了，记起了明水镇跟你在一起的那三个月。”她睁圆眼睛，让自己看起来特别像个正经的纯情少女，“对不起阿十，我不是故意忘记你的，你原谅我。”

她对天发誓，说：“以前那个到处拈花惹草、对你很差的许肆月，你就当她死了。从今天开始，我重新活。”

过了许久，顾雪沉紧绷的手臂才动了一下，他拿过床边小推车上的碘伏和药棉，低着头给她清理手上她自己咬的伤口。他动作很慢很轻，非常克制地没用手指碰她的皮肤。即便这样，他的手腕还是在明显地颤抖。

十几岁的顾雪沉还没有经历过那么多痛苦，也没来得及学会怎样妥善地隐藏情绪，他的感觉在短短的时间就被残酷的现实压倒。

顾雪沉把她的伤手包扎好，说：“你不用道歉，这几年我已经明白了。我只是你的一个童年玩伴，像我这样的人你身边有太多了，我不特殊。”

许肆月急着反驳。他抬起眼，注视着她，说：“忘了也不是你的错。现在想起来，你更不需要对我有什么愧疚之意。我生活的世界跟你离得太远，你一时新鲜想玩一玩，但我做不到。”

他眼睫垂下去，掩住黑瞳里翻腾的感情，说：“还有，‘老公’这种称呼是相爱结婚的夫妻才能用的。你还小，别在学校里乱叫，这样对你不好。”

许肆月只想原地爆炸。她过去作孽太深不说，活过来以后一系列的反常行为也让雪沉坚定不移地认为她心思不正。按她的说法，刚把童年记忆想起来，她就性格大变？她对他直接亲亲、抱抱、表白一条龙？她还当场立誓许终身？她若是顾雪沉，也不信。

许肆月要愁死了，当务之急不是对雪沉敞开心扉，是要努力地表现得正常一点，让自己看起来不那么像个想一出是一出的花心神经病。

顾雪沉烧得厉害，吃了药才稍微好转。班主任打来电话，让校医送他回宿舍休息，后面的课他就不用上了。他拒绝让人送，坚持一个人走。许肆月收敛着，不敢碰他，在他的后面紧紧地跟上他的脚步。

少年的身材修长清瘦，校服的衣领被翻折得整整齐齐。他露出漂亮的后颈，原本冷白色的皮肤因为高烧染上了红色，偶尔会侧过头看她，漆黑的长睫颤动两下，又忍耐地转过去。脖颈上淡青的筋络，微抿的唇角，泛红的眼尾，无一不给许肆月成吨的伤害。

她好想抱抱他，想找个房子领他回家，亲手照顾他，时时刻刻地黏着他，再也不跟他分开。她一个二十多岁沉迷老公不能自拔的已婚少妇，现在成为一个单纯的高中生，真的好难。

到了宿舍楼下，顾雪沉停住，说："许肆月，你走吧。"

许肆月唠唠叨叨地叮嘱了他半天，见他不舒服地蹙着眉心，才乖巧地答应："好。"

好？好就有鬼了。她先假装离开，躲在某个墙角，等顾雪沉进了宿舍楼，立刻跑出来敲响宿管阿姨的门，笑得超甜，问："阿姨，顾雪沉住在哪一间？"

阿姨警惕地上下打量她，门一关，说："不知道。你这种没尝过人间疾苦的小姑娘，别来祸害我们顾雪沉。"

许肆月笑着摸摸鼻尖，人间疾苦她尝过太多了，才如此惶恐，生怕他再一次消失。

高中的上课、下课时间是统一的，学生这个点没回宿舍的。她辗转半天，只能问对面小超市的老板娘，才得知顾雪沉的宿舍号。

"那个，"老板娘把四楼的某个窗口指给她看，"每天都有小女生守在这儿往上看呢。"

许肆月吃了一口大醋，闷头坐在宿舍楼对面，托着下巴往上看。她得盯着他，不然不安心。

她叛逆惯了，给程熙发了个短信报平安也就没人来打扰她了，等到全校学生放学，夕阳西下，住宿的学生吃了晚饭纷纷回宿舍楼。她终于逮住一个靠谱的人，把买来的饭菜塞给他，说："麻烦帮我将饭菜给顾雪沉，就说……老师让你带的，别说是我。"

她不想让雪沉知道她还在，他会不安心。

天很快黑下来，窗口亮了灯。许肆月仰着脑袋看，顾雪沉过世时她仿佛肝肠寸断的疼痛感在不停地戳着心脏。温度低了，风很凉，楼外一个人都没有了，她还是不想走，要守在这儿，守着顾雪沉。

顾雪沉醒来，支离破碎的梦里全是许肆月的脸。灯灭了，几个舍友已经睡着了。他撑起身，鬼使神差地走到阳台上，双手猛地收紧。

楼下昏黄的灯光下，小姑娘穿着短短的校服裙，孤零零地坐在花坛边的硬石板上，头发散下来，覆着一层温暖的柔光。

心跳突然加速，很多话卡在喉咙里，顾雪沉以最快的速度转过身，拿了自己最厚的衣服冲出宿舍。他跟宿管阿姨说去医院，打开了夜间上锁的大门，发现许肆月正蔫蔫儿地弯着身子，把头藏在臂弯里。

许肆月困得迷迷糊糊，忽然感觉有件衣服披在身上，蓦地抬头，目光撞上顾雪沉墨色的双眼。

许肆月像个不知人情世故的毛头小姑娘，慌得语无伦次。顾雪沉拉起她，说："快点回家。"

"走不了了，"她可怜巴巴地说，"校门上锁了，保安不通融，我今天只能在这儿过夜。"

顾雪沉不能带她进宿舍，只能把她领到一楼楼梯的拐角处。那是个没人能看见的角落，避风，很暖和。他铺了厚衣服让她坐下靠着墙，自己坐在离她半米远的地方。

许肆月飞快地挪过去，抱住他的手臂，把头往他的肩上一靠，鼻子一下子酸到不行，说："让我靠一下，你就上楼去睡觉。"

后来靠了很多下，她下意识地搂紧他，牢牢地依偎着他睡着了。

顾雪沉一夜没上楼，就那么笔直地坐好，让她靠着，直到天光亮起，才忍不住偏了偏身体，把脸颊贴在许肆月的头上，小心地磨蹭了一下。

天刚蒙蒙亮，许肆月被宿管阿姨的大呼小叫声吵醒，身旁的位置空了，但身上还有那个人留下的淡淡皂角香。显然他没走多久，只是不想被她发现自己陪了她一整夜。

许肆月环抱着顾雪沉的外套，用嘴唇贴了贴它。

宿管阿姨看得两眼直冒火，拍着大腿痛心疾首地说："小姑娘家家的，像什么样子？！我看你就是居心不良，自己衣食无忧，不但玩儿心重，还要来祸害好孩子！耍完了就不管人家了，这就是坑人！你坑别人我管不着，别来招惹顾雪沉！”

许肆月没反驳，自己高中时放肆得很，恶名在外，一中的人都认识她。阿姨这么说一点都不奇怪，估计所有人都是这么想的，也包括雪沉。

许肆月站起来，很得体地鞠了一躬，说：“顾雪沉病了，硬扛着不爱吭声。我不能上去，这几天麻烦您多关照他。”

她跑出去买了一堆早餐、零食和感冒药，硬是将东西塞到阿姨的手里，说：“拜托了。”

走出宿舍区，许肆月仰头看了看渐渐明亮的天，忍不住把手拢在嘴边，喊了一声。

她在这个世界里过完一整夜了，是真的再一次拥有他了。

雪沉今年才十几岁。她就算憋死了也不能急躁，必须得一步一步地来，把他的心伤抹平，规避掉他未来的痛苦，让他从现在开始的人生里只有甜。

许肆月摸出手机，翻了翻通讯录，点开许丞的手机号，犹豫很久，还是打了过去。现在许丞还是她爸爸，丑陋的嘴脸还没显露出来，甚至此时，他还是真心爱她的。

电话接通，在许丞慈爱的催促下，她才深吸了一口气，低声说：“两年以后别投资建材业，会输得很惨。你最好相信我，另外……帮我一个忙。”

顾雪沉跟许肆月坐了一晚，感冒反而好转很多，烧也退了。他准备去教学楼的时候，下意识地先去阳台上看了一眼，楼下没有人。松了一口气的同时，他又不知道为何涌上来一阵失落感。

一路上他心都不能放下，总怀疑下一秒那个身影会忽然出现，担心她像昨天一样来招惹他，但是直到迈上楼梯，慢慢穿过人影纷乱的走廊，也没有发现她。

顾雪沉垂眸，长睫挡住光，临近一班门口，越来越多的人看着他窃窃私语。他们兴奋地议论着什么。顾雪沉毫不在意，安静地往前走，要进门时，同学的反应已经严重打扰到他。他微微停步，蓦地抬起眼。他看起来沉静敏锐，一瞬间不像平常那个内敛的班长，突然变得攻击性十足。

大家不由自主地沉默，顾雪沉又垂眸。他到班里了，最后一步马上走完，许肆月不可能跳出来了。他攥紧书包带，沉默地迈进教室，下一刻，坠入谷底的心猛然疯跳，撞着胸腔。

许肆月坐在他同桌的位置上，懒洋洋地趴着，像在睡觉，绑成高马尾的长发垂在他的桌面上，露出的耳朵白皙美丽。

顾雪沉总算明白那些人在看什么热闹。他下意识地加快速度，走到她的面前，说："你……"

许肆月听到他的声音，睡眼蒙眬地抬起脑袋，支着小巧的下巴朝他笑，少女音清甜诱人，说："从现在起，我是你的同班同学啦，就坐在这儿。"

她俏皮地翘着唇，压低音量，说："如果'老公'你觉得太早，那我们从同桌做起，怎么样？"

早上第一节是班主任的数学课。中年女人扶着眼镜，眼神恨不得把许肆月凌迟几个来回。谁让人家许肆月的爸爸给一中捐了两栋楼和一个体育场呢？她爸爸一个电话打到校长那里，校长有求必应。她想去哪个班就去哪个班，想成为谁的同桌就成为谁的同桌。还好班主任还算了解顾雪沉的性子，觉得他对小孩子的情情爱爱不感兴趣，肯定不会动摇。

许肆月占据了最佳的位置，迫不及待地火力全开，早中晚给顾雪沉换着花样地带饭菜，一股脑儿塞给他各种书本和文具，偷偷摸摸地买衣服，将衣服往他的桌肚里藏，一天给他画一张侧影素描，画得简直能直接成为杂志的封面。

三天后，顾雪沉终于扭头看她，郑重地说："许肆月，别在我的身上浪费钱和时间。"

他抿着唇，眸光很黯，说："我不需要你的怜悯。"

许肆月百口莫辩，心被他受伤的眼睛刺得发疼。她让自己冷静下来，轻声解释："对不起啊，我只是……心疼你太瘦，想让你多吃一点，怕你冷，才给你买衣服，总担心你东西不够用，就拼命地买买买。我画了这么多张画，总不是怜悯你吧？"

顾雪沉扫了一眼她的桌上刚画好的画，忍了忍，还是伸出手抢过来，板板正正地将画夹到自己的书里，说："其他的东西你收回去……

画……我可以收。”

许肆月被别扭的他惹得直笑，歪在桌上聚精会神地盯着他。

顾雪沉要用尽全力，才能阻止自己回应她、亲近她。他总在想，她究竟用了什么，她身上那股很淡很淡的香味始终牵扯着他的神经。她太白了，脸又小，泛着光，桃花眼大而媚，看人的时候含着一汪水。她这样看他，他恨不得让时间停止。可她也这样看别人。他会疼，疼得不能忍受，所以只能尽力跟她保持距离。

许肆月很想当个正经人，但顾雪沉从早到晚都坐在她的身边。她伸手就能碰到他，实在忍不住奔腾的热血，欠欠地总爱碰他。她倒是努力地当个高中生，很有分寸，绝不碰他的皮肤，就轻轻地摸他的衣袖，碰他的发梢，偶尔胆子大了，出其不意地站到他的眼前，沉浸在他清爽的气息里。

顾雪沉的额角跳着，他扔下笔，修长的手指绷得泛白，说：“许肆月，你影响了我学习。”

许肆月一听立马蔫了，这是他的撒手锏。她家雪沉是高考状元，是未来青大的校草，是深蓝科技的创始人。她绝对不能影响他的人生轨迹，害他失去未来让他骄傲的一切。

她只顾自己失而复得的心情，没有考虑到其实雪沉每天都在被她影响。她应该控制一下自己了。但自控好像容易，万一她做不到呢？她觉得自己该当个成年人了，别坑老公，考虑了一节课，中午时跟顾雪沉说：“我今天就去跟老师说，换到你后面几排的座位上。你以后好好听课，别被我耽误了。”

许肆月怕再拖延下去她就会反悔，麻利地起身去老师的办公室。顾雪沉没说话也没抬头，钢笔尖停在纸上。他的力气太大，笔头被掰弯了。

班主任自然是高兴极了，几乎要在教室里挂彩带庆祝。她把许肆月的座位安排到顾雪沉后面四排的地方，还特意错了个位儿，省得许肆月贼心不死。

许肆月在新座位上，把未来几年的重要时间点都写下来，着重想着，等有机会，她必须带雪沉去医院做个脑部检查，而且以后一年两次检查，确保他的健康。这辈子她无论如何都不能再让他生病受苦。

她一天抬头往前面看八百遍，然而顾雪沉一次也没回头看过她。

许肆月有时候也觉得很心酸，胡乱地想，雪沉是不是真的不喜欢跟她同桌呢？她换座位，他一点都没留恋。她也很想感受到雪沉对她明面上的在乎。她只能一遍遍地劝自己，现在太早了，稳住，而且是你活该啊，谁让你之前那么渣呢？

她挨不到顾雪沉，只能把他之前留给她的那件外衣随身带着，天天披在身上，有他的气息，她才安心。只可惜外衣太厚，这个季节穿着有些热，没事，她可以忽略。

许肆月勤勤恳恳地当了一个星期的好学生，没想到在第八天课间时，意外破功。隔壁班一个很会跳舞的漂亮女生，校服里穿了一件低领的贴身小上衣，提着一个粉色的袋子明晃晃地进了一班，在起哄声里直奔顾雪沉的桌子。

顾雪沉正在低头学习，袋子正好落在他的书上。

许肆月猛地直起身，拳头当时就硬了。

女生笑得很甜，说："顾雪沉，这是我自己做的甜点，你尝尝。里面还有一封我给你写的信。"

顾雪沉靠向椅背，眼睫动都没动。女生挑衅地看了一眼后排的许肆月，轻声细语地说："我知道你很挑，你不喜欢那种花心滥情又很随便的女生，就算许肆月在学校里横着走你也不会在乎。果然吧，你这么快就不跟她当同桌了。"

顾雪沉的神色有了一些异样。

女生以为她说中了，想乘胜追击。许肆月已经气场全开地赶过来，嫌弃地拎着女生故意敞开的衣领，"哗"的一声拉上拉链，把她跟顾雪沉彻底隔开。许肆月一挑眉梢，凶巴巴地就要开战，没想到手腕突然被人攥住了。

顾雪沉从座位上站起来，把许肆月拽到身后，另一只手利落地把书本抽开，那个粉袋子自然而然地歪倒后掉到地上。

女生气得咬着唇，柔弱地凝视着顾雪沉。

顾雪沉冰冷的目光移过去，看了她一眼，他说："别惹我的同桌。"

许肆月一愣，还没反应过来，每天习惯性披着的男款厚外套被顾雪沉拿了下去。

她急着想要回来。顾雪沉却俯下身拉开自己书包的拉链，从里面找出了一件薄外套，展开，披在她的身上。

他的手指很热，状似不经意地蹭过她的脸颊，皮肤相碰时，他说：“穿那么厚，是不是傻？”

许肆月的心脏突突地跳。此时此刻，她不光脸红，眼角也红。

那么多人在看着他们。向来高冷、不可亵渎的班长大人抿了抿薄唇，低声说：“你想穿我的衣服，我给你换薄一点的。”

很短的几分钟，许肆月像在做梦。来表白的女生受到不小的刺激，泪眼汪汪地跑出去。一班的同学集体炸窝了，一些人因为顾雪沉的反应感到震惊，一些人在惋惜高岭之花被全校最不靠谱的花心女拿下了。

许肆月仰脸问：“雪沉，你希望我当你的同桌，是不是？那我能不能申请搬回来啊？这次我保证管好自己，不打扰你。”

顾雪沉不看她，红色的耳根却出卖了他，说：“如果下次测验你考到班里前二十名，我再考虑这件事。”

许肆月一个头两个大。这几天她也研究了，英语倒没什么问题，其他的科目就要了小命了。她以前本来就成绩一般，又毕业那么多年，古文之类的早忘得七七八八，数理化的公式基本是天书，尤其一班还是全年级的重点班，与其说考到前二十名，他还不如直接给她一刀来个痛快。

许肆月回到座位上，看了半天的理科试卷，看到头昏脑涨，晚上放学前，想起还有一件紧急的事情。

这些天她过得并不算安宁。以前的狐朋狗友总在骚扰她，喊她逃课，喊她出去吃饭、唱歌、胡天胡地，其中包括让她深恶痛绝的少年沈明野。她撩过的那些男生也不信她真的转性了，对她骚扰不断。

今天那个女生对许肆月的评价，好像在嘲讽她，实际上受伤的人却是顾雪沉。那个女生的话在提醒他，提醒周围的所有人，她许肆月到底是个什么样的坏人，她许肆月再怎么缠着顾雪沉也是一时兴起地玩弄他罢了，并不能当真。

许肆月受够了，当机立断让程熙攒个局。今天晚上她做东，把这些人都叫到一起吃顿散伙饭，毕竟很多仇恨还没开始，恶人还没有真正变坏，一切都能停下来，她的雪沉来得及走上一条完全不同的路，其他人也来得及。快点一刀两断，各自去过以后互不相干的人生。别人爱吃喝享乐，爱挥霍，但她只爱雪沉。

程熙一放学就来一班附近等着，按照许肆月的叮嘱，特意没离太近。

许肆月收拾书包出去。顾雪沉还在座位上，手指暗暗地攥着兜里的一个盒子，里面是他用兼职辅导功课赚的钱买的一套画笔。

她经过他时，他的话到了唇边，她却笑盈盈地先开口："我晚上有事，走啦。"

许肆月怕顾雪沉看到程熙，速度比往常都快，冲出教室，拉着程熙就跑。程熙喘着气，说："怎么这么急？还不让我靠近他，你被顾雪沉下药了是吧？！"

许肆月想起以后程熙诚惶诚恐地叫雪沉"大魔王"的样子，笑着拍拍她，说："还不是怕你嘴上没遮拦！你看见我什么都瞎说，万一被雪沉听见我晚上要跟那些人吃饭，他肯定会乱想。"

"你……你……你……中邪了！"

"而且咱们得速战速决。"许肆月说，"我的书包里还有一件没完工的衬衫，今天宿舍楼关门之前，我想将衬衫送给他。等会儿吃饭时，我得抓紧把最后几针缝好了。"

程熙瞪大眼睛，像看怪物一样看着她。

许肆月的心里甜蜜蜜的，雪沉不要她花钱买的东西，那她亲手做的东西他总该喜欢了吧？

但许肆月万万没料到，她那个乱七八糟的圈子里，还真的有人那么讨厌。

她前脚刚走，后脚就有唯恐天下不乱的人进了一班。对方找到顾雪沉说："别以为她追你几天，就是真把你当回事了。你这种没钱、没背景又无趣的人，她折腾折腾也就腻了。你看吧，今晚肆月安排的局，人多着呢。不过她没告诉你，你连跟她见朋友的资格都没有。"

顾雪沉很安静，教室里没别人了。他拾起书包，揪住男生的衣襟重重地甩开，一言不发地走出去。那盒不值钱的画笔在包里格外沉重，他觉得脊背酸疼。

他没去吃饭，也没回宿舍，而是出了校门一直走，走到那个男生口中的餐厅外面，站在树下的阴影里，抬着头，望着上面一个包间里灿烂的灯光。

许肆月在包间里半句废话都没有，把要说的话干脆地讲完，彻底斩断和这些人的关系。然后她找了一个角落，专心地埋头缝衬衫的袖子。谁敢靠近她或是碰衬衫一下，她就跟谁急。

赶着进度做好成品，许肆月美滋滋地拎起来看，满意地叠好衬衫，没打招呼，潇洒地离席，准备回学校去给顾雪沉送礼物。

刚走出餐厅大门，她就怔住了，门前的长街车水马龙，流转的光映在路人的脸上，对面的那个人笔直地站着，夜风吹着他身上单薄的衣服。

许肆月失声大喊："顾雪沉！"

顾雪沉惊了一下，似乎想离开。

许肆月的眼泪要出来了，她声音沙哑地喊他："别走！你等着我！不然我闯红灯了！"

人行道的红灯变成绿灯，她迫不及待地疾奔过去，趁机抱住他的腰，说："你怎么来了？谁告诉你我在这儿？"

许肆月的脑子转得飞快，再一看顾雪沉的神色，她就猜到了大半。她气得撸起袖子要回去骂人，顾雪沉拽住她。夜色里，他的双瞳里满是低落。

风声细细，他的话钻进许肆月的耳朵里："我没奢望什么，知道你觉得新鲜、好玩儿才找我的。我没有背景，但我会考最好的学校，会赚很多钱。我性格沉闷，也会尽量改。"

许肆月剧烈跳动的心被他温柔的话语碾成碎片。

顾雪沉拿出那个包得很仔细的盒子，攥得盒子的外皮起了皱，将盒子递给她，说："东西不值钱，可我现在只送得起它。"

他顿了顿，藏住眸底的红，说："许肆月，等你觉得玩儿够了，不想跟我有关系的那天，记得告诉我。"

许肆月接过盒子，眼泪一滴一滴地往地上掉。她打开包，把做好的衬衫胡乱地放在他的手上，然后伸手捧住他冰凉的脸，在灯光里踮起脚，轻轻地跟他脸颊相贴。

"你考上状元、进大学的时候，我给你真正的吻，然后用余生几十年告诉你，你刚才说的那一天永远不会到来。”

当晚许肆月在床上翻滚到天亮，兴奋到不能入睡，哭哭笑笑地折腾了一宿，还没享受太久她期盼已久的甜蜜时光，第二天就差点被突击测验当场逼疯。班主任把卷子发到她的手里时，嘴角的弧度满是嘲讽之意。她也确实“不负众望”，在完全无准备的情况下，考了全班倒数第五名，离前二十名……有着不可逾越的距离。

许肆月彻底受了打击，再这么下去，别说结婚生子，连跟雪沉谈恋爱、考同一个城市离得近的大学都成问题。

成绩下来的那天，顾雪沉向后看了她一眼，就起身离开教室。许肆月心惊肉跳地跟上去，完蛋了，雪沉这辈子该不会嫌弃她学习不好吧？！

她贼似的悄悄地跟在他的后面，意外发现顾雪沉去的地方居然是老师办公室。那地方她是不太敢进去的，只能趴在门口偷偷地听。

班主任敲着成绩单，说：“你看，我说什么来着，她怎么可能考得好？正好趁这个机会，让她从一班转出去。老师不信谣言，你绝对不会为她动摇的。”

她期待地看着顾雪沉，问：“你今天来找老师，应该也是为这个吧？”

顾雪沉摇摇头，说：“我想重新跟她成为同桌，辅导她的功课。”

班主任惊讶得张嘴，拍案而起，说：“顾雪沉，她的成绩差成这样，你管她干什么？！她胡作非为，一辈子可能就废了，你也想跟着她堕落？！”

许肆月脸贴着门，抓心挠肝地听。

阳光透过办公室的大窗，落在少年优越的侧脸上。顾雪沉说：“她的成绩我负责。”

许肆月那颗不安的少女心被顾雪沉这句话击成渣渣，她一路飘飘然地回到教室，把自己座位上的书本、杂物打包收拾好，像小狗狗一样睁大双眼，乖巧地等着换座位。她还当什么成年人，还是当被班长怜爱的学习不好的少女最爽了。

班主任和顾雪沉一起进门。班主任镜片后的一双眼睛简直要把许肆月“剐”成碎片。许肆月不好意思再造次，只能无邪地弯眉一笑。

她太能理解了。全校寄予厚望的尖子生，从入学到现在从来没有行差踏错过的模范少年，结果被她这个大祸害蛊惑，成了一个“危险分子”。她要是老师，也快气死了。

班主任话都不想多说，糟心地摆摆手，说：“班长宣布吧。”

顾雪沉站在讲台上，眉眼间难得有了浅浅的笑意，说：“根据上次突击测验的成绩，从今天起班里开始实施一对一帮扶计划，争取让落后的同学尽快提高成绩。现在我公布名单。”

他不疾不徐地念了几对，最后停顿了少许，抬眸，清晰地说：“顾雪沉，许肆月。”

话音一落，班主任猛掐眉心，全班几十个人的脸上都摆出震惊的表情。好家伙，班长要么清心寡欲谁都不搭理，要么就明目张胆地用最正经的理由来做最不正经的事。

一个排名稳居年级首位，全校的领导和老师都当成宝；一个有钱有势、横行霸道，谁都管不了。他们还真是绝配。

许肆月直勾勾地看着顾雪沉，听他把两个人的名字当众念在一起，血液不由自主地冲到脸上，比灌了三斤白酒醉得还厉害。

顾雪沉走下讲台，修长的手指点点旁边空着的座位，朝许肆月侧了侧头，说：“搬过来。”

许肆月想尖叫，抱起小包袱飞速地奔到他的身边。

“别高兴得太早，”顾雪沉目光掠过她粉嫩的脸颊，“好好学，下次考试必须进前二十，不然……”

许肆月连连点头，声音甜美地说：“不然我家班长大人的脸往哪儿放？！你不用担心，老婆绝对不会让你丢面子。”

很多话到了嘴边，顾雪沉又抿唇将话咽了回去，墨色的睫毛轻微地颤抖。

“我家班长”“老婆”，个个都是她不该说的词，他却每个词都喜欢，不舍得纠正她。

许肆月知道她没时间浪费，必须抓紧时间学习。她本来就不是学习的料子，又在成人世界里过了那么多年，再不努力，雪沉就要被她连累了。何况现在学习这件事跟她老公紧密相关，她边看书边看他，小日子别提有多滋润了。

课间，许肆月学习到连出去跟程熙放个风儿的心思都没有，支着脸往桌上一斜，长头发披散下来，有一股淡淡的香气，笼罩着顾雪沉。

她笑着看他，鼻音柔柔的，诉苦道："班长，这题太难了，我不会。"

顾雪沉的指骨有些发紧，他把题册翻到最后几页，推给她，说："自己看答案。"

许肆月皱了皱鼻子，很温顺地靠到他的旁边，抬着圆溜溜的眼说："写答案的人的思路比你的思路差远了，你教我好不好？"

她越近，体温和气味越是侵略他的意志，他忍着。她叹了一口气，说："好吧，要不我去问问别人。"

"回来，"顾雪沉一把攥住她的衣袖，"我给你讲。"

许肆月偷笑。等他把这道题逻辑清晰地讲完，她刚想夸他，就听到他温柔的声音传进耳朵："不准找别人。"

她愣了一下，撞上少年黑漆漆的眼睛。

许肆月后悔了，她不该找这种借口刺激他。她把手伸到课桌下面，轻轻地钩住他的手腕，认真地向他保证："以后不管什么事，我都只找你。"

放学了许肆月也舍不得走，拖着顾雪沉给她讲古文。教室渐渐空了，橙红的夕阳里只剩下飘浮的尘埃和两个学习的人。

顾雪沉慢条斯理地念着古文，声音干净，听起来很有风骨。许肆月趴在他的旁边，被他身上的温度烘得昏昏欲睡。过了许久，窗外天色暗了，周围也十分安静，她的呼吸声平缓且轻柔。他不念了，盯着她白皙的鼻尖，下面是胭脂色的唇，水润饱满。

他心脏撞得骨骼疼，双手默默地用力，肩和臂绷得很紧，用了所有的力量来控制自己，都没有用。面对她的每时每刻，他都经历着甜蜜又苦涩的煎熬。

顾雪沉低下头，很小心地用脸颊蹭了一下她的鬓发，留恋了几秒，艰难地抬起身，然而一只细软的手忽然抓住了他。

许肆月睁开眼，手指钩着他的领口，笑眯眯地抬眸看他，说："只蹭蹭头发怎么能够，下回记得偷亲我。"

下一次测验直接就是最重要的期末考试，许肆月复习到天昏地暗，偏偏有不长眼的人来给她添堵。段吏那狗东西上辈子因为骚扰她，被雪沉揍了两次，差点残了，这辈子也不消停，狗皮膏药似的又来纠缠她。

许肆月不想让雪沉知道这种糟心事，尤其不想让他再为自己动手，只希望能和平地解决问题。

她一心琢磨着怎么悄悄地把段吏搞定，没注意到顾雪沉眼里越来越冷的光。

段吏那混账油盐不进。许肆月因为雪沉失而复得，满心都是感激之情，性格真的好了很多，一般不爱跟人起冲突。她耐着性子劝解段吏，他居然打算来硬的。许肆月怒不可遏，狠狠地踹了他一脚，想着干脆把这破烂货交给许丞处理，免得脏了雪沉的手。

当天晚上，许肆月本想等晚自习结束后拉着顾雪沉去吃宵夜，他却破天荒地早退了。

“明天吃，”他语气温柔地说，“今晚老师找我。”

少年的神色太过平静，以至许肆月当时没有多想，把他的话信以为真。然而晚自习的放学铃刚一响，程熙就风风火火地冲过来，在教室的门外焦急地喊她：“肆月，你快点出来！”

许肆月的心一跳，她忙赶过去，程熙喘着气问：“听说突然没人能联系上段吏那狗东西了，别是你爸找人做了什么吧？”

许肆月浑身猛地凉透，不可能是许丞，是……

她飞奔下楼，凭着对这件事零散的记忆，出校门绕过两条街，拼命地跑到一条避人的昏暗巷口处。

朦胧的光下，清瘦的少年站在阴影里，面无表情，盯着死物似的凝视着地上挣扎的人。

那人的头被套住，嘴里应该是被塞了东西，浑身都是污迹，痛苦得蜷缩着打滚。少年漂亮的脸上丝毫没有表情波动，动作甚至称得上赏心悦目。下一秒，他狠戾地抬起手臂。

许肆月死死地捂住嘴，不让自己发出声音。她深一脚浅一脚地走过去，在顾雪沉回眸的瞬间，倾身抱住他。他的身体又僵又冷。他不敢相信地看向她的脸，眸中涌起的尽是绝望之情。

许肆月不知道自己为什么哭，眼泪流了满脸。她咬着唇，扣紧顾雪沉的手腕，拽着他离开那条巷子，漫无目的地一直跑，直到跑到灯光通明的地方。

她弯着腰大口喘气，身后的少年声音嘶哑地问她：“许肆月，你后悔了吗？”

许肆月猝然抬头，顾雪沉的脸上没有血色。他看着她，说：“你亲眼看到我做的事了，我不是你平常以为的样子，刚才那个才是真实的我。”

他眼角红得吓人，问道：“所以，你是不是后悔了？”

许肆月心疼得不行，忍不住凶他，说：“后什么悔？！你想都别想！”

她摸出湿巾，把顾雪沉的双手一点一点地擦干净，用温热的掌心摸摸他冰凉的脸，舍不得他难过，轻声说：“内敛、自律、聪明、刻苦，全世界对我最好、最珍惜我、最想保护我的人，才是真实的顾雪沉。”

“我不要你弄脏手，”她抱住他，“我家沉沉是最干净的人。”

这一夜之后，顾雪沉身上的枷锁明显卸掉很多，他也把许肆月看得更严。

许肆月想想以前那个一被管就想跑的自己，觉得自己简直有病，这种神仙般的生活简直是天堂好吧？！别人求都求不到。

她一门心思地赖在顾雪沉的身边，认真学习，以前从来没搞懂过的那些复杂公式现在都是小菜一碟。对她来说，期末考试的卷子终于不再是天书了。成绩出来，她正好考了全班第二十名。顾雪沉仍然雷打不动地接近满分，稳居全年级榜首，任谁也不敢再对班长大人的私生活有任何意见。

班主任对许肆月也刮目相看，但表面不愿意表露出来，鼻子哼了哼，说：“还不是因为顾雪沉能力强、教得好。”

许肆月甩着成绩单，举双手赞同，欠欠地小声说：“可不是嘛，我教他做与学习无关的事也教得可好了。”

班主任气得拎起书，要打她。许肆月笑盈盈地逃开，一回身撞到顾雪沉的身上。他扶住她，说：“老师，她的胆子小，您别吓她。”

许肆月这种全校知名的风云人物，成绩从一个落后班的中游跳到重点班的前二十名，跨度不是一般大。校长亲自给许丞打电话，把许肆月猛夸了一通。

许丞觉得女儿近来跟他疏远了很多，突然一下子想通了。原来她是突然开窍，沉迷学习了。他顿时觉得小小的明城装不下他这么刻苦的女儿，火速咨询国外的大学，打算让许肆月高中毕业后直接出国深造，正好也给他的脸上贴金。

放暑假之前是例行的家长会。许丞得意地去参加家长会，跟班主任笃定地说："肆月毕业后不留在国内，肯定是要出国的。国外好学校多，她随便挑。"

班主任欲言又止，望向许丞后面不远处的顾雪沉。

每一次开家长会，别人一家都热热闹闹的，只有顾雪沉形单影只。今年他好不容易有了笑脸，但许丞这几句话等于把他绑上了绞刑架。

顾雪沉转身出去，走到楼后的花坛旁，吵闹的人声离他越来越远。他低下头，看着地面上自己的影子。突然有什么东西朝他飞过来，他的肩膀被撞得一晃。

顾雪沉蓦地回头。那个纤瘦灵气的女孩子坐在花坛旁的一棵高大的树上，手里把玩着刚摘下来的小果子，挑着眉扬声说："像你这么好看的人也有烦恼？你说出来给本仙女听听，说不定我就帮你解决了。"

顾雪沉仰头盯着她。阳光穿过茂密的树叶被切割得斑斑驳驳，在她的身上随意地落下。她一笑，眼角眉梢都泛着光。她真的是仙女，是他挂在天上的、永远不染尘埃的月亮。

顾雪沉说："你是天上的圆月，我是地上的阿十。"

许肆月点点头，朝他勾勾手指，说："阿十过来。"

顾雪沉走近，站在树下。风很暖，吹动他的衣角，勾勒出他挺拔的背。

"你把手臂张开。"说完，许肆月毫不犹豫地从树上跳下去，裙摆飞扬地扑向他。

顾雪沉把她稳稳地接住。许肆月听着他猛烈的心跳，问："现在月亮在哪里？"

他哽着喉咙，说："在我这里。"

校园里有蝉在叫，不远处就是人声鼎沸的教学楼。树荫下，许肆月肆无忌惮地说："我跟我爸刚刚吵过架了，这辈子他都别想管我。顾雪沉，你听清楚，我不出国，你去哪儿，我就去哪儿。"

她语气轻快地说："你考青大，我就努力考到青大的设计院。我们吃同一个食堂，住同一片宿舍区，下楼就能见面，每个早上都能一起晨读，晚上在路灯下接吻，等大学毕业我们就结婚，到时候……"

顾雪沉喃喃："为什么……"

她为什么这么坚定地选择他？为什么他从小被抛弃、被伤害，而她却要他？她至少要让他知道，他究竟哪里让她青睐？他会奉上自己的一切，只求她不放弃、不反悔。

这个暑假前，顾雪沉获得了校方最高额度的奖学金。他一分钱也没花到自己的身上，用一半的钱给肆月买礼物，将另一半的钱攒起来，想在学校附近找个房子。他不想再居无定所。等到寒假，他想有一个可以容身的小地方，让肆月和他待在一起。

寒假到来前，顾雪沉找到了他能力范围内最好的小屋。屋子干净温馨，但面积不大，除了桌椅，只够放一张小床。他在床上铺了女孩子喜欢的花纹床单，自己睡在地上。

跨年夜，许肆月穿得像一只小白熊，踩着雪，顶到他的胸口上，说："沉沉，你带我回家。"

身后就是许家的别墅，但她不觉得那里是家。

那个狭小的屋子，因为有他在，就是她的家。

顾雪沉进门前，话很少，生怕她会露出嫌弃的神色。开了门，许肆月开心地扯掉外套。她直接扑到小床上打滚，抱着被揉皱的被子问他："你一直睡在地板上，是在等我给你暖床吗？"

她的衣服乱了，长发铺满枕头，脸颊红得迷人。

顾雪沉的喉结动了动，他按住她，说："这是你的床，我不能睡。"

许肆月太久没有跟他在这么私密的空间里独处了，不禁眼眶发烫，不想让他克制、守分寸，想听他说他多在乎她。

她在背包里偷偷地装了果酒。沉沉只要喝了它，一定会秒变最诚实的"小甜甜"。

许肆月将如意算盘打得非常好。可她忘了顾雪沉此时没有被病痛侵扰，他的酒量太好了。两杯甜滋滋的酒喝下去，雪沉还是很清醒，她却已经东摇西晃。

她倒在地毯上。顾雪沉捞起她，想把她抱上床去。许肆月醉意上涌，迷迷糊糊地看着他的脸，一瞬间分不清自己身在哪里，面对的又是哪一个顾雪沉。她眼泪流出来，胡乱地抓着他的衣襟，说：“顾雪沉，你还知道回来……你还知道……回来管管我……”

“你怎么能死，把我一个人丢下？”她撕心裂肺地大哭，“我每晚抱着你的骨灰，求你出现看我一眼，你都不肯……如果不是遇到车祸，我重来一次，你让我到哪儿去找你？”

顾雪沉怔住，搂着喝醉的许肆月，缓缓地坐到地上。

天亮后是新的一年，顾雪沉一夜没睡。许肆月躺在他的臂弯里，手脚并用地抱紧他，生怕他消失。

他的眼睫动了一下，泪水从眼角无声地滑出来，唇角渐渐翘起，露出这么久以来最安心的笑。他环着她的背，不厌其烦地低声哄她：“月月不哭，我在。”

如果荆棘坎坷的短暂一生能换来她的深爱，他愿意跪在尘土里，感激上天怜悯。如果孤独、病痛、被抛弃、被折磨……这些的尽头是被她爱着，那他心甘情愿。他总在惶恐，惧怕她某一天热情退去。但这一晚过完，他终于确定，月月这一辈子只属于他。他们再也不会分离。

许肆月平时的成绩已经稳定在班级的前五名，半年后的高考，考试当天，她跟顾雪沉的考场不在同一个学校里，差不多隔了一条街的距离。

许肆月交完最后一场考试的考卷，迫不及待地冲出考场，想第一时间赶过去见他，然而刚出大门，就看到那道身影在阳光下。他朝她笑着。

她恶作剧地换上哭脸，揪着他的衣角哽咽道：“完了，我太紧张，没考好，你教过我好多遍的题我都忘了。我肯定考不上青大了，怎么办？”

顾雪沉掐掐她的脸，说：“你想复习，我就陪你复习。你想上别的大学，我就每天去看你。”

许肆月拖着长音，问：“你以什么身份去看我呢？”

他弯腰，看着她的眼睛，说：“以男朋友的身份。”

许肆月憋不住笑起来，踮起脚，钩住他的后颈，说：“那你要什么时候才能成为我的老公？”

顾雪沉郑重地说："大学毕业后，我就求你嫁给我，你想要的一切我都给你。"

他目光深沉，压在她的耳边，缓慢清晰地说："深蓝科技、机器人阿十、瑾园的别墅、放满裙子和珠宝的衣帽间……"

"你哭着告诉我的一切，"他眼睫湿润，激动地说，"我都给你。"

许肆月僵了，挣扎着想问他。他抱紧她，把她压在自己的怀里，说："不管以前还是以后，你的顾雪沉都没有变过。"

许肆月起初很小声地抽噎，双手揪住他的衣服，咬着他的肩膀。他的体温包围着她，好像那些两个人错过的时光不存在。她弯着唇笑，眼泪往外涌，不能自抑地尽情痛哭。

青大的入学典礼在这一年夏末最热的一天，顾雪沉是当之无愧的新生代表，要上台发言。

他终于舍得把许肆月亲手做的那件白衬衫穿上。骄阳似火，别人都汗流浃背。他却一身整洁，五官昳丽，纽扣系到顶，纯白色的衣服包裹着平直的肩膀和紧窄的腰线，衬得他清冷矜贵。他隐约有了日后掌控深蓝科技时的影子。

许肆月穿上她最拉风的小裙子坐在台下，肆无忌惮地给他比心。她走到哪儿都是风云人物，跟顾雪沉谈恋爱这件事自然广为人知。全礼堂的人都在起哄。

台上的灯光齐刷刷地打向顾雪沉。他站在光里，沉静骄傲，意气风发。

许肆月看得着迷。顾雪沉本来就该这样，被簇拥、被包围，得到最深沉的爱，让人疼惜。他是被眷顾的少年，有属于他的无垠的天地，谁都不能束缚他。孤独不能束缚他，病痛不能束缚他，生死亦不能束缚他。他是这颗星球上她独一无二的小王子，她要给他永世不败的玫瑰。

许肆月安静地起身，离开座位，蹑手蹑脚地走向后台，沿路抽出一枝盛开的花，等在他出来时的必经之路上。还有一件她早就答应好的礼物，今天她想要将礼物送给他。

前面掌声雷动，女生们在激动地尖叫，大喊他的名字。拉住的帘子被一只皓白的手掀开。顾雪沉站在那里，远远地看到她，薄唇翘着，叫她："小月亮。"

许肆月的眼里含着泪，她举起那朵花朝他用力地摇晃，提起裙摆奔向他，迫不及待地要给她心爱的少年这个世上最深情、最缱绻的初吻，然而随着跟他的距离越来越近，她的视野却在模糊，周围的一切开始摇晃、破碎。

近在咫尺的顾雪沉仿佛被无限拉远，许肆月拼尽全力也触碰不到他。她在虚空里不停地下坠，直到跌入一辆被剧烈撞击的车里。遍体鳞伤的她紧抱着一盒骨灰。

许肆月被绝望箍住咽喉，泪如泉涌。这一切终究是假的吗？她根本没有重来一次，没有回到雪沉的怀里。他仍然孤独地被装在这个盒子里，没有得到过幸福。

天翻地覆的旋转里，许肆月嘶声痛哭，做好了陪他赴死的准备。然而再一次失重地坠落之后，她茫然地跌到一片温热之中，一双手臂紧搂着她的腰。

许肆月不敢睁眼，害怕面对更无法接受的景象，直到最熟悉的气息扑到她的唇边。这个人吻着她不停流出的眼泪，最熟悉的手一下一下地抚摸着她的头发，最熟悉的声音响起，低声哄慰她："做噩梦了吧，都是假的，你别哭，我在。"

晨光洒满卧室，许肆月终于睁开眼，成年的顾雪沉就在她的身边。他垂眸看着她，英俊鲜活，已经是婚后许久的样子。

她枕在他的臂弯里，封闭的耳中渐渐地挤进他有力的心跳声，门外隐约传来桃桃和酥酥互相追打的笑声。她泪眼蒙眬地看看自己，没有骨灰，没有车祸，那只是一场苦痛又甜蜜的噩梦。她的爱人就在这里，从来没有被她弄丢。

许肆月想笑一笑，却哭得更凶，抱紧顾雪沉，埋在他的颈边宣泄似的呜咽着："我梦到……我失去你了。"

顾雪沉把她搂到胸前，彼此的心跳声交缠在一起。

"不会有那一天，我用我的余生向小月亮起誓。"

番外二　光　阴

我小名叫酥酥，有个亲姐姐叫桃桃。没错，我俩的名字在一起就是特别高大上、无可挑剔、震惊四座的“桃酥”——一般十块钱一斤，买一斤还送一斤，要是贵了可千万别买。虽然后来爸妈给我们俩取了很正经的大名，但说实话，我们都还是更喜欢“桃酥”，毕竟我妈爱吃桃酥。

我姐桃桃，虽然名字挺可爱，但是人特别高冷，完全遗传了我爸的优良基因。我胡闹的时候，她只要用余光扫一扫我，我保证老实。我会乖乖地往她的身边一站，当个小摆件。就因为这个，小时候我一度期待能有个可爱、听话还崇拜我的妹妹，可是我爸坚决不肯再要孩子了，甚至有人在他的面前提一提这个事，他都会冷脸。

后来我就想通了，难道两个孩子不好吗？！我跟桃桃把爸妈的爱一人分一半不好吗？！我还要什么竞争者？！如果再来一个孩子，我就更要被冷落了好吧？！

酥，你要珍惜现在的幸福。

我从小在公众的关注下长大，别人总爱问我和我姐，更爱爸爸还是更爱妈妈。我姐理都懒得理他们。但我不嫌烦，次次都非常认真郑重地表示：“两个人我都爱。”

他们总说我人小鬼大、说话太正经，非要问出个答案来。于是我继续诚恳地说：“我最爱看他们俩在一起！”

是的，没错，这本来也没什么不能启齿的。程熙阿姨说得特别对，虽然我年纪小，但我就是全网雪月情侣粉的终极“扛把子”。天天从早到晚生活在我爸妈甜蜜恩爱的氛围里，我吃得饱、睡得香，长大一点后，胆子也渐渐大了，偶尔扒门缝，看到两个人在热情地拥吻，我还不忘悄悄地鼓个掌。

爸爸好棒！我妈那么美、那么会撒娇。她超爱你，你快点好好地疼她！

爸妈有时候也会私下里找我谈话。我爸虽然总是很严肃，但的确帅得太过分。每次他跟我聊天时，我对上他的眼睛，都忍不住感叹一下，这个男人真的太好看了！这个男人居然是我爸！我骄傲！

让我骄傲的爸爸说：“酥酥，你跟桃桃要保护妈妈，别让妈妈辛苦，多心疼她，知道吗？”

我用力地点头。

我妈美得像仙女，我从懂事起没事就要嗷嗷叫，这么好的女人居然是我妈！我得意！

让我得意的妈妈说：“酥酥，你跟桃桃记得多跟爸爸玩儿，让他知道你们爱他呀。”

我拍胸脯保证：“妈，你放心，我跟我姐都超级爱爸爸！”

其实他们不需要嘱咐我，也不看看我是谁的儿子。我会撒娇、缠人、捧心心，还有强大的保护欲，爸妈的特质我可都得到了真传。

我十八岁的时候，爸妈还那么年轻好看。我拿出他们年轻时的照片来对比，他们除了气势更强，没觉得他们和照片上有什么差别。网上的那些人还在孜孜不倦地谈论他跟她，都说我爸妈是不会变老的妖精。

我爸的身价更夸张了，我妈在自己行业内的地位更高。他们都是大忙人，虽然工作并不相通，但只要能在一起的时候，都会黏着对方，从早到晚，不厌其烦。他们完全乐在其中，乐得完全不在乎我跟桃桃要去上大学了！

人生真是寂寞如雪！我没跟着我爸学人工智能，倒不是不愿意学，主要是我姐太出色。她就比我早出生了几分钟，结果样样碾压我，是我爸门下第一真传弟子。所以我特有骨气地去学医了，热爱医学，为全人类的健康努力！虽然话说得有点满，但我是真心喜欢医学的，想想以后我这么炫酷的爸妈有个医生儿子，那也是很让人骄傲的一件事呀！

我跟桃桃考了不同的学校。等我们真正要出发的时候，我妈还是忍不住哭了。对不起，其实我想说的是，我妈哭起来也好美啊。我俩好心疼。

我爸当然比我俩更心疼。他摸了桃桃的头，到我这儿只是敷衍地拍了一下肩膀，转身就去哄我妈了。好的！我看透你们了！我就是被捡来的！

大学期间，我不能亲眼看到爸妈秀恩爱的现场，每天这日子过得还真有点失落，放假了跟着我姐赶紧往回跑，吸饱情侣粉的养料才能继续为人类医学努力。

我们俩本科毕业之后都继续读了硕士研究生，先后出国留学。后来我姐继承了我爸的事业，已经在深蓝科技里凭自己的能力有了一席之地。我身上也多了不少光环，等再回到明城，回到爸妈的身边，可以追随着江离叔叔当个严谨负责的好医生。

算算也很多年过去了，我怎么觉得爸妈还是没有变？除了我爸更帅、更小心眼儿，我妈更美、更会哄他之外，一切如昨日。网友们说得对，他们果然都是不老的妖精。我想我和我姐真算得上是人生赢家，我们有这么好的爸妈。

说起来我遗传了爸妈的基因，那肯定很英俊，更可怕的是我还不小心遗传到了我妈妈的专有技能——撩人。说到这里，我就不得不澄清了，“撩”不是贬义词。天生自带的属性我能有什么办法？我也没做什么多余的事，小姑娘们就前仆后继地来了。我能有什么办法？

每次出现这种局面，我爸的神色都很微妙。我妈就恨铁不成钢地指指我，还得把我爸推到卧室里去哄他。我就只是窃笑，实际上很清楚自己该怎么选择。我时刻记得我爸曾经说的：“这世上有一个人是属于你的，唯一的一个人。”

我想，我一定要等到那个人。结果是我等到了那个人，你们也不看看我是谁的儿子。我的幸运值直接拉满。我命中注定的媳妇儿非常活泼，是个乐天派，不认生、不怯场，就喜欢拉着我往我家跑。她跟我志趣相投，超爱看我爸妈秀恩爱。

“我跟你说，虽然不能经常刷到他们的消息，但是我粉雪月情侣好多年了！”我媳妇儿拍着桌子无比激动地说，“两个人怎么可以这么甜啊？！”

我赶紧说：“我也甜，真的。”

然后在我姐还没出嫁的时候，我就先一步娶媳妇儿了，结婚场面那叫一个大啊，爸妈这些年可不是白混的。我知道其实我爸不爱热闹。但为了我妈，为了我们姐弟，他什么都肯做。

我觉得，他俩盛装打扮后站在一起紧紧地牵着手，好看得跟杂志封面上的模特一样。他们偶尔对视或者轻吻一下，怎么比我俩还像新婚小夫妻呢?

我有点不平衡，赶紧拉着媳妇儿亲亲，可是我媳妇儿说："别挡着我！我给爸妈拍照呢！"

我觉得委屈，想哭。

婚后我俩也生了一对双胞胎，完美地传承了爸妈的优良传统。孩子们很可爱，但没我可爱。我跟媳妇儿态度一致，生了孩子可不能让双方的爸妈费心。

人生是自己的人生，他们当然要享受跟孩子的天伦之乐，但孩子绝不能成为父母的麻烦。

再说了，我每天在医院里工作感触很深，人生苦短。我爸因为生过威胁生命的大病，我妈也因为亲身经历过那些肝肠寸断的苦痛，他们经常觉得时间不够，无论怎样珍惜对方都觉得不够，我更不舍得去占用分毫他们的时间。

我姐桃桃嫁了一个特别疼她的老公。我难得地在她那张又冷又艳的脸上看到笑容。

我家的双胞胎很乖，顺顺利利地长大。算起来似乎并没有过去太久，我却不知不觉地到了中年。

我妈当年受过很多苦，落下了一些病根儿，身体底子算不上特别好，随着岁月流逝，病根儿显现出来，但有我爸无比精心地爱护着，从来没有过什么大病。她生过几次小病，也住过院，我爸每次都像死过一回似的。他不舍得让我妈看见，怕她担心，在病房里无微不至地照顾她，冷静温柔。但我知道，我妈一病，他就怕到受不了。

我爸这么无坚不摧的一个人，从来不会对我妈之外的任何人吐露心事。深夜时，他在医院走廊里闭着眼，低声跟我说："我跟你妈妈的年纪大了。"

我激烈地反驳："不大，爸，你上个月才上线新的机器人，深蓝科技刚拿了新的国际大奖，而且你多帅你不知道吗？！我这就去给你找镜子！"

我不是一个爱恭维人的人，真的没说假话。他跟我妈的魅力是在漫长的时光里不断积累出来的，他不知道他有多吸引人。可我爸没说话，无助的神情让人心疼。

“再说了，爸，我妈的病真是小病。她很快就好。”我安慰他，“你怕什么？”

我爸低声说：“我怕她离开我。”

我沉默了。我能理解，如果我爸这一生只有一件害怕的事，那就是他失去我妈。他俩分不开，已经过了这么多年，他们之间的深情从未减弱一点。以前没我和我姐的时候，外界还骂过我妈没良心、伤害我爸，但后来时间久了，人人都说他俩是神仙眷侣。

我爸又笑了，那么标致又有古典韵味的一双眼睛望着我，没了平时的压迫感，添了很多异样的郑重感，说：“虽然现在说可能有点早，但是……”

“真到了那一天，如果我先走，你务必照顾好你妈。”

“如果你妈先走，”他目光在夜色里像安静流淌的水，“你们准备我们两个人的后事。”

我愣住了，话全卡在喉咙里。

我爸起身走进病房，我也浑浑噩噩地跟着站起身，原来是我妈醒过来了。她没说话，只发出一点点声音，我爸立刻就能知道她醒了。

我没有进去，站在门口看他坐到床上。他俯身去吻她，苍白的手一下一下地顺着她的头发，病房里有很轻柔的说笑声传出来。那么宁静而美好，我却不知道怎么了，眼泪掉了下来。

事实证明我爸就是杞人忧天，他俩身体好着呢。我妈经过仔细调养，连感冒都很少得，两人都在各自的圈内始终占据着顶峰的位置。他们在有意地减少工作量，开始到处旅行。

我爸内敛。我妈沉迷于秀恩爱，不管去哪儿都喜欢发九宫格照片的微博，向全世界显示她跟他的幸福。我每天都不忘给微博点赞，想留个言吧，结果分分钟就被淹没在数量越发庞大的雪月情侣粉大军里。

这样逛了几年，他俩就不怎么爱出去了。深蓝科技的根基深厚，除了总体方向和核心技术，没有太多事需要我爸费心。我妈隔三岔五地接点喜欢的工作，不管去哪儿都和我爸形影不离。

我妈缠人、撒娇的本事啊，不是我说，绝对是教科书级别的，这么多年了她居然还能有新花样来招惹我爸。我爸看着沉着冷静，实际上毫无招架之力，除了偶然故意地拖着让她更可爱之外，大多数时间只能亲亲、抱抱、举高高。

他俩在家里的时间越来越多，种花、喝茶、讲故事。我爸有时会慢悠悠地给我妈讲故事，拿她当小孩子逗，我妈照单全收。有些故事我家的双胞胎听来都觉得有些幼稚的小童话，我妈却喜欢得眉眼含笑。

我五十五岁那年，我妈又住院了，其实没什么大的毛病。她忽然晕倒，摔在我爸的怀里。

可是我能感觉到不一样。

她还是很美。岁月那么无情，却根本没有带给她多少磨难。她闭着眼睛躺在雪白的病床上，还是和从前一样明亮纯美。我爸寸步不离地守在她的身边，脊背仍然挺得笔直，但我知道他的心悬在最脆弱的丝线上。他随时会崩溃。

我妈醒来过，攥着他的手说了很多话。当时我爸说得最多的话就是“月月别怕，我在。我陪你，不会让你一个人”。

我妈住院半个月，我爸的心血跟着一点点地耗干。我姐在没人知道的地方咬着手指掉眼泪。我用尽了所有力气，去求每一个比我厉害的专家，但结果无法改变。

其实真的……我妈没有受什么苦，她走的时候很甜蜜，甚至是很温馨的。她恋恋不舍地闭上眼睛，最后还在含糊地喃喃：“对不起，我又要丢下你了。”

她身上的仪器被摘掉，干干净净的。我爸没说话，躺上病床，紧紧地依偎在她的身边，把她逐渐冰凉的身体抱在怀里。

“月月，这一生你抛弃我两次已经够了，没有第三次。”

那个傍晚，夕阳很好，光从窗口照进来，尽是浓重的橙红色。像过去很多个平凡的日子一样，夕阳光照在他们的额角上，我爸抱着我妈，再没有起来。

之后的很多年，我都在回忆那时的画面。我想，我这一生多么幸运，能成为他和她的孩子。

我爸爸的名字叫顾雪沉，我妈妈的名字叫许肆月。

他和她是世上最好的爸妈，是无论时光流逝还是生死都不分开的……最好的一对爱人。